LES ESSAIS
오래된 나의 노트

본래 그 자리

LES ESSAIS
오래된 나의 노트

본래 그 자리

맹난자 지음

bookin

책머리에

새가 나뭇가지를 옮겨 앉듯, 이리저리 건너뛴
생각의 지도를 추려보니 책 한 권이 되었다.
오래된 나의 노트에는 끄적거리다 만 해답 없는 문제와
굴곡진 인생에 대해 알고 싶은 물음들이 많았다.

존재란 무엇인가? 영혼은 있는가에서부터
마음, 죽음 없다에 이르기까지 그리고 우리는 어디로 가는가?
그 일귀하처一歸何處가 몹시 궁금했었다.
고옥古屋에 정신을 의탁하고 침침한 눈을 비비며
한 가지씩 답을 달아 보았다.
선인先人들의 철학과 사상을 참고했다.
총 11장에 70편의 글이나 문예적인 산문이 아니어서
'에쎄'라고 이름 붙였다.

어린왕자가 지구를 다녀간 포물선처럼
이것은 지상에서의 나의 시간 체험이다.
살비늘을 털어내듯, 숙제를 한 듯 홀가분하다.
이제 나 밤하늘을 우러르며
시와 종[始終]이 하나인
그곳으로의 귀향歸鄕을 꿈꾼다.

책이 나오기까지 도움을 준 정해경 님과
도서출판 북인 대표 조현석 시인께 깊이 감사드린다.

2015년 가을
觀如 맹난자

차례

제1장

벽화壁畵 한 장

벽화壁畵 한 장

몇 해 전 서울에서 일본 판화가인 오바 마사오大場正男(1928~2008년)의 전시회가 있었다. 내가 마주한 그림은 마치 아이들이 그린 인형처럼 단순 구도의 여자아이였다. 수평으로 두 팔을 벌려서 있고 머리 위의 여백에는 이런 글귀가 적혀 있었다.

"悲しかろうか 淋しかろうか 苦しかろうか."

흘림체의 가로로 써진 세 마디. 툭툭 던지는 글귀가 심상치 않아 가까이 다가갔더니 과연 왼쪽 말미에 '此の かっぱ'라고 써 있었다. 갓파를 그린 것이었다.

갓파는 일본에서 전래동화로 이어지는 상상 속의 동물이다. 키는 어린아이만 하고 입부리가 뾰족하며 비늘이 있다. 머리 한가운데에 접시가 있는데 물이 있는 동안에만 힘이 세어진다고 한다.

'갓파[河童]'를 의인화한 아쿠타가와 류노스케의 작품 『갓파』를 오바大場가 형상화하고 거기에 부친 글귀였다.

"슬퍼할 거니?, 외로워할 거니?, 고통스러워할 거니?"

그림 속 아이가 나를 빤히 쳐다보며 그렇게 말을 걸어오는 것 같았다. 오바는 왜 하필 이런 글을 달았을까? 그의 의중을 헤아리다가 나는 무엇엔가 이끌려 서둘러 액자 밑에 빨간 딱지를 붙였다. 세 마디가 이상하게 나를 끌어당겼다. 전시회가 끝나기를 기다려 그 여자아이를 집으로 데려왔다.

나는 지금 액자 속 여자아이와 마주하고 있다. 갓파는 개구리와 비슷한 양서류인데 오바가 그린 갓파는 일본 인형에 더 가까웠다.

그림 〈갓파〉을 보고 있자니 아쿠타가와 류노스케의 음성이 흘러나왔다.

'인생의 비극 제1막은 부모자식이 되었다는 데서부터 비롯된다'는 일갈과 '인생은 지옥보다도 지옥적'이라는 그의 말이 가시처럼 목에서 넘어가지 않았다.

아쿠타가와 류노스케는 1892년 도쿄에서 니바라 도시조新原敏三의 장남으로 태어났다. 생후 칠 개월경, 어머니가 정신이상을 일으켜 외삼촌인 아쿠타가와 도쇼芥川道章의 양자로 가게 되었다. 어머니의 광기가 유전될지도 모른다는 공포감은 평생 그를 괴롭혔고 결국 그를 자살로 몰아가는 하나의 원인이 되기도 하였다.

아쿠타가와는 인간의 운명을 '유전' '환경' '우연', 이 세 가지 조건에 의해 좌우된다고 규정한 바 있는데 역시 그 자신도 이 세 가지의 조건에서 자유롭지 못했다.

첫째는 유전의 공포였고, 둘째는 복잡한 가정환경이었으며, 셋째는 연속적으로 이어지는 우연한 사건들로 해서 죽음의 선택은 불가피해 보였다. 자살의 충분조건이라고나 해야 할까? '자살이냐? 발광이냐?' 막다른 골목에 서 있던 그는 우연히 골동품상에서 누렇게 벌레 먹은 '박제된 백조'를 보며 곧 자신의 일생을 생각하고는 눈물과 냉소가 복받쳐오는 것을 느꼈다고 한다.

"그의 앞에 있는 것은 단지 발광이거나 자살뿐이었다. 그는 어두워지는 거리를 홀로 걸으면서 서서히 그를 맞이하러 오는 운명을 기다리기로 결심했다." 『어느 바보의 일생』에서 읽은 구절이다.

유서에 밝힌 '몽롱한(막연한) 불안'이란 것도 그가 목격했던 광인狂人으로서의 어머니 모습과 그 자신 또한 광인이 될지도 모른다는 불안의식, 그리고 예술과 생활, 여성에 대한 불안 모두를 포함한다고 밝혔다.

유전의 공포는 그의 작품 『갓파』에도 어쩔 수 없이 나타난다. 아버지 갓파가 전화를 거는 것처럼 어머니의 생식기에 입을 대고 "너는 이 세상에 태어날 거니 말 거니? 잘 생각해서 대답하렴" 하고 커다란 소리로 묻자 뱃속의 아이는 '저는 태어나고 싶지 않아요. 무엇보다 아버지의 유전은 정신병뿐이지만 무척 무섭거든요', 그러자 산파가 곧 임산부의 생식기에 두꺼운 유리관을 넣어 액체를 주입하자 어머니의 배는 털썩 하고 줄어들었다고 쓰고 있다. 죽기 넉 달 전에 쓰인 『갓파』는 가공의 동물을 이용하여 인간 사회의 통렬한 허상을 묘사하며 '결국 갓파는 갓파일 뿐이다'라는, 즉 '인간은 인간일 뿐'이라는 것으로 이어지는 극도의 절망감을 묘사하며 광기에 떨고 있는 그의 심정을 나타내고 있다.

실제로 그는 갓난 아들에게 '이 녀석은 무엇 때문에 태어난 것일까? 이 사바 고통에 넘치는 세계에 어째서 이 녀석은 나 같은 걸 아버지로 하는 운명을 타고난 것일까?'라고 묻던 아버지였다. 서른다섯 살의 나이로 세상을 떠날 때 남겨진 세 아들은 8살, 6살, 3살이었다. 아버지를 쏙 빼닮아 문학적 재능이 뛰어난 둘째는 2차 세계대전 때 전사하고, 큰아들은 극작가이자 연출가가 되었으며 어머니를 닮은 막내는 작곡가가 되었다.

이 사바 고통이 넘치는 세계에 왜 하필 나 같은 걸 아버지로 하여 태어난 것일까? 자식에 대한 연민, 자식에 대한 탄식은 남의 일 같지 않았다. 나 역시도 거기에서 자유롭지 못하기 때문이다. '왜 하필 나 같은 걸……' 하고 생각하면 미안한 생각이 앞선다.

아쿠타가와는 결혼해서 얻은 세 아들과 노인이 된 양부모와 그를 키워준 평생 독신인 이모를 부양해야 했으며, 어린아이들은 제쳐 놓고라도 이모의 주전부리를 빠뜨리면 안 되는 관계였다고 한다. 자살하기 얼마 전쯤, 시인이며 친구인 사토 하루오에게 '내 생애를 불행하게 한 사람은 이모지. 무엇보다 나의 둘도 없는 은인인데 말이야'라고 털어놓았던 것도 주목할 만하다.

> 나는 양부모에게 효행이라고 할 만한 것에 대해 후회하고 있다. 그러나 이것도 나로서는 어떻게도 할 수 없는 일이었다. 지금 내가 자살하는 것도 일생에 단 한 번 하는 내 멋대로인지도 모르겠다. 나도 다른 청년들처럼 여러 가지 꿈이 있었다. 그러나 지금 와서 생각하니 필경은 광인의 아들이었을 뿐이겠지.

현재 나는 내 자신에게는 물론 모든 것에 대해 혐오감을 일으킨다. — 오아나 류이치에게 보낸 유서에서

양자라는 위치는 그에게 도화道化인형으로서밖에 살지 못했다는 자조적인 회의를 낳게 하였다. 자살의 한 요인이 되었을 만큼 양자라는 등짐의 무게로 그는 괴로워하였다. 아쿠타가와가 열 살 때, 생모 후쿠가 사망하자 친가에서 언니 후쿠를 돌보던 막내이모 후유는 아버지 사이에서 동생을 낳았고 계모로 아쿠타가와 가家에 정식 입적되었다. 두 명의 아버지와 네 명의 어머니(생모, 양모, 계모, 이모) 사이에서 그는 인간의 지독한 에고이즘을 직시하게 된다.

한편 작가로서 장래가 촉망되자 그를 다시 찾아가려는 친부와, 뜻이 이루어지지 않으면 할복해 버리겠다며 한사코 그를 빼앗기지 않으려는 양부와의 사이에서 그가 토로한 말은 '인생의 비극 제1막은 부모자식이 되었다는 데서 비롯되었다'는 것이다. 인간의 최소 단위인 가족이야말로 모든 행·불행의 근원이라는 걸 깨닫게 된다. 그러나 가족은 자의적인 선택 이전의 운명이며 모성의 결핍은 그뿐만 아니라 한 작가에게 얼마나 큰 상처를 주는지 많은 경우를 통해서 알 수 있었다.

어린 아쿠타가와는 남 몰래 혼자 스미다 강가에 자주 나가곤 했다. '이 위안과 적막을 맛보기 위해 나는 무엇보다 대천大川의 물을 사랑하는 것이다. …… 특히 밤에 선박의 가장자리에 들렀다가 소리도 없이 흘러가는 검은 강물을 응시하면서 밤과 물 사이에 떠도는 죽음[死]의 호흡을 느낄 때, 얼마나 나는 의지할 곳 없는 적막

감에 휩싸이는지…….'

나는 왜 자꾸만 이 소년의 내면을 주목하게 되는 것인지, 그리고 할 수만 있다면 달려가 그의 상심傷心을 어루만져주고 싶었다.

해방 이듬해인 1946년, 내가 다섯 살 때였다. 우리는 삼청동에서 원서동으로 이사를 했다. 전기 스탠드를 안고 타박타박 걸어서 당도한 곳은 목조건물의 적산가옥이었다. 대문을 들어서니 크지 않은 앞마당과 뒤뜰엔 제법 큰 광이 딸려 있었다. 광 담벼락에 그려진 일본 인형을 닮은 여자아이. 그러니까 이 집에 내 또래의 여자아이가 살고 있었던 셈이다. 숨바꼭질을 하다가도 혹은 광에서 뛰쳐나와 이 단발머리 계집아이와 눈이 마주치기라도 하면 무언가 찜찜했다. 마음이 편치 않았다. 나라가 망해서 쫓겨가던 쪽발이들은 배를 타기도 전에 많이 죽었다는 어른들의 이야기가 귀에서 맴돌았다. 담벼락에 인형을 그리던 그 아이는 어떻게 되었을까? 무사히 배를 타기는 했을까? 살아 있다면 내 연배쯤은 되었을 터인데 어떤 노후를 보내고 있을까. 우리 집 앞마당에 피었던 구절초와 광에 그린 그림을 기억이나 하고 있을까. 이곳에서의 유년이 행복하기는 했을까? 가벼운 상념들이 머리를 스치고 지나갔다.

나는 이 집에서 초등학생이 되었다. 재동국민학교 복도에 줄서서 산토닌을 받아먹던 일, 아이들과 허물어진 창경궁의 돌담 밑으로 기어들어가 앵두를 따먹던 일, 집에 있는 개한테 물려 등짝에 토끼주사를 맞으러 혼자 걸어 다녔던 안국동의 견지병원 길, 18일

동안 일곱 살짜리는 한 번도 주사를 빼먹지 않았다.

일요일 아침, 아버지는 잠에서 덜 깬 나를 말 잔등에 태우고 동네를 한 바퀴씩 돌아주었지만 하나도 기쁘지 않았다. 밖이 캄캄해질 때까지 골목어귀에서 맴돌았다. 그때 엄마는 부재중이었다. 어느 날 친척 할머니가 나를 엄마에게 딱 한 번 데려다주었다. 비원 앞 구름다리를 지나 원남동에서 전차를 타고 돈암동 종점에서 내렸다. 한약 냄새가 진동하는 집에 엄마가 있었다. 웬일인지 나를 보고도 크게 반색하지 않는 낯선 엄마와 묵묵히 겸상으로 밥을 먹고, 할머니 손에 이끌려 다시 집으로 돌아왔다. 설명하기 어려운 감정을 나는 참아야 했다.

자동차가 지나간 골목 웅덩이에 고인 빗물, 그 앞에 쭈그리고 앉아서 수은처럼 물결로 일렁거리다가 진주조개 빛으로 혹은 분홍빛깔로 바뀌어가는 과정을 꼼짝 않고 지켜보던 때의 서러움과 신비로움. 알 수 없는 먹먹함이 닫힌 내 마음의 틈새를 바람처럼 훑고 지나갔다. 무언가 아릿했다.

저녁을 먹으면 아이들을 따라 비원 앞 놀이터로 나갔다. 북촌 창우극장 자리에 얼음가게가 있었고, 어느 날인가는 말이 커다란 직사각형의 얼음을 베고 누워 있었다. 말이 아픈 것이라고 했다. 몹시 힘들어하던 말의 모습과 윤기 흐르던 잘생긴 몸체가 이상하게 오래도록 기억된다. 나중에 어른들께 들으니 말은 죽었다고 했다.

학년이 바뀌고 아홉 살이 되었다. 다 늦은 저녁때에 골목으로 뛰쳐나온 아이가 피난을 간다고 좋아라 하며 떠들어댔다.

우리도 얼마 뒤 6·25의 피난길에 올랐다. 한밤중에 숨을 죽이고 나룻배로 한강을 건넜다. 겨우 올라탄 기차에는 지붕까지 사람들로 붐볐다. 두렵고 몹시 불안했다. 아버지는 국가비상시라 함께 갈 수 없었고 우리 식구만 천안 소정리의 친척집으로 갔다. 경찰가족이라고 달가워하지 않는 눈치였다. 미숫가루를 들고 산 속 오두막에 들어가 칠흑 같은 밤에 산짐승의 파란 눈과도 마주쳤다. 숨을 죽이고 바라본 것은 늑대였다. 마을에서 연락이 오면 인가로 내려왔다. 중학생이던 언니와 나는 새벽이면 떨어진 감을 주우러 산에 올랐고, 덜 여문 호두를 따서 돌에 갈았다. 그 안에서 말랑한 속살이 나왔다. 이른 새벽의 찬 공기는 지금도 상쾌한 온도로 기억된다.

8월 늦더위가 가라앉은 새벽녘, 화장실에 가려고 일어났는데 엄마가 문틀에 기댄 채 미명 속에 정물처럼 앉아 있었다. 무언가 낌새가 이상해 사방을 둘러보았다. 내 옆에 동생이 헝겊에 덮여 있었다. 시름시름 앓던 다섯 살짜리 여동생이었다. 떠내려가는 물에 우리는 손을 놓친 듯 허망하게 식구 하나를 놓치고 가을이 되어 서울로 돌아왔지만 석달 후 눈 내리는 겨울, 다시 남쪽으로 피난길을 떠나야 했다. 소위 1·4후퇴라는 것이었다. 남하 도중 엄마는 산기가 있어 조치원에서 차를 세우고 남의 집에 들어가서 몸을 풀었다. 하얗게 눈이 쌓인 마당에 서서 우리는 아가의 울음소리를 들었다. 달 밝은 크리스마스 이브였다. 반 년 사이에 딸 아이 하나를 잃고 또 딸 하나를 낳아야 하는 그분의 심정은 어떤 것이었을까. 산모의 건강 따위며 그분의 심적 고충은 상상하지도 못할 나이였다. 산후조리 때문에도 그랬지만 엄마는 누워서 지낼 때가 많았다. 어릴 때 나는 가벼운 체중으로 엄마의 다리를 가끔씩 밟아 드렸다. 늦둥이 동생을 낳아 우리는 다시 오남매가 되었다.

서울이 안정되자 온 식구가 돈암동 새 집에 모여 살게 되었다. 초등학교 5학년 무렵, 나는 학교가 끝나면 아버지의 빈 방에서 혼자 많은 시간을 보냈다. 책으로 둘러싸인 다다미방, 햇볕이 지나가는 어스름 속에 정물처럼 앉아 있으면 뭔지 모르게 뿌듯해 왔다. 혼자만의 시간, 깨어 있다는 어떤 자아의식 같은 걸 느낄 수가 있었다. 책등의 한자를 익히며 일본 문고판의 시집을 뜻도 모르면서 장 콕토, 바이런, 괴테의 시를 읽었다. '나의 귀는 소라껍질, 그리운 바다의 물결 소리여!' 등 내 기억이 틀리지 않는다면 장만영 시인의 번역이라고 생각된다. 다른 문학 서적은 일어판이라 손을 댈 수 없었다. 새벽에 한기가 들어 눈을 뜨면 아버지방 서재 의자에 잠들어 있었다. 분명 언니와 어젯밤 잠자리에 들었는데 어떻게 된 일인지 통 기억이 나지 않았다. 이곳에 오려면 별채에서 나와 마당을 건너 유리문을 열고 대청에 올라 오른쪽 방 하나를 통과해야만 했다. 되풀이되는 이 일을 나는 아무에게도 말할 수 없었다. 혼자만의 비밀로 조금은 걱정되었다.

언니는 대학생이 되고 나는 중학생이 되었다. 우리 둘만 남겨 놓고 식구들은 아버지의 전근지를 따라 의성으로 내려갔다. 이웃에 혼자 사는 할머니는 시월상달이 되면 우리 집에 고사도 지내주고 비손도 잘하였는데 내 보호자 겸 한 방에서 지내게 되었다. 할머니는 중국 괴담에 능해서 나는 밤마다 이야기를 청해 듣곤 신묘한 세계에 빠져들기 일쑤였다. 가령 경신庚申날 잠들면 우리 몸에서 삼시랑이 빠져나가 옥황상제께 그 사람의 죄를 낱낱이 일러바치는데 그렇게 되면 일찍 죽게 되고 지옥에 간다느니, 반대로 일년에 여섯 번 있는 경신날 잠자지 않고『주역』의 서문을 외우면 도통한다든지, 도인들의 신통력과 토정 이지함 선생 일화, 옥황상제와 신선 세계, 하늘의 서왕모는 천도복숭아를 좋아한다느니, 측간의 몽달귀신 이야기, 도깨비의 보은과 무섭고도 짜릿한 귀신 이야기에 재미가 들려 실제로 그것을 경험하고 싶다는 욕구마저 강하게 일어났다. 몇 날 며칠 그런 일이 내게 일어나게 해달라고 속으로 간절히 기원했다.

어느 날, 다 저녁때 누가 밖에서 내 이름을 불렀다. 대문을 밀치고 나갔는데 아무도 없었다. 들어오면 또 누가 내 이름을 다시 불렀다. 이번엔 골목까지 살폈으나 아무도 없었다. 등골이 오싹했다. 어느 틈엔가 신선과 선녀, 옥황상제와 서왕모, 북두칠성과 용왕 그리고 산신과 호랑이까지 가깝게 느껴졌다. 그러고 보니 하늘과 별, 물과 용, 산과 호랑이는 환치된 자연의 대상물이었다. 눈에 보이지 않는 세계에 관심이 더해졌고 모든 것을 보는 대로 환히 알고 싶어졌다.

나중에『주역』을 공부하고 하락이수河洛二數로 내 본괘本卦를 뽑아보니 산천대축山天大畜괘였다. 성현의 말씀을 숭상하고 독학으로 학덕을 닦는 명운이었다. 그리고 일시日時에 귀문鬼門관살을 놓으니 작가들의 혼령과 만나고 싶었고 무덤을 맴돌며(괜히가 아니었음) 문학 말고는 다른 것에는 관심이 덜했다.

봄방학이 되어 부모님이 계신 의성으로 내려갔다. 작년 여름만 해도 아버지는 나를 깨워 서재에서 주례 연습을 하시고는 평을 하도록 부탁했다. 창밖엔 감나무 그늘이 깊었고 가지에 매달린 어린 풋감이 신기하기만 했던 행복도 잠깐이었다. 온 집안이 뒤숭숭하고 쌀뒤주에도 빨간 딱지가 붙어 있었다. 강압에 의해 사표를 내게 된 아버지의 징계 사유는 축첩이었다. 민주당으로 출마한 대통령 후보 신익희가 의성경찰서장인 아버지를 찾아와 만난 일이 상부에 보고되었기 때문이라고 한다. 아버지가 쓰신 『경찰의 역사』라는 책에 신익희의 서문이 실려 있고 설날이면 언니와 나는 그 댁으로 세배를 가곤 했다. 아버지가 공직에서 물러난 뒤 우리 식구는 먹을 게 없었다. 집을 줄이느라고 책부터 없앴다. 수복 후 고서점에서 건져낸 책들을 수선하고 매만진 장서 오천 권이었다. 또 신문 스크랩북은 얼마이던가. 주로 문학에 관한 것이었다. 학교에서 돌아오니 책이 보이지 않았다. 책이 없어진 것만 알았지 그때 책을 잃은 분의 비통한 심정 따위는 죄송스럽게도 헤아리지 못했다.

경동학교 아래 한옥을 빌려 이사를 할 때였다. 책가방을 들고 집에 들어서자마자 이 집에서 살기 싫다고 나는 억지를 부렸다. 나중에 좋은 집으로 이사 가면 되지 않느냐고 어른들이 달랬지만 무슨 연유에서인지 나는 한사코 울면서 저항했다. 서너 달 뒤 내

밑의 남동생이 돌연히 불귀의 객이 되고 말았다. 1학기 말 고사를 치르고 와서 갑자기 고열로 온 몸이 펄펄 끓었다. 친구 집에서 시험 기간을 보내고 돌아온 뒤였다. 병명은 뇌염. 동네 병원에서 서울대학병원으로 급하게 옮겨졌다. 옮겨가기 전, 동네 병원에서 밤에 잠깐 본 것이 우리 남매의 마지막 시간이었다.

열에 들떠 상기된 얼굴로 말없이 히죽이 웃어보이던 모습이 다였다. 아이답지 않게 점잖은 그 아이의 미소가 암각화처럼 가슴에 남아 있다. 나는 날이 밝을 때까지 책상에 있었다. 학교 숙제로 콩쿠르에 낼 작품을 쓰는 중이었다. 다급하게 대문을 두드리는 소리, 그것은 동생의 부음을 알리는 전갈이었다. 병원으로 달려갔을 때, 동생은 영안실 침상에 석고상처럼 반듯하게 누워 있었다. 수척해진 아버지는 함부로 자란 수염 때문에도 딴사람 같았다. 마치 실의에 빠진 리어왕 같았다. 모든 것을 잃은 그분에게 장남만이 오직 희망이었는데(그 무렵, 우리 집터가 6·25 때 많은 사람이 목숨을 잃은 흉가 터라는 이웃 노인의 이야기를 들었다).

우리는 동생을 데리고 미아리 공동묘지로 들어섰다. 관이 들어갈 만큼 땅이 패이고 동생을 묻으려는 순간, 나는 내 팔뚝의 시계를 내려다보았다. 마음속으로 그 시계를 몇 번이나 풀어 그 안에 넣었는지 모른다. 그러나 실제로는 그렇게 하지 못했다. 크지도 작지도 않은 원형판에 갈색 줄이 달린 브로바 시계였다. 중학교에 갓 들어간 남동생은 시계가 차고 싶었고 고등학생이 된 나는 실제로 시계가 필요했었다. 시계가 귀하던 때(1957년)였다.

세 살 터울이던 동생과 나는 그것 말고는 다툰 적이 없었다. 장기도 초등학교 4학년이던 그 애한테서 배웠고, 소낙비로 동굴에 갇힌 소년들처럼 우리는 마루 밑이거나 광에서 낄낄거리며 공상적인 이야기들을 함께 나누곤 했다. 어린 그 아이의 말이 지금도 나의 어떤 정서를 지배하고 있다. "누나 나는 9자가 참 좋아. 9자는 행운의 숫자야." 그런데 이상한 것은 내가 아직도 그 9자를 좋아하고 있다는 사실이었다.

수업 시간에도 브로바 시계를 내려다보고 있으면 동생의 체온이 느껴지는 듯했다. 비탄에 빠진 아버지가 외출에서 돌아오시면 양복 주머니에 면도날이 있을까 봐 밤마다 몰래 뒤져야 했고, 어머니는 부득이 절간으로 요양을 떠나지 않을 수 없게 되었다. 아들의 묘지도 가본 적 없고 울음도 내비치지 않던 분이 갑자기 허공에 대고 중얼거리기 시작했다. 슬픔의 둑이 한계를 넘은 것인가. 두 분의 표현방식은 다르게 표출되었다. 나는 식구들 모르게 이따금씩 미아리 공동묘지를 찾아다녔다. 그 애를 외롭지 않게 하려면 내가 죽음 쪽으로 다가가야 한다는 것이 그때의 생각이었고 이상하게도 그곳에 가면 집에 있을 때보다 마음이 더 편안했다. 푸른 하늘과 흘러가는 구름과 바람과 햇볕과 고요. 그리고 푹신한 잔디, 동생의 등에 기댄 듯 무덤에 기대어 한나절씩 책을 읽다가 돌아오곤 했다. 텅 빈 가슴 위로 지나가는 바람도 좋고, 문학의 어떤 유혼들이 나를 쓰다듬으며 지나가는 듯했다.

두 아이를 잃고 쓴 허난설헌의 「곡자哭子」라는 시를 그 애에게 읽어주며 오누이의 정을 다지기도 했다.

사시나무 가지에 소스리 바람 불고/ 도깨비 불빛은 도래솔 숲속에서/ 구슬피 반짝이는데/ …… / 아! 너희 남매의 혼은/ 생전처럼 밤마다 서로 쫓으며/ 웅당 정답게 놀고 있으리.

특히 나는 끝 부분을 마음에 두었다.

아버지는 약주만 드시면 '한 많은 미아리 고개'를 탄식처럼 외치셨다.

'철사줄에 두 손 꽁꽁 묶인 채로 맨발로 절며, 절며' 이북으로 끌려간 매부를 포함하여 '미아리'는 그분에게 한 많은 고개였다. 밤마다 동네가 떠나가라 외치셨다.

학교가 파하면 만원버스를 타고 돈암동에서 내렸다. 동도극장 뒤를 돌아 몇 개의 골목을 지나 경동학교를 향해 올라가야만 우리 집이 있었다. 어느 날부터인가 경동학교의 담벼락이 보이는 입구에 서게 되면 그 길이 멀고 아득하게만 느껴졌다. 골목 입구 우측에 김동리 선생 댁이 있었다. 늘 최선을 다해 귀가하지만 거기까지가 힘의 한계인 듯 책가방은 무겁고 주저앉고 싶을 만큼 다리에 힘이 빠졌다. 대개 그쯤에서 멈춰 서게 되었다. 올려다 보이는 언덕길은 아득하고 눈앞은 가물가물하였다. 알 수 없는 신열이 온몸을 감쌌다. 늘 해가 잦아드는 시각이었다. 폐가 나빴던 것을 모르던 때였다. 생떼 같은 동생이 죽어나가고 어머니가 정신줄을 반쯤 놓아버린 그 집에 가려면 나는 늘 네거리에 혼자 멈추어 서야만 했었다.

혼곤한 잠처럼 밀려드는 나른한 미열감. 발밑에서 지축이 흔들릴 때도 있었다. 나는 누구에게도 말할 사람이 없었다. 어떤 혼령이 몸에 들어와 불을 켜는 것 같은, 그 기분 나쁜 미열이 왜 싫지 않았던지를. 그때의 열감熱感, 미열은 고통스러운 내 살아 있음의 어떤 징표이기도 했었다. 이 무렵 릴케의 시 「마음이 무거울 때」가 내 머리 속에 자리를 틀고 떠나지 않았다.

이 세상 어디선가 까닭도 없이 누군가
이 밤에 걷고 있는데
그것은 나에게로 오는 것이다.
……
이 세상 어디에선가 까닭도 없이 누군가
이 밤에 죽어가고 있는데
그것은 나를 바라보고 있는 것이다.

까닭도 없이 걷고 있는 사람, 까닭도 없이 죽어가고 있는 사람이 모두 나를 겨냥해 다가오는 환상의 그림자. 죽음을 인식하게 된 시점이 아니었나 싶다.

엄마가 다급하게 찾던 약을, 약국에서는 내어주지 않았다. 돈암동에서부터 종로4가까지 히로뽕을 사기 위해 울면서 걸었던 기억.

학교와 자매결연으로 미8군에서 주는 약을 한 주먹씩 먹던 고등학교 2학년 때였다. 내 나름 수칙을 써서 붙여놓고 혼자 투병하여 대입 때 무사히 신체검사를 통과할 수 있었다. 그 후 아버지에게도 한직이나마 주어져 관사로 옮겨와 살게 되었다.

모처럼 새 봄의 활기가 온 집안에 가득했다. 비 오는 날이면 모종삽을 들고 일년초를 가꾸시던 아버지 옆에 다가가 우산을 받쳐드리고 서 있으면 흙냄새가 싱그럽게 올라왔다. 오랜 만에 찾아온 영일寧日, 그러나 그것도 뭔지 모르게 불안한 평온이었다. 살얼음을 디딘 듯 견고하지 못한 지반은 흔들리기 시작했다. 아버지의 잠적이었다. 상사의 파면을 막아보겠다는 충심에서였다. 그러나 당장 식구들의 밥이 문제였다. 심약한 어머니와 어린 세 동생, 부득불 나는 어머니 모르게 휴학계를 내고 서울시청에서 촉탁 근무를 시작했다. 가는 길이 달라진 나는 더 이상 학생도 아니고 그렇다고 아직 어른도 아닌 대학 3학년짜리는 제 손으로 인생이라는 한 장의 피륙 한복판을 칼로 긋고는 스스로 마음의 문을 굳게 굳게 닫아버렸다.

〈실험극장〉의 활발하던 연극 활동도, 문학에 대한 꿈도, 학업도, 친구도 일시에 끊고 완전히 외딴섬이 되어 점차 말을 잃어갔다. 그나마 일요일마다 정각사에서 『금강경』을 듣고 있었는데 강의 도중 김동화 선생님은 내 마음을 관觀해 아시는 듯, 칠판에 커다란 글씨로 이렇게 쓰셨다.

유구有求면 유고有苦

무구無求면 무고無苦

그것을 본 순간 벼락 치듯 온 몸을 관통하는 전율. 가슴속 멍울들이 그대로 과녁에 꽂힌 듯 녹아내렸다. 담장이 무너지듯 안에서 무언가가 자꾸만 허물어져 내렸다. 움켜쥔 것 때문에 생긴 괴로움이라는 걸 그때 알았다. 무구無求를 씹으며 욕망의 끈을 놓아버리자 갑자기 안개가 걷힌 듯 눈앞의 시야가 확 트여 왔다. 아마 이때부터 놓아버리는 습성을 익히게 되었던 것 같다. 그 동안 억지로 가지려고 하기보다는 쉽게 버리는 쪽을 택해 왔다. 그것이 내 삶과 문학에 중심이 되었고 내 인생에 지족知足을 선물했던 게 아닌가 여겨진다. 무아無我를 공부하며 이어진 50년 탐구는 무無 자와의 대결이라고 해도 틀리지 않는다. 나[我]도 없고 영혼도 없다. 내세來世도 없고 윤회도 없다. 그 없다는 것을 알기 위해 걸렸던 시간이었다.

오온이 공하다는 것을 알아서 일체의 고액으로부터 벗어날 수 있었다는 '조견 오온개공 도일체고액照見 五蘊皆空 度一切苦厄'이라는 『반야심경』의 이 한마디를 끌로 파듯 가슴에 새기던 때가 있었다. 마음의 평정심이 멀리 달아나지는 않았다.

1964년 7월 24일 토요일 오후, 퇴근해 돌아오니 어머니가 빈 집에서 혼자서 딴세상 사람이 되어 있었다.

여름 방학식을 마친 동생들의 모습은 보이지 않고 방에 가방만 내던져져 있었다. 왕진 온 의사는 사인을 심장마비라고 했지만 혹시나 자살은 아닐까? 그 벙어리 냉가슴은 오래도록 나를 괴롭혔다. 50년 전의 일이건만 모든 게 생생하다. 부고를 알리려는 전화를 걸려고 후원에 나왔을 때, 마당 한 켠에 목을 길게 뺀 칸나와 눈이 마주쳤다. 현실감을 잃은 내게 그 강렬한 핏빛은 늙은 집시의 손에 들린 'death'라는 카드처럼 '죽음'을 통고하는 것 같았다. 화단 주변으로 깊숙이 스며들던 어둠과 거기에 어른대던 죽음의 그림자들을 나는 지금도 또렷이 기억한다.

6·25 피난 중에 내다버린 여동생, 뇌염으로 죽은 남동생, 어머니의 죽음뿐만이 아니라 내가 좋아하는 작가들의 대부분은 여름에 죽었다. 죽음에 관한 기억들이 유독 여름의 끝자락과 맞닿아 있어서인지 여름은 언제나 나를 인생 저편(죽음)에 혼자 서 있게 한다.

헤밍웨이가 방아쇠를 당겨 캐첨 산자락을 뒤흔든 것은 7월 2일 새벽이었다.

"영광스럽게가 아니면 결코 파리로 돌아오지 않겠다"던 보들레르가 반신불수의 몸을 이끌고 실어증에 걸려 파리로 돌아온 것도 7월 2일이었다. 그가 입원했던 돔가의 정신병원 앞에서 어느 이른 아침, 나는 조바심을 치며 서성이고 있었다. 왼편 표지판에 "1867년 8월 31일 46세의 보들레르가 이곳에서 어머니 품에 안겨 죽었다"고 적혀 있었고 쇠창살이 촘촘한 일층 창가엔 붉은 넝쿨장미가 그걸 덮고 있었다. 마음속에서 알 수 없는 탄성이 앗! 하고 비수처럼 지나갔다.

장미에 덮인 쇠창살. 나는 그 앞에 멍하니 서 있었다. 일곱 살 때쯤인가. 영문도 모르는 한 컷의 장면, 쇠창살 안에 어머니가 타인처럼 앉아 있었던 뇌병원에서의 기억이 수면으로 떠올라왔다. 그래서일까? 정신병원에서 숨진 작가들의 이름은 내게 화인火印처럼 각인되었고 필요 이상으로 나는 그들에게 마음을 빼앗겼다.

보들레르, 모파상 그리고 슈만도 여름을 벗어나지는 못했다. 이들은 모두 눈부신 40대였다.

'인생은 쓰라려 쓰라려 쓰라려!' 매미의 울음을 그렇게 들은 일본의 시인 이싸一茶처럼, 목청 찢어지게 울 수 있는 고작 며칠이 생의 전부인 양 나는 여름이면 매번 생에 열중하게 된다. 또한 그들의 뜨거운 삶을 돌아보며 무엇에 씌인 듯 그들이 숨진 마지막 장소와 묘지를 찾아다니곤 했다. 이 글을 쓰고 있는 지금도 창밖, 목련나무 위에서 쓰름매미가 생의 절박함을 외쳐대고 있다.

그때 어떤 기운이 나를 그쪽으로 내몰았던 것일까. 전과자가 은밀하게 범죄 현장을 찾듯 내 발길이 닿은 곳은 정신병원이거나 아니면 불행한 삶을 살다간 작가들의 관련 장소였다. 보들레르가 숨진 개선문 왼쪽의 돔가 1번지의 정신병원, 모파상이 숨진 블랑시 박사의 병원, 시인 네르발이 목을 맨 파리의 비에유 랑떼른느의 골목길이거나 관 속의 시신이 비틀린 고골의 무덤, 가와바타 야스나리가 가스 호스를 물고 자살한 가마쿠라의 마리나 맨션, 다자이 오사무가 뛰어내린 미타가의 다마카와 상류, 닛본도로 자신의 배를 가른 미시마 유키오의 무덤, 아쿠타가와가 숨진 도쿄의 다바타 촌을 헤매 돌면서 그들의 자살과 고통의 의미를 되새기며 그들의 문학과 죽음을 넘어서려고 애썼다.

그들의 절망으로 나는 내 슬픔을 치유하면서 인생을 쓰다듬는 버릇을 키워온 셈이다. 어떠한 삶도 인생에는 가능하며 인간에게 일어나는 일은 어느 것이라도 이상한 일이 아니라는 것을 수용하게 했다. 그 가운데에서도 아쿠타가와는 내가 발설하지 못한 아픔을 털어놓게 했다.

글을 쓰려는 자가 자신을 부끄러이 여기는 것은 죄악이라면서 아쿠타가와는 『죽은 자의 명부』에서 광인이 된 어머니의 이야기를 털어놓기 시작했다.

> 나의 어머니는 광인이었다. 나는 한 번도 어머니에게 어머니다운 친근함을 느껴 본 적이 없다. 나의 어머니는 머리를 빗으로 감아올리고 언제나 시바芝에 있는 나의 생가에 홀로 앉아 담배 파이프로 뻐끔뻐끔 담배를 피우고 있다. 얼굴은 작지만 몸도 왜소하다. 얼굴은 또 어떤 이유에서인지 전혀 생기가 없는 회색빛을 하고 있다. 나는 언젠가 세이쇼오키西廂記를 읽으며 흙과 진흙의 역한 냄새라는 어구를 만난 순간 갑자기 나의 어머니 얼굴을 - 마르고 가녀린 옆얼굴을 떠올렸다.

'마르고 가녀린 옆얼굴'이라는 구절에서 내 어머니의 얼굴이 떠올랐다. 이북(금란)에 친정을 둔 어머니는 외톨이로서 언제나 홀로였고 담배로 가슴에 시린 한을 풀어내던 옆모습이 후쿠와 겹쳐졌다. 동병상련이랄까. 이 대목에서는 나도 어쩔 수 없이 감상적으로 되고 만다.

그렇다면 그의 어머니는 왜 광인이 되었을까? 후쿠는 딸 둘을 낳은 뒤 막내로 아들을 낳았지만, 그가 태어나기 전 해에 큰딸을 잃고 만다. 바라던 아들이건만 액년에 태어난 자식을 '버린 자식'으로 만들어 거리에다 내다버린 슬픔(핏덩이를 내놓기엔 여간 쌀쌀한 날씨가 아니었다). 그런 후쿠의 불안 위에 석 달쯤 지나서 그녀가 제일 의지하고 좋아하던 오빠가 갑자기 죽었다. 오빠 도오토쿠가 죽은 뒤 다섯 달, 아쿠타가와가 생후 7개월이 되던 때 갑자기 정신착란 증세를 일으킨 것이다. 그 이면에는 새롭게 떠오르는 사업가로서의 남편은 방탕한 생활을 하며 아쿠타가와와 같은 나이의 서자가 있다는 사실이 전해졌다. 이 모든 것이 마음의 병이 되어 몸 상태가 좋지 않은 산후우울증과 겹쳐져 그런 상태에 이른 것으로 보인다. 그녀가 죽은 나이는 43세, 우리 어머니의 나이는 48세였다. 내상內傷도 비슷했다. 피붙이래야 단 하나뿐인 남동생의 행방불명(월북으로 추정되지만). 그것도 어머니에겐 감당하기 어려운 고통이었을 것이다.

여자의 생애 중 자녀의 참척과 남편의 외도만한 상처가 또 어디 있으랴. 어린 두 아들(내 위의 오빠와 동생)의 참척, 게다가 어머니는 6·25 피난 때 거적에 싸서 내다버린 딸 하나를 가슴에 묻지 않았던가. 분방한 아버지의 외도를 안으로 삭이며 감정을 드러내지 않던 어머니가 어느 날인가부터 이상해지기 시작했던 황망한 내 어린 날을 떠올리게 했다. 내 여동생과 동갑의 이복동생은 쌍둥이로 입적되어 취학통지서를 받을 수 있었다. 내 어머니도 말씀이 통 없는 분이셨다. 나는 천재적인 작가로서의 아쿠타가와를 물론 좋아하지만 내 무의식은 광인의 어머니를 둔 그의 고통에 동참된 것이 아니었나 싶기도 하다.

아쿠타가와가 치사량의 베르날을 먹은 것은 7월 24일 새벽 2시경이었다. 우연의 일치일까. 7월 24일은 우리 어머니의 기일이기도 하다. 제사를 지내러 남동생의 집을 찾아가던 날, 등 뒤로 쏟아지던 따가운 햇살, 숨이 턱턱 막히는 언덕길에서 나는 다바타에 있는 그의 집을 찾아가던 날의 기억이 떠올랐다. 짜릿한 통증이 옆구리께로 지나갔다. 그러니까 어머니의 제삿날은 미상불 그의 제삿날이기도 하다. 어머니의 기일에는 항상 아쿠타가와가 따라온다. 죽기 이틀 전, 어머니는 남별당(보문사)을 다녀왔노라고 하였다. 혹시 사후 부탁(장례)을 하러 간 것은 아닐까. 빨랫줄을 가득 메운 우리들의 옷가지도 먼 길 떠나는 사람의 준비처럼 생각되었고 출근하는 나의 등 뒤에 대고 "오늘은 일찍 들어오너라"하던 말씀도 평소와는 달랐다. 그분의 비상한 결의를 내가 놓쳐버린 것은 아닐까. 자책으로 이어지기도 했다. 그러나 그날(24일 토요일)은 봉급날이었고 쌀독이 비어 있었기 때문이라고 스스로 위안을 내리다가도 내 심정은 자꾸만 자살 쪽으로 기울었다.

자살을 준비하고 '죽음과 놀고 있다'는 아쿠타가와의 최후의 기록은 그래서 내 마음을 더욱 힘들게 했다.

'죽음의 매력을 느끼기만 하면 그때부터 쉽게 그의 권외로 빠져나갈 수가 없다. 뿐만 아니라 동심원同心圓을 빙빙 돌듯이 조금씩 조금씩 죽음 앞으로 다가서는 것이다' 라던 그는 죽음 앞으로 다가가기 위해 철저히 준비를 했던 것이다. 자살을 실행에 옮긴 날은 7월 24일이었다. 그것은 당시 집필 중이던 『속續 서방의 사람』이 이날 완성되었기 때문이다. 죽기 일주일 전부터 심상치 않은 그의 행적을 나는 긴장감으로 따라가 보았다.

7월 17일, 아내 후미와 관극을 보고 돌아오는 길에 금시계를 사준다.

7월 18일, 친구 오아나 류이치를 방문, 방석 밑에 50엔을 두고 나온다.

7월 21일, 정신병원에 입원한 친구 우노 고지의 집을 방문하여 가족에게 자살할 위험도 있다고 하니 모쪼록 신경을 써야 한다는 부탁을 하고 돌아온다.

그날 다시 오아나 류이치를 방문, (아쿠타가와는 화가인 오아나에게 책 장정을 맡겼으며 탈저증으로 수술할 때 보증을 서주기도 했다) '그 다리를 나한테 좀 만지게 해주게' 하면서 그의 절단된 오른발에 손을 얹고 '자네 생활은 부럽구나' 한숨을 내쉬며 '나는 자네가 나의 어머니를 대신해서 태어난 사람이 아닌가라는 생각이 드는군'이라고 말했다. 오아나의 생일이 마침 어머니의 생일과 같은 날이라고 그는 몇 번이나 말하더라는 것이다.

어머니에 대한 보상심리라고나 해야 할까, 모성의 결핍은 어른이 되어서도 가슴 밑바닥에 빈 공간으로 남아 있게 마련인가. 열 살짜리 아쿠타가와의 눈에 비친 어머니의 죽음, 그리고 삼베옷이 껄끄럽다고 입기 싫어한 내 막내동생의 나이는 여섯 살이었다. 얼마 전에 할아버지가 된 그 아이도 그때의 일을 기억하고 있을까. 누구나 가슴을 열면 흉터 몇 개쯤은 지니고 살아가는 게 인생이겠지.

만년에 쓴 『어느 바보의 일생』은 첫 장 '시대'로 시작하여 마지막 51장 '패배'로 끝난다. 첫 장 '시대'는 이렇게 전개된다.

어느 책방에서 사다리에 올라가 신간 서적을 찾고 있었다. 모파상, 보들레르, 스트린드 베리, 입센, 버나드 쇼, 톨스토이……. 그곳에 꽂혀 있는 것은 책이라기보다는 오히려 세기말 그 자체였다. 그는 사다리 위에 앉은 채, 책 사이로 움직이고 있는 점원과 손님을 내려다보니 이상할 정도로 작았다. 뿐만 아니라 불쌍해 보이기까지 했다. "인생은 보들레르의 시 한 구절을 능가하지 못한다"는 생각을 하며 사람들을 내려다보고 있었다. — 첫 장「시대」를 요약한 것임

그가 좋아한 작가들. 보들레르, 스트린드 베리, 조나단 스위프트, 모파상, 고골은 실제로 환각과 자살미수, 발광의 상태를 겪은 이들로서 모두 예술지상주의자들이다. 그 외 오스카 와일드, 아나톨 프랑스 등을 아쿠타카와는 좋아했고 나도 그 작가들을 좋아한다.

자신의 삶을 '패배'로 규정 짓고 자살로 마감하긴 했으나 예술을 항상 삶보다 우선순위로 했던 아쿠타가와 류노스케. 그는 예술로 인간의 사바고娑婆苦를 극복하고자 한, 눈물겨운 삶과 오직 쓴다는 작가적 행위로 자신의 삶을 증명해보인 작가였다.

그는 비에 젖은 아스팔트 위를 걷고 있었다. 눈앞에 밝은 선을 그으며 자줏빛 불꽃이 올라왔을 때, 인생을 되돌아보며 '아무 것도 바라는 것이 없었다'고 적었다. 나는 왠지 '아무 것도 바라는 것이 없었다'는 그의 심정을 알 것도 같았다.

'하지만 이 자줏빛 불꽃만은 - 하늘의 황홀한 불꽃만은 목숨과

바꾸어도 좋았다' 고 「불꽃놀이」에서 말한다. 그렇게 말하고 황홀한 불꽃으로 사라진 그를 생각하면 뭔지 모를 환희와도 같은 고통이 내 안에서도 지나간다.

액자 속 아이가 다시 내게 말을 건네 온다.
"悲しかろぅか 淋しかろぅか 苦しかろぅか"
70여 년의 세월이 한달음에 지나갔다.

제2장

예술가의 우울증과 광기에 대하여

❋

예술가의 우울증과 광기에 대하여

거울 속에 내 모습은 없다/ 모파상

길 떠나는 가족/ 이중섭

색채의 절규/ 뭉크

환영을 밟아 오르는 사다리/ 슈만

이젠 나도 시커먼 아가리에요/ 고흐

나 자신을 내던지리라/ 버지니아 울프

밤으로의 긴 여로/ 유진 오닐

해시시 클럽

내 넋은 금이 갔네/ 보들레르

삶이란 움직이는 그림자일 뿐/ 에드거 앨런 포

태어나서 미안해요/ 다자이 오사무

예술가의 우울증과 광기에 대하여

병이란 누구에게나 다 적용되는 것이며, 정신병 또한 예술가들만 걸리는 병은 아니다. 그러나 그들의 처절한 작품 생활과 광기狂氣는 상관관계를 갖고 있기 때문에 우리는 그들의 병마에 대해 주목하지 않을 수 없게 된다.

무엇이 그들을 광풍의 소용돌이 속으로 몰아넣는가?

예술은 그들 생의 전부이며, 생의 절대적 가치를 지닌다. 예술가들은 혼신의 힘을 다해 영혼에 불을 지피고 자신의 감성에서 뽑아낼 수 있는 한 선율을 뽑아내고는 밑동이 잘린 나무둥치처럼 그만 지상에 엎어지고 마는 것이다.

악마에게 영혼을 판 파우스트처럼 그들은 잠든 영혼을 고양시키기 위해, 때로는 깊게 내재된 자신의 영성靈性을 고무시키기 위해 악마와도 기꺼이 손을 잡는 일에 주저하지 않았다. 그래서 마약과 알코올중독, 매독과 정신착란은 순서대로 오면서 치러내지 않으면 안 되는 대가였던 것이다.

로트렉과 에드거 앨런 포, 보들레르는 전형적인 이 코스를 밟았다.

"이 세상에서 어떤 병을 알코올중독과 비교할 수 있으리."

에드거 앨런 포의 말이다.

시인 에드거 앨런 포를 닮은 보들레르, 두 사람은 술과 마약과 정신착란으로 정신병동을 드나들며 46세, 40세의 짧은 나이로 생을 마감했다. 시에서만은 두 사람 모두 철저했다.

화가 로트렉과 유트릴로. 그들은 어머니의 극진한 보호 속에 한 사람은 불구로, 한 사람은 사생아란 자학증세로 알코올중독에 빠져 정신병원을 드나들었다. 그럼에도 두 사람은 많은 걸작품을 남겼다. 작가 모파상과 보들레르, 그리고 『걸리버 여행기』를 쓴 조나단 스위프트는 정신병원에서 숨을 거두었다.

한때 로댕의 애인으로 촉망받던 조각가 카미유 끌로델은 몽드베르그 정신병원에 감금되어 30년 만에 죽어서야 그곳을 빠져나올 수 있었다. 러시아의 춤꾼 니진스키도 마찬가지로 30년이란 세월 뒤 죽어서야 그곳을 빠져나올 수 있었다. 음악가 슈만과 스메타나도 정신병원에서 운명했다.

독일의 시인 휠덜린은 생애의 반을 좌절과 고독 속에서, 나머지 반생은 정신착란으로 36년간을 유폐된 채 살았다. 그의 시, 일구에 나는 무한 존경을 바친다.

'위안 받으라! 이 삶은 고통 받을 가치가 있도다.'

헤르만 헤세와 사무엘 베케트도 정신과 치료를 받았다. 시인 딜런 토마스와 박정만, 무소르크스키는 알코올중독으로 쓰러졌다. 헤밍웨이 역시 알코올중독자였고 엽총자살을 감행했다. 그중에도 모파상, 보들레르, 니체, 스메타나, 슈베르트는 매독으로 인한 환청과 환시에 시달리며 정신과 치료를 받았고 니체는 매독으로 인해 실명의 고통을 감수해야 했다. 스메타나는 〈나의 조국〉을 완성한 뒤 양쪽 귀가 들리지 않았다. 〈나부 마야〉를 그린 스페인 화가 고야도 매독으로 청각을 잃었다.

화가가 눈을 잃고, 시인이 말을 잃고, 음악가가 귀가 멀다니……. 왜 이같은 비극적인 일이 일어나야 했을까?

그들의 감각은 악마의 제물이 되었다. 가난과 질병, 깊은 절망과 자살충동에 시달려야 했던 것이다. 마약은 환각의 낯선 생동감을 유발시키고 외부세계에 강렬한 흥미를 갖게 한다. 이때 생각의 흐름도 무척 빨라져 훨씬 가속도가 붙은 광시곡狂詩曲이 된다는 것이다. 마약은 창작의 영감을 제공해주는 대신 악마처럼 그들을 집어삼켰다. 악마에게 점령당한 것이다.

감성적인 예술가들은 오래 살지 못했다. 그리스의 철학자 아리스토텔레스가 "시나 미술에 뛰어난 예술가들은 왜 항상 우울한가?"라는 물음을 제기한 이래 심리학자와 신경학자들은 '창조성과 광기'에 대한 상관관계를 연구하기 시작했다.

미국 켄터키의대 심리학 교수인 아놀드 루드윅 박사는 조울증이 가장 심했던 집단은 예술가 집단이었으며 알코올중독은 조사 대상의 60%가 배우, 40%가 작가들이었으며 과학자들은 3%뿐이라고 했다. 그리고 조울증의 정도에 따라 창작성에도 차이를 보였는데, 세계의 뛰어난 창작자들은 조울증에 걸린 사람들이 많았다는 것이 홉킨스대학의 케이레드필드 제미슨 박사의 주장이다.

예술가들의 심리상태를 연구한 제미슨 박사는 자신의 저서 『우울증과 예술성』에서 시인 바이런과 셸리, 음악가 슈만, 소설가 허먼 멜빌과 버지니아 울프 등을 예로 들고 있다.

"정신병은 고통으로부터의 피난처이며, 광기는 수난의 기억을 잊으려는 수단"이라던 쇼펜하우어의 말이 떠오른다.

간절히 잊고 싶은 수난의 기억, 고통뿐인 상처, 악마에게 뒷덜미를 잡힌 가엾은 예술가들의 심연 속을 들여다보고 싶었다.

거미가 습격한다며 창문을 닫고 '신에게 검은 매독을 전염시켜서 죽이겠다'고 악을 쓰던 모파상. 처자를 먹여 살리지 못했다며 음식을 거부한 이중섭. 노래를 들려주던 천사들이 마치 하이에나처럼 덤벼들어 날카로운 발톱으로 자신을 움켜쥔다면서 고통스런 비명을 질러대던 슈만 등등.

우리는 그들에게 얼마나 많은 빚을 지고 있는가. 여기 예술가 10명을 지면으로 초대한다. 그러면 그럴수록 금이 간 거울처럼 깨지고 만 자아의 붕괴, 그들 마음속 병이 어떻게 전개된 것인지를 나는 알고 싶었다. 어떻게 그러한 환상과 망상이 일어나는가? 병든 마음, 마음이란 과연 무엇인가를 묻지 않을 수 없었다.

거울 속에 내 모습은 없다

— 모파상

기드 모파상(1850~1893년)은 프랑스의 노르망디의 해안, 미로메닐에서 태어났다. 그래서인지 그의 작품들은 노르망디의 풍경을 배경으로 하고 있는 게 많았다. 인간의 애욕을 주로 다룬 그의 작품은 심리묘사가 뛰어나다는 게 정평이다. 영국의 작가 서머셋 모음은 모파상을 19세기 최고의 단편작가로 꼽았다.

그의 문학 수업은 어머니가 플로베르와 친분이 있어 연결된 플로베르의 엄격한 가르침에 힘입은 바 크다. 단편 「텔리에 관」 「비곗덩어리」 「달빛」, 장편으로는 『여자의 일생』 『벨아미』 『죽음처럼 강하다』 등이 있다. 톨스토이의 찬사와 더불어 세계적인 호평을 받았던 작품 『여자의 일생』에서 우리는 잔느에게 얼마나 공감하였던가?

오두막이 산 아래로 굴러 떨어지자 그 속에 같이 있던 정부와 함께 죽은 남편, 외아들 폴이 진 빚 때문에 정든 저택마저 남의 손에 넘어가고 다만 혼자서 늙어가고 있을 뿐인 그녀에게 갓난아기가 품안에 들어온다. 폴이 낳은 딸애였다.

그녀는 아기를 손에 받을 때, '갑자기 휘황한 광선에 쏘인 것 같은 느낌이 들었다'고 말하며 아기의 볼에 입맞춤을 하면서 이렇게 나직이 중얼거린다. "인생이란 생각한 것처럼 그렇게 좋은 것도 나쁜 것도 아니다."

그의 작품의 결미는 언제나 불행으로 끝난다. 그러나 그의 작품 못지않게 더 불행했던 것은 실제 그의 삶이었다. 어린 시절 작가가 경험했던 가정불화, 몹시 방탕했던 아버지와 어머니가 겪었던 실상을 목격하면서 독신주의를 고집하게 된다. 그의 작품 속의 여자 주인공들도 정부들과 밀통하며 배신을 맛보고 심적 고통을 겪는다. 간통에 따르는 사생아 문제에 모파상은 남다른 관심을 보이며 「걸인」「아들」「삐에르와 장」 등의 작품을 써냈다. 그는 아비가 누구인지 밝혀지지 않은 아들에게 물질적으로는 궁핍하지 않게 배려했으나 끝까지 친자식으로는 인정하려 들지 않았다. 더구나 하나뿐인 남동생 에르베도 정신병원에서 죽어 완전히 절손絶孫되었음에도 불구하고. 나는 이것을 그 집안의 냉정한 성격 탓으로 생각해본다. 그의 어머니 로르는 모파상이 정신병원에 감금된 이후로 한 번도 찾아오지 않았고 장례식에도 참석하지 않았다. 아버지도 마찬가지였다. 장례 때 가족이라고는 죽은 동생의 처남 한 사람뿐이었다. 로르는 아들이 숨을 거두기도 전에 그가 끔찍이 아끼던 배, '벨아미 호'마저 팔아치웠다. 애정결핍과 결손가정, 그리고 그가 보불전쟁 때 목격한 참상들이 그의 신경성질환과 관련된 것은 아닐까 생각해본다. 성장기의 불우한 경험들로 집적된 그의 인생관은 자연히 염세적이고 다분히 냉소적이며 삭막할 수밖에 없을 것 같았다.

> 나는 사후死後의 존속을 믿지 않는다. 내가 믿는 것은 끊임없이 경신되는 세기를 꿰뚫고 무수한 성진星辰 사이에 차 있는 보편적인 생명이다. 우리들 조그만 개인에 대해서 말하자면, 그것이 개체인 한 완전히 소멸되어야 하며, 또 그 사실 앞에 체념해야 한다. 그리고 만약 그밖에 무엇이 남는다면 그것에 대해서는 나는 아무 것도 모른다는 사실뿐이다.

모파상은 위의 일기에서처럼 한 개체로 완전히 소멸되는 것을 원했다. 그 자신 한 개체로 끝나고 싶어 했다. 왜 그런 생각을 하게 되었으며 그가 자식과의 인연 줄을 왜 놓아버렸나 하는 것이 인간적 연민으로 다가왔었으나 이제 돌이켜 생각하면 그의 앞선 생각에 내 감상 따위는 떼어내야 될 것 같다. 나 역시도 '한 개체로 완전히 소멸되어도 좋다'는 생각에 동의하기 때문이다.

나는 2000년 5월 모파상이 1년 반 동안 갇혀 있다가 죽은 파시 지구 베르통가 17번지의 정신병원을 찾았다. 그가 매독에 걸린 것은 26세 때였다. 에밀 졸라가 주재하는 문학 서클인 '메당의 저녁'에 「비곗덩어리」가 발표되면서 플로베르의 격찬과 함께 문단의 주목을 받기 시작한 때였다. 안질로 고생하면서 3년 뒤 『여자의 일생』을 발표했다. 증상은 35세 때부터 부쩍 심해졌다.

신경장애를 나타내는 한편, 편두통과 현기증에 시달려 눈동자가 퍼지기도 하였다. 그는 코카인, 모르핀, 대마초 등 닥치는 대로 마약을 복용하였다.

어떤 날은 거미가 습격한다고 여름철인데도 창문을 꼭 닫았고 또 어떤 날은 자기 몸속에 보석이 들어 있다며 화장실 출입을 며칠이나 하지 않은 적도 있었다. 또 어떤 날은 '예수 그리스도는 내 어머니와 함께 잤기 때문에 나는 신의 아들'이라고 외쳐댔고 '나는 신에게 검은 매독을 전염시켜서 죽일 테다'라고 악을 쓰기도 했다.

1892년 1월 1일 밤, 그는 머리에 대고 방아쇠를 당겼다. 그러나 하인이 총알을 빼두었기에 무사할 수 있었다. 그는 다시 면도날을 들어 자신의 목을 긋고는 거울 앞에서 무표정하게 웃어보였다. 하인이 달려오고 의사가 붕대를 감아 목에서 흐르는 피를 멈추게 하였다.

다음 날, 의사 블랑슈가 파견한 간호사가 모파상에게 환자복을 입혀 기차에 태워서 파리로 데리고 왔다.

파시 정신병원은 예전에 프랑스 왕 루이 16세와 마리 앙투와네트의 딸인 랑발 공주가 머물다가 살해된 곳이다. 모파상은 발작을 일으킨 지 18개월 만에 그 정신병원으로 들어갔다. 그는 여전히 추웠다. 철창으로 가로막힌 병실, 문이 모두 닫혔다.

언론이 '별 네 개짜리 정신병원'이라고 평가한 이 병원에 갇힌 모파상은 줄곧 거울을 피했다. 그는 노란 포도를 오랫동안 관찰한 다음, 여러 번 '구리로 되어 있어'라고 말하고는 먹지 않았다. 그리고 소변이 보석이라고 생각해서 소변을 보지 않으려고 했다. 또한 그의 어머니가 자기 뱃속에 공을 넣었다고 생각하고는 당구대를 달라고 했다. 그는 길고 가는 빵 조각밖에 먹지 않았다. 병원 측에서는 음식을 거부하는 모파상에게 의학기구를 사용해 영양분을 투여하려 했다. 그러자 모파상은 병원장이 호모라고 비난하고, 원장이 소변 측정기구로 자기 뇌를 부수려 한다고까지 했다. 그러면서 악마가 나갈 수 있게 문을 열어달라고 울부짖었다. 문을 열어 놓아야 죽은 사람들과 대화할 수 있다는 것이었다. 그는 그렇지 않으면 죽은 사람들이 보이지 않는다고 말했다.

모파상이 숨을 거둔 곳은 맨 꼭대기 층의 15호실(15호실은 39년 전에 네르발이 입원했던 방)이라고 한다. 지금은 병원 자리에 터키 대사관저가 들어서 있다. 붉은 깃발이 펄럭이는 3층집 벽에는 무심한 담쟁이넝쿨만 푸르다. 경비원에게 양해를 구하고 나는 '모파상이 이곳에서 1893년에 죽었다'는 표지판을 넣고 사진을 한 장 찍었다. 무더운 여름, 약속이나 하듯 모파상은 7월에, 보들레르는 8월에 43세와 46세의 나이로 모두 정신병원에서 숨을 거두었다. 이들은 몽파르나스의 큰 묘역(보들레르)과 작은 묘역(모파상)에 나뉘어 잠들어 있었다. 다행히 보들레르는 어머니의 따뜻한 간호를 받으며 눈을 감았지만 모파상은 고독한 최후의 순간을 어떻게 맞았을까? 콩쿠르 박사의 기록은 다음과 같다.

> 쇠약해지고 핏발 선 눈은 빛을 잃고, 등은 구부러지고, 손은 여위어서 하얘진 모파상은 이미 서 있을 수가 없었다. 6월 14일에 다시 경련을 일으켰다. 이제는 마지막이다 싶었으나 심장

이 용케 견디었다. 28일에는 경련이 그를 혼수상태에 빠뜨렸다. 그러나 그는 다시 한 번 정신이 들어 한쪽 눈을 뜨고 한쪽 손을 움직였다. 1893년 7월 6일 그는 숨을 거두었다.

어렵게 찾아낸 이 기록을 나는 여러 번 소리 내어 읽었다. 그의 핏발 선 눈과 구부러진 등을 상상하면서.

모파상의 죽음을 목격한 어떤 사람이 한 말은 이렇다.

"기 드 모파상은 기름이 떨어진 램프처럼 죽음을 맞이했다."

모파상은 나무나 개처럼 그냥 맨몸으로 땅에 묻히고 싶어 했다. 죽은 뒤 자기 육신이 '어머니 대지'로 돌아가길 바랐기 때문이다. 그래야 풀과 나무뿌리들이 그의 육신을 찾아와 땅 위로 다시 데려와서 햇빛과 바람을 다시 보게 해줄 수 있을 거라고 말했다.

모파상은 항상 광기와 죽음은 서로 연관되어 있다고 생각했다. 그리고 자신이 미칠까 봐 오랫동안 두려워했다. 정신착란이 지닌 신비한 면에 이끌린 그는 샤르코(Charcot, 프랑스의 신경병 학자)가 1884년과 1886년에 세미나를 열었을 때, 그 자리에 참석했고, 그곳에서 프로이트를 만났다. 모파상은 광기가 지닌 신비에 대해서 여러 편의 단편소설을 썼다. 「광기, 광인, 광기」「미친 여자」「오를라」 등이 그런 작품들이다.

「어느 광인의 편지」에서는 화자가 거울이 달린 커다란 벽장을 보고 거울 속에 자기 모습이 보이지 않자 놀라서 뒤로 넘어질 뻔한다. 화자는 이렇게 말한다.

"거울 속에는 내가 없었어. 하지만 거울 앞에는 내가 있었단 말이야."

「오를라」의 초판본에도 이와 거의 같은 대사가 나온다.

"난 그이를 속이기 위해 책을 읽는 척했다. 그리고 일어나 손을 내밀고 빙빙 돌았다. 어찌나 빨리 돌았는지 하마터면 넘어질 뻔했다. 그런데 거울 속에는 내 모습이 비치지 않는다. 거울은 비어 있고 맑으며 깊은 느낌이 나고 빛이 가득하다! 그리고 거울 속에 내 모습은 없다. …… 거울 앞에는 내 모습이 있는데."

거울 앞에 있는 내 모습이 왜 거울 속에는 없을까? 그의 자의식을 더듬으며 나는 남편의 도움을 얻어 어렵사리 찾은 몽파르나스의 작은 묘역에서 그의 무덤 앞에 섰다. 무덤은 녹색 철책으로 둘러싸여 있고 그 앞에 자잘한 노란 꽃과 어울린 보라색 엉겅퀴 한 대가 높게 솟아 있었다. 둘레에선 제일 아름다운 무덤이었다. 두 개의 원기둥 사이에 대리석 표지판이 있고 거기에 모파상의 생몰 연월일이 적혀 있었다. 이곳에 그의 유해가 묻히던 날, 에밀 졸라는 조사에서 모파상을 이렇게 조문했다.

> …… 모파상, 그이만큼 문사文士 냄새가 안 나는 사람이 없었습니다. …… 명성 따위를 탐내는 것이 아니라 생활을 위해서 쓴다고 말했었습니다. 그것은 우리들처럼 주야로 문학에 미친 인간에게는 약간 뜻밖이었습니다. 그러한 그가, 이럴 수가 있습니까, 정신착란에 빠졌습니다. 그 모든 복, 그 모든 건강이, 이 저주스러운 것으로 해서 한꺼번에 무너졌습니다. 그는 이 세상에 살았던 가장 행복하고 또 가장 불행한 인간의 한 사

람으로서, 또 우리들의 인간성이 희망을 품을 수 있는 동시에 좌절되는 것임을 통감시키는 인간으로서, 그리고 또 사람들의 열애를 받고, 귀염을 받고 그리고 눈물에 싸여서 죽어간 형제로서 언제까지나 남을 것입니다.

무엇이 그를 정신착란에 빠뜨리게 하였을까?

바다 위를 떠도는 조각배보다도 더 고독하고 불안한 존재, 기 드 모파상. 그의 여러 모습이 잠깐 동안 내 눈앞을 스쳐 지나갔다. 임종 때 외쳤다는 '어두워, 어두워, 어두워'가 덧난 상처처럼 내 마음을 아프게 했다.

길 떠나는 가족

—이중섭

서울 서대문 적십자병원에서 숨진 이중섭(1916~1956년). 아직 노염이 남아 있는 9월 6일이었다. 그는 무료 병실에서 혼자 숨을 거두었다. 나이는 40세.

"이렇게 유명한 분인데 어떻게 아무도 몰랐을까요?

그의 임종 후, 주인을 몰라 시체실에서 나흘이나 방치되었던 데 비하여 비교적 성대하게 치러진 장례식을 보고 병원 측에서 한 말이다. 뒤늦게 부음을 듣고 달려온 친구들에 의해 시신은 화장된 뒤 망우리 공동묘지에 매장되었다. 친구 김병기는 이렇게 오열했다.

"굶어 죽었다 해도 좋고, 미쳐 죽었다 해도 좋고, 자살했다고 해도 좋다."

평양에서 태어난 중섭은 오산중학교를 마치고 일본 유학 중, 야마모토 마사코를 만났다. 마사코는 미쓰이물산 중역의 막내딸로 미인은 아니지만 조용하고 성실한 아내였다. 이중섭과 함께 한국,

원산으로 돌아와 이름을 이남덕이라 고쳐 부르고 아이들도 낳고 단란한 가정을 이루었다.

중섭은 고향에서 미술 교사로 재직하며 한때는 그곳 국전 미술 심사위원에 추대된 적도 있었고, 소련 미술가로부터 절찬을 받기도 했다. 6·25의 발발로 1·4후퇴 때 아내와 두 아들을 데리고 월남을 감행, LST 편으로 부산항에 당도한 것은 1950년 12월 10일이었다. 생활고를 견디지 못해 제주도로 건너갔으나 그곳에서도 지독한 가난 때문에 마사코는 아이들을 데리고 일본으로 돌아갔다. 중섭은 그의 호 '대향大鄕'처럼 아들딸 많이 낳아서 대향촌을 만들어 정착하고 싶어 했으나 현실은 정반대였다. 전쟁과 가난은 가족을 현해탄 밖으로 갈라놓았다. 홀로 된 그가 제주에서 통영—진주를 거쳐 서울에 올라온 것은 1954년 7월, 38세 때였다.

이때부터 중섭의 동가식서가숙의 비참한 생활이 시작되었다. 불안하던 당시의 사회상과 영양실조는 그의 정신을 서서히 병들게 했다. 대구 피난 시절이었다. 이중섭은 느닷없이 파출소로 쫓아 들어가서,

"순경 선생, 저는 빨갱이가 아닙니다. 저는 미술가가 되려고 노력하는 사람입니다."

수사관의 심문과 취조 도중 구상 씨의 이름이 나오면 구상 선생은 자다 말고 파출소로 불려가야만 했다고 한다. 중섭은 음식도 거절하였다. 처자를 먹여 살리지 못하는 자신을 자책하면서 음식 거부 소동을 벌였고 '그림이 아닌 일'을 하겠다고 나서며 여관 마당을 쓸기도 하고 동네 아이들을 데려다가 씻기는 등 그때부터 중

섭은 이미 정상이 아니었다.

"나는 이미 세상을 속였어! 미술을 한답시고 공밥을 얻어먹고 놀고 다니며 후일 무엇이 될 것처럼 말이야. 남들은 저렇게 세상과 자기를 위해 바쁘게 봉사하는데, 난 그림만 신주처럼 모시고 다니며 이게 대체 뭐란 말인가."

병의 초기 증상은 자학으로 나타났다. 열등의식에 사로잡힌 완전한 자포자기였다.

어떤 날은 남덕을 죽인다고 외치면서 자기 손등을 비벼 피를 냈다. 분열증세의 시작이었다.

1954년 7월, 지인이 내어준 누상동 이층집 방에서 그림에 몰두했다. 일본에 있는 아들에게 보낸 편지에서 "열심히 그리고 있다"고 적었다. 그러나 두 달 뒤 집이 팔리면서 마포 신수동의 이종사촌 집으로 옮겨야 했다. 그의 작업은 계속되었다. 더부살이 시절에 〈길 떠나는 가족〉〈닭〉 연작 등의 명품을 쏟아냈다. 1955년 1월, 미도파 화랑에서 열린 첫 전시회는 화단의 평가는 좋았으나 그림이 팔리지 않아 그의 몸과 마음은 급속도로 쇠약해져 갔다. 39세 때였다. 정신분열증상에 영양실조, 게다가 간염이 겹쳤다.

중섭이 쓰러지자 종군화가란 명목으로 친구들은 서둘러 수도육군병원에 입원을 시켰다. 그리고 모금운동을 벌여 그를 유석진병원으로 옮겨 치료를 받게 했다. 두 달 만에 병세는 호전되는 듯했으나 자유 외출을 한 그는 병원에 돌아가지 않고 화우 한묵과 어울려 자취방에서 그림을 그렸다. 이때 반 고흐처럼 정신착란증세가 재발한 것이다. 채 겨울도 못 나고 그는 청량리 뇌병원으로 끌려가야 했다.

무료 병실 한 구석에 처박히게 된다. 이제 황달까지 겹쳐 누렇게 뜬 얼굴에 아무 것도 기억하지 못하는 기억상실증 환자가 되어버린 것이다. 적십자병원으로 이송되었을 때는 이미 돌이키기 어려운 가사 상태에 빠져 있었다.

정신줄을 놓기 전, 그가 심혈을 기울여 그린 작품은 〈길 떠나는 가족〉이었다. 세 단어로 끊어 본다. '길' '떠남' '가족', 어느 것 하나 그에게 절실하지 않을 수 없었으리. 가족 사랑과 이별의 아픔을 짐작케 한다. 일본 강점기에 태어나 일본 여자와 혼인을 하고 느닷없이 맞이한 해방에 뒤이어 6·25전쟁까지 도쿄—원산—부산—제주를 거쳐 통영—서울까지 떠돌던 그림밖에 모르는 천생이 화가였던 사람이었다. 친구 김병기의 말대로 그는 굶어 죽었을까, 미쳐 죽었을까, 자학적인 자살이었을까를 가늠해 보다가 아무래도 고황에 든 병처럼 가족 사랑이 원인이 아니었을까에 마음이 머문다.

나는 어느 이른 봄, 제주도에서 홀로 된 그가 기거하던 집을 찾았다. 수선화가 핀 작은 마당을 돌아보며 가족이란 무엇인가를 되묻지 않을 수 없었다. 가족이란 밥상에서 보는 얼굴이 아닐까. 밥. 밥이 답이다. 그게 왜 그렇게도 어려웠던가. 공유된 기억 때문인지 그의 일이 통 남의 일 같지 않았다.

색채의 절규

—뭉크

에드바르트 뭉크(1863~1944년)는 노르웨이 뢰텐 지역의 허름한 방에서 태어났다. 산모는 당시 결핵을 앓았고 태어난 아기도 허약했다. 그가 다섯 살 되던 해 어머니가 결핵으로 숨졌고 9년 뒤엔 한 살 터울인 누나 소피에도 결핵으로 숨졌다. 1889년엔 신경쇠약을 앓던 아버지마저 숨졌다. 아버지는 오슬로에서 병원을 개업한 의사였는데 원래 성격이 편벽되고 이상한 기질을 갖고 있었다. 스무 살 아래이던 아내를 잃게 되자 때로는 미친사람처럼 아이들을 때리기도 하고 이상하게 굴었다.

뭉크는 점차 죽음에 대한 불안의식이 고조되었다. 어린 시절, 그런 일을 여러 번 겪었기 때문에 죽음을 응시하는 눈은 점점 내향적으로 되었다.

그는 죽음을 자기 자신 속에 숨어 있는 것으로 의식하였다. 그래서인지 작품에는 유난히 죽음에 관한 소재가 많았다. 〈죽은 사람을 누인 베드〉 〈병든 아이〉 〈병실에서의 죽음〉 〈지옥에서의 자화상〉 등, 죽음의식이 밑바닥에 깊게 깔려 있었다.

핏빛 하늘을 등지고 양손으로 귀를 막은 채, 공포에 질려 비명을 지르는 사람은 어쩌면 사람이 아닌 유혼遊魂 같기도 했는데 이 강렬한 〈절규〉를 처음 본 것은 1960년 카뮈의 『시시포스의 신화』라는 책 표지에서였다. 세월이 제법 흘러(1996년) 나는 오슬로 국립미술관에서 〈절규〉 앞에 섰었다. 실제 그림의 배경은 오슬로 에케베르그 공원 근처였다. 뒤로는 바다가 보이고 공간 바닥에는 포석이 깔려 있었다.

뭉크의 친구가 바로 이곳에서 자살하려 했었고, 우울증을 앓는 여동생은 마침 내려다보이는 정신병원에 입원 중이었다고 한다. 뭉크의 눈에는 노을 지는 빨간 하늘이 피처럼 붉은 하늘로 보였던 것이다.

그는 〈절규〉를 그리고 나서 일기에 이렇게 썼다.

> 어느 날 저녁 때 나는 길을 걷고 있었다. 한쪽에 도시가 펴져 있고, 피요르드가 내 앞에 있었다. 나는 지칠 대로 지쳐 기분이 좋지 않았다. 나는 멈추어 서서 피요르드를 둘러보았다. 해는 서산에 지고 — 구름이 빨갛게 물들어 있었다. 피처럼. 나는 자연을 뚫고 들려오는 절규 같은 것을 느꼈다. 나는 절규를 들은 것 같은 기분이 들었던 것이다. 나는 이 그림을 그렸다. 구름을 진짜 피처럼 그렸다. 색채가 절규를 했다.

뭉크는 정신장애를 일으켜 자주 피해망상증에 시달렸다. 45세 무렵이었다. 여성으로부터 쫓기며 시달림 당하는 느낌을 가졌고 친구 누군가가 자신을 해칠 음모를 꾸미고 있다는 의심에 빠지곤 했다. 여자들이 부드럽게 대하면 대할수록, 어떤 일종의 공포감을 느끼게 된다고 말했다. 그는 여인들이란 영원히 남자를 잡아먹으며 살고 있는 일종의 흡혈귀로 생각했다. 한 여인과 살고 있는 남자는 어딘가 모르게 죽어가고 있는 것이라고 생각했기 때문에 뭉크는 80세의 긴 인생을 혼자서 보냈다. 삶에 대한 내향적인 태도에서도 그 노이로제적인 성격을 엿볼 수가 있다.

1907년, 독일에서 아홉 달 가까이 정신과 치료를 받고 발트해 연안의 한 마을에서 휴양을 취해야 했다. 이듬해에는 코펜하겐에 있는 정신병원에 입원하였다. 그 후 오슬로의 피요르드 호숫가에 집을 마련하여 그곳에서 풍경화를 많이 그렸다. 그의 그림의 모티프는 역시 삶과 죽음, 그리고 사랑이었다.

나는 그의 말을 주목하게 된다.

> 나의 가정은 병과 죽음의 가정이었다. 확실히 나는 이 불행을 이겨낼 수가 없었다. 질병, 발광 그리고 죽음은 나의 요람을 지키는 천사들이었다. 그들은 내 일생 동안 줄곧 따라다녔다. 나는 일찍부터 삶이 가지는 비참하고 위험스러운 점을 알게 되었으며, 또 지옥의 죄의 자식들을 기다리고 있는 영원한 벌에 대해서도 배웠던 것이다.

일생 동안 그를 따라다녔던 질병, 발광, 그리고 죽음, 그 때문인지,

"나는 뜨개질을 하거나 책을 읽는 평화로운 사람들은 그리지 않을 것이다. 내 그림 속 인물은 살아 숨 쉬고 그걸 느끼며 고통받고 사랑하는 이들이어야 한다"고 말한다.

어찌 보면 뭉크는 평생을 불안과 두려움에 사로잡혀 불행하게 살다간 화가였다. 그렇기 때문에 누구보다 인간이 겪는 고통과 외로움에 가장 가까이 다가가 그것을 그림에 담아냈고, 역으로 그 점이 우리를 위안하는 게 아닌가 한다.

'질병, 발광, 그리고 죽음이 내 일생 동안 줄곧 따라다녔다'는 그에게서 나는 부쩍 친화력을 느꼈다. 쓰레기더미를 뒤지는 두더지처럼 나는 그런 예술가가 아니면 애정도 흥미도 어떤 관심도 일어나지 않았다.

환영을 밟아 오르는 사다리
—슈만

독일의 작곡가 로베르트 슈만(1810~1856년)은 다섯 남매 중 막내인데 부친은 그가 태어나던 해부터 신경질환을 앓다가 53세에 사망하였다. 모친은 우울증을 앓았고, 슈만의 누이 에밀리는 19세에 자살, 나머지 세 형제들도 모두 병사하고 만다. 슈만의 일곱 자녀들도 대부분 폐결핵이나 류머티즘성 질환으로 사망했다. 이러한 슈만 가의 정신이상은 그의 부친에게서 유전된 것이 아닐까 하는 견해가 많다.

슈만은 15세 때, 부친과 누이를 잃고 잇달아 형수와 형의 죽음을 맞은 후 폐쇄적인 성격으로 변한다. 17세 때 슈만은 아쿠타가와 류노스케처럼 자신이 정신이상이 될지도 모른다는 강박관념을 일기 속에 토로하기 시작했다.

강렬한 충혈, 형용하기 어려운 불안감, 숨 막힘, 순간적인 의식상실 등이 쉴 새 없이 번갈아 일어났다.

슈만의 과도한 자기분석과 지나치게 복잡한 정신, 높은 교양, 심오한 사상 등이 오히려 창작에 방해가 되었다는 견해도 있다. 왜냐하면 그의 음악은 갈수록 질이 저하되어 1850년 이후의 작품은 아예 창작 목록에서 빼는 게 낫다는 비평의 소리가 들릴 정도였다.

1853년 7월, 결국 그는 신경 졸도로 쓰러지고 만다.

"이 사람은 불치의 뇌질환에 걸려 이미 절망적 상태입니다."

음악가의 질병을 연구한 케르너 박사는 슈만의 증세를 정신분열증의 유형을 지니고 있는 전형적인 동맥경화성 정신병이라고 주장하였다.

> 밤중에 우리가 잠자리에 든 지 얼마 안 되어 남편은 자리에서 일어나 천사들이 자기에게 들려주는 노래라고 하면서 오선지에 멜로디를 써 내려갔다. 그런 다음 다시 자리에 눕더니 밤새도록 줄곧 천장만 노려보면서 헛소리를 해댔다. 아침이 되자, 그는 천사들이 악마로 변하여 자신을 지옥으로 던져버리겠다고 한다며 몸서리쳐지는 노래를 불렀다. 그는 신경발작을 일으켜, 악마들이 마치 호랑이와 하이에나처럼 자기에게 덤벼들어 날카로운 발톱으로 움켜쥔다면서 고통스런 비명을 질러댔다. 두 명의 의사가 와서 가까스로 그를 진정시켰다.

아내 클라라의 진술이다.

1854년, 병상에 누워 있던 슈만은 비가 내리는 날, 홀연히 집을 뛰쳐나가 라인 강가로 나왔다. 다리지기가 통행료를 요구하자 목에 감았던 머플러를 풀어주고는 다리 중간쯤에서 강물에 몸을 던졌다. 강을 오르내리던 증기선이 마침 이를 목격하고 물에서 건져주었다. 슈만은 엔데니히 정신병원으로 들어가게 된다. 우울증이 너무 심해서 가족의 면회도 금지되었다.

1856년 7월 23일, 엔데니히로부터 슈만의 죽음이 임박했다는 통지가 있었다. 클라라가 영국 연주에서 돌아온 지 보름쯤 되었을 때이다. 클라라는 브람스와 함께 가서 거의 2년 만에 남편을 만났다. 클라라를 겨우 알아보는 것 같았으나 "나의—나는 알고 있어"라고만 했을 뿐, 슈만은 죽기 몇 달 동안은 발음이 분명치 못했다.

7월 29일 화요일 오후 4시, 힘든 인고의 굴레에서 슈만은 벗어날 수 있었다.

엔데니히 정신병원에 들어온 지 2년 만이었다. 최후의 시간은 아주 조용했다고 한다. 46세. 임종의 순간에는 곁에 아무도 없었다. 30분이 지나서 클라라가 달려왔을 뿐, 37세 미망인에겐 병약한 일곱 명의 어린 아이들이 딸려 있었다.

허약한 네 아이들을 남의 집 가옥에 남겨두고 혼자 세상을 떠난 우리 어머니의 임종도 혼자였다. 무더운 여름 오후 네 시경, 피부에 와 닿는 그때의 기온, 그날의 적막, 올려다본 하늘의 빛깔, 모든 게 감각으로 기억된다. 클라라의 뒷모습은 오랫동안 내 안에 남아 있었다. 떠난 사람보다 남겨진 더 딱한 사람을 생각하게 하면서.

언제 들어도 슈만의 〈트로이 메라이〉는 단조로운 음계로 사람의 마음을 피아노 건반인 양 통통 건너뛰면서 우리를 비현실적인 몽환의 세계로 이끌어 들인다. 그의 〈꿈〉, 〈트로이 메라이〉를 듣고 있으면 천상의 사다리를 밟아 오르는 듯한 환영幻影을 느낀다. 그곳에는 슬픔이 없을까.

이젠 나도 시커먼 아가리에요

―고흐

동시대를 살면서 똑같이 37세의 나이로 생을 마감한 로트렉과 반 고흐. 이 두 화가는 정신질환에 시달리면서도 많은 걸작을 세상에 남겼다. 네덜란드 태생의 빈센트 반 고흐(1853~1890년)는 약 840점의 유화와 수많은 데생을 남겼는데, 이것은 모두 그가 죽기 전 10년 동안에 제작된 것이다.

고흐는 16세 때부터 화랑에 근무하면서 그림에 눈을 뜨게 되었다. 그러나 정작 그림에 뜻을 두게 된 것은 그가 보리나쥬 탄광지대에서 노동자들의 처참한 생활을 목격하고 나서이다. 이것을 그대로 묘사해서 전 인류 앞에 고발하려는 의욕에서 화가가 되기로 결심한 것이다. 데생 공부를 시작한 것은 27세 때였다. 33세가 되자 그의 신경과민증세는 더해졌다. 동생 테오의 보살핌으로 그는 몽마르트르로 옮겨왔다. 그러나 로트렉 등 인상파 화가들과 어울리면서 음주와 퇴폐적인 생활로 점차 건강을 해치게 된다.

35세, 파리를 떠나 아를 역 근처, 마르틴 광장에 있는 노란 색을

칠한 이층집을 빌린다. 방안을 온통 해바라기 작품으로 장식해 놓고 그가 존경해 마지않는 폴 고갱을 초대하였다. 두 사람의 공동생활이 시작되었다. 그러나 고갱과 반 고흐의 화풍은 조화될 수 없었다. 이러한 성격 차이는 결국 말다툼만 빚어냈다. 11월의 어느 날, 고갱을 찌르려고 했던 칼로 고흐는 자기의 귀를 싹둑 잘랐다. 광적인 이 사건을 계기로 두 달 만에 파국을 맞아 고갱은 유럽으로 떠났고, 고흐는 정신병원으로 끌려 들어갔다.

그는 자신의 발작이 석 달 만에 한 번씩 찾아오는 주기성 발작이라는 것을 알게 되었다. 그래서 그는 발작 주기인 석 달이 다 되기 48시간 전부터 침대 주위에 커튼을 내리고 건강한 상태로 침대에 누워 그것을 기다렸다. 그런데 발작 주기가 가까워도 아무런 일이 벌어지지 않았다.

"이제부터는 걱정할 필요가 없군, 의사가 틀렸어. 이렇게 누워 시간을 허비하다니……. 내일 아침엔 일어나서 작업을 해야겠군."

그날 밤이었다. 모든 사람이 잠들어 있는 시각, 그는 맨발로 석탄이 저장된 지하실로 내려갔다. 어둠 속에서 석탄가루를 한 움큼 퍼내어 자신의 얼굴에 문지르며 중얼거린다.

"드니 부인, 사람들이 이제 나를 받아들이고 있어요. 나도 자기들과 똑같은 사람이라는 걸 알고 있으니까요. 그들이 전에는 날 불신했지만, 이젠 나도 시커먼 아가리에요. 이번에는 광부들도 내가 신의 말씀을 전하도록 허락해줄 겁니다."

사람들은 동이 튼 직후에야 지하실에서 고흐를 찾아낼 수 있었다.

1890년 고흐는 자살하기 직전까지 2년 동안 모두 네 차례의 발작을 일으켰다.

테오는 형을 오베르에 있는 의사 가셰에게 부탁했다. 가셰는 의사인 동시에 아마추어 화가여서 고흐를 진심으로 환대하였다.

"형을 잘 지켜봐 주십시오. 병이 닥칠 징후가 조금이라도 보이면 즉시 저한테 전보를 쳐주셔요. 내가 형과 함께 있어야만이……."

"물론 자네 형이 미치긴 미쳤지. 하지만 자네가 그걸 어떻게 하겠어. 예술가들이란 모두 미친 사람들인 걸. 그게 그들이 갖고 있는 가장 좋은 점이거든. 난 그런 그들을 사랑하고 있다네. 가끔씩 나도 미칠 수 있다면 얼마나 좋을까 하고 생각하지. '뛰어난 영혼에겐 예외 없이 광기가 섞여 있다.' 이게 누구의 말인 줄 아나? 아리스토텔레스지. 그 사람이 그렇게 말했다네."

가셰와 함께 있는 석 달 동안에 고흐는 80여 점이나 되는 그림을 그렸다. 그러나 그의 생전에 그림은 다만 1점이 팔렸을 뿐이다.

그 무렵, 결혼하여 아들까지 둔 테오의 경제사정은 말이 아니게 나빴다. 생존의 위협을 느끼고 있던 고흐는 자신의 병 때문에 더욱 불안해지기 시작했다.

"7월에 발작이 닥치면 자신이 뭔가 미친 짓을 저질러 불쌍한 테오로 하여금 더 많은 근심과 더 많은 돈을 치르게 할지도 모른다. …… 간신히 보내준 50프랑으로 거의 7월 말까지는 지낼 수 있으련만, 그러나 그 뒤엔 …… 어떡한다?"

10년이나 형의 뒷바라지를 해온 테오에게서 돈을 더 기대할 수 없다는 것을 고흐는 잘 알고 있었다.

7월 하순 야외 스케치를 할 때였다. 불붙는 듯한 태양이 머리 위를 내리쬐고 있을 때, 돌연 검은 새 떼가 하늘에서 쏟아져 내려왔다. 어둡게 스쳐 지나가는 그림자에서 그는 죽음을 예감한다. 고흐는 제작을 계속하였다. 노란 밀밭 위를 나는 검은 새 떼를 그렸다.

1890년 7월 27일, 머리 위엔 노란 태양이 빛나고 있었고 그는 외톨이인 자신의 입장이 그날 따라 그렇게 마음 편할 수가 없었다.

'그럴 수는 없지. 그럴 수는 없지.'

혼잣말을 중얼거리며 그는 옆구리에 권총을 갖다 대었다. 그리고는 방아쇠를 당겼다. 피를 흘리며 몇 시간을 땅 위에 누워 있었다. 주머니엔 동생 테오에게 부쳐질 그러나 채 끝맺지 못한 652번째의 편지가 들어 있었다.

의사 가셰가 달려오고 전보를 받은 동생 테오가 마차를 타고 오베르로 질주해왔다. 고흐는 아직 죽지 못한 채 침대 위에 눕혀져 있었다. 수술을 할 수도 없을 만큼 쇠약한 상태였다. 새벽 1시가 조금 지났을 때, 고흐가 약간 고개를 돌리고 나직하게 중얼거렸다.

"테오, 난 지금 죽었으면 좋겠구나."

그리고 몇 분 뒤 그는 두 눈을 아주 감아버렸다. 7월 29일이었다.

불과 반 년 후, 오베르의 태양이 뜨겁게 내리쬐는 작은 공동묘지, 빈센트 반 고흐의 무덤 옆에 테오도 나란히 함께 묻혔다.

'테오의 삶이 그의 형보다 더 우울하였을 것'이라는 말은 그도 재발성 우울증으로 정신병을 앓았기 때문이다. 그들의 누이 빌레미나는 거의 40년간을 정신병원에서 지냈고, 동생 코넬리우스도 자살을 하였다. 빈센트가 말한 대로 그의 이모는 간질병 환자였고, 그 외에도 문중에는 환자가 많았다고 한다.

생전에 그의 그림이 팔려서 밥걱정만 덜었더라면…… 그는 죽지 않아도 되었을 텐데. 천정부지의 가격이 매겨진 고흐나 이중섭의 그림을 보면 안타까운 생각을 금할 수 없다. 그림은 그들의 목숨을 연명해주지 못했다. 7월 29일 고흐의 자살, 7월 29일 슈만의 죽음. 7월 24일은 아쿠타가와의 자살, 어머니의 죽음 그리고 두 동생의 죽음까지. 숨이 턱턱 막히는 여름은 죽음의 계절이자 내가 태어난 달이기도 하다. 이상하리만치 나는 그 온도에 집착하게 된다. 호흡이 답답할수록 삶을 더욱 강렬하게 끌어안게 된다.

나 자신을 내던지리라

— 비지니아 울프

59세를 살다간 영국의 작가 버지니아 울프(1882~1941년)는 런던의 명문가에서 태어났다. 부친은 저명한 작가였고 어머니도 교양 있는 여성이었다. 우수한 머리와 문학적 재질을 물려받은 그녀는 자신이 그렇게도 들어가고 싶어 했던 옥스퍼드나 케임브리지 등의 명문대학교에 여성 입학이 금지된 것에 충격을 받아 후일 여성 운동가로 변신하게 된 것인지도 모른다.

그녀가 몇 차례의 자살을 기도하게 된 것은, 어머니의 죽음은 세상에서 가장 끔찍한 재앙이었다고 말하듯 13세에 어머니를 잃어버린 충격과 연이은 아버지와 오빠의 죽음, 게다가 설상가상으로 사촌오빠이던 조지에게 당한 성적 충격이 그녀를 정신질환으로 몰아넣게 한 요인이 되었는지도 모른다.

성적 불감증이 된 그녀와 원만하기 어려운 상황임에도, 남편 레오나드는 울프의 영혼을 따뜻이 감싸주고 후원해준 유일한 사람이었다. 그녀가 남편에게 남긴 유서는 다음과 같다.

다시 정신이 이상해져 감을 느낍니다. 또 한 번, 그 참혹했던 시절을 반복할 수는 없을 것 같습니다. 이번에는 아마 회복이 안 될 거에요. 이상한 소리가 들리기 시작합니다. 정신을 집중할 수가 없어요. 그래서 제가 취할 수 있는 최선의 길을 택하는 것입니다. …… 저는 더 이상 싸울 수가 없습니다. (이하 생략)

3월이라지만 아직은 춥고 쌀쌀한 영국의 봄날, 1941년 3월 28일. 버지니아 울프는 모자와 지팡이를 나란히 우즈 강 언덕에 남겨놓고 코트 주머니에 돌멩이를 가득 집어넣고 찬 강물을 향해 걸어 들어갔다. 3층 창문에서 뛰어내리기도 했고, 다량의 수면제를 먹기도 했지만 자살은 번번이 실패였다. 그래서 주머니가 터지도록 돌멩이를 넣었던 것이다.

울프의 익사체가 발견된 것은 그로부터 3주가 지나서였다.

레오나드는 시체를 거두어 화장한 뒤, 멍크스하우스 정원 밖에 있는 커다란 느릅나무 밑에 그녀의 재를 묻었다. 그리고 묘비명에는 울프의 소설 「파도」의 마지막 구절을 새겨 넣었다.

너에게 대항하여 굽히지 않고
단호히 나 자신을 내던지리라.
죽음이여!

자의식이 선택한, 실로 단호한 죽음이었다. 왜 그녀는 참혹했던 과거의 기억으로부터 자유롭지 못했을까. 마음속 그 무엇과 더 이상 싸울 수가 없었을까?

마음이 무엇이길래……, 나는 그런 것들이 궁금해지기 시작했다.

밤으로의 긴 여로
—유진 오닐

오닐의 자전극 〈밤으로의 긴 여로〉가 우리나라에서 초연된 것은 1962년 남산 드라마센터에서였다. 무대의 마지막 장면이 뇌리에서 떠나지 않았다. 15년 뒤, 김용림 주연으로 세종문화회관 소극장에서 한 번 더 그 무대를 보았다. 속앓이 환자처럼 이따금씩 나는 오닐의 가족을 생각하곤 했다. 폐병을 앓는 문학청년 에드먼드와 마약으로 고통 받는 그의 어머니가 남같이 여겨지지 않았다.

2001년 8월, 나는 연극무대의 현장인 뉴런던의 '몬테크리스토 커티지'를 찾았다. 미국 동부의 아름다운 휴양지로 손꼽히는 뉴런던에 닿은 것은 저녁 6시가 조금 지나서였다. 어스름한 저녁 시간을 배경으로 서 있는 하얀 집이 무대 위에서 보던 집과 똑같았다. 연극배우인 오닐의 아버지가 몬테크리스토 백작에서 오랫동안 주역을 맡았기에 거기서 이름을 따왔다고 한다. 정면에서 바라본 이층집은 무대 위에 세워둔 낯익은 세트를 보는 것 같았다.

무대의 막이 오르면 티론 가의 거실이 나오고 왼편에 이층으로 오르는 계단이 있을 것이다. 오닐 일가는 모처럼 1912년 여름, 이 별장에 다 모였다. 24세이던 오닐은 그때 뉴런던의 신문 〈텔리그래프〉의 수습기자로 입사하여 시를 습작하고 있는 중에 폐병이 발견되어 요양소로 가려던 참이었다. 오닐은 이때의 일을 27년이 지난 후 〈밤으로의 긴 여로〉로 쓰기 시작했다.

이 연극의 주인공들, 곧 연극배우인 제임스 티론은 실제 오닐의 아버지이고, 마약중독자인 아내 메리는 그의 어머니, 알코올중독자인 형 제이미는 그의 형이며, 폐병을 앓는 병약한 둘째아들 에드먼드는 바로 오닐 자신이었다.

티론 가의 가족 네 명 사이에서 벌어지는 애증극이 바로 〈밤으로의 긴 여로〉이다. 티론 가의 모든 비극은 제임스 티론이 아내가 해산할 때, 돌팔이의사를 고용하여 마약중독에 걸리게 한 데서 비롯되는 것처럼 보인다.

마약을 끊어버리지 못한다고 비난을 받는 메리는 에드먼드를 낳을 때 제임스가 돈을 절약하기 위해 돌팔이의사를 고용한 데 그 책임을 돌린다. 병적이고 퇴폐적인 시를 좋아하여 음울한 생각을 갖고 있다고 아버지로부터 질책을 듣는 에드먼드는 어머니로부터 물려받은 섬세함과 신체의 허약성, 그리고 형으로부터의 나쁜 영향에 잘못을 전가할 수 있으며, 제이미가 어른이 되도록 자리를 잡지 못하고 술집에나 다니며 퇴폐적 생활을 하는 것도 사실은 아버지 때문이며, 인색함 때문에 비난을 받는 제임스 또한 가난하게 자란 자신의 성장 환경에 그 책임을 돌릴 수 있을 것이다. 잘못과 책임의 고리가 서로 맞물려서 진정 누구의 책임인지 모를 정도가 되고 만다. 모든 상처는 가족들에게서 비롯되는 것임을 나는 절감한다. 가족 간의 원망, 저마다의 이기적인 책임 전가, 어머니가 돌아가시자 어린 세 동생들은 서모 밑으로 들어갔다. 집안이 기울면서 반목으로 흩어지게 된 우리 식구들. 그 연극을 끝까지 지켜보기가 어려웠다.

어쩌면 메리의 말처럼 인생이 가장 많은 책임을 져야 할지도 모른다.

안개가 짙게 끼고 연일 무적이 울어대는 어느 여름날, 오닐의 어머니가 상용하던 모르핀이 떨어지자 견디다 못해 잠옷바람으로 뛰쳐나가 템즈 강에 투신하려고 했다는 대목을 떠올리며 무대의 이층 다락방에 눈을 준다. 잠깐 서서 바라보는 동안에 그 이층집은 금세 어둠 속에 잠겨버리고 말았다. 조명이 꺼진 빈 무대에 형체만 어른거리는 느낌이었다. 온갖 어려움과 수치를 무릅쓰고 고백과 용서를 통해 오닐 세 부자는 화합을 일구어낸다. 그러나 한순간에 이 모두를 뒤엎고 마는 반전, 별안간 이층에서 쇼팽의 왈츠 곡을 연습하는 피아노 소리가 들리고 전기료를 걱정하는 티론의 인색함 때문에 거의 소등 상태에 있던 샹들리에에 모두 불이 켜진다. 소녀 시절로 되돌아간 메리는 웨딩 가운을 걸친 채, 이층 계단을 내려오며 피아노 연습을 해야 한다는 내용을 현재 시제로 말한다.

"내가 여기에 무얼 찾으러 왔지? 내가 요새 정신이 나갔나 봐. 항상 꿈꾸는 사람처럼 잊어먹으니 …… 내가 찾는 게 뭐지? 뭔가를 잃어버린 것 같은데……."

메리는 계속 중얼거린다. 길게 땋은 머리채를 늘이고 한밤중에 망령처럼 나타난, 흰 웨딩가운을 입은 황정순의 독백은 섬뜩했다. 어쩌면 그녀는 잃어버린 옛날의 자신을 찾아 헤매고 있는 것인지도 모른다. 과거로의 여행이었다. 평론가 프레드릭 카펜더의 말처럼 제목이 암시하듯 극적 행동이 아침에서 밤으로 진행되고 있지만 식구 네 명이 겪는 내면적인 여행은 각각 다르다.

유진 오닐, 그는 이 연극을 통해 밤으로부터 빠져나와 빛으로 나아가는, 그리하여 그에게 과연 밤을 넘어서는 여행이 되었을까?

어둠에 잠겨버리는 몬테크리스토 커티지 앞에 서서 나는 53년 전, 그날의 무대 〈밤으로의 긴 여로〉를 회상했다. 이 작품을 쓰는 동안 저녁때면 울어서 눈이 빨개진 채, 서재에서 나왔다는 그의 모습을 상상하면서 돈암동에서 종로4가까지 엄마가 찾는 히로뽕을 사기 위해 울면서 걸었던 내 어린 시절이 떠올라 목안이 뻐근해 왔다. 그런 와중에 한 주먹씩 먹어야 했던 파스와 나이드라지드, 오닐의 고통에 무심히 지나칠 수 없었던 나의 아픔을 내려놓는다.

오닐이 겪었던 고통, 아쿠타가와 류노스케가 겪은 유전의 공포를 생각하며 딴 세계에 갇혀 있었던 그들의 가엾은 어머니를 생각하면서 나는 내 아픔을 내려놓을 수 있었다. 작가의 고통에 동참하는 일은 단순한 위안을 넘어 영혼을 정화시키는 씻김굿과도 같다는 생각이 들었다.

그의 〈밤으로의 긴 여로〉를 통해, 나 또한 인생이라는 질곡 속에서, 암울한 밤의 터널에서 빠져나올 수 있었다. 뉴런던의 어둠에 잠기던 몬테크리스토 커티지 앞에 선 듯 그날의 긴 무적霧笛 소리가 환영처럼 내 가슴 위를 지난다.

해시시클럽

해시시를 의식 확장의 열쇠로 본 프랑스의 시인 테오필 고티에(1811~1872년)는 정신과 의사 자크 조셉 모로(1804~1884년)를 통해 해시시를 경험한 뒤 보들레르와 거주하던 뢰종 호텔에서 한 달에 한 번 시인과 예술가들을 초대해 해시시클럽 모임을 가졌다. 멤버는 불안한 현실에 대한 저항과 반발, 글쓰기의 한계에 부딪히자 '밤이 어둡고 하얗다'며 목 매달아 자살한 네르발, 화가인 외젠 들라크루와, 빅토르 위고, 뒤마, 발자크, 보들레르 등이었다. 고티에가 소개한 의사 자크 모로가 여러 가지 향료가 가미된 해시시 반죽을 직접 만들어 이들에게 돌렸다. 모로는 정신병을 치료하고 이해하는 열쇠로 환각을 중요시 했으며 인간 의식에 영향을 주는 약물들을 연구했다.

'흰독말풀이 야기하는 환각작용의 치료적 응용에 관한 논문'을 발표했으며 아랍 여행에서 돌아올 때 해시시 반죽인 다와메스를 가지고 와 실험했다. 다양한 사례를 모으기 원했던 모로는 고티에를 통해 알게 된 해시시클럽의 예술가들에게 약물실험을 했다. 언어에 대한 특별한 감각을 갖고 있는 작가들은 모로의 실험에 큰 도움을 주었다. 고티에는 자신의 경험을 다룬「해시시」를 발표했고 반응이 좋자 1846년『해시시클럽』이란 책을 출판했다. 보들레르도 자신의 체험을「인공낙원」이라는 글에서 밝혔다. 1845년 모로는 비세트르 병원에서 임상실험 결과를 합해「해시시와 정신병에 관하여」라는 논문을 발표했다. 그는 당시 많은 정신과 의사들의 주장처럼 정신병은 뇌 손상이 아니라 신경시스템의 화학적 변환에 의해 일어나는 뇌 작용의 변화라는 결론을 내렸다.

당시 파리에 거주하던 에드거 앨런 포, 메리메, 뮈세 등도 합류했다. 가엾은 영혼들, 내가 사랑하는 작가들이었다. 가난, 질병 그리고 좌절과 절망, 숱한 자살충동에 시달려야 했던 그들은 영혼의 '인공낙원'이 절실히 필요했다. 창조적 자유를 배양하고 일탈에 대한 동경을 실현시켜줄 도피처가 필요했던 것이다.

하지만 인공낙원을 체험한 이들의 하나같은 반응은 해시시가 자신들의 존재를 무력화시킨 것에 대해 대체로 황홀함과 허탈감을 느끼는 동시에 그 감정에 몹시 낯설어 했다. 예컨대 내부를 탈출한 자신들의 상像이 현실과 사고 연관을 전혀 이루지 못한 채 또 다른 시공간에 갇히는 꼴이 되고 말았기 때문이다.

보들레르가「인공낙원」에서 명쾌하게 구분 지었듯 해시시 도취 상태에 빠진 순간은 보통 의식적인 의도를 가지고 만들어낸 꿈의 이미지보다 훨씬 강력한 환상들의 노예로 전락하기 때문이다. 해시시hashish, 암살자라는 그 어원이 말해주듯 독특한 습성을 지니고 있다. 바로 암살자의 복종심을 요구하는 것이다. 해시시를 복용하는 순간 모든 자아는 환상이 빚어내는 자아로 환치된다. 다면적이고 심적 인플레이션이 빚어낸 자아가 되는 것이다. 그러나 이것은 자발적인 환상의 선물이다.

『해시시클럽』의 역자 조은섭의 말이다. '자발적인 환상의 선물', 보들레르는 이것을 "마약 중 순간적으로 과도한 육체적 흥분을 유발시키고 정신적 힘을 고갈시키는 주류와는 다르게, 향이 진하고 인간의 가장 예민한 상상력을 자극하면서 점진적으로 육체적인 힘을 고갈시키는, 내가 '인공적인 이상향'이라고 부르는 것을 강조하는 데 가장 적합하고 가장 간편하고 구하기 쉬운, 최상의 두 물질은 해시시와 아편이라고 생각한다"고 말했다.

그는 해시시를 열두 번쯤 시도해 보았으나 해시시클럽에서는 관찰자로 남았다. 그가 쓴「인공낙원」은 해시시의 환각에 대한 문학사상 가장 시적인 묘사라고 평가받고 있다. 그는 해시시가 상상력과 창조성을 높여주고 신체적인 해는 없지만 약물도취가 인간의 의지를 손상시킨다고 보았다.

나는 보들레르의「해시시의 시」를 읽다가 도중에서 잠깐 멈추고 말았다.

'…… 영혼에 아픈 상처로 남아 있는 과오가, 정상상태라면 먹구름처럼 마음을 슬프게 했던 과오가, 해시시 상태에서는 달콤한 과실이 된다'는 구절에서 나는 그만 눈을 감고 말았다. 어느새 어머니의 어느 마음 한 부분을 되짚어보게 되는 것이었다.

도대체 인간의 마음은 어떻게 생겨먹었나? 의식의 확장은 무엇이며 환각과 정신병, 그리고 의식과 마음에 대한 의문이 점점 깊어졌다.

마음병의 의사인 붓다와 융에 대해 점차로 다가가게 되었다.

융의 분석심리학이나 붓다의 가르침을 바탕으로 성립된 유식학唯識學은 모두 마음을 그 대상으로 한다.

융은 1913년부터 6년 동안 문을 닫아걸고 자신의 무의식과의 대면을 통한 분석 작업에 돌진한다. 붓다의 6년 고행과 융의 6년 내향기內向期는 직접 자신의 정신세계를 분석하고 기록한 소중한 성과물이다.

유식唯識은 오직 '마음'이란 뜻. 인도의 무착(AD 4세기 경)과 세친 형제가 정리한 유식학에서는 마음을 8가지로 구분하여 설명한다.

눈 귀 코 혀 몸의 5가지 감각을 마음의 영역에 포함시켜 이것들을 인식하고 판단하는 영역을 제6 의식, 그리고 인식의 뒤편 또는 아래에 존재하는 마음으로 의식과 연결되어서 상호작용을 하는 제7 말라식末那識, 이것은 나와 내 것에 집착하고 다툼을 일으키는 편치 않은 마음이다. 그리고 가장 밑바닥에서 모든 경험을 저장하는 제8 아뢰야식은 마음의 근본이며 조건이 형성되면 언제든지 발현하게 되는 씨앗과도 같다. 마음을 분석하는 분석심리학은 마음을 의식, 개인무의식, 집단무의식의 3가지로 구분하며 자아, 페르소나, 그림자, 아니마, 아니무스, 원형, 자기 등의 개념으로 마음의 구조를 설명한다. 분석심리학은 심리적인 증상을 일으키는 원인들을 콤플렉스의 작용으로 설명한다. 콤플렉스는 자아의식에 의해 쫓겨나고 버림받은 마음이며 콤플렉스의 통합, 열등한 인격인 그림자를 통합하는 것은 온전한 자기로 나아가는 지름길이라고 한다.

융은 정신의 병은 자신의 마음을 모르는 데서 비롯된다고 보고 자신이 알지 못하는 마음이 정신적 고통을 초래하므로 모르는 마음[무의식]을 통찰하여 전체 정신 속으로 통합할 것을 권한다. 융은 의식과 무의식의 불합치에서 일어나는 정신분열을 통합하자는 데 그 목적을 두었다.

긴장한 상태에 있어서는 의식이 무의식을 지배하고 있는데 병이 들면 그것이 불가능해지고 만다. 융은 이것의 통일을 위하여 무의식 안의 모든 내용을 완전히 의식화시킬 것, 즉 무의식의 내용을 알려줌으로써 의식에 통합시킬 것을 강조했다. 융은 만다라를 오랫동안 그렸는데 그 목적은 자기 자신이 되는 것, 바로 '개체화의 추구'라고 말했다. 더는 분할이 불가능한 개별체 혹은 전체가 되는 과정을 뜻하며 자기의식에 대해 완벽하게 아는 일이었다고 한다. 복잡한 분화의 과정을 거쳐 더 이상 나눌 수 없는 통일된 인격으로 발전한다고 보았다. 불교에서는 이상 심리적 증상을 번뇌에 물든 제7 말라식, 집착이 고통의 원인이라고 풀이한다.

무명과 무아를 알지 못하는 어리석은 아치我癡, 자신의 견해에 집착하는 아견我見, 교만한 마음인 아만我慢, 자기 자신에 대한 애착인 아애我愛, 이 4가지 근본 번뇌를 극복하려면 무아無我에 이르는 것을 그 극복 방안으로 제시한다. 유식 사상의 본질은 자기 마음을 떠나 외계 사물이 존재한다는 잘못된 집착을 없애며 모든 사상이나 존재는 자기의 마음이 만들어낸 것에 지나지 않는다는 견해를 키우는 것이다. 나아가 모든 사상이나 존재를 만들어낸 마음 그 자체도 존재하지 않는다는 상태까지 자기의 존재방식을 고양하는 것이다. 그런 깨달음은 마음을 정화하며 자유로운 삶을 살도록 도와준다.

아집我執, 법집法執을 끊고 무아로 정화된 삶에는 마음의 왜곡된 이상 증상이 있을 수 없다. 융이 지향하는 인간 정신의 궁극적인 '자기실현'은 무의식을 의식화하는 과정으로서의 전체 정신을 통합하는 전일성全一性을 실현하는 일이다. 불교의 '본래의 나' '불성'과 그 의미가 다르지 않다.

불교의 심층심리학인 유식은 '아뢰야식'으로, 융은 '무의식'으로 마음의 고통을 덜어내는 처방전을 인류에게 선물하였다. 그러나 마음의 평화란 이론이나 처방으로 되는 것이 아니고 '무아'나 '자기실현'의 실천적 노력이 뒤따를 때라야 가능하다.

마음은 마음이 없다는 걸 깨달을 때, 마음에서 놓여날 수 있는 것이 아닐까.

내 넋은 금이 갔네

—보들레르

샤를 보들레르(1821~1867년)는 단 한 권뿐인 시집 『악의 꽃』에 대한 자부심이 대단했다. "이 지독한 책 속에 내 모든 생각과 마음과 종교와 증오를 쏟아놓았다"라고 친구에게 적어 보냈을 정도였다.

고티에는 『악의 꽃』을 "데카당스의 성전聖典과 같다"면서 이상理想에의 갈망, 배반과 반역, 우울과 무상無常, 퇴폐와 신성 등의 무수한 모순을 집대성한 하나의 우주라고 보았다.

빅토르 위고는 이 시집에 대해 "그는 새로운 전율을 창조했다"라며 격찬을 아끼지 않았다. 20세기에 들어와 폴 발레리는 "보들레르는 영광의 절정에 있다. 300페이지도 안 되는 작은 책자 『악의 꽃』은 가장 고명하고 가장 거대한 작품들과 그 평가를 다투고 있다"라고 찬탄한 바 있지만 사실은 베를렌느, 랭보, 말라르메 등 몇몇 상징파 시인들의 공감을 제외하고는 거의 동시대인의 이해와 사랑을 받지 못했다. 오히려 풍속을 문란케 한다는 이유로 고

발되어 벌금형과 함께 시집에서 시 6편이 삭제되기도 했다.

호기심이 많고 반복적인 것에 싫증이 난 사람들은 추한 것에서 즐거움을 얻는다고 그는 말했다. 그는 추하고 기이한 것에서 아름다움을 발견했다.

"조금 기형畸型이 아닌 것은 잘 감지되지 않는 것 같다. 이로 인하여 파격, 다시 말해 예상 밖의 현상이 주는 놀라움은 아름다움의 특징이자 본질적인 부분이 되는 것"이라고 자신의 견해를 밝히기도 했다. 탐미주의자 보들레르는 아름다움이라면 그것이 신의 것이든, 악마의 것이든 개의치 않는다고 「미의 찬탄」에서도 스스로 선언한 바 있다.

> 오 아름다움이여! 이 엄청나고 무시무시하고, 순진한 괴물이여!
>
> …… 너로 하여 세상이 덜 흉측해지고, 순간들이 덜 무겁게 된다면 네가 신神의 것이든 악마의 것이든, 네가 천사이건 인어이건 그것이 무엇이 중요하겠는가?

그러나 보들레르 앞에 나타난 대상은 천사도 미녀도 아닌 흑백 혼혈녀 잔느 뒤발이었다. 이 '검은 비너스'를 보들레르는 자신의 시집 『악의 꽃』에 자주 등장시켰다.

보들레르는 '잔인성과 관능적 쾌감은 극도의 더위와 추위처럼 동일한 감각'이라고 생각했다. 그는 사랑의 즐거움, 즉 최상의 즐거움은 '악'을 확실하게 행할 수 있다는 데 있다고까지 말하였다.

'악의 꽃'이란 제목이 모든 것을 다 말하고 있듯이 이 책은 차디차고 불길한 아름다움으로 덮여 있습니다. 어머니, 이 책은 분노와 인내 속에서 만들어졌습니다.

보들레르가 말한 '불길한 아름다움' 이 책의 중심 주제를 이루는 죽음, 우울, 서글픈 관능, 이교도적인 감수성, 그로테스크한 탐미주의, 죽음에 대한 강박관념 등이 아닐까 싶다. 그는 "우울은 아름다움의 빛나는 반려자라고 할 수 있는 반면, 기쁨은 아름다움에 대한 가장 저속한 장식물 중의 하나"라며 이미 불행이 없는 아름다움이란 떠올릴 수도 없게 되었다고 말한다. 자신이 불행해지면 불행해질수록 자신의 긍지는 더욱 커진다는 것이다.

그는 센 강 가운데의 섬, 생 루이도島 피모당 관Hotel Pimodan(현재 Hotel Lauzun)에 정착, 거기서 2년을 보냈다. 그의 시작詩作에 있어 절정을 이룬 아주 중요한 시기였다. 화가 봐사아르가 살던 이 피모당 관의 응접실에서는 밤마다 해시시클럽의 모임이 있었다. 나는 광란의 밤을 떠올리며 후일 보들레르에게 「인공낙원」이라는 약물에 관한 논문을 쓰게 했다는 피모당 관으로 발걸음을 옮겼다.

온갖 물리적 한계와 제약에 싸인 나약한 존재인 인간으로 하여금 모든 사물을 껴안게 되는 우주적 사랑 즉 우주적 일체감을 위해 그는 약물을 시용試用한다고 서슴없이 말했다. 예술 창작의 효과를 높이기 위해 영감제로 사용되던 해시시는 환각과 광란의 밤을 연출케 했다. 여자 옷을 입고, 립스틱을 진하게 바른 남장여인들이 벌이는 무도와 시 낭독, 이 모임에는 빅토르 위고, 뮈세 ,발자크, 고티에, 보들레르 등이 참석했고 마담 사바티에의 얼굴도 간혹 보였다.

예술은 그것이 추구하는 희귀한 목표에 걸맞는 희생이 따랐을 때에만 가장 강력한 효과를 얻는다는 그의 말을 떠올리며, 나는 로죙 관을 찾아 시테 섬에서 생 루이 도島를 건넜다.

바로 눈앞에 또 하나의 다리, 쉴리교가 나타났다. 그 다리와의 사이에 왼편으로 우뚝우뚝하게 세워진 건물들이 보였다. 웅장한 대저택의 나무숲은 꺾인 돌담을 끼고 길게 이어졌다. '랑베르 관'이라는 표지 밑에 루소와 데카르트가 살았다는 기록이 보이고 바로 다음 집에 화가 도미에가 살았다는 표지와 함께 숫자 9가 명기되어 있다. 11과 13, 그리고 15번지를 지나니 바로 네 번째 집이 로죙 관이었다. 당대의 유명 작가들이 예술혼을 불러들이기 위해 영혼의 굿을 한 판 벌였던 앙주 17번지. 보들레르가 살았던 그 집이었다. 그는 이곳에서의 경험인 해시시의 환각에 대해 「인공낙원」에서 이렇게 쓰고 있다.

> 해시시의 도취상태는 세 단계로 구분되는데 맨 먼저 당신을 점령하는 것은 통제할 수 없는 괴상한 폭소다. 창피할 정도로 이유 없이 나는 발작적인 폭소에 아무리 스스로를 가다듬으려 해도 빈번하게 혼미한 상태가 되곤 한다.
>
> 단순한 말이나 아주 사소한 생각이 야릇하고 새로운 형상으로 나타난다. 당신은 왜 여태껏 내가 이것들을 단순하게 보았을까 하고 놀라기까지 한다. 당신의 뇌는 엉뚱하고, 예측 불가능

한 방식으로 닮은 것을 찾아내고, 쉼 없는 말장난을 뿜어내고, 코믹한 스케치들을 그려낸다. 악마가 당신을 차지한 것이다.

"나는 마치 깊은 심연으로 내달리고 있는, 멈추고 싶지만 멈출 수 없는 흥분한 말[馬] 같았습니다. 사실 끔찍한 질주였습니다. 상황과 환경, 사고와 같은 우발적인 것의 노예로 전락한 내 사고력이 순수하고 절대적인 광시곡에 휘둘리는 꼴이었습니다. 돌이키기에는 너무 늦었어!라고 나는 절규했습니다.

헌데 약국 문을 들어서다 언뜻 떠오른 생각에 나는 그 자리에 멈춰서 상념에 빠져들었습니다. 방금 약국 유리문 앞을 지날 때 비친 내 얼굴에 내가 놀란 겁니다. 오그라든 입술, 확장된 눈, 그 창백한 얼굴! '내 바보 같은 모습에서 착한 약사가 겁에 질리겠지!' 하는 생각이 든 겁니다. 이 심각한 조증을 진정시킬 수 있는 약을 달라며, 체면 무시한 채 애원까지 해가며 매달렸지만 그는 제발 나가달라고 했습니다."

사실 도취의 이 단계에서 이제껏 경험하지 못한 섬세함과 극도의 예민함이 모든 감각에 나타난다. 후각, 시각, 청각, 촉각 모두 상승세를 탄다. 눈은 무한한 곳까지 미치고, 귀는 거대한 소음 속에서도 거의 들을 수 없는 소리까지 잡아낸다. 환각이 생기는 시기가 바로 이때다. 외부의 물체들이 서서히 괴상한 형상을 띠며 일그러지고 변형된다. 이어 모호함과 착각이 나타나고 사고들이 중첩되기 시작한다. 소리는 색깔로 덧칠되고, 색깔은 음악을 품는다. 사람들 얘기에 의하면 그건 아주 자연스러운 일이라고 한다. 시적인 사고를 지닌 사람이라면 누구나 건강하고 정상적인 상태에서도 쉽게 이와 유사한 경험을 하기 때문이다.

하지만 내(보들레르)가 이미 독자들에게 언급했듯 해시시의 도취감 속에는 긍정적인 초자연적인 힘은 전혀 존재하지 않는다. 단지 환각이 낯선 생동감을 유발시킬 뿐이다. 이 환각이 침투한다. 환각에 점령 당한다. 그리고 광폭한 주인처럼 당신을 압도하는 것이다. 음악 악보는 숫자가 된다. 만약 당신이 수학적 재능을 갖췄다면 귀에 들리는 멜로디와 하모니는 관능적이고 감각적인 특성을 지닌 복잡한 수식으로 변할 것이다. 수가 수를 낳고, 당신은 음악 연주자처럼 쉽고 빠르게 그 수식의 양상과 형성을 따라갈 수 있을 것이다.

이따금 인격이 사라지는 경우도 있고, 범신론을 추종하는 시인들에게 어울릴 법한 객관성이 당신 안에서 비정상적으로 생성되어 퍼지는 경우도 있으며, 외부 물체에 대한 명상이 당신의 존재를 망각시키기도 하고, 또 외부 물체와 당신을 혼동하기도 한다.

당신의 눈은 바람에 조화롭게 굽은 나무에 꽂힌다. 몇 초 뒤, 시인의 머릿속에는 은유의 대상일 뿐인 것이 당신에겐 현실이 된다. 당신은 먼저 나무에게 당신의 열정, 당신의 욕망, 당신의 감수성을 전달한다. 나무의 흐느낌과 떨림은 당신의 것이 되고 곧 당신은 나무가 된다. 마찬가지로 창공 높이 날고 있는 새는 처음에는 인간적인 것들 너머로 날고 싶은, 끝없는 욕망을 상징적으로 나타냈지만 이제 당신은 이미 새가 되어 있다.

나는 앉아서 담배를 피우고 있는 당신을 상상해 본다. 당신의 시선은 지나치다 싶을 만큼 오랫동안 파이프에서 뿜어져 나오는 푸른 연기에 고정되어 있다. 느리고 끊임없는 영원한 증발이라는 생각이 당신의 정신을 차지하게 되면서 당신은 곧이어 그 생각을 당신 자신에, 당신의 사고를 생성시키는 재료에 적용하게 된다. 야릇한 모호함, 혹은 사고의 중첩 등 어떤 지적인 현상 때문에 당신은 자신이 증발된다고 느낄 것이고 당신은 당신의 파이프(당신은 스스로를 그 속에 쟁여져 웅크리고 있는 담배처럼 느끼게 될 것이다)에게 당신을 피우는 이상한 능력을 제공하는 꼴이 된다."

해시시에 취한 상태에서 파이프를 피우면 스스로 연기가 되어 날아가는 듯하다고 그는 말했다. 우발적인 에너지를 공급했다 하더라도 결국은 몇 배로 힘만 커진 변함없는 자신일 뿐, 천사가 되려다 순간적으로 엄청난 힘을 발휘하는 짐승이 된 것이며 해시시는 인간에게 일상적으로 떠오르는 인상과 생각을 확대시켜 주는 거울이지만 어디까지나 거울인 것이라고 말했다.

그가 창문을 통해 자주 눈길을 보냈던 센 강이 지금도 로죙 관 앞을 흐르고 있다. 나는 강물에 눈길을 보내다가 4층 건물의 맨 꼭대기에 있었다는 그의 방을 올려다보았다. 죽음에 대한 강박관념 때문인지 그는 죽음과 무덤에 대한 시를 많이 썼다.

"무덤과 파괴에 대한 생각을 모두 내쫓는 낙원에서 헤매고 있었다"는 그의 낙원의 방을 머리를 들고 올려다보자니 자꾸만 목젖이 아파 왔다. 「파멸」이라는 시도 이곳에서 쓰여졌지 싶다.

노상 악마가 내 곁에서 우글거린다.
만질 수 없는 공기처럼 나를 싸고 감돈다.
놈을 꿀꺽 삼키면 내 허파는 타는 듯하고
죄 많은 영원의 욕망으로 꽉 차버린다.
때로 놈은 예술에 대한 나의 큰 사랑을 눈치채고
가장 매혹적인 여인으로 둔갑하여
위선자의 그럴듯한 구실을 가지고
내 입술을 더러운 미약媚藥에 맛들이게 만든다.

'예술에 대한 나의 큰 사랑을 눈치챈 놈은 위선자의 그럴듯한 구실을 가지고 더러운 미약을 맛들이게 만든다'고 보들레르는 그 놈의 정체를 빤히 응시한다. 그러면서 '나는 칼이자 상처'이며 '희생자이자 가해자'라는 이중적 자아의 모순을 냉정히 관찰하는 것을 잊지 않았다. 그는 진짜 시인이었다.

나는 준비해 간 장미 한 송이를 그의 무덤에 바쳤다. 그리고 몽파르나스 묘지 북쪽 벽에 기대어 있는 그의 추모비 앞에 섰다. 두 개의 조각상 중 수의壽衣를 감은 남자가 관 위에 누워 있고, 다른 하나는 벽과 닿아 있는 높은 석주石柱 위에 턱을 괴고 올라앉아서 아래의 남자를 빤히 내려다보고 있는 음울한 조상이었다. 마치 우리들 자신 안에 있는 죽음을 들여다보라고 넌지시 말하고 있는 듯했다.

"두 손에 턱을 괴고, 높은 지붕 밑에서 나는 보리라"하는 그의 「풍경」의 시구가 바로 이것이구나 싶었다.

그걸 바라보며 벤치에 오래 앉아 있었다. 그때 까마귀 떼가 내 머리 위를 낮게 선회하기 시작했다. 금방이라도 내 어깨를 툭 하고 칠 것만 같았다. 검은 망토 자락을 휘두르는 보들레르의 화신이라도 되는 것 같았다. 까악!

그 순간 나는 "꾸아 꾸아/ 아무것도 아니다"라는 르나르의 시구가 마침 생각났다. 그는 '꾸아'를 '왜Pourquoi'로 듣고 거기에 단답短答을 붙였다. 왜(?)라는 커다란 물음 앞에 인생은 결코 아무 것도 아니라는 뜻 같다. 정말 아무 것도 아닌 인생을 왜 보들레르는 그토록 격렬하게 온 몸으로 부딪히며 살았던 것일까?

"영혼의 문제를 심각히 다루는 자만이 고통을 느낄 것이다. 바보처럼"이라고 노래하고 자신이 그것을 범해버린 보들레르는 정말 바보가 아닌가? 시인으로서 말을 잃어버리고 정신을 놓고 간 그는 정말 바보였다.

"삶의 조건을 받아들이지 않는 인간은 누구나 자기의 영혼을 판다(「인공낙원」)"더니 마침내 그는 자신의 영혼을 팔아버린 예술가가 되고 만 것이다. 그의 생애는 바로 예술가로서의 처절한 한 판의 결투였다. 공포의 비명을 외치는 한 판의 결투는 그러므로 '아름다움'에 바쳐진 순교였던 것이다.

철저한 고독감과 생활의 곤궁, 절망, 매독의 재발, 히스테리와 분열증에 시달리며 때로는 깨진 자아의 거울로 자신의 얼굴을 보며 피를 흘렸고, 그리고 땅 위에 쓰러졌다. 그는 메피스토펠레스에게 영혼을 판 파우스트처럼 자신의 잠든 영혼을 깨우기 위해, 악마와 손을 잡는 일도 마다하지 않았던 것이다.

마약에 손을 대고 관능적 쾌락에 탐닉하며, 추악미를 예찬하고 방종과 낭비를 일삼아 금치산자로 선고받아 인생에 있어서는 실격자가 되었으나 시에 있어서만은 그렇지 않았다. 병상에 누워서도 시작詩作에서만은 구두점 하나까지도 완벽함을 추구하는 까탈스러움을 보였다. 미치광이처럼 살았으나 누구보다도 존엄한 인간이었다.

그동안 자행된 '인간의 타락은 그것이 아무리 경악스러운 것이라 할지라도 인간의 무한성無限性에 대한 취약함을 입증하는 것(「인공낙원」)'이라는 그의 말을 빌려보면 그것은 인간의 마지막 한계에 대한 도전인 것으로 자신의 몸을 도구로 삼았던 한 예술인의 실험정신으로 읽혀진다.

자신의 몸을 온갖 도구로 소모하고 마침내 그는 브뤼셀에서 쓰러졌다. 반신불수의 몸을 이끌고 실어증에 걸린 채 마흔여섯 살의 나이로 파리에 돌아온 것은 1867년 7월 2일이었다. "영광스럽게가 아니면 결코 돌아오지 않겠다"던 파리에 그는 폐인이 되어 돌아왔다.

나는 그가 입원했던 돔 가의 정신병원 앞에서 어느 이른 아침 서성거리고 있었다. 정신병원에서 어머니를 면회했던 내 어릴 적 기억은 그 시간을 고통스럽게 했다.

개선문의 왼편에 위치한 에투알 광장, 돔 가 1번지. 대문 왼쪽에 세워진 표지판에 붉은 글씨로 '보들레르의 마지막 날들', 흰 글씨로 '1867년 8월 31일 46세의 나이로 보들레르가 이곳에서 어머니의 품에 안겨 죽었다'라고 쓰여 있었다.

보들레르는 기품 있고 예술을 사랑하는 노신사, 자칭 화가였던 62세의 아버지와 신앙심 깊고 정숙하며 아름다운 28세의 어머니 사이에서 태어났다. 어린 나이에 아버지를 잃고, 의부의 손에 이끌려 기숙사로 들어간 것은 11살 때로 "아! 내 넋은 금이 갔네"라며 당시의 심정을 토로했다. 가족과 친구들 사이에서조차 영원히 고독한 운명이라는 것을 느꼈다는 이 가엾은 소년은 아주 어렸을 때, 벌써 가슴속에서 두 개의 모순된 감정을 느꼈다고 고백했다. "삶의 끔찍함과 삶의 환희"를. 이 말은 보들레르 자신의 실생활이나 작품 세계를 단적으로 드러내는 데 가장 적합한 말일 듯싶다. 일찍이 그는 삶의 고통을 감지했고 인생을 지옥으로 보는 한편, 잔인한 관능적 쾌감에 몸을 던져 전율했던 조숙한 천재였다. 그 때문에 아쿠타가와 류노스케는 '인생을 지옥'으로 보는 그에게 그토록 열광했던 것일까. '인생은 한 구절의 보들레르를 능가하지 못한다'는 말로 자신의 창작 활동을 시작하여 '인생은 지옥보다도 지옥적'이라는 말로 생애를 마감하기도 했다.

브뤼셀에서 그가 쓰러지기 전, 어머니에게 보냈다는 마지막 편지의 일구가 왠지 덧난 상처처럼 내 마음을 아프게 하곤 했다.

"어머니, 우리는 다시 행복해질 수 있을까요?"

세상에 존재하지도 않는 어머니를 향해 어느 날은 그의 말을 따라 해보고 있는 내 자신을 발견하게 되는 것이다. 그러고는 가끔 목이 메었다.

누군가는 여름을 환각幻覺이라고 말했다는데, 보들레르야말로 환각의 여름만을 살다간 생애가 아닌가 싶다. 봄과 가을과 겨울도 없이. 오직 그는 작열하는 태양 아래 숨 막히는 폭염의 인생만을 살다간 듯해서 가슴이 아파온다. 여름은, 죽을 만큼 더운 여름은 내게 강렬한 삶의 욕구와 동시에 죽음의 충동을 느끼게 한다. 여름에 태어나 여름에 죽은(자살) 다자이 오사무처럼 여름 꽃이 절정을 이룰 때, 한낮이 이울던 오후 4시 무렵, 나도 그렇게 인생의 여름을 건너뛰고 싶다.

"곧 우리는 싸늘한 어둠 속에 잠기리. 너무나도 짧은 우리들의 여름, 발랄한 광명이여!"

호신부처럼 입에 달고 다니던 그의 시구가 이젠 현실로 다가온다. 이제 나는 곧 싸늘한 어둠 속에 잠기리.

삶이란 움직이는 그림자일 뿐

— 에드거 앨런 포

에드거 앨런 포(1809~1849년)를 처음 알게 된 것은 고등학교 시절, 그의 단편소설 「검은 고양이」를 통해서였다. 괴기스러우면서도 짜릿한 전율, 소설을 읽고 난 뒤의 느낌은 어쩐지 그의 인상과 일치하는 듯했다.

포의 주인공들은 모두가 어두운 의식의 지하실에서 악몽을 꿈꾸며 유혼流魂으로 떠돌고 있는 듯하다. 「검은 고양이」에서는 남편에게 살해당한 아내가 벽 속에 갇혀 있고 「어셔 가의 몰락」 역시 지하실에 생매장당한 여인이 누워 있다. 무엇이 그의 영혼으로 하여금 그토록 어두운 심연과 고뇌와 광기와 몰락에 탐닉하게 하였을까.

19세기 문단의 귀재로 손꼽히는 에드거 앨런 포는 미국 보스톤에서 순회 극단의 가난한 배우이던 양친에게서 태어났다. 그의 가문은 불행하고 단명하였다. 문학적 자질이 있었던 그의 형인 윌리엄도 알코올중독자가 되어 선원생활 중 동료와 싸워 26세에 사망하고, 누이동생 로자리는 비정상인이어서 워싱턴의 보호소에서 불우한 일생을 마쳤다.

포는 두 살 때 어버이를 잃고 어린 나이에 천애 고아가 되었다. 양부모를 따라 영국에 갔다가 다시 미국으로 돌아와 버지니아 대학에 입학했다. 학업에는 열의가 없었고 노름에 빠져 많은 빚만 지고 귀향하게 된다. 양부모는 그의 나이 25세 되던 해에 사망했다. 다시 혼자가 되었다.

사촌 여동생인 버지니아 클램을 사랑하여 결혼한 것은 그녀의 나이 열네 살, 포의 나이 스물일곱 살 때였다. 그러나 어린 신부는 극심한 가난 속에서 병을 얻어 죽고 만다. 25세였다. 아내를 잃은 뒤 술과 마약 때문에 뇌 손상을 입기도 했으나 문학적 재질은 오히려 빛을 발하고 창작 의욕은 꺼질 줄 몰랐다. 이때 「에너벨 리」를 발표하였으며 「까마귀」나 「종소리」 등 주옥같은 시 이외에도 60편의 단편을 더 남겼다. 「어셔 가의 몰락」「황금충」「검은 고양이」「붉은 죽음의 탈」 등의 작품이 있다.

15년 전, 나는 늦더위가 숨을 턱턱 가르는 8월, 뉴욕 퀸즈에서 맨해튼 북쪽인 브롱스 지구로 향했다. 72번가에서 지하철 D선을 바꿔 타고 할렘을 지나 포덤 역에서 내렸다. 포덤 역보다 차라리 킹스브리지 역에서 내렸더라면 더 가까울 뻔했다. 철책 안에 하얀 나무집이 보였다. 헌신적인 아내 버지니아를 위해 포가 「애너벨 리」를 썼고 우주 이론에 관한 산문시 「유레카」와 「우라룸」을 썼던 작품의 산실이다.

버지니아를 잃고 1849년까지 포는 3년 동안 이 집에서 고통스런 나날을 보냈다. 밤마다 바닷가 무덤에서 신부의 곁에 드러눕는다는 에드거 앨런 포. 그는 자신의 견딜 수 없는 상태를 이렇게 쓴 바 있다.

> 침대로 가서 길고 긴 끔찍한 절망의 밤 내내 울었다. 날이 새자 나는 일어나서 마음을 달래기 위해 쌀쌀하고 맑은 공기를 쐬며 빠른 걸음으로 주변을 산책했다. 그러나 아무 소용이 없었다. 악마가 나를 여전히 괴롭혔다. 마침내 나는 아편 팅크 7g 정도를 입수했다. …… 나는 너무 심한 병에 걸려 있다. 몸과 마음이 너무 지독하게 병들어 있어 내가 이 무시무시한 흥분을 가라앉히지 않으면 살아갈 수 없을 것 같은 느낌이다. …… 이 상태가 계속된다면 내 목숨이 끊어지거나 아니면 어쩔 수 없이 미쳐버리고 말 것이다.

뿐만 아니라 포는 작중인물들의 입을 통해서도 아편의 떨칠 수 없는 매혹에 대해 털어놓는다. 그의 작품 「리제이아」에서는 리제이아 남편이 이렇게 토로한다. "나는 아편의 노예였다. 아편이 나를 꽁꽁 묶어버렸다. 내 모든 책무와 계획이 이 꿈의 빛깔로 물들었다."

그리고 신경쇠약에 시달리는 오귀스트 베들로(「오귀스트 베들로의 추억」의 주인공)는 매일 아침 산책을 나가기 전에 일정량의 아편을 복용한다고 한다. 매일 복용하는 독약이 그에게 주는 가장 큰 선물은 모든 것에, 아주 사소한 것에조차도 강한 흥미를 갖게 하는 것이라고 털어놓는다.

"그러는 동안 아편은 일상적으로 효과를 보여 모든 외부 세계에 강렬한 흥미를 자아내게 했다. 나뭇잎의 떨림 속에, 한 포기 풀의 색깔 속에, 네잎클로버의 모습 속에, 꿀벌의 날개짓 소리에, 반짝이는 한 방울의 이슬 속에도, 바람의 숨결 속에, 숲에서 날아온 희미한 냄새들 속에도 온갖 영감을 불러일으키는 세계가, 화려하고 다채롭고 광시곡 같은 일련의 생각들을 불러일으키는 세계가 태어나는 것이었다"라고 적고 있다.

이때 생각의 흐름도 무척 빨라져 훨씬 가속도가 붙은 광시곡이 된다는 것이다. 독약의 선물로 창작의 영감을 얻는 대신 악마의 노예로 전락한 작가. 포를 유달리 좋아한 보들레르는 포의 작품을 프랑스어로 번역했다. 악마에게 영혼을 팔았지만 그들은 시작詩作에 있어서만은 구두점 하나에도 철저한 시인들이었다.

나는 그의 오두막을 찾기 두 달 전, 우연히 그의 작품을 소개한 옴니버스 영화 〈죽음의 영혼Histories Extraordinaries〉을 보았다. 오랜 만에 별 4개가 붙은 명화를 감상했다. 유럽의 명장 페데리코 펠리니, 루이 말, 로제바댕이 각기 각색 연출한 옴니버스로 포의 단편 「토비 다미트」「윌리암 윌슨」 등이 소개되었다. 분열된 이중적 자아를 다룬 테마로 윌리암 윌슨 역으로 분한 알랭 드롱의 연기와 신비에 싸인 고성古城의 야성적 성주 역을 맡은 제인 폰다의 연기도 볼 만했다. 이 영화의 작중인물들은 모두 죽음의 손에 의해 조종되는 '죽음의 영혼들'인 것이다. 영화계의 올림포스 신으로 추앙되는 토미 다미트는 영국에서 로마에 도착하여 기자 인터뷰를 갖는다. "왜 마약을 하냐"는 기자의 질문에 그의 대답은 "정상인이 되려고요" 한다. 순간 나는 온 몸에 소름이 돋았다. 실제로 그는 마약과 알코올중독 환자가 아닌가. 또한 그의 작중인물들도 대부분 포처럼 모두 알코올중독자이거나 아니면 신경쇠약 환자로 술에 취해 악몽을 꾸는 그런 사람들이었다. 그렇다면 에드거 앨런 포도 정상인이 되기 위하여 마약을 했더란 말인가?

그의 나이 40세 때였다. 버지니아 주 리치먼드에서 문학 강연을 마치고 오두막으로 귀가하던 중 돌연히 볼티모어 거리에서 쓰러졌다. 일부러 죽을 만큼 술을 마셨다. 다시는 집에 돌아오고 싶지 않아서가 아니었을까. 행인들에 의해 인근 병원으로 옮겨졌고, 사흘 만에야 정신이 들었다. 머리에 총 한 방을 쏘아주면 좋겠다고 그는 말했다.

"오, 하느님! …… 우리가 보는 것은 한낱 꿈속입니까? 꿈속의 꿈처럼 보이는 것입니까?"

그리고는 다시 눈을 뜨지 않았다.

영화에서 토미 다미트는 중얼거린다.

"삶이란 움직이는 그림자일 뿐!"

그가 인식한 삶의 정체였다.

태어나서 미안해요

— 다자이 오사무

다자이 오사무太宰治(1909~1948년)는 일본 본토 북쪽 끝에 있는 아오모리 현에서 출생했다. 도쿄대학 불문과를 다녔으며, 집안은 귀족 명문가로 세금을 제일 많이 내는 대단한 부자였다. 아버지가 가난한 농민과 친구들의 가족을 착취하여 부자가 된 것임을 알았을 때, 그는 자신이 대지주의 아들이라는 것에 죄의식을 갖게 되었다고 털어 놓았다.

그가 문단에 나온 시대는 제2차 세계대전을 목전에 둔 암담과 혼돈의 시대였다. 형식적으로는 틀의 개혁을 시도하고 내면적으로는 현실 부정의 반속 정신을 표방했지만 그가 지닌 주체의 연약성과 그의 시도를 받아들이기에는 너무나 이질적인 사회 정세로 말미암아 그의 의도는 패배할 수밖에 없었다. 그의 패배는 창작에 그친 것이 아니라 인간 생활까지 뿌리째 흔들어 놓았다. 말하자면 인간에 '실격'한 셈이었다. 순수한 그에게 문학과 인생이란 이겨낼 수 없는 거대한 벽이었던 것이다.

피투성이가 되어 쓰러지는 일종의 자학적인 도전, 그러한 그의 행위는 마치 부나방을 보는 듯한 느낌이 든다. 자학이 생활에 옮겨와 그는 마약에 손을 대었고 사랑하지도 않는 여자와 정사情死를 시도한다. 가장 어리석은 형태로 자신을 멸망시키는 일만이 오히려 사회에 대한 유일한 봉사라고 생각하면서 심한 자학의 길로 빠져들었다. 그러나 이러한 기벽이 창작에서는 야릇한 결과를 빚어냈다. 퇴폐적인 미를 형성했던 것이다.

몰락한 귀족의 고귀한 패배의 미를 탐구한『사양』, 자존보다도 비굴, 진실보다도 허구를 통해서 오히려 실존과 진실을 탐구한『인간 실격』은 그의 대표작일 뿐 아니라 전후 일본문학의 금자탑으로 평가받고 있다.

그는 세 번이나 자살을 기도했다. 긴자의 여급과 투신자살을 기도했으나 혼자만 살아남았고, 두 번째는 하쓰요라는 여자와 수상온천에서의 자살미수, 세 번째는 야마자키 도미에와 손을 잡고 다마가와 상수원에 몸을 던졌다. 세 번째 그는 정말로 죽을 수 있었다.

"다자이의 정사는 마음 아프다든지 슬프다고 말하기보다는 더 한층 견딜 수 없이 암연한 생각을 문학에 종사하는 우리들에게 느끼게 한다. 그것은 생전의 그의 소설이 나타내고 있던 세계의 해명을 몸으로 증명한 것 같다. 다시 말하면 정사, 그 자체가 다자이가 원했던 최후의 무도였던 것만 같다. 이러한 감개를 실감한 사람은 나 한 사람만이 아닐 것이다."

이것은 그를 좋아하던 촌송정효村松定孝의 소감이다.

나는 힘에 닿지도 않는 실력이나, 욕심으로 다자이의 소설을 모두 일어본으로 구했다. 특히 그의 유서나 다름없는 『사양』이나 『인간 실격』은 마치 죽은 동생의 일기장이라도 되는 것처럼 지금도 나는 소중히 지니고 있다. 1960년대 뭉크의 그림처럼 유혼이 되어 떠다니던 때의 모습, 몰락한 전후 고아 가즈코(『사양』의 여주인공)처럼 나도 그때 허허벌판에 서 있었던 때였다. 나오지의 유서를 읽고 또 읽었다.

『인간 실격』의 요오조오나 『사양』의 나오지는 바로 다자이 자신의 모습이었고, 다른 한편으로는 나의 내면을 대변하는 것 같아서 전율마저 느끼며 그 유서를 거듭 읽어 내려갔던 것이다.

누님, 안 되겠어요. 먼저 가요.

…… 나는, 나라는 풀은 이 세상의 공기와 태양 속에서는 살기 어렵습니다. 살아가기에는 어딘지 한 군데 모자라는 점이 있습니다. 부족한 것입니다. 오늘까지 살아온 것도 큰 노력이었습니다. …… 강한 세력에 밀려서 지지 않으려고 마약을 쓰며 미치광이가 되어 가지고 저항했습니다.

…… 누님, 믿어 주십시오. 나는 놀기만 하였지만 조금도 즐겁지가 않았습니다. 쾌락의 임포텐츠인지도 모르지요. 나는 오직 귀족이라는 자신의 헛도깨비에서 이탈하고 싶어서 놀고 미치고, 거칠어진 것입니다.

…… 누님, 나에게는 희망의 지반이 없습니다. 안녕히 계십시오. 결국 나의 죽음은 자연사입니다.

…… 어젯밤의 술도 말짱히 깨었습니다. 나는 맨 정신으로 죽는 것입니다.

다시 한 번 안녕하십시오.

누님, 나는 귀족입니다.

"다자이는 아쿠타가와芥川가 생애의 끝판에 도달한 지점에서부터 출발하고 있다"라고 말한 사람은 후쿠타란 작가였다.

내가 20여 년 전에 메모해 두었던 공책엔 이렇게 쓰여 있다.

다자이와 아쿠타가와 = 자살 직전 둘 다 신경쇠약.

다자이의 정신병원 입원.

다자이와 보들레르 = 마약, 광기, 자살기도.

다자이와 김소월 = 아편, 자살 실행.

그리고 41세, 폐결핵, 마약, 정신병원, 각혈喀血.

어디선가 그가 창백한 얼굴로 나타나 히죽이 웃으며 이런 말을 할 것 만 같다.

"태어나서 미안해요."

"결국 나의 죽음은 자연사입니다."

그렇게 외치는 두 마디의 행간 사이에 그는 인생이라는 거미줄에 포획된 외로운 박제 같았다. 나는 몇 년 전, 그가 『사양』을 집필하던 미타가 역을 찾아가 골목길을 어슬렁거렸던 적이 있었다. 역 근처에 그가 손님을 접대하던 술집 천초千草가 있었고 폐병으로 드나들던 단골 약국이며 다자이 문학지도에서 그의 옮겨 다니던 발걸음을 확인할 수 있었다. 그가 투신한 다마카와 상수 쪽으로 내려갔다. 남쪽 도로 위에 그의 무명비가 있었다. 비석을 쓰다듬으니 손끝에 와 닿는 차가운 감촉, 마약 탓으로 체온보다 낮은 그의 손바닥 같았다. 아무 글자도 쓰여 있지 않는 무명비無銘碑. 그 옆에 앉아 있으려니 그의 속말이 아프게 들려왔다.

"당시 나에게는 하루하루가 만년晩年이었어요."

그것이 내게는 '하루하루가 죽음이었어요'로 들려왔다. 오랫동안 내가 사랑한 남자였다.

16년 전 1월, 눈길을 뚫고 그가 태어난 아오모리의 '사양관'을 다녀나올 때, 다니가와 슌타로의 시 한 구절이 헛헛한 내 발걸음과 쓸쓸한 내 마음을 대신해 주었다.

> 파아란 저 하늘의 파도소리가 들리는 근처에
> 나는 무엇인가 소중한 물건을 잃어버리고 온 것 같다.
> 투명한 과거의 정거장에서 유실물계 앞에 섰더니
> 나는 도리어 슬퍼지고 말았다.

그의 출생지와 자살한 곳을 눈으로 확인했다. 마치 내 전생前生을 돌아보듯 이제는 슬픔도 없다. '슬퍼할 거니?' 내게 묻던 액자 속 아이에게 아니라고 답하고 싶다.

제3장

슬픔에 대하여

슬픔에 대하여

까닭도 없이 내 마음은 슬픈 사람들 쪽으로만 기운다. 내 몸 속에 슬픔의 바코드가 많이 새겨진 탓일까. 싱싱한 것보다는 상傷한 것에, 강자보다는 약자 편에, 그리고 행복보다는 불행한 쪽에 마음이 이끌린다. 상한 과일에 향기가 더 짙고 병든 조개가 진주를 앉히듯 나는 제 살을 찢어 진주를 품는 작가들의 남다른 창작행위에 눈길을 뗄 수 없었다. 문학은 바로 상처에서 피어난 꽃이기 때문이다.

'병든 사람이 정상적인 사람보다도 자기의 넋에 더 가까이 가는 사람'이라는 마르셀 프루스트의 말을 나는 천천히 되새긴다.

정상인이 되려고 마약을 했다는 에드거 앨런 포, 비정상적인 것에서 기이한 아름다움을 발견한다는 보들레르, 자신의 삶을 "패배"로 규정짓고 자살로 마감하긴 했으나 예술을 항상 우선 순위로 하였던 아쿠타가와 류노스케. 그리고 '영혼은 예술에게만 있고 인간에게는 없다'던 오스카 와일드. 그는 『도리언 그레이의 초상』

에서 작중인물을 통해 그와 같이 역설하며 인생을 예술로, 그것도 유미주의적 예술로 바꿔보려는 시도를 꾀했으나 도리언의 파렴치한 비도덕성으로 인해 결국은 파멸할 수밖에 없다는 결론을 내린다. 그의 삶도 작중인물처럼 비극으로 끝났다.

아쿠타가와 류노스케가 쓴 『지옥도』의 결말도 『도리언 그레이의 초상』과 다르지 않다. 화가 요시히데는 불에 타죽는 젊은 여인의 고통스런 모습을 보고 '지옥도' 병풍을 완성한다. 지옥에서 수레와 함께 타죽은 여인은 호리카와 대감의 미움을 산 요시히데의 딸이었다. 아쿠타가와는 오스카 와일드가 선언한 대로 '예술을 위한 예술'을 지향하며 미美의 이면에 숨겨진 악마적인 것을 파헤치려고 하였다. 세기말 풍조에 동조하며 그 자신 세기말 '악귀'가 씌었다면서 서재에 '아귀굴我鬼窟'이라고 써 붙여 놓고 인간 불신不信의 사바고娑婆苦를 극복하고자 애썼다.

사바고를 극복하고자 예술혼을 불러들였단 말인가?

'예술이 감정을 낳는 데 도움이 된다면, 예술을 감각적으로 지각知覺한다는 것도 태어난 감정 속에 이미 포함되어 있는 것일까?' 라고 묻던 비트겐슈타인의 말이 생각난다. 태어난 감정 속에 포함된 예술적 감각, 놀라운 감수성은 생래적이기도 하지만 그들의 무의식 속엔 어쩔 수 없는 슬픔의 바코드가 어릴 때부터 마련되었던 것이 아닐까 생각된다.

슬픈 마음은 괜히 일어나지 않는다. 모두 내재된 트라우마, 혹은 지난 업으로부터의 업력業力, 또는 습기에 따라 일어난다. 그것도 운명이라면 운명이다.

인간의 운명을 좌우하는 세 가지 불행 중, 첫째는 어려서 부모를 잃는 것이요, 두 번째는 중년 상처, 셋째가 만년의 무자식을 꼽는다. 철학자와 작가의 대부분은 어려서 부모를 잃었다. 그 치명적인 첫 번째에 해당한다. 철학자는 생의 고통 속에서 인생의 해답을 도출하고, 작가는 슬픔으로 눈물꽃(작품)을 빚었다.

프로이트가 제시한 구강기는 출생과 함께 시작하여 대부분의 사람은 이유기에 끝나는데 구강口腔 수준에 고착된 사람은 입이 최우선의 성감대가 되기 때문에 줄담배를 피운다던지 혹은 반복된 음주로 알코올과 마약 중독을 앓게 된다는 것 또한 작가들의 결핍된 유년기를 말해주는 것이 아닌가 한다. 세 살 때, 천애 고아가 된 애드거 앨런 포는 전형적인 이 코스를 모두 밟았다.

『설국』의 작가 가와바타 야스나리 또한 세 살 때 양친을 모두 잃었다. 2년 7개월짜리 고아가 된 가와바타는 조부모에게 맡겨졌다. 일곱 살 때 할머니가 죽고 눈먼 할아버지와 외딴 오두막에서 8년을 더 살았다. 할아버지가 죽은 것은 가와바타가 중학교 2학년 때였다. 장례식 날 갑자기 코피가 흘러내렸다. 사람들의 눈을 피해 정원석 위에 반듯이 누워 출혈이 멎기를 기다렸다. 처음으로 갖는 자신만의 시간이었다. '그때 외톨이가 되었다고 하는 불안감이 어렴풋이 마음에 떠올랐다'고 쓰고 있다. 세상에 외톨이가 되었다고 하는 불안감과 고아로서의 심경을 그는 이렇게 적고 있다.

어린애인 내가 왜 자꾸 풍경을 보러 동이 트는 것을 보러 쓸쓸한 산으로 혼자 간 것일까?

그의 수많은 작품들의 대부분은 주인공의 죽음으로 끝난다. 작품 속에는 여행, 온천, 여관, 거울, 게이샤, 광대, 가설극장, 눈, 자살이 심상 이미지를 이룬다. 그것의 도달점은 고독, 허무, 도로徒勞 의식이다. 세상이란 연극이 공연되는 가설무대라는 인식은 그의 사생관에 기초하고 있었던 것은 아닐까.

노벨문학상을 받은 지는 4년, 맹장수술을 하고 퇴원한 지 꼭 한 달 만에 자살을 결행했다. 세인의 추측과 사인은 분분했다. 어느덧 74세의 노인이 된 그는 「16세의 일기장」에 썼던 것처럼 쇠잔해져만 가는 할아버지의 쓸쓸한 삶을 이미 자신의 몸 안에 옮겨와 살고 있었던 것은 아닐까. 몸 안에 깊숙이 스며든 비애의 그림자, 마음 속 그늘을 우리가 어찌 다 안다고 할 수 있으랴만 나는 생각해 본다. 그의 삶 속에 어떤 형태로든 각인되었을 외딴 집 풍경을. 문풍지의 울림보다 더 추웠던 겨울밤, 눈먼 노인의 오줌을 받아내는 한 소년과 그것을 한없이 미안해하시던 할아버지의 모습은 그에게 지울 수 없는 인생의 풍경으로 떠올랐을지도 모른다.

오래 전 노산 이은상 선생의 시화전에서 뵈었던, 유난히 서늘한 그분의 이마와 괴기 서린 눈을 떠올리면서 심층 내부의 복잡한 자의식의 균열을 나는 심정적으로 추정해볼 뿐이다. '이제 더 이상은……?' 그때 그분의 자살을 납득할 수 있을 것 같았다. 오랫동안 그의 의식을 지배했던 작가로서의 원관념은 죽음이었다. (하긴 내가 작가들의 무덤 앞에 서게 된 것도 그것과 무관치는 않다.) 어린 나이에

육친의 사별과 이 우주에 나 하나라고 하는 단독자로서의 고립감. 특히 인생은 쓸 데 없는 노고라는 '도로徒勞' 의식에 나 또한 얼마나 공감하였던가. 지금도 그 생각에는 변함이 없다.

"작품을 쓰는 일은 자기 내부에서 허무의식이라는 독을 제거하는 것"이라고 가와바타는 말했다. 나도 어느 새 그분의 마지막 나이를 살고 있다. 어린애인 그가 동이 트는 것을 보러 쓸쓸한 산에 혼자 서 있는 모습, 그것이 내게는 보인다.

막심 고리키도 가와바타 야스나리처럼 어릴 때 양친을 잃고 염색업을 하는 외할아버지 밑에서 컸고, 호손과 사르트르는 일찍 아버지를 여의고 외갓집에서 자랐다. 조나단 스위프트는 아버지의 얼굴도 모르고 생모에게 버림받자 큰아버지의 도움으로 성장했다.

톨스토이와 두보는 태어난 지 얼마 되지 않아서 어머니를 잃었다. 두보는 배다른 형제와 고모 밑에서 서럽게 자랐다. 휠덜린과 보들레르는 어린 나이에 아버지를 잃고 의부의 손에 이끌려 기숙사로 들어가야 했다. 휠덜린은 '좋은 바람만 불어도 제 몸을 울려 소리를 낸다'고 노래하고 보들레르는 11살 때 '아! 내 넋은 금이 갔네'라며 당시의 심정을 토로하기도 했다. 군의관이던 아버지가 농노에 의해 살해당하는 것을 지켜보아야 했던 도스토예프스키, 우리에게 아름다운 수필을 선사한 금아 피천득과 상허 이태준도 10세 이전에 양친을 모두 잃었다. 계모와 아버지와의 갈등으로 금붕어만 그리다가 자살한 이장희, 양자로 입적되어 남모르는 갈등을 겪어야했던 이상과 아쿠타가와 류노스케의 외톨이로서의 그 고아의식을 나는 자꾸만 주목하게 된다.

"벽에 날아와 앉은 잠자리의 투명한 날개는 슬픔이어라."

아쿠타가와가 짧은 생애를 자살로 마감하자 그의 친구가 헌정한 추모시다. '투명한 날개'로 벽에 앉은 그의 영혼은 '슬픈 잠자리'다. 슬픈 영혼은 순도 높은 증류수이다. 세상에서 유일하게 남긴 재산은 "때로 눈물을 흘렸다는 것뿐"이라던 시인 알프레드 뮈세. 기이한 추악미를 찬양했던 보들레르. '슬픔과 아름다움은 하나'라던 안톤 체호프. '예술이 삶을 주도해야 한다'고 강조한 오스카 와일드. 그는 아름다움보다 진리를 더 사모하는 예술가는 아직 예술의 지성소至聖所에 이르지 못한 자라고 폄하하기까지 했다. 슬픔과 아름다움에 유난히 민감했던 이 작가들을 나는 사랑한다. 예술이 아름다우면 아름다울수록 그것은 원래 자기 자신이 잘못이라는 것을 느끼는 사람들의 작품이라던 J. 러스킨(「참깨와 백합」에서)의 말을 나는 곱씹게 된다.

불행이 없는 아름다움이란 떠올릴 수도 없다며 보들레르는 『악의 꽃』에서 이렇게 말했다. '우울은 아름다움의 빛나는 반려자. 기쁨은 아름다움에 대한 가장 저속한 장식물 중의 하나'라며 자신이 불행해지면 불행해질수록 자신의 긍지는 더욱 커진다는 것이다. 그리하여 스스로 천형에 처해진 시인 보들레르. 스스로 저주의 시인이 된 폴 베를렌느. 그도 오스카 와일드처럼 남색사건으로 2년형에 처해졌다. 비참한 말년, 창녀 위제니의 방에서 혼자 숨을 거두었다. 회한과 굴욕으로 얼룩진 인생을 살았으나 폴 베를렌느는 죽기 직전 시왕詩王에 뽑혔다. 인생에서는 패배했으나 문학에서는 이겼다. 키르케고르가 한 말이 떠오른다. '시인이란 남 모르는 고뇌에 괴로움을 당하면서도 그 탄식과 비명이 아름다운 음악으로 바뀌게 하는 입술을 가진 불행한 사람'이라고 했던가.

선택된
황홀과 불안
이 두 가지 내게 있으니.

베를렌느의 이 시구 석 줄은 눈길을 뚫고 찾아간 아오모리의 다자이 오사무 문학비에서도 만날 수 있었다. 불문학을 전공한 다자이도 베를렌느를 좋아했던가 보다. 인생에 대한 근원적이 비애, 실의와 우울, 마약과 환각, 황홀과 불안으로 이어지는 나약함과 탐미주의로 이 두 사람을 묶을 수 있겠다.

다자이 오사무는 사람 인亻 변에 근심 우憂. 뛰어나다는 '우優' 자로 문학론을 펼치기도 했다. 다른 사람을 걱정하고 타인의 쓸쓸함에 민감한 것, 슬퍼하는 것, 더 나아가 약자와 패배자 입장에 머물며 부끄러움을 철저히 인식하는 일이 문학이라고 하였다. 다자이는 아버지가 온당치 못한 방법으로 대지주가 된 것을 알았을 때, 어리석은 형태로 자신을 멸망시키는 일만이 사회에 대한 봉사라고 생각하며 심한 자학의 길로 빠져들었다. 스스로 인간 실격자가 된 다자이 오사무처럼 나도 출세한 사람보다는 패배자의 고백 쪽에 귀를 더 기울이게 되는 것이다.

왁자한 웃음 뒤에는 가면이 있을 수 있지만, 인생에 져서 패배한 약자의 슬픔에는 가면 따위는 있을 수 없다. 슬픔은 유일한 진실이기 때문이다.

> 슬픔은 인간이 가질 수 있는 정서 가운데 최고의 것이고 동시에 모든 예술의 전형이요, 시금석임을 나는 이제야 알았다. …… 환락과 웃음의 그늘에는 거칠고 단단하고 냉혹한 기분이 숨겨져 있을지도 모른다. 그러나 슬픔 뒤에는 언제나 슬픔이 있을 뿐이다. 고통은 쾌락과는 달라서 가면은 쓰지 않는다.

이것은 영국 작가 오스카 와일드(1857~1900년)가 쓴 「옥중기」의 일부이다.

긴 여름, 나는 학교에 휴학계를 제출하고 서울시청 부녀과에서 교양강좌 프로그램을 운영하고 있었다. 당시 좋지 않은 강의가 없었지만 운명처럼 1962년 여름, 오스카 와일드의 이름이 내게 들어왔다. 강성일 선생에 의해서이다. 숙대 영문과 교수였던 그분은 오스카 와일드의 「옥중기」를 소개했다.

> 고뇌란 하나의 기다란 순간이다. 그것을 계절로 나눌 수는 없다. 우리는 다만 그 계절의 느낌을 기록하고 그 계절들이 되돌아오는 것을 적어 둘 수 있을 뿐이다. ·죄수들에게는 시간 그 자체가 진행하는 것이 아니고 회전할 뿐이다. 그냥 고통이라는 하나의 축의 주위를 맴도는 것처럼 생각된다. …… 슬픔이 있는 곳에 성지聖地가 있다.

마지막 구절에 주문이 걸려 나는 그의 포로가 되고 말았다. 고통이라는 하나의 축을 맴도는 수인囚人. 죄수들에게 형벌의 시간은 진행하는 것이 아니고 그냥 회전할 뿐이라는. 그 여름 나는 퇴근을 해도 날이 어둡지 않았다. 하나의 기다란 축 위에서 무의미한 시간을 되풀이하고 있을 때였다. 어떤 날은 출근하려고 눈을 뜨면 그레고르 잠자(카프카의 「변신」 주인공)처럼 벌레가 되었으면 했다. 줄이 끊어진 악기처럼 나는 아무 것도 소망할 수 없었다. 소망을 버리고 나니 차라리 홀가분했다. 까닭도 없이 저 밑바닥에서부터 차오르는 샘물, 그것은 근원도 알 수 없는 비원悲願이었다. 나는 그때, '슬픔이 있는 곳에 성지가 있다'는 그의 비원을 알 것도 같았다. 그분의 차원을 이해할 것도 같았다. 비원은 마냥 슬프기만 한 비애悲哀와도 다르고 자비慈悲와도 같지 않다. 세상에 대해 쥔 손을 펴고 아무 것도 바라지 않는 슬픔 속에서, 슬픔을 뛰어넘는 무욕無欲의 대비大悲야 말로 비원이라고 할 수 있지 않을까.

슬픈 영혼은 순도 높은 증류수, 그 순도純度야말로 '성지'가 허락되는 영토이다.

'슬픔 속에 성지가 있다'는 주문은 나로 하여금 슬픔을 딛고, 일체 것의 연민인 "비원"을 끌어안을 수 있게 해주었다.

영국 문학의 귀재였고 사교계의 총아였으며 동화작가, 비평가, 남색가, 죄수 번호 C33의 익명으로 「옥중기」와 「레딩 감옥의 노래」를 썼던 작가, 단막 비극 「살로메」와 장편소설 『도리언 그레이의 초상』을 발표하여 19세기 말 데카당스 문학의 대표주자가 된 사람. 그러나 그 어떤 호칭도 그의 사람됨을 잘 말했다고는 보기 어렵다. 보르헤스는 그를 두고 '그 악의 습관이나 불행에도 불구하고 끄떡도 않는 순진무구를 계속 지니고 있는 사나이'라고 평가했다. 보르헤스의 말대로 그는 자신의 순수함 때문에 파멸한 사람이었다. 어린애다운 순진함과 방약무인한 오만함과 경솔함은 그의 운명을 파멸로 몰아넣는 무기가 되었건만 자중하기는커녕 독설과 무례를 멈추지 않았다.

오스카 와일드는 남색사건으로 체포되어 2년 동안 옥살이를 하는 중에 어머니의 부음를 전해 듣는다. 총명한 아들에게 그리스 문학과 이탈리아의 고전문학을 지도하던 그의 어머니는 시인이며 비평가였다. 아들의 불명예로 죽음이 재촉되었다고 한다. 그는 옥중에서 '비애의 아름다움'에 대해 썼고 예수 수난의 의미를 되새기면서 참회의 「옥중기」를 썼다. 감옥에서 석방된 뒤 수도원에 가서 새로운 인생을 시작하려고 했으나 거절의 답신을 받고는 그 길로 영국을 떠났다. 파리의 빈민가 어느 하숙집에서 쓸쓸한 최후를 마감했다. 2000년 5월 나는 페르 라세즈 묘역에서 그의 무덤 앞에 섰다. 파라오 형상의 젊은 남자가 부조된 흰 대리석 조각 작품엔 키스 마크가 가득했다. 그의 인생은 패배로 끝났지만 그의 세기말적 문학은 그를 20세기 모더니즘의 선구자로 만들었다. 평론가 손튼이 말한 데카당스의 의미를 나는 그 자리에서 되새겨 보았다.

데카당은 상반된, 그리고 분명히 양립할 수 없는 것에 끌려

든 사람이다. …… 다른 한편으로는 영원한 것, 이상적인 것, 비세속적인 것을 그리워한다.

그는 그런 사람이었다. 어린애다운 순진무구로 파멸에 이른 사람. 나는 그 동안 세속적이지 못한 순수한 영혼들과 만나 그들이 겪은 비극적 사건 속으로 들어가 그 고통으로 내 슬픔을 완화하며 상처를 지워나갈 수 있었다. 슬픔을 지울 수 있는 지우개는 역시 슬픔인 것 같다.

적도 지역에서는 지극히 가늘고 실처럼 생긴 벌레가 인간의 피부를 뚫고 파먹는다. 그러면 무당을 부른다. 그가 마술의 피리를 불면 벌레가 홀려서 나타나 조금씩 몸을 펴면서 밖으로 나온다. 예술의 피리도 그러하다.

카잔차키스의 「오디세이의 싹이 내 마음속에서 열매를 맺을 때」에 있는 말이다. 내게는 아직도 그 마술의 피리 소리가 필요하다.

'예술은 일종의 허위이다. 나는 이미 아름다운 허위를 사랑할 수 없다'며 톨스토이는 진리를 사랑한다고 공표했고, 앙드레 지드는 '신의 세계에는 예술이 없다'고 언급했다. 나는 예술이 없는 천국보다는 슬픔뿐인 지상을 택하겠다.

내 몸 속에 박힌, 실처럼 가느다란 벌레가 누군가 부는 예술의 피리 소리에 홀려 슬금슬금 빠져나오는 걸 느낀다. 슈베르트의

〈피아노 5중주〉를 듣거나 모차르트의 〈피아노 협주곡 21번〉을 듣고 있으면 그 선율이 세포에 새겨진 내 슬픔을 손잡아 데리고 나오는지 그것들은 어느 새 무화無化되고 만다.

매독에 목덜미가 잡힌 슈베르트는 운명을 저주하지도 않고 절망의 밑바닥에 고이는 샘물을 창작의 두레박으로 길어 올려 숭고한 아름다운 음악으로 바꾸어 놓았다.

"내가 창조한 모든 것은 음악에 대한 나의 이해와 나 자신의 슬픔에서 탄생한 것이다. 오직 슬픔에 의해서 태어난 것만이 세계를 즐겁게 해주는 것 같다"며 31살의 나이로 지상의 겨울 나그네가 된 슈베르트, 그를 가리켜 시인 뫼리케는 '눈물을 통해 찬란한 햇빛을 보는 사람'이라고 평가했다.

지상에 겨우 35년을 머물면서, 모차르트는 죽기 두 달 전에 위대한 교향곡을 세 개나 내놓았다. 요독증이 뇌를 침범하고 물질의 고통이 가장 혹심했을 때였다. '아름답게, 눈물이 날 만큼 아름답게'라며 그의 곡을 지휘한 부르노 발터의 말이 떠오른다. 영화 〈엘비라 마디간〉의 마지막 장면을 떠올리면서 그의 음악을 듣고 있으면 '눈물이 날 만큼 아름답게' 승화된 비애감이 슬픈 마음을 어루만져 주는 것이다. 고통에서 피어난 아름다움은 고통을 치유하고도 남는다.

니체가 고통을 통해 초인이 되었듯이 슬픔을 통해 우리는 자기 안의 영토를 성지로 확장할 수 있다. 슬픔이 아니고서는 할 수 없는 덕목이다. 눈물의 꽃 진주를, 슬픈 영혼들의 그 '눈물꽃'을 나는 사랑하지 않을 수 없다.

오스카 와일드가 말한 대로 “슬픔은 인간이 가질 수 있는 정서 가운데 최고의 것이고, 동시에 모든 예술의 전형이며 시금석임을” 나도 이제야 알겠다.

이 글은 가면이 허락되지 않는 슬픔의 ‘순수’에 바치는 나의 헌사이다.

제4장

고통에 대하여

고통에 대하여

고통은 사람을 강하게 만든다. 두려움에 떨며 그것을 외면하는 사람은 끝내 고통을 넘어설 수 없지만 고통 속으로 들어가 시련을 극복한 사람은 오히려 강한 생명력으로 다시 되돌아오는 것을 볼 수 있다.

하늘이 장차 대임大任을 맡김에 그 사람으로 하여금 먼저 그 마음과 뜻을 괴롭혀 능하지 못한 것을 더하게 하는 바라고 맹자는 고통에 처한 사람들을 위로하지만 그러나 누구나 그것을 넘어설 수 있는 것은 아니라고 생각된다.

나는 예수의 고행상苦行像이나 파키스탄 라호르 박물관에 있는 붓다의 고행상을 보게 되면 내 자신의 한계를 넘어 성인의 마음을 우러러 그쪽으로 향하게 된다.

고타마 싯다르타(BC 623~544년) 태자는 태어난 지 7일 만에 어머니를 잃었다. 부왕이 베푼 그 어떤 것도 그를 기쁘게 하지 못했다. '세상을 고통'으로 규정하고 어떻게 해야 인간의 가장 큰 고통인 생사의 고통에서 벗어날 수 있는가. 그것을 해결하기 위해 왕궁을 버리고 출가를 결행했다. 6년 동안이나 극단적인 방법으로 고행할 때, 처참하리 만큼 앙상하게 드러난 태자의 늑골.

"여기 이 자리에서 내 몸은 말라빠져도 좋다. 가죽과 뼈와 살이 없어져도 상관없다. 바른 깨달음을 얻기 전에는 결코 이 자리에서 일어서지 않으리라."

35세가 되는 납월 8일, 드디어 해답을 찾고 그는 깨달은 사람 '붓다[覺者]'가 되었다. 원효 스님의 어머니도 산기도를 하고 내려오다 산기가 있어 밤나무 아래서 그를 낳자마자 세상을 떠났다. 진각 스님도 일찍이 어머니를 잃었다.

프랑스의 철학자 장자크 루소(1712~1778년)는 태어난 지 9일 만에 어머니를 잃었다. '내가 태어났기 때문에 어머니가 돌아가셨다. 이렇게 나의 탄생은 내 불행의 최초였다'고『고백록』에서 어두운 심정을 기술하고 있다. 열 살일 때 아버지는 어느 군인과의 싸움이 원인이 되어 집을 떠났다. 목사에게 맡겨져 제네바 교외의 보세라는 마을에서 지낸 평온한 전원생활도 고작 2년 동안이었다. 그 이후의 시계공 생활은 루소의 어린 시절의 명랑함, 쾌활한 성격을 모두 바꿔버렸으며 마음이 약해 거짓말로 얼버무리고 때론 남의 물건을 훔치기도 했다. 어린 하숙집 식모 테레즈와의 사이에 어린애가 다섯 명이 생겼으나 모두 고아원에 맡기고 끼니도 거른 채 죽을힘을 다해 오페라를 썼다.

'이 숙명적 행위가 그 후 나의 사고방식이나 운명에 얼마나 격

심한 변화를 초래했는지는 머지않아 알 것이다'라고 그는 『고백록』에 쓰고 있다. 『에밀』을 쓰게 된 것 역시 자녀들을 포기하였다는 깊은 자책감 때문이었다. 모두 고통의 소산이다.

『에밀』 제 1권 첫 장에 나타난 구절은 마치 내다버린 자기의 아이들을 향한 것 같기도 하고 어린 시절의 루소 자신인 것처럼도 읽힌다.

> 태어나면서부터 다른 사람들 사이에 혼자 내버려둔 사람들은 누구보다도 더욱 불구의 인간이 될 것이다. 편견, 권위, 필요, 부지중에 빠져드는 모든 사회제도는 인간 속에 내재해 있는 자연성을 질식시키고 그 대신 아무 것으로도 우리를 메워주지 않을 것이다. 그것은 마치 길 가운데 돋아난 나무처럼 행인들의 발길에 마구 짓밟히고 꺾여서 이내 죽어버리고 말 것이다. 우리는 약하게 태어났으므로 힘을 필요로 한다. …… 이 모든 것을 교육에 의해서 얻는다.

그는 '에밀'이라는 고아를 상정하여 그의 부모 역할을 맡는다. 참된 교사와 제자의 운명이 평생토록 하나가 되기를 염원하며 에밀에게 최선을 다한다.

『에밀』과 『사회계약론』이 출판되자 그에게 체포령이 떨어졌다. 루소는 스위스로 피신했으나 스위스에서도 추방되어 영국으로 건너가 자서전 『고백록』을 쓰는데 이 무렵부터 박해받는 추적 망상이 심해졌다. 얼마 후 프랑스로 돌아가 정부의 관용을 받아 파리에 정착하기까지 시골 여러 곳을 헤매 돌아다녀야 했다. 파리 북쪽에 있는 에름농빌의 성채 관리인의 작은 방으로 옮겨와 6주일 뒤 뇌졸중으로 눈을 감았다. 그가 팡대옹으로 옮겨진 것은 죽은 지 16년 만의 일이다.

루소의 사망 11년 후에 프랑스혁명이 일어났다.

『사회계약론』에서 말한 인민주권설은 로베스 피에르를 비롯한 혁명지도자들의 사상적 지주가 되었다. 이 책은 인간의 자유와 해방을 주장한 민주주의 경전 중의 하나이다. 자유와 평등의 주체인 인간이 계약에 의해 국가를 형성하고 국민은 그 주체로서 주관자가 된다는 논리는 당시 지배계급에는 청천벽력이었을 것이다.

나는 15년 전, 팡데옹 지하 묘소에 들른 적이 있었다. 루소의 나무관이 앞쪽에 안치되어 있었다. 짙은 갈색으로 칠해진 목재로 짜인 나무관 앞에 횃불을 든 손이 불쑥 나와 있었다. 시대의 횃불을 든 루소의 손이다. 만약 그가 도처에서 얽매어 있지 않았더라면, 그런 억압과 가난과 사회의 냉대와 불평등을 겪지 않았다면 과연 『인간불평등기원론』, 『사회계약론』 같은 책이 나왔을까? 아이들을 내다버린 혐오스런 자신의 악덕을 숨기지 않았던 『고백록』, 그 애달픈 회한이 없었다면 『에밀』이 탄생할 수 있었을까? 자신의 고통과 박해 속에서 태어난 그의 사상의 꽃을 기억하며 억지로 그의 손에 들린 횃불이 왠지 나는 반갑지 않았다. 자신의 어두운 생애와 맞바꾼 횃불이었기 때문이다. 하필 그와 앙숙이던 볼테르의 동상이 맞은편에 거룩한 모습으로 서 있었다. 그의 왼손에는 책이 오른손엔 펜이 쥐어져 있었다.

그래도 내게 위안이 되었던 것은 울분과 정신착란 속에서 루소가 생을 마감할 때, 뒤늦게 결혼한 다섯 아이의 엄마, 테레즈가 그의 곁을 지켰다는 사실이다. 글자는 겨우 쓰지만 읽기는 만족스럽지 못했던 테레즈는 숫자를 가르쳐도 돈 계산도, 물건의 가치도 모르는 여자였다. 천성이 순박한 여자였다. 나는 왜 이런 일에 코끝이 매워지는지 모르겠다.

'내가 태어났기 때문에 어머니가 돌아가셨다. 이렇게 나의 탄생은 내 불행의 최초였다'는 그의『고백록』일구가 나를 한참 동안이나 멍하게 만들었다. 세상에 돌아갈 집이 없다는 고아의식. 그 출발선에서 시작한 인생을 보면 나도 모르게 꿀꺽 목 안에서 무엇이 넘어간다.

'태어나면서부터 혼자 내버려진 사람들은 불구의 인간'이 될 것이라는 그의 말이 벌판에 서서 혼자 울부짖은 육우(당나라 현종 15년)를 생각나게 했다.

차의 성인, 다신茶神으로 떠받들리는 사람. 육우陸羽는 태어난 지 사흘 만에 서호 강가에 버려졌다. 용개사 스님이 데려다 길렀다. 스스로 주역 점을 쳐 거기에서 자신의 성씨와 자호를 가져왔다. 첫 번째 뽑은 괘는 수산건水山蹇 괘였다. 지괘는 풍산점風山漸 괘였다.

"홍점우육鴻漸于陸이라. 기러기가 뭍[陸]으로 나아감이니, 지아비가 징벌에 나아가면 돌아오지 못하고 지어미는 잉태하더라도 생육生育하지 못하리니 흉하도다. 도적을 막는 것이 이로우니라."

이 괘사 앞에서 그는 공교롭게도 물가에 버려진 어린 날, 자신의 모습을 떠올렸을 테고 기러기가 깃털로 자신을 감쌌다는 장면이 눈앞에 떠올랐으리라. 그리고 자식을 낳아도 기르지 못하고 버려야만 하는 어미의 입장을 포함한 자신의 운명을 그대로 상징한 괘사라고 생각했던 것 같다. 여기에 눈이 머물자 그는 주저 없이 성은 육陸 씨로, 자字는 홍점鴻漸으로 낙점했다.

육우와 기러기.

'그 날개[羽]가 가히 본받을 만하다'는 풍산점괘의 마지막 효사에서 그는 '우羽'를 자신의 이름으로 삼았다. 초효는 기러기가 물가로 나아가고 2효는 반석에, 3효는 육지로, 4효는 나무로 점진하여, 5효는 높은 구릉으로, 마지막 효爻에서는 드넓은 창공으로 높게 나아감이니 드디어 대붕의 비상飛上이 완성된 것이다. 하늘에서 물가로 떨어진 영락한 기러기가 본향本鄕으로 귀천歸天하는 장면이 연상되면서 나는 이때 베토벤의 〈환희〉가 배경음악으로 겹쳐 오기도 했다.

"만약에 이 병을 떨쳐버릴 수만 있다면 온 세계를 껴안으련만 결단코 그놈의 병에 눌려서는 안 돼. 나는 운명의 목덜미를 잡아 쥐고야 말테다."

베토벤에게 찾아온 고통은 청력 상실만이 아니었다. 폐렴, 신경통, 황달, 결막염 등의 온갖 질병이 괴롭혔지만 그는 이렇게 말했다.

“나는 인류를 위하여 향기로운 포도주를 빚는 바쿠스이다. 나는 사람들에게 거룩한 도취감을 선사하고 싶다.”

로망 롤랑은 베토벤의 생애를 이렇게 적고 있다.

“어떤 정복이, 어떤 전투가, 어떤 태양이 초인적 노력과 이 승리, 일찍이 ‘정신’이 싸워 얻은 가장 찬란한 이 승리의 영광에 필적할 수 있으리오!”

고통을 넘어선 사람의 ‘환희’가 가슴 벅차게 다가왔고 그가 뽑은 ‘수산건’은 다리 절뚝거릴 건蹇 자로 ‘건난蹇難의 때를 당하여 험함을 보고 멈추니 지혜롭다’고 한 『주역』의 말씀을 육우는 주목했으리라.

“험난한 때의 쓰임이 크다”는 수산건괘의 괘사에 공자는 반신수덕反身修德을 덧붙였다. 육우는 험난한 건괘의 형상을 본받아 학문과 도덕을 갖추고 자기 몸을 돌아보고 반성하며 평생을 독신으로 오두막 띠집의 문을 닫아걸고 책을 읽었다. 차에 관한 연구에 노력을 아끼지 않았다. 수산건괘의 가르침대로 반신수덕하여 각고의 노력으로 『다경茶經』을 완성하였다. 해 저문 들판에서 통곡하던 남자, 젊은 혈기의 그 울울한 분노를 모두 잠재우고 마침내 다신茶神이 된 육우. 그의 앞에는 『주역』의 일구가 있었다.

“험난한 때의 쓰임이 크도다.”

주周나라 문왕이 유리옥에 갇혀 저 유명한 『주역』의 괘사를 쓰듯, 다산 정약용의 『목민심서』나 사마천의 『사기』도 험난한 때의 불우함 속에서 쓰여진 명작들이다. '학문은 극기克己'라던 주자의 모습도 떠오른다.

나는 험난한 때를 어떻게 보냈던가. 스스로를 돌아보게 된다.

절망은 사람을 단련시킨다. 맹자의 말대로 마음과 뜻을 괴롭혀 능하지 못한 것을 능하게 단련시킨 뒤 큰일을 맡긴다.

그 후로 나는 험난한 역경을 덜 싫어하게 되었다.

"세상살이에 곤란 없기를 바라지 말라. 세상살이에 곤란이 없으면 업신여기는 마음과 사치한 마음이 생기나니 근심과 곤란으로 세상을 살아가라"는 『보왕삼매론』의 말씀을 되새기곤 하였다.

대부분의 철학자들은 철학을 하지 않을 수 없는 상황(고통)에서부터 출발한다. 인간 최대의 결핍은 무엇인가? 어려서 부모를 잃는 것보다 더 큰 결핍이 있을까? 부모가 돌아가시면 '해가 졌다'고 말한다. 존재를 위협받는 무방비 상태에 놓이게 된다. 질병과 배고픔, 불안과 공포에서 자유로울 수 없다. 그리하여 그들이 칠흑 같은 밤에 내딛는 일보야말로 철학의 길로 통한다. 생존과 고통의 문제로부터 벗어나기 위한 해답이 도출되는 것이다.

인간의 삶을 고苦라고 단정한 쇼펜하우어(1788~1860년) 역시 아버지가 생의 즐거움을 느끼도록 마련해준 여행에서조차 그는 염세적으로 되었다. 아름다운 장소를 찾아도 눈에 띄는 것은 초라한 오두막이나 야윈 사람들, 가슴에 와닿는 인간들의 불행에 대해 깊이 생각하지 않을 수 없었다고 술회했다. 그는 노예들이 갈레 선船에서 처참한 생명을 부지하는 것을 보았다. 또한 리옹 사람들이 그들의 형제와 친지가 처형되는 그 옆을 태연히 지나가는 것도 보았다. 그때의 심정을 쇼펜하우어는 이렇게 적었다.

"내 나이 17세 때에 나는 정상적인 학교 교육을 받지 않은 채 생生의 비탄에 사로잡히고 말았다. 마치 석가여래가 그의 어린 시절에 병든 자와 노인, 그리고 괴로워하는 자와 죽은 이를 보았을 때 그랬던 것과 비슷했다. 전 세계에 분명하게 드러난 '생은 고苦'라는 진리가 내게 인상 깊이 심어 있던 유대교의 교리를 극복하게 했다.

그리하여 나의 결론은 이 세계가 자비로우신 하나님의 작품일 수 없다는 것이요, 피조물의 고통을 즐기기 위한 악마의 작품이라는 것이다. 나는 경험으로써 그렇게 믿었고, 또 그러한 신념이 지배적이었다"고 『쇼펜하우어의 생애와 사상』에서 적고 있다.

그는 왜 인간의 삶은 다층적 고뇌이며 철저하게 불행한 상태라고 하였을까? 그는 모든 인간사를 '고난의 역사'라고 보았다. 행·불행의 첫 번째 요건은 가족과 가족을 둘러싼 환경을 배제할 수 없다. 쇼펜하우어가 여자들을 경멸하게 된 이유도 그의 어머니 때문이었다. 작가였던 어머니는 아버지가 죽은 뒤 정부와 놀아났다고 해서 아들은 24년간이나 소식을 끊고 지냈다.

할아버지는 호상으로서 대단한 재산가였고 할머니는 네덜란드 귀족 집의 딸이었다. 그러나 불행하게도 할머니는 정신병이 있어서 금치산 선고를 받았고, 아들 넷을 두었으나 첫째는 자살했고 둘째는 결핵으로 죽고 셋째는 백치였다. 넷째는 탕아로 유곽에 미쳐 돌아다니다가 결핵으로 길가에서 쓰러졌다. 자살한 첫째아들이 바로 쇼펜하우어의 아버지였다. 그가 18살일 때 아버지는 자기 집 곡창 곁의 물속에서 익사체로 발견되었다. 쇼펜하우어의 모든 사상을 관통하고 있는 염세주의를 아쿠타가와 류노스케는 '사바고娑婆苦'로 대신했다. 만약 쇼펜하우어가 '인생의 비극 제1막은 부모자식이 되었다는 데서부터 비롯된다'는 아쿠타가와의 일성을 들었다면 뭐라고 했을까?

쇼펜하우어는 아버지의 익사체를 보는 순간 이런 생각을 하게 된다. "인생이란 본래가 불안한 것이다. 이 불안의 해명이야말로 내가 평생을 걸어도 아깝지 않을 것이다. 그것은 철학이 아니고는 도저히 해결할 수 없을 것이다. 현재의 나로서는 철학으로 가는 길 이외에는 살 길이 없다." 그래서 그는 철학의 길을 택했다.

"그것은 오로지 단 하나, 철학뿐이다. 철학자가 된다는 것은 우리 안의 신적인 영혼을 더럽히거나 손상시키지 않는다는 것이다. 그러면 우리는 모든 쾌락과 고통을 초월할 수 있다." 로마의 현제 마르쿠스 아우렐리우스는 말한다. 고통을 초월할 수 있는 길은 단 하나, 철학뿐이라고.

철학을 한다는 것은 자신의 현 존재와 정직하게 맞대면하는 일일 것이다. 고통은 고통을 통하지 않고서는 빠져나올 수 없다. 그러므로 그 속으로 자진해 들어갈 수밖에 없는 것이다.

불안의식에 사로잡힌 또 한사람의 철학자가 있다. '무덤'이라는 이름의 키르케고르(1813~1855년)다. 그는 자신이 '죄악의 씨앗'이며 저주받은 생명이라는 자책감에 빠져 있었다. 조강지처를 잃은 아버지가 하녀를 폭력해, 아내가 죽은 지 다섯 달 뒤 자신을 태어나게 했기 때문이다. 우울의 고뇌로부터 하루도 자유로울 수 없었다던 키르케고르는 절망과 불안 속에서 탈출하는 길을 모색해 들어간다. 아버지가 두 명의 아내와 다섯 명의 애들을 잃게 된 것(모두 33세 이전 사망)도 중죄重罪에 대한 벌이며 남아 있는 두 아들마저 허약하여 곧 죽게 될 것이라서 자신은 34세가 되기 전에 죽을 것이라는 생각을 갖고 있었다. 곧 죽게 된다는 불안의식은 그의 사상에서 핵심이 되었다. 그는 레기네 올센을 만나 약혼을 선언했지만 이튿날 벌써 후회했다.

'나의 과거 경력, 나의 우울, 그것만으로 충분하다.'

그는 절망적인 기분에 빠져 파멸의 길로 들어갔다. 창녀를 찾아가 동정을 잃고 자살을 기도하기도 했다.

'한 사람의 소녀를 행복하게 할 수 없었던 남자를 용서해 주십시오'라는 편지와 함께 약혼 파기를 선언한다. 지순한 사랑을 더럽힐 수 없다는 것이 그의 이유였다. 그녀가 읽어줄 것을 기대하면서 『전율과 공포』, 『반복 인생의 삼 단계』 등의 작품을 써냈다. 그리고 자신의 전 재산을 남의 부인이 된 그녀에게 아낌없이 넘겨주었다.

그가 탐구해 들어간 인간 실존은 자기 자신에 대한 소외의 체험이며, 내적內的 분열, 끝없는 불안과 절망의 체험이었다. 그는 그것을 자신의 운명으로 파악했을 뿐만 아니라 인간의 근본적 상황으로 파악했다.

"인간은 불가피하게 불안과 죽음에 이르는 병으로 일컬어지는 절망 속에서 살아가게 된다. 그러나 오히려 그러한 점이 꾸준한 성실감을 지속하게 만든다."

여기에 나는 밑줄을 그었다. 불안 속에서 그가 발견해낸 위대한 장점이었다. 자신의 생을 회고하면서 그는 우울하다는 사실 때문에 마침내 영원성을 획득하게 될 가능성이 있음을 인식하게 된다. 자신의 소외 과정을 저서 『불안의 개념』에서는 불안으로, 『현대비판』에서는 수평화水平化의 현상으로, 『죽음에 이르는 병』에서는 절망으로, 깊은 분석의 메스를 가하며 불안이나 절망으로부터 탈출하는 길, 즉 자기 회복의 길을 제시한다. 그 길은 신을 믿고 인간 각자가 '신 앞에 정직하게 바로 서는 길'이라고 하였다. 그러면서도 그는 최후까지 신앙을 갖지 못하는 불행을 한탄했다. 아버지의 권유로 신학을 공부했으나 기독교 정교에 대한 회의가 일어나자 흥미는 점차 문학과 철학 쪽으로 기울었다.

그의 사상은 야스퍼스와 하이데거를 통해 실존철학의 토대가 되었고 문학에서는 릴케, 카프카, 입센, 카뮈, 사르트르 등에게 지대한 영향을 미쳤다. 카뮈와 사르트르도 일찍 아버지를 잃었으며 니체 역시 어려서 아버지를 잃었다. 니체는 온 몸으로 병을 앓으며 고통을 통해서 비로소 초인이 될 수 있었다. 데카르트는 어린 나이에 어머니를 잃었다. 동양의 철학자 공자와 맹자는 세 살 때 아버지를 잃었고 『태극도설』을 쓴 주렴계와 기氣의 철학자 장횡거도 어린 시절에 고아가 되었다. 성리학을 집대성한 주자도 어려서 아버지를 잃었고 우리나라의 퇴계 이황과 우암 송시열도 홀어머니 슬하에서 엄한 훈도를 받으며 자랐다. 철학하지 않을 수 없는 그들의 결핍을 나는 생각해본다.

춘추시대 말엽 노나라 곡부에서 태어난 공자(BC 551~479년)는 어려서부터 유복하지 못했다. 조실부모하고 생활이 곤궁했으나 학문에는 뜻이 굳었다. 어려서는 창고지기나 가축을 맡아 길렀으며 30대에 벌써 제자들을 가르쳤다. 여러 나라를 순방하며 가는 곳마다 자기의 정치적 포부와 꿈을 펼치고자 했으나 안타깝게도 기회가 주어지지 않았다. 당시의 제후들은 공자의 주장을 현실과 동떨어진 이상으로만 생각했기 때문이다. 갖은 고생을 다하며 실패를 맛 본 뒤에야 그는 비로소 운명을 깨닫는다.

"운명의 신은 이토록 가혹한가?"

공자는 운명이 무엇인지를 나이 오십에 깨달았다고 한다. 그리하여 '나이 오십에 지천명知天命했노라'고 술회했다. 이제 천명天命을 알았으니 하늘을 원망하지도, 사람을 탓하지도 않겠다던 사람. 천하를 주유하며 각고의 노력으로 『주역』과 스스로를 완성한 사람, 쉽지 않은 그의 생애를 떠올리니 '나를 아는 자, 저 하늘인저!'를 외치던 그분의 울울한 심정이 되짚어지는 것이었다. 아릿한 무엇인가가 가슴 한복판을 긋고 지나갔다.

고통은 피하려고만 한다면 그것은 피해지지 않는다. 고통 속에 발을 담그고 내게 해당된 물레를 묵묵히 돌릴 때, 그것은 어느 순간 소재所在도 모르게 연기처럼 날아간 듯 느껴질 때가 있었다. 무엇인가 묵묵히 견디기 어려운 일을 한다는 생각도 없이 계속할 때, 나는 카뮈가 말하던 시시포스의 '행복'을 이해할 수 있을 것 같았다.

13년 만에 고국에 돌아오니 공자의 아내는 2년 전에 세상을 떠났고 외아들 백어마저 그의 앞에서 숨을 거둔다. 손자인 자사子思를 데리고 이따금씩 임금의 자문에 응하면서 만년을 오로지 『주역』 연구에만 몰두했다. 이때 『주역』 책의 가죽끈이 세 번이나 끊어졌다는 '위편삼절韋編三絶'의 고사가 생겨났다.

복희씨가 8괘를 긋고 문왕이 64괘의 괘사를 쓰고 문왕의 셋째 아들 주공周公이 384효에 붙인 효사를 합해서 『주역경문周易經文』이라고 한다. 그러나 공자가 세 분의 역을 십익十翼으로써 알기 쉽게 보완하고 해석함으로써 오늘날의 『주역』이 완성된 것이다.

"역을 지은 사람은 우환이 있었는가 보다."

나는 공자의 『계사전』의 이 글귀 앞에서 눈이 멎고 말았다. 역易과 우환. 역에 이끌렸던 것도 내게 우환의식이 있었기 때문이다. 이것은 문왕과 관계된 일이다. 문왕은 은나라 말기 서쪽 제후로 봉해져 선정을 베풀고 있었다. 이에 불안을 느낀 폭군 주紂는 그를 유리옥에 가두고 그의 지혜를 시험하기 위해 맏아들 백읍고를 죽여 끓인 국을 그의 앞에 내놓았다. 이런 사실을 알면서 먹지 않는다면 죽임을 당할 게 뻔하므로 눈물을 삼키며 그 국을 먹었다. 문왕은 이렇게 절박한 상황에서 우환의식을 가지고 안으로는 밝은 덕을 품고 밖으로는 유순하게 대처하면서 옥살이를 하는 동안 오로지 『주역』 연구에 박차를 가해 64괘에 보배와도 같은 말씀(괘사)를 달았던 것이다. 여기에는 공자 자신의 심정도 포함된 것이 아닌가 여겨진다.

나는 공자에게서 많은 위안을 받았다. 그는 학업을 연마할 때, 점을 쳐서 '화산려火山旅'괘를 얻었다. 석양에 홀로 걷는 나그네의 괘다. 상구씨의 판단은 남달랐다. "이 괘는 조금 형통한 괘상이오. 기괴奇怪한 지혜로움으로 기괴한 지위를 갖추게 될 것이다"라고 판단하였다. 그 후 공자는 주유천하하며 자기를 써줄 현군을 찾아다녔지만 13년째 나그네길에서 아무 뜻도 이루지 못했다. 이때 그가 남긴 말은 마치 나를 위한 것과 같았다.

"오불시고예吾不試故藝." 나는 시험에 등용되지 않았다. 그 때문에 시간이 많아 여러 가지 기예에 통하게 되었다고. 그는 막히는 골목에서 뚫고 나가는 길을 찾았던 것이다. '형오도亨吾道'하여 '이통지以通之'한 것이다.

나는 한때 삶과 죽음의 이치며 인간의 운명에 대해서 알고 싶었다. 대책 없이 직장을 그만두고 불교철학과 강의실에 들어가 앉아 있던 궁핍한 시절. 창문을 때리는 칼바람 소리를 들으며 남의 집 뒷방에서 이불을 뒤집어쓰고『채근담』에 밑줄을 긋고 있었다.

"하늘이 내게 박복으로써 대하면 나는 내 덕을 두텁게 하여 그것(박복)을 맞이할 것이며, 하늘이 내게 몸으로써 고달프게 하거든 나는 내 마음을 편안히 가져 그것(고달픔)을 보충할 것이며, 하늘이 내게 액厄을 주시거든 나는 도道를 형통하여 그것[厄]을 뚫으면 하늘인들 또 내게 어찌 하겠는가"를 반복해서 읽었다. 덕을 두텁게 하고 마음을 편안히 가져 보충한다고 하더라도 액은 어떻게 뚫나? 나는 그것을 뚫고 싶었다. '나는 내 도를 형통하여 그것을 뚫으면……'을 위해 20대에 극락암의 경봉 노사를 친견하고 삼일암의 구산 스님을 찾아뵙고 송광사에서 며칠 유숙하기도 했었다. '형오도亨吾道'를 위해 명리학자 박재완, 유충엽 선생의 서실을 드나들고 주역의 이치를 알고 싶어 서정기 선생과 숭인동에 있는 홍역학회 사무실을 드나들기도 했었다.

도란 무엇이던가?

공자는 『계사전』에서 친절하게 일러준다.

'한 번 음하고 한 번 양하는 것을 '도'라고 한다.' 한 번은 음이 되고一陰之 한 번은 양이 되는一陽之 것이니 밤이 낮이 되고 낮이 밤이 되는 이치와 같은 것이라고 한다. 밤이 물러가면 낮이 되고 추위가 물러가면 더운 때가 온다. 한 치의 오차도 없는 사계절의 순환, 그 운행의 근거가 바로 역易이다. 그믐달이 만월을 향해 점점 커 가듯이 제일 좋지 못한 때가 바로 좋은 때의 시작이다. 그러므로 '손損'은 성장의 시작이며 '익益'은 쇠퇴의 시작이라고 한다. 어찌 '손괘'를 흉하다 하고 '익괘'를 길하다고만 하겠는가. 어떠한 경우에도 『주역』은 우리에게 희망과 용기를 준다. 그리고 겸손과 근신으로 살아갈 것을 권하며 자만을 경계한다.

영화 〈엘비라 마디간〉에서 여주인공이 늙은 집시 여자를 찾아가 뽑아든 카드는 '죽음'의 패였다. 탈영한 애인과 더는 빠져나갈 곳이 없었다. 이 젊은 남녀의 사면초가의 운명이 아마 이럴 때 '천지비天地否'괘에 해당되지 싶다.

하늘과 땅이 서로 어긋나는 것이 '비否'괘다. 그러나 "비색否塞한 것 또한 마침내 기울어지게 되나니 그것이 어찌 오래 갈까 보냐" 고 공자는 우리를 위로한다.

"어찌 그것이 오래 가리오."

나는 내 인생의 겨울 한복판에서 "비종즉경否終則傾하나니 하가장야何可長也리오"를 수도 없이 외쳤다.

지금도 『주역』의 책장을 덮고 정좌하면 행간에서 이런 말씀이 울려나온다.

"기뻐하지 말라. 해도 중천에 있으면 기울고 달도 차면 이지러지느니. 슬퍼하지 말라. 비색한 것도 마침내는 기울어지나니 그것이 어찌 오래 갈까 보냐."

자연의 영허소장盈虛消長에서 도가 다른 것이 아님을 배웠다. 나중에는 기쁨과 슬픔, 더위와 추위를 그다지 구분 짓지 않게 되었다. 길흉화복에 대해서도 마찬가지였다.

"내가 남을 일그러뜨리는 것이 '화禍'요.

남이 나를 일그러뜨리는 것이 '복福'이다."

소강절 선생의 말씀은 나에게 인내와 여유를 허락하셨고 재미 삼아 하던 설시(점괘)도 그만두게 하였다.

남의 핍박, 절망의 파편 위에서 인격은 완성된다. 그러니 고난도 불행도 반드시 나쁜 것만은 아니다. 쓸모없는 것만은 아니다. 고통 또한 어찌 그것이 오래 갈 수 있으랴. 차후로 나는 세파에 대해 점차 면역력을 높여갈 수 있었다. 불행에 대해서도 덤덤해질 수 있었다.

이제는 세상살이에 곤란이 없기를 바라지 않는다. 그것이 내게서 비껴가는 요행도 바라지 않는다. 그것이 내 몫이라면 사양하지도 않겠다. 처음에 그것들과 직접 부대끼며 자리를 잡아가다 보면 어느 새 견딜 만해지곤 했다. 그리고 이 몸이 미구에 사라질 것이라고 생각하면 문제들이 점점 작아지고 고통도 마음 따라 물러나는 걸 느끼게 된다.

결국은 나라는 존재가 있다는 생각이 고苦의 원인이었다. 이제 나는 오온五蘊이라는 몇 가지의 그 더미일 뿐이다. 썩은 짚더미에서 생겨난 반딧불이 캄캄한 밤에 제 존재를 반짝하고 드러내다가 시간(인연)이 다하면 어디론가 사라지듯이 나 또한 그렇게 사라지고 말리라.

푸른 창공에 구름이던 나는 어느 나뭇가지에 빗방울로 떨어져, 거미줄에서 영롱한 물방울로 잠시 숨을 고르다가, 한 줄기 지나가는 바람에 '훅'하고 사라지고 말 존재라고 생각되는 것이다. 나는 더 이상 내가 아니다. 그런 존재의 순환을 떠올리며 모든 것은 잠깐 지나간다는 생각에 마음을 맡기니 어느 새 평안한 고요가 나를 감싸는 것이다. 몸과 마음을 다 놓아버린다. 나는 이제 아무 것도 아니다.

제5장

생의 찬가에 대하여

인간은 동물과 초인 사이에 놓인 밧줄이다/ 프리드리히 니체
행복과 부조리는 왜 같은 땅의 두 아들인가/ 알베르 카뮈
신의 빈 자리를 우리가 차지해야 한다/ 니코스 카잔차키스
존재의 유희와 있음의 경이/ 마르틴 하이데거
가거라 들풀이여/ 루쉰
죽음 자체를 넘어선 사람/ 프로이트

인간은 동물과 초인 사이에 놓인 밧줄이다

— 프리드리히 니체

철학자는 현재를 산다. 내가 생각하건대 철학이 우리에게 약속할 수 있는 영원성이란 오로지 단 하나, 미래를 생각하지 않고 현재를 살도록 하는 것이라고 세네카는 말했다.

생의 철학자 니체도 현재 시제로 지금 여기를 말한다.

그는 고통을 통해 초인이 된 사람이었다. 니체는 1844년 독일 라이프치히 근교에서 태어났다. 그의 아버지와 할아버지는 모두 루터교 목사였다. 다섯 살 때 아버지를 여의고 어머니와 할머니에 의해 양육되었다. 본 대학에서 신학과 고전철학을 전공했으며 24세에 스위스 바젤 대학의 교수가 되었다. 10년간을 재직하다가 35세에 병고로 사직하고 11년간을 정신질환에 시달리다가 1900년에 사망한 것이 그의 경력의 전부이다. 그럼에도 그가 타계한 1900년을 현대철학사의 시점으로 잡고 있다. 무슨 까닭인가?

"현대인이 생각하고 고민하고 있는 문제는 이미 니체에 의해서 모든 검토를 끝낸 것"이라고 언급한 독일 시인 벤에게서 그 해답을 찾을 수 있지 않을까. 니체는 생전에 인정받지 못한 불행한 철학자였다. 그러나 분명 20세기의 문학과 사상에 지대한 영향을 끼친 사람 중의 하나이다. 그를 가리켜 우리는 '생의 철학자' 혹은 '실존철학의 선구자'라고 한다. 그의 '생의 철학'은 작가 카잔차키스와 알베르 카뮈에게 계승되었고 그의 '실존철학'은 하이데거, 야스퍼스, 사르트르에게로 이어졌다.

니체의 사상은 전통적인 이성철학에 대립하여 의지意志철학을 정립한 것으로 평가되며, 자신의 삶 자체를 철학적 탐구의 대상으로 삼은 것이 특징이다. 그 배후에는 어떤 원리도 인정하지 않으려는 태도를 취해 왔다. 기독교 가정에서 자란 니체는 신약의 교리보다는 그것의 기원에 관해 더 많은 관심을 갖고 있었으며, 예수의 행적에서 신화적 요소를 삭제하고 모든 초자연적 요소를 제거하려 했던 독일인의 성서 비판에 깊은 영향을 받았다. 특히 역사적 인물로서의 예수를 문제 삼은 슈트라우스의 책을 읽고 무신론 쪽으로 기울었다. 니체는 기독교를 "지금까지 존재했던 거짓말 중에서 가장 치명적이고 유혹적인 거짓말이며 가장 비속한 거짓말"이라고 『힘에의 의지』에서 묘사하고 있다.

신앙을 거부했을 때의 결과를 니체만큼 철저하게 밝힌 사람도 없었다. '신'도 일종의 형이상학적 개념이라며 그 형이상학을 가차 없이 몰아붙였다.

기독교의 신과 피안의 세계에 대한 반박이 그의 출발점이었다. 영혼과 사후의 삶에 대한 일체의 거부는 삶의 의미와 목적이 현재의 삶에 국한해서 부여되어야 함을 의미한다. 자비로운 창조주는 의미의 원천으로 결코 생각될 수 없으며 우주의 목적이 존재하는 것도 아니다. 오직 우리의 관심영역은 우리가 딛고 선 대지이다.

그는 짜라투스트라의 입을 빌려 다음과 같이 말한다.

"형제들이여. 내 너희에게 이르노니, 대지에 충실하라. 그리고 너희에게 천상의 희망을 말하는 자들을 믿지 말라. 그들은 고의든 아니든 우리를 독살하려는 자들이다. 그들은 삶을 경멸하는 자들이다."

그는 또 말한다.

"그러나 신은 죽었다."

니체는 이러한 견해를 '환한 아침 나절'에 등불을 들고, '나는 신을 찾고 있소이다'라고 소리치며 시장을 돌아다녔던 광인에 관한 이야기를 통해 피력한다. 신을 믿지 않는 사람들은 그를 비웃고 경멸했다.

그러자 그 광인은 그들 모두를 뚫어지게 쳐다보고는 다음과 같이 외쳤다.

"도대체 신은 어디로 갔는가? 내가 너희에게 이르노니 우리가 신을 죽였다. 너와 내가 우리 모두가 신의 살해자이다."

며칠 후 그 광인은 여러 교회를 돌아다니며 이렇게 말했다.

"교회가 신의 묘와 무덤이 아니라면 무엇이란 말인가?"

『짜라투스트라는 이렇게 말했다』가 쓰인 것은 그의 나이 44세 때였고 니체는 매독에 감염되어 매독성 골수막염을 앓으며 바닷가로 요양을 갔는데 토리노 광장에서 쓰러졌다. 혼수상태에서 이틀 만에 깨어나 실제로 길 가는 사람을 붙잡고 "내가 신神이다. 이렇게 변장하고 온 것이다"라면서 야단법석을 피우기도 했었다.

운명적인 시련, 그의 뇌매독은 평소 '작은 목사'라고 불릴 정도로 엄격했던 니체에게는 너무나도 어울리지 않는 단 한 번의 실수로 인해서다. 20세 때 그는 쾰른으로 여행을 떠난 적이 있었다. 안내인에게 레스토랑을 소개해달라고 부탁했는데 어떻게 된 영문인지 그가 도착한 곳은 사창가였다.

나는 이제 정신과 육체를 지닌 인간이 아니다. 제3의 무엇이다. 나는 완전히 온몸 전체로 병을 앓고 있다.

그의 말대로 니체는 평생을 병고에 시달렸다. 10대 때부터 심한 두통으로 고생을 하였다. 두통과 발작이 되풀이되었다. 1년에 200일이나 두통으로 괴로움을 당하는 때도 있었고, 쓰는 일, 읽는 일을 할 수 없어 방에 틀어박혀 고통을 견딜 뿐이라고 말했다. 그 외에 각혈을 동반한 위경련, 편두통, 신열, 식욕부진 등 니체의 몸은 고통의 둥지였다. 끔직한 병고를 치르면서도 실제로 있는 그대로의 자신에 만족한다고 그는 말했다.

『짜라투스트라는 이렇게 말했다』에서도 말한다.

"나는 현재의 태양, 현재의 대지, 현재의 독수리, 현재의 뱀과 함께 돌아가련다. 새로운 삶이라든가, 더 유복한 삶이라든가, 그와 유사한 삶은 필요 없다. 나는 만물의 영원회귀를 다시 한 번 가르치기 위해서, 가장 큰 일이든 가장 작은 일이든 지금과 똑같은 동일한 자아를 유지하는 삶으로 영원히 돌아가련 다."

니체는 질병에 시달리며 사람에게 버림받아 그야말로 허무와 고뇌의 심연 속에 있으면서도 생의 비약과 환희, 이런 것들을 놓치지 않으려고 애썼다. 고통을 껴안고 운명을 필연으로 받아들였던 것이다. 고통을 통해서 그는 비로소 초인이 될 수 있었다. 나 역시 그의 '고통'을 통해서 비로소 고통에 눈 뜨며 고통의 인내와 가치를 알아가게 되었다.

그는 여기에 존재하는 자기 자신을 그대로 받아들이는 것, 필연적인 일을 참고 견딜 뿐만 아니라 그것을 숨겨서도 안 된다고 말한다. 필연적인 것을 사랑하는 자기애와 운명애를 강조하면서 영겁회귀永劫回歸라는 사상의 실타래에서 그것을 풀어내고 있다. 인간은 그저 막연히 생사의 세계를 순환하는 것이 아니라 모든 것이 똑같은 모습, 그대로 영원히 몇 번이고 회귀한다는 것이다.

모든 것은 가고 모든 것은 되돌아온다. 존재의 수레바퀴는 영원히 굴러간다. 모든 것은 죽고 모든 것은 또다시 꽃을 피운다. 존재의 연륜은 영원히 달린다. …… 존재의 연환은 계속된다. 모든 순간에 있어서 존재는 시작된다.

"모든 '지금'의 언저리는 '저쪽'이라는 공이 굴러간다. 중심은 도처에 있다. 영원의 길이란 곡선으로 되어 있다." 즉 현재는 영원히 반복해서 돌아오기 때문에 결코 현재가 지나가는 것을 후회하지 말고 순간이 영원인 것처럼 살아야 한다는 것이다. 이 '영겁회귀' 사상은 모든 것은 영원한 변화인 동시에 이러한 변화는 영원히 되돌아오는 원형의 운동이라는 것이다. 일찍이 중국의 도가나 『주역』에서 말하는 물극반物極反 원시반본原始反本과 다르지 않다는 것을 느낀다. 영겁회귀 사상은 결국 권력의지 사상과 함께 초인을 잉태하는 사상이다. 초인이란 아무 주저 없이 스스로의 의지에 따라서 가치를 변역하고 새로운 가치를 만들어내는 사람이다. 모든 것은 영원히 되돌아온다는 신념과 더불어 그는 그의 행동에 아무런 회오도 느끼지 않는다. 회오를 느끼는 자는 오히려 동정심으로 파멸한다고 그는 힘주어 말한다.

니체는 인류를 파멸에서 구제할 새로운 대안으로 '초인超人'을 상정한다. 그는 짜라투스트라의 입을 빌려 초인은 '세상의 의미'라고 말한다.

> 너의 의지로 하여금 초인이 이 세상의 의미가 될 것이라고 말하도록 하라.

니체는 나폴레옹, 시저, 칭기즈칸 등의 인물 유형을 염두에 두었으나 엉뚱하게도 그것을 반색한 것은 히틀러였다. 그는 자신이 그러한 '초인'이라고 자부했던 것이다.

니체의 주요 저서 『짜라투스트라는 이렇게 말했다』『권력에의 의지』『반시대적 고찰』 등에 나타난 그의 철학은 '사나이다운 삶의 방법'에 대한 고찰이라고 할 수 있다.

"그대에게 있어서 가장 인간적인 것은 무엇인가?
누구에게도 부끄러운 생각이 들지 않게 하는 일.
그대에게 있어서 완전한 자유의 표시는 무엇인가?
이제 와서는 자기 자신에게 부끄러움을 느끼지 않는 일."

이것이야말로 그는 자기 식으로 표현하자면 '사나이다운 삶의 방법'이라는 것이다. '사나이다움'이란 남을 동정하지도 않고 남이 보내오는 동정은 단호히 거부한다. 니체는 이것이 고귀한 인간의 '사나이다움'이라고 했다. 『희랍인 조르바』에서 만날 수 있는 유형이다. 카잔차키스의 『오디세이아』도 포함된다.

니체는 새로운 모럴로 '에고이즘'을 제창하면서 『짜라투스트라는 이렇게 말했다』에서 이제까지 저주받고 나쁘다고 말해온 육욕肉慾, 지배욕, 아욕我慾이 인간에게 있어서 얼마나 탐탁한 것인가 하고 묻는다.

인간의 힘찬 정신은 여기에서 저절로 산출되는 건전한 욕구이며 인간에게 있어서 이 이상으로 확실한 것은 있을 수 없다. 이 확실한 것을 믿음으로써 니힐리즘의 초월이 가능하며 인생도 의미를 가질 수 있다. 참된 에고이스트가 되기 위해서 그는 "대담하게 자기 자신을 믿으라. 자신의 내부를 믿도록 하라. 자기 자신의 말을 믿지 않는 자의 말은 언제나 거짓말이 된다"고 역설했다.

『짜라투스트라는 이렇게 말했다』에서 그는 다시 언명한다.

> 무릇 뭔가를 믿는다는 사실에 무슨 의미가 있는가? 그대들은 아직 자기 자신을 탐구하지 않았다. 그래서 우연히 나(짜라

투스트라)를 발견했다. 신도信徒들이란 언제나 그러한 것이다. 그러니까 믿는다는 것은 하찮은 것이다. 이제 나는 명령한다. 나(짜라투스트라)를 버리고 그대들 자신을 발견할 것을.

여기에 붓다의 '자등명 법등명自燈明 法燈明'의 유훈이 겹쳐왔다. '나를 버리고 그대들 자신을 발견할 것을'.

붓다는 임종 시에 나를 의지하지 말고(버리고) 자기 자신을 등불로, 법(진리)을 등불로 삼아 정진할 것을 제자들에게 당부했다. 니체의 '그대들 자신[法性]을 발견할 것을' 이것은 그대들은 이미 구현된 부처, 본래 부처[本覺]임을 자각하라는 인간 선언과 다르지 않다고 여겨진다. 니체의 실존은 여기서부터가 아닐까 한다.

그의 나이 56세. 광증은 날로 심해져 갔고 어머니와 누이의 간호를 받으며 쓸쓸하게 이 세상을 하직했다. 가족묘지에 안장되었고 장례식에는 친구들의 고별사가 몇 마디 있었을 뿐, 목사의 유언은 허용되지 않았다. 그의 유언 때문이었다.

나는 다시는 삶을 원하지 않는다. 내가 어떻게 그것을 지탱해 왔는가? 창조적으로였다. 무엇이 나로 하여금 삶의 광경을 견디도록 하는가? 삶을 긍정하는 초인의 사상이다. 나는 그것을 나 스스로 긍정하고 노력하였다. — 오호 통재라.

니체의 분신인 짜라투스트라가 제자들과 이별할 때에 그들에게 남긴 말이다. 책 제1부의 결미 부분이다. 삶을 견디기 위해 스스로 긍정하고 노력하였다는 진솔한 그의 육성이 한참 동안 나를 멍하게 만들었다. 삶의 긍정, 그것은 죽음의 자리에서 나온다. 스피노자의 말대로 철학의 지혜는 죽음에 대한 명상이 아니라 삶에 대한 명상이다. 붓다의 출발점이 죽음인 것 또한 행복한 삶[離苦得樂]을 위해서였던 것처럼. 모두 현존現存으로 귀결된다.

칼 야스퍼스는 니체를 스승처럼 존경했다. 야스퍼스는 니체의 실존철학이 유행에서 비롯된 것이 아니라 모든 철학의 역사에서 근원을 찾았다고 생각했다.

"모든 철학자들은 우리의 스승이다. 그들과 교제하면서 우리의 존재의식이 우리 자신의 충동, 가치평가, 목표 등의 형태로서 자라난다. …… 모든 철학자들은 우리가 철학하면서 확신하는 근원으로 우리를 인도하기 때문에 독특하고 대치될 수 없는 가치를 갖는다. …… 인간의 한계와 근원을 일깨워주고 존재의 가능한 영역을 열어준 마지막 철학자가 니체"라고 언급했다.

야스퍼스의 니체 해석에서 가장 핵심이 되는 것은 모든 실존철학이 근본 문제로 삼고 있는 인간의 문제, 더 자세히 말하면 현존現存의 문제인 것이다.

니체는 허무주의적인 인간의 타락을 들추어내면서 인간의 자유와 존엄을 옹호하려 하고 허무주의를 극복하는 길을 제시한다. "그에게 항상 철학하는 충동이 된 것은 현대인에 대한 불만, 그리고 본래적으로 가능한 인간에 대한 동경 및 의지이다." 삶과 인간의 긍정, 가능성을 가진 인간에 대한 경탄이 그의 결론이었다.

"인간은 아직 확정되지 않은 동물이다"라는 니체의 말을 즐겨

인용하는 야스퍼스는 미확정의 많은 가능성 때문에 인간은 새로운 차원의 가치를 얻을 수 있다고 생각한다. 타락된 인간의 구원은 사회의 개혁을 통해서가 아니라 스스로의 가능성을 확신하고 무한한 변화에의 충동과 용기를 통하여 개인의 내면內面에서 이루어진다. 참된 인간의 구조는 사회와 무관한 것이라고 말한다.

이와 같이 니체의 철학은 인간의 숨은 잠재력, 즉 모든 것을 자유롭게 변화시키면서 스스로를 강화할 수 있는 힘을 역설한다. 짜라투스트라는 인간에게 잊혀진 현존의 의미를 되돌려주고 인류를 복수의 정신으로부터 해방시켜주기 위해 나타날 초인을 가르쳐준 스승이다. 삶에 대한 긍정을 가르치는 스승이라고 할 수 있다.

행복과 부조리는 왜 같은 땅의 두 아들인가
— 알베르 카뮈

"행복에의 안내서를 쓰려고 해보지 않고서는 부조리를 발견하지 못한다. 행복과 부조리不條理는 같은 땅의 두 아들이다. 이들은 서로 떨어질 수 없다"고 카뮈는 적고 있다.

삶의 절망이 없이는 삶에의 희망도 없다던 알베르 카뮈(1919~1960년)는 소년시절부터 폐병으로 고통 받으며 삶과 죽음, 가난과 좌절, 자신과 세계와의 모순으로 괴로워하고 절망을 느끼면서도 종교에 의지하지 않고 이 세상에서의 행복을 추구하는 부조리 의식을 지니고 있었다. 한마디로 그의 부조리는 죽음과 행복의 형이상학이었다. 부조리한 실존에서 어떻게 살 것인가를 고민한 카뮈는 인간의 비극적인 생에 대한 부정을 통해 긍정으로 나아가는, 즉 다시 말해 어떻게 하면 죽음 그 자체마저도 행복한 것이 될 만큼 행복하게 살 수 있는가를 『행복한 죽음』과 『이방인』에서 보여준다. 어떤 원고에는 부제를 '이방인 혹은 행복한 인간'이라고 적고 『시시포스의 신화』도 '시시포스, 지옥에서의 행복'이라는 부연

설명을 띠지로 둘러줄 것을 갈리마르 출판사에 부탁했을 정도로 그는 '행복'에 방점을 찍고 있다.

그런데 이 세상을 고苦로 통찰하고 고집멸도苦集滅道의 가르침으로 고에서 벗어날 길을 제일 먼저 제시한 사람은 붓다였다. 이고득락離苦得樂을 위해 불교는 먼저 고의 성스러운 진리, 고성제苦聖諦로부터 출발한다. 왜 고통이 진리인가? 고통은 행복으로 가기 위한 관문, 즉 고통이 없으면 행복도 없기 때문이다. 카뮈 역시 절망에서 희망을, 죽음에서 삶을, 부조리에서 행복을 이야기한다. 위대한 소설가는 '철학적' 소설가라고 자신이 말한 바대로 그는 철학적 소설가였다.

'참된 철학자는 죽음을 생각하지 않는다. 철학자의 지혜는 죽음에 대한 명상이 아니라 삶에 대한 명상'이라고 스피노자가 언급했듯 카뮈는 철학자였고 삶을 명상하는 철학적 소설가였다. 내가 카뮈를 좋아하는 이유다.

그는 세계가 혼란한 제2차 세계대전 중에 쓰기 시작한 『이방인』을 1940년 5월에 탈고하고 1941년 2월에 『시시포스의 신화』를 탈고했다. 『시시포스의 신화』가 출간되자 비평계 일각에서는 카뮈를 절망의 철학자로 규정했다. 그러나 카뮈가 부조리한 영웅 시시포스를 내세운 것은 절망이 아니라 행복을 말하기 위해서였다. 『이방인』의 뫼르소 역시 절망이 아니라 행복을 역설한다. 카뮈는 부조리에 관한 시론을 구상하며 니체와 키르케고르의 『절망론』을 먼저 탐독했다.

프랑스령 알제리의 몽비도에서 태어난 그는 17세에 알제리 대학 철학과에 입학하여 장 그르니에 교수와 만났으며 폐결핵으로 휴학, 복학. 학교에서 장학금을 받았지만 생계비를 위해 관상대에 나가 기압에 관한 보고서를 써야 했고 자동차 부속품을 팔거나 『이방인』의 뫼르소처럼 선박 중개인에게 고용되기도 했고 『페스트』의 그랑처럼 시청 직원으로 일하기도 했다.

1936년 플로티누스와 성 아우구스티누스를 통한 헬레니즘과 기독교의 관계를 주제로 한 철학 논문을 제출했다. 제목은 「기독교적 형이상학과 신플라톤 철학」이다. 그 무렵 폐결핵이 재발되어 건강상의 이유로 철학교수 자격시험 응시에서 거부당한다. 에피쿠로스와 스토아 철학자들의 책을 탐독하고 파스칼, 스피노자, 앙드레 말로와 지드의 작품을 탐독했다.

'절망은 하나의 사실이 아니라 하나의 상태, 즉 죄의 상태 그 자체'라고 말하는 키르케고르의 과정보다 더 심오한 것은 없다며 카뮈는 키르케고르가 『죽음에 이르는 병』에서 제시한 불안이나 절망으로부터 탈출하는 길, 즉 자기 회복에의 길에 주시한다. 그 길은 신을 믿고 인간 각자가 '신 앞에 정직하게 바로 서는 일'이라고 키르케고르가 언명하였지만 카뮈는 『이방인』의 뫼르소처럼 신의 존재를 거부했다.

사르트르가 『이방인』의 서평을 쓴 것은 출간 이듬해인 1943년 초였다. 『이방인』은 『구토』와 공명하는 작품으로 『구토』의 주인공 앙트완느 로깡땡과 뫼르소는 피를 나눈 형제와 같다고 말했다. 아웃사이더의 시인을 거부하기 때문에 어떤 행복감에 도달할 수 있다는 요지로서 말이다. 사르트르의 절찬으로 『이방인』은 매진되고 카뮈는 세계적인 작가가 되었다.

부조리는 실존주의에서 유래된 말로 하이데거는 인간 존재란 궁극적으로 부조리한 것이라고 주장했다. 이후 부조리와 실존주의 문학은 서로 혼용되며 카뮈와 사르트르는 한 나무에서 피어난 두 개의 꽃처럼 생각되었다. 그런데 카뮈가 '나는 실존주의자가 아니다'라고 명확히 선언한 데서 나는 그만 혼란이 일어나기 시작했다. 카뮈는 자신의 문학은 실존주의가 끝나는 데서 시작한다고 공표했다. 사르트르의 책을 면밀하게 읽은 그는 사르트르의 미학에 반대하는 입장을 표명하고 사르트르가 실존의 비극성을 창출해내기 위해 인간의 추한 모습을 지나치게 강조한다고 비난했다.

"사르트르의 주인공 로깡땡은 위대함을 딛고 근원적인 절망에서 일어서려 하지 않고 인간의 그 혐오스러운 면만을 강조하면서, 자신의 고뇌가 지닌 참된 의미를 보여주지 않고 있는 것 같다"고 카뮈는 지적했다.

그 뒤 카뮈의 『반항적 인간』이 출간되자 사르트르와 사상적, 정치적 논쟁이 1년간이나 지속되었다. 카뮈는 이 책에서 반항은 혁명적인 행동이 아니라 점진적인 개혁을 지향하며 극좌와 극우의 절대주의에 굴하지 않고 항시 폭력을 부정하며 중용을 터득한 수단을 사용한다고 썼다. 역사를 절대시하는 마르크스주의, 스스로를 절대시하는 사상적, 예술적 니힐리즘에도 반대하면서, 혁명가는 결국 권력을 동경하여 압제자가 되지만 『반항적 인간』은 정의를 바라고 인간성을 존중하며 미를 사랑해야 한다고 언급했다.

카뮈는 사르트르를 마르크스주의자라고 못 박고 레닌, 스탈린주의적 정신구조에 의하여 지적으로 지배되고 있으며 공산주의 앞잡이라고 심하게 비난함으로써 10년 동안 쌓아온 사르트르와의 우정에 종지부를 찍고 말았다.

실존주의를 먼저 문학적 견해로 표명한 것은 프랑스의 사르트르였다. 실존주의의 중심사상은 실존 개념에 있고 이 개념을 철학적으로 확립한 것은 덴마크의 키르케고르이다. 사르트르의 실존주의도 다른 실존주의 철학과 마찬가지로 합리주의적 관념론 및 실증주의를 부정한 비합리적, 주체적 존재로서의 인간을 사상의 중심으로 한다. 그에 있어 인간의 존재는 이른바 '여분'의 것이며 우연이며 무의미한 것이다. 그러나 인간이 무의미한 존재라고 하는 것은 인간이 객체적인 존재가 아니고 근원적으로 자유로운 것이며, 늘 자신을 선택하고 자신을 만들어 나가는 존재임을 의미한다. 그 까닭은 인간은 자기 자신의 소재所在에 전면적인 책임을 지고 있기 때문이라는 것이다. 실존주의는 무엇보다도 먼저 자유와 책임의 철학적인 자각이다.

사르트르의 『구토』는 엄격히 말하자면 예술적인 가치와는 상관없는 철학적인 것이라고 해야 마땅할 것 같다. 『구토』는 로깡땡이라는 한 사나이의 내면 일기로 로깡땡은 바로 사르트르 자신이기도 하다.

사르트르는 1933년 베를린으로 유학하여 하이데거의 존재론과 후설의 현상학에 대해 공부했다. 그들로부터 자양분을 섭취하고 특히 하이데거의 『존재와 시간』을 숙독하고 나서 피워낸 꽃이 『존재와 무』라고 할 수 있다.

'현상학적 존재론에 관한 논고'라는 부제를 달고 있는 『존재와 무』는 우리를 둘러싼 온갖 사물들과 사건에 관해 "이것들은 도대체 다 무엇이란 말인가?"라는 질문을 그는 제기한다. 현상학은 이것들이 무엇, 무엇이 되는 데는 반드시 인간의 주체성이 개입해야 한다고 믿는다. 즉 현상학은 별이 별일 수 있는 것은 우리 인간이 그 별을 별이게끔 하기 때문이라고 말하고, 왜 그런가를 밝힌다. 사르트르에게 있어서 존재란 신神적인 것도 아니고, 초월적인 것도 아니었다. 존재란 그저 있는, 존재하는 것이다. 이러한 자신의 철학적 견해를 소설로 밝힌 것이 그의 첫 작품 『구토』였다.

참고로 실존은 자기 자신에 관계됨으로써 초월자와도 관계된다. 키르케고르는 이 초월자를 '신'이라 부르고, 야스퍼스는 이것을 '초월자'라 불렀으며 하이데거는 존재를 성립시키는 근거로서 '존재'라 불렀다.

『구토』의 주인공 로깡땡이 말하는 존재가 바로 『존재와 무』에서의 사르트르 존재관인 것 같다.

> 그저 나는 자유다. 나는 더 이상 살아야 할 아무런 이유도 없다. 나는 아직 젊고 무엇을 할 수 있는 충분한 힘도 있다. 그러나 해야 할 아무 것도 없다. 정원을 끼고 달리는 이 뽀얀 길 위에 나는 홀로 서 있다. 나 혼자뿐이다. 자유롭다. 그러나 이 자유는 약간 죽음에 가깝다.

로깡땡의 독백이다. 이런 자유 존재의 체험은 속을 게워내는 구토뿐이었다. 그렇다고 그는 어디에 취직하여 일에 얽매이고 싶은 생각은 추호도 없었다. 나는 아무 것도 하고 싶은 것이 없었다. 이것이 로깡땡의 느낌이었다.

어느 날, 그는 언덕 위에서 자기가 사는 상업도시를 내려다본다. 그리고 그들과 얼마나 멀리 떨어져 있는가를 새삼 느낀다. 날마다 소처럼 일하는 사람들의 세계는 아무런 가치도 없는 사물의 세계다. 사물은 아무런 존재 이유도 없이 그저 무엇의 수단으로 그것의 쓸모와 공리성만이 탐구된다. 사물의 관계를 모두 도구나 수단 관계로 생각한 것은 정작 로깡땡이 아니라 사르트르 자신인 것은 두말할 나위도 없다.

장 폴 사르트르(1905~1980년)는 어려서 아버지를 잃고, 일찍 홀로 된 어머니와 함께 외가로 들어갔다. 알베르 슈바이처의 숙부이기도 한 그의 외조부 품에서 한없는 사랑을 받으며 외조부의 서재에서 충분한 자양분을 섭취하며 자랐다. 영특한 외손자에게 빠진 할아버지의 맘에 들도록 그는 행동을 꾸미고 책에서 읽은 뜻도 모를 말을 뇌까려 어른들을 놀라게 하거나 때로는 계집애처럼 얌전을 피우는 희극배우의 역할을 했다고 그는 자서전『말』에서 털어놓고 있다. 그러나 이러한 과정을 통해 자신이 허상虛像 내지는 '여분餘分'의 존재가 아닌가 하는 의문에 빠지게 되었다고 고백한다. 모든 사물의 관계를 '수단 관계'로 보게 된 것은 그가 어릴 적부터 어떤 관계나 상황을 낯설게 바라본 그의 철학적 태도에서 기인된 것이 아닌가 여겨진다.

카뮈가 만약 17세 때, 폐결핵 때문에 교수 자격시험을 단념하지 않았더라면 그는 철학교수가 되었을 것이고(아마 노벨문학상은 없지 않았을까), 사르트르처럼 빈곤과 병고를 체험하지 않았더라면 『이방인』이나 『시시포스 신화』 같은 작품은 없었을지 모른다. 왜냐하면 그것들은 부조리한 절망과 패배에서 길러낸 영광이기 때문이다.

카뮈가 태어난 이듬해 제1차 세계대전(1914년 8월 2일)이 일어났고 그의 부친은 마른 전투에서 입은 부상으로 곧 사망했다. 2살 때였다. 글자를 깨우치지 못한 어머니는 친정으로 돌아와 가정부 일을 하며 할머니와 불구의 외삼촌, 그리고 카뮈와 형 뤼시앵, 모두 방 두 개짜리 아파트에서 지내야 했다. 고등학교 시절에 사귀기 시작한 미모의 시몬느 이에와 결혼했으나 가난한 청년과 부유하고 아름다운 여자의 결혼생활은 순탄치 않았다. 카뮈는 당시 어느 선박회사의 임시 고용원이었다. 1프랑 50상팀의 교통비를 아끼기 위해 가파른 언덕길 5킬로미터를 뛰어서 출근했다. 그러나 시몬느는 마약중독자였다. 마약을 구하기 위해 그녀는 젊은 의사들에게 몸을 바치는 밤의 여인이 되었다고 한다. 불행한 결혼, 공산당 입당, 정치활동의 일환으로 〈노동극단〉 창립. 대내외적으로 활발한 그의 활동은 폐결핵의 재발로 또 중단, 그 회복기의 휴식과 절망 속에서 그는 부조리의 철학자로 남모르게 성장하였던 것이다.

부조리란 실존주의에서 나온 말이다. 제2차 세계대전을 통해서 인간의 불합리성을 목격, 전후 사회의 혼란이나 범죄도 기성 도덕성만으로는 다스리기 어려운 점을 목도한다. 외계와의 단절 속에서 모순된 사실을 그대로 인식하고 다시 출발하려는 의지이며, 기성의 권위와 도덕을 일단 부정하고 혼란된 시대의 암흑 속에서 존재를 증명하는 강력한 방법이다. 또한 현대문명에 대한 반항을 통해서 적극적인 생활 태도의 새로운 출발점을 마련하고 있다. 카뮈는 『이방인』에서 뫼르소를 통해 그러한 부조리의 한 전형典型을 그려냈다. 매일같이 반복되는 따분한 일상, '기상 · 전화, 사무실이나 공장에서 네 시간 동안 노동, 식사와 전화, 다시 네 시간 동안 노동 · 식사 · 잠, 그리고 월화수목금토 똑같은 리듬의 반복, 이 길은 모두 탈 없이 앞서고 뒤서며 이어져 간다'. 그러다 어느 날 문득 왜? 라는 질문이 솟아오르고 기계적인 삶에 종지부를 찍고 싶은 충동이 촉발된다. 갑자기 이 세계가 낯설어지고, 세상과 나 사이의 괴리, 이탈, 갈등의 관계 자체가 부조리하다는 것을 깨닫는다.

> 그때 나는 그 움직이지 않는 몸뚱이에 다시 네 번 쏘았다. 총알은 깊이 박혔으나 그런 것 같이 보이지도 않았다. 그것은 마치 내가 불행의 문을 두드린 네 개의 짧은 소리인 듯했다.
>
> —『이방인』에서

아무 까닭도 없이 네 발의 총성으로 불행의 문을 두드린 뫼르소. 우리의 기억 속에 그는 실제의 인물처럼 살아 움직인다. 그의 일거수일투족이 그려질 정도다. 인적이 끊긴 어느 여름날의 오후. 거리에서 강렬한 햇빛과 만났을 때 느껴지던 이상한 낯섦과 무의미함은 나의 1960년대의 정서와 맞물려 뫼르소가 더 이상 타자가 아닌 듯, 오래 전부터 내 안에 있던 환영처럼 느껴지기도 했다. 평범한 월급쟁이 뫼르소는 어머니가 죽은 다음날, 여자 친구와 해수욕을 하며 영화를 보고 낄낄대며 하룻밤을 그녀와 함께 보낸다. 게다가 바닷가에서 한 아랍인 남자를 권총으로 쏘아 죽였다. 왜 죽였냐는 재판관의 질문에 단지 눈부신 '태양의 탓'이라고 대답한다. 말도 되지 않는 이 터무니없는 이유가 그런데도 말이 되는 것이다. 앙드레 말로처럼 나 역시 무릎을 탁 친 대목은 '태양의 탓'이라는 구절이었다. 말로는 간단히 설명할 수 없는, 어떤 내면의 반사적 행위라고 생각된다. 살인을 하고 감옥으로 끌려가면서도 죄책감이라고는 조금도 느끼지 않는다. 당연히 그에게 사형이 선고되었다.

이 대목에서 나는 니체가 떠올랐다. 그의 주요 저서에 나타난 철학은 '사나이다운 삶의 방법'에 대한 고찰로 '사나이다움'이란 남을 동정하지도 않고 남이 보내는 동정은 단호히 거부한다는 것. 그리고 '그대들에게 있어 완전한 자유의 표시는 무엇인가'에 대해 '자기 자신에게 부끄러움을 느끼지 않는 일'이라고 한 것처럼. 뫼르소는 니체의 초인처럼 자신의 행복에 아무런 회오도 느끼지 않았고 어떠한 동정심마저도 단호히 거부한다. 그는 재판관에게도, 검사에게도, 나아가서는 모든 일상사에 대해서까지 무관심한 태도를 보인다. 그는 재판관도 세상도 얼마나 부조리하고 우스꽝스런 것인가를 느끼고 교회 신부도 거부한 채 고독한 이방인으로서의 사형의 날을 기다린다. 처형하기 직전 사제가 찾아와서 하느님께 의지하라고 설교하자,

> "하느님 따위는 믿지 않아. 희망도 필요 없어. 나는 전에도 바른 사람이고 지금도 그렇다. 나는 이렇게 살았지만 또 다르게도 살았을 것이다. …… 다만 하나의 숙명이 내 자신을 택하여 이 길로 가게 했다. 빨리 꺼져"라고 소리친다.
>
> —『이방인』에서

사제를 쫓아 보낸 뒤 기운이 빠진 뫼르소는 곧 잠들어버린다. 얼마 뒤 얼굴에 와 닿는 별빛 때문에 눈을 뜬다. 아무 장식 없는 독방의 좁은 창문으로 흘러드는 별빛, 찬란한 밤하늘, 고요. 그것이 문득 자연과 인간에 대한 무관심인 것처럼 보이며 그의 인생에 대한 무관심과도 일치된다는 생각에 그는 스스로 행복감에 젖는다. 처형 일이 가까워 오는 데도 불구하고 지금 자기는 행복하다고 확신하며 그 처형 일에 많은 사람들이 모여들어 증오의 부르짖음으로 맞아줄 그런 죽음을 바라기도 한다.

여기에 카뮈의 역설적인 행복론이 숨어 있다. 카뮈가 『시시포스의 신화』에서 부조리한 영웅 시시포스를 내세운 것도 다름아닌 행복을 말하기 위해서였다. 신들은 시시포스에게 산꼭대기까지 바위를 끊임없이 굴려 올려야 하는 형벌을 내렸었는데, 그 바위는 자체의 무게로 말미암아 산꼭대기에서 다시 굴러 떨어지곤 했다.

신들의 비밀을 누설했다는 것이 그 이유다. 사건은 아조프의 딸 에기나가 주피터에게 납치되면서 벌어진다. 딸의 실종에 아버지는 놀랐고, 시시포스에게 읍소했다. 이 납치 사건을 알고 있었던 시시포스는, 아조프로부터 코린트 성에 물을 대어주겠다는 약속을 받아내고 그에게 신들의 비밀을 가르쳐주었던 것이다. 시시포스는 자신의 고뇌 때문만이 아니라 그가 느낀 온갖 정념들로 인해 부조리한 영웅인 것이다. 신들에 대한 그의 멸시, 죽음에 대한 그의 증오, 삶에 바쳐진 그의 열정은 아무 것도 성취해낼 수 없는 일에 온 존재를 다 바쳐야 하는 저 형용할 길 없는 형벌을 그에게 안겨다 주었다. 그것은 바로 이 땅에 대한 열정들 때문에 그가 치러야 하는 대가였던 셈이다.

카뮈는 시시포스가 특별히 자신의 관심을 사로잡은 까닭은 바로 이 되돌아 내려가는 순간, 이 잠깐의 휴지休止 때문이라고 책에 쓰고 있다.

돌덩이들에 바짝 붙여진 채 고통스러워하고 있는 얼굴은 이미 그 자체가 돌이다! 나는 무겁지만 한결같은 걸음으로, 그 끝을 알 수 없는 고통의 근원을 향해 다시 내려가는 한 인간의 모습을 바라본다. 가쁜 숨을 고르는 이 시간, 그의 불행과 마찬가지로 어김없이 다시 찾아오는 이 시간은 의식의 시간이다. 산꼭대기를 떠나 신들의 소굴을 향해 조금씩 조금씩 더 깊이 접어 들어가는 순간마다 시시포스는 자신의 운명보다 더 우월하다. 그는 자신의 바위보다도 더 강하다. 이 신화가 비극적인 것은 주인공이 의식하고 있다는 점 때문이리라. 만일 그가 한 걸음 한 걸음 옮길 때마다 성공하리라는 희망이 그를 떠받치고 있다면, 실상 그에게 고통이랄 것이 어디 있겠는가? 오늘날의 노동자도 하루하루의 삶에서 똑같은 고역을 실천하며 살고 있기에, 이 운명도 부조리하기는 별반 다르지 않다. 그러나 운명이란 오직 의식하게 되는 그 흔치 않은 순간들에 있어서만은 비극적이다. 신들 중에서도 한낱 프롤레타리아에 불과한, 무력하면서도 반항적인 시시포스는 자신의 비참한 조건의 전모를 알고 있었다. 그가 산을 내려오며 생각하는 것이 바로 이 조건이다. 그에게 고뇌를 가져다주었을 통찰이 같은 순간, 그의 승리를 완성시키고 있는 것이다. 멸시를 통해 극복되지 않는 운명이란 존재하지 않는다.

여기에서 나는 그의 의중을 읽는다. 시시포스처럼 자신의 비참한 조건(붓다가 제시한 독화살)을 알 때, 벌써 깊은 통찰과 반야의 지혜로 이미 독화살[自我]은 제거된 것이나 다름없었다. 불교의 무아無我사상에서 깊은 영향을 받은 보르헤스는 자아의 정체성에 대해 다음과 같이 요약한 바 있다.

'인간이란 연극배우이며 동시에 연출가이며 관객'이라고. 보르헤스의 사망 소식을 들은 멕시코의 시인 옥타비오 파스는 그를 추모하는 글에서 '활, 화살, 활 쏘는 사람, 과녁의 일치'라고 적었다. 궁극적으로 하나라는 것을 깨우친 보르헤스의 핵심을 짚은 것이리라. 카뮈가 말한 통찰의 순간, 승리의 완성이란 이렇게 극복되는 존재를 말한다. 카뮈가 말하고 싶었던 것도 바로 이런 점이 아니었을까.

시시포스의 저 모든 말 없는 기쁨이 여기 있다. 그의 운명은 그의 것이다. 그의 바위는 그의 것이다. 마찬가지로 부조리의 인간이 자신의 고통을 응시할 때, 모든 우상들은 잠잠해 진다. …… 그림자 없는 태양이란 존재하지 않는 법, 고로 밤을 겪어내지 않으면 안 된다. 부조리의 인간의 대답은 긍정이요, 그의 노력에는 끝이 없을 것이다. …… 그가 감당했던 막중한 짐을 우리의 삶에서도 늘 다시 발견하곤 한다. 그러나 시시포스는 신들을 부정하고 바위들을 들어올리는, 더 차원 높은 성실성을 가르쳐준다. 그 역시도 모든 것이 잘 되었다고 판단한다. 이젠 주인이 따로 없는 이 우주가 그에게는 불모의 것으로도, 하찮은 것으로도 여겨지지 않는다. 그에게는 이 돌 부스러기 하나하나가, 캄캄한 밤 이 산의 광물의 섬광 하나가, 그것만으로도 하나의 세계를 이룬다. 무수한 산정山頂들을 향한 투쟁. 그것만으로도 인간의 마음을 가득 채우기에 충분하다. 행복한 시시포스를 상상해야만 한다.

『시시포스의 신화』의 결미다. 그는 부조리한 실존에서 어떻게 살아야 하는가에 대한 물음을 부조리의 영웅 시시포스를 통해 우리에게 말한다.

"시시포스는 신들을 부정하고, 바위들을 들어올리는, 더 차원 높은 성실성을 가르쳐 준다"고 키르케고르도 인간의 근본적 상황을 불안과 절망으로 파악하며 오히려 그러한 점이 꾸준한 성실감을 지속하게 만든다고 역설했다. 무수한 투쟁, 그럼에도 '행복한 시시포스'를 상정한 것은 행복과 부조리가 같은 땅의 두 아들이기 때문이다.

『이방인』은 『행복한 죽음』의 전사轉寫에 불과하다'고 말한 이는 평론가 로제키요였다. 그는 '뫼르소가 메소르의 동생'이라고까지 말했다. 『행복한 죽음』의 주인공, 보잘것없는 월급쟁이인 파트리스 메소르는 롤랑 자그뢰스를 살해하고 돈을 훔친다. 그 후 계속된 여행과 제노바를 거쳐 알제로 돌아와 바다가 내려다보이는 집에 정착한다. 햇볕의 고장(카뮈의 고향)으로 돌아와 그는 비로소 행복감에 젖는다. 햇볕과 행복은 카뮈에게 있어서 늘 함수 관계다. 어떻게 하면 행복한 죽음을 경험할 수 있는가? 그는 여러 방법을 시도한 끝에 마침내 슈누아에서의 금욕적이고 고독한 생활을 통해 마음의 평화를 느끼게 된다. 어느 날 병상(늑막염)에서 겨우 일어난 메소르는 슈누아의 절벽 위로 걷는다.

> 바다는 비단결같이 부드러운 달빛으로 충일되어 짐승처럼 나긋나긋하고 윤기가 돌았다. 자신의 삶이 그토록 멀게만 느껴지는 이 시간, 모든 것에 무심하고 자신으로부터도 초연한 채 혼자가 된 그는 마침내 자신이 추구하던 것에 도달한 것 같았고 그를 가득 채워주고 있는 이 마음의 평화는 그가 추구해온 참을성 있는 자기 포기에서 얻어진 것 같았으며 분노하지 않은 채 그를 부정하는 열광적 세계의 도움에 의해 도달한 것 같았다. 그는 가벼운 발걸음을 걸었다. …… 아무런 현실감도 느낄 수가 없었다. 분노도 증오도 없었고 후회 따위는 알지도 못했다. …… 메소르는 여전히 바위에 앉은 채 행복이란 얼마나 눈

물과 가까이 있는가를 느끼면서 인간의 삶에 대한 희망과 절망으로 짜인 저 고요한 열광 속에 흠뻑 빠져 있었다.

메소르는 오한을 하나의 희열로 받아들였다. 의식한다는 것, 그것은 기만하거나 비겁해지지 않은 채, (자신과 일 대 일로 자기 육체와 대면하여) 두 눈을 똑바로 뜨고 죽음을 바라본다는 것이다. 아무 것도, 사랑도, 장식도 없이 오직 행복과 고독의 끝없는 사막이 있을 뿐이었다. 그는 숨이 꺼져가는 것을 느꼈다. 뫼르소의 아랍인 살해, 메소르의 자그뢰스 살해. 외진 곳의 고독한 메소르와 알제 감옥의 뫼르소. 한 사람은 살인자로서 사형이 구형되고 또 한 사람은 병이 들어 죽음에 이른다. 두 사람의 문제는 '행복한 죽음'이며 두 사람 모두 이 세계와의 합일과 인간들로부터의 해방을 통해서 그 문제를 해결한다는 것이다. 그들의 평화는 고독을 담보로 하고 있다. 만년에 톨스토이가 좀 더 고독한 가운데 죽음을 맞이하기 위하여 야스나야 폴리야나를 떠났던 것처럼, 라이너 마리아 릴케가 철저하게 고독해지려고 뮈조트 성관을 찾은 것처럼 메소르는 절대 고독 속에서 순수한 마음의 평화와 만나게 된다. 진정한 대면이 가능해진 때문이다. 알베르 카뮈도 마지막에는 메소르 역시 마음의 평화 덕분에 행복한 죽음이 가능해진다고 쓰고 있다. 그래서 뫼르소도 메소르처럼 마음의 평화 덕분에 행복감을 안고 죽을 수 있었던 것 같다.

얼마 전 미국의 시사 주간지 『타임』에서 '행복의 추구'에 대해 읽은 것이 생각난다. 어떤 목표를 향해 중간 추구(개척)해가는 과정을 즐기는 것이 참다운 행복이라는 것이다. 즉 목표에 도달하기 전에 그 추구과정을 즐기는 것이 진정한 행복이라는 것. 목표에 도달하면 그 행복은 사라지기 때문이다. 여기에서 나는 다시 굴러 떨어지는 시시포스의 바위가 생각났다. 힘들게 끌고 올라가는 그 과정이 그래서 행복했던 것이 아니었을까?

'있음의 경이', 하이데거가 떠올랐다.

행복은 "행복의 추구"Quest of Happiness가 아니라 "추구의 행복"Happiness of Quest이라는 요지였다. 더 행복해지기 위해 돈이나 명예라는 수단 자체를 추구하는 삶이 있고 아무 추구하는 바 없이 그저 그 자체로 행복한 삶이 있다. 카뮈의 경우가 그랬다. 어린 시절부터 그는 태양과 바다, 그 자체로 행복했다. 1960년 1월 3일 교통사고를 당했을 때, 진흙 속에서 발견된 그의 검은 가죽가방에 쓰다 만 원고『최초의 인간』에 고향 땅 알제리에 관한 기록이 적혀 있었다. '행복'이란 글귀가 보인다. 눈부신 지중해의 태양과 바다에서 태어난 카뮈의 영원한 테마는 바다와 행복, 그리고 행복과 부조리로 이어진다.

'아프리카에서는 바다와 태양은 돈 안 들이고도 가질 수 있는 것이다. 어느 때거나 나의 어린 시절 위에 내리쬐고 있던 그 훌륭한 열기가 나로 하여금 원한을 일체 품지 않게 했다. 나는 빈곤 속에서 살고 있었으나 또한 일종의 즐거움 속에서 살고 있었던 것이다. …… 빛이 거기에 부富를 퍼뜨리는 것이다.'

카뮈가 가난 속에서도 불행한 적이 없었다고 말한 그 출처를 알 수 있을 것 같았다.

시시포스를 통해 생의 기쁨을 노래하고 행복을 추구하며 고통받는 남의 행복에도 기여하는 실천 의지를 보여준 카뮈.

'나는 아무 것도 부러워하지 않는다'는 그의 자유를 마음속으로 무척 부러워했던 적이 있다. '아무 희망도 없고 완전히 죽어서 없어진다는 생각을 가지고 살고 있습니까?'라는 물음에 그의 주인공은 떨리지 않는 목소리로 '네. 그렇습니다'라고 답했다. 아무런 희망 없는 죽음, 완전히 죽어 없어진다는 그의 생각이 요즘 나의 뇌리에서 떠나지 않고 있다.

> 죽음은 닫혀진 문이다. 죽음이 또 하나의 생을 가져온다는 신앙은 나에게 탐탁지 않다. 나에게 있어서 죽음은 닫혀진 문이다. 뛰어넘지 않으면 안 되는 일이라고는 말하지 않으련다. 부득이 죽음을 얘기해야 한다면 공포와 침묵과의 사이에 아무런 희망 없는 죽음이라는 신념을 털어놓을 수밖에 없다.

나는 카뮈의 이 구절을 읽고는 그만 책장을 덮고 말았다. 왜냐하면 그의 말대로 죽음이란 뛰어넘지 않으면 안 되는 대상이 아니기 때문이다.

신의 빈 자리를 우리가 차지해야 한다

—니코스 카잔차키스

조르바는 작가 카잔차키스(1883~1957년)가 창조한 초인이다. 책을 읽기 전 나는 영화로 먼저 〈희랍인 조르바〉를 만났다.

"나는 피레우스에서 조르바를 처음 만났다. 크레타 섬으로 가는 배를 타려고 항구에 나가 있었을 때였다. 날이 밝기 직전인데 밖에서는 비가 뿌리고 있었다."

영화의 첫 장면은 이렇게 소설과 일치하고 있다. 한 사내가 항구에서 출발을 기다리고 있는데 그가 조르바다. 손자와 며느리에게 구박을 받는 것이 질색이라서 집을 뛰쳐나온 노인이다. 카잔차키스는 조르바를 이렇게 설명한다.

"조르바는 내가 오랫동안 찾아다녔으나 만날 수 없었던 바로 그 사람이었다. 그는 살아 있는 가슴과 커다랗고 푸짐한 언어를 쏟아내는 입과 위대한 야성의 영혼을 지닌 사나이. 아직 모태인 대지에서 탯줄이 떨어지지 않은 그런 사나이였다."

이 노인은 30대의 창백한 지식인을 만나 인생을 다시 바라보는 눈과 인생을 즐기는 데 필요한 값진 지혜를 가르쳐준다. 조르바 역을 맡은 안소니 퀸의 거친 모습과 걸걸한 목소리가 생생하게 떠올랐다. 이 작품 속의 젊은 지식인이 바로 카잔차키스 자신이란 것은 두말할 필요가 없다. 자신의 자서전에서조차 그는 조르바에 대해 다음과 같이 언급하고 있다.

> 내가 주린 영혼을 채우기 위해 오랜 세월, 책으로부터 빨아들인 영양분의 질량과 겨우 몇 달 사이에 조르바로부터 느낀 자유의 질량을 돌이켜볼 때마다 책으로 보낸 세월이 억울해서 나는 격분과 마음의 쓰라림을 견디지 못한다. 우리가 벌인 사업이 거덜나던 날, 우리는 해변에 마주앉아 있었다. 조르바는 숨이 막혔던지 벌떡 일어나 춤을 추기 시작했다. 그는 중력에 저항이라도 하듯 펄쩍펄쩍 뛰어오르면서 소리를 질렀다. 하나님, 망해버린 우리 사업을 보우하소서. 오! 마침내 거덜났도다.

바로 이 대목이 영화에서 안소니 퀸이 춤추는 장면이다. 사업이 거덜나던 날, 세상에 거칠 것이 없는 조르바는 바닷가에서 춤을 추었고 책상물림인 나, 카잔차키스는 그 조르바를 그린 『희랍인 조르바』를 썼다고 기술한다.

크레타 섬에서 조르바는 신화나 다름없었다. 니코스 카잔차키스가 누구인지 모르는 사람일지라도 『희랍인 조르바』하면 영화나 소설을 떠올리고는 그를 진작부터 알았다는 듯 고개를 끄덕이는 사람이 많았다. 카잔차키스는 자기 영혼에 가장 깊은 영향을 끼친 사람으로 제일 먼저 호메로스를 꼽았다. 그리스의 민족시인 호메로스는 카잔차키스에게 고향 크레타이자 조국 그리스 그 자체이기도 했다. 그 다음으로 그는 베르그송, 니체, 조르바를 꼽았다. 그는 아테네 대학을 졸업하고 파리로 유학하여 소르본에서 철학과 교수인 베르그송과 만났다. "현실은 한 순간도 멎지 않는 흐름이며, 지속이다. 돌진이다. 베르그송의 직관은 흘러가는 그대로를 파악하며 지속을 통하여 사물을 볼 때만 얼어붙었던 시냇물이나 관념의 인상도 풀리고 잠자던 벌레들은 깨어나며 생은 약동하기 시작한다"고 했다.

'삶이란 끝없는 창조요, 위로 뛰어오르는 도약이요, 힘찬 폭발이요, 생의 비약'이라고 함축한 베르그송의 철학은 그에게 『희랍인 조르바』를 쓰게 했다. 또한 그가 심취한 니체의 사상은 작품 『오디세이아』에 그대로 녹아들어 있다. 그리스가 낳은 대서사시인 호메로스가 쓴 『일리아드』 『오디세이』의 무대도 크레타 섬을 떠나지 않고 있다. 3,000년이란 세월이 지나 호메로스의 『오디세이』는 영국의 작가 제임스 조이스에 의해 『율리시즈』로 다시 태어났고 그리스의 후배 작가 카잔차키스에 의해 『오디세이아』로 거듭 태어났다.

위의 두 작가들은 모두 호메로스의 『오디세이』의 골격을 가져와 작품을 썼다. 카잔차키스는 일곱 번이나 고쳐 쓰고 또 고쳐 써서 원작보다 작품 규모가 세 배나 큰 현대판 『오디세이아』를 세상에 내놓았다. 그의 나이 쉰다섯 살 때였다.

호메로스의 『오디세이』는 다 아는 바와 같이 트로이 전쟁에 참가했다가 고국 이타카로 돌아오는 영웅 오디세우스의 모험담이다. 〈율리시즈〉란 영화 속에서 커크 더글라스의 배역이 오디세우스이기도 했다. 그는 10년간에 걸친 온갖 역경과 방황 속에서 한 번도 집에 돌아갈 것을 포기하지 않는다. 이 귀환의식은 자신의 뿌리를 인식케 하는 정체성 확립을 위한 존재의 증명이라 할 수 있다. 오디세우스는 풍랑에 맞서 싸우며 귀향을 가로막는 괴물이나 마녀들의 어떤 유혹도 이겨낸다. 쾌락에 떨어지지 않고 그것과 싸워 마침내 자신의 인간성을 회복한다는 요지다. 항해 도중 위험스런 상황이 닥칠 때마다 그는 지혜와 용기로 극복한다. 이러한 초인사상은 니체의 비극적 낙관주의와도 일맥상통한다. 『짜라투스트라는 이렇게 말했다』에서 니체의 경구는 『오디세이아』에서 이렇게 환치되고 있다.

> 위험하게 살아라. 베수비우스 옆에다 그대의 도시들을 세워라. 아무도 탐험하지 않는 바다로 그대의 배들을 보내라. 전쟁의 상태에서 살아가라. 내가 부르짖는 위대성의 공식은 'Amor Fati, 운명을 사랑하라' …… 모든 필연성을 그냥 견디기만 할 것이 아니라 사랑하는 것이다. 그대는 자신의 능력을 초월하는 것을 일으켜 세우도록 하라.

니체의 『짜라투스트라는 이렇게 말했다』는 페르시아의 개조 짜라투스트라가 초인의 영역에까지 높아져 가는 내적 과정을 비유나 일화에 의해서 묘사한 독특한 사상서다. 짜라투스트라는 영어

식 발음으로 조로아스터다. 불을 숭배하는 고대 종교 배화교를 창시한 사람이 바로 조로아스터이며 짜라투스트라는 페르시아의 원명이다. 우리 인간에게서 제우스가 빼앗아간 불을 다시 훔쳐다 준 신은 프로메테우스였다. 그러니까 불사신 프로메테우스는 니체의 초인 짜라투스트라의 원형이 되고, 니체의 짜라투스트라는 카잔차키스에게 조르바의 모델이 된 것이 아닐까 한다. 호메로스의 오디세우스, 니체의 짜라투스트라, 그리고 실재한 인물 조르바는 모두 초인적인 영웅의 모습인 것이다. 카잔차키스는 니체의 초인과 만나 초인을 '인류의 희망'이라고 부르며 자서전에서 이렇게 쓰고 있다.

> 구원의 문은 우리 손으로 열지 않으면 안 된다. 이제 우리에게 '초인'은 희망이다. 초인은 대지의 종자이며 해방은 그 종자 속에 있다. 니체는 '신은 죽었다'고 선언하고 우리를 심연의 가장자리로 데려다 놓았다. 인간은 마땅히 저 자신의 본성을 뛰어넘어 하나의 초인이 되어야 한다. 신의 빈자리를 우리가 차지해야 한다.

그리하여 짜라투스트라는 산에 들어간 지 10년 만에 40세가 되는 어느 날, 손에 불덩어리 하나를 얻어 들고 이 세상에 나온다. 이 불덩어리는 무엇이든지 갖다 대기만 하면 펄펄 불타올라 흰 빛을 뿜는 백열의 불덩이가 된다. 짜라투스트라는 그것을 손바닥에 놓고 궁전을 찾아가서 새로운 시대를 이룩한다. 짜라투스트라가 이룩하려고 했던 새 시대와 그 불덩어리는 무엇을 상징하는가? 카잔차키스는 오디세우스의 손에 그 횃불을 들렸던 것이다. 선봉에 나서서 인류를 이끌고 약속된 땅 '이타카'를 향해 돌진하라고.

크레타 섬에서 태어난 그는 젊어서부터 그리스 사람이라기보다 크레타 인으로 자칭하기를 좋아했다. 그리스 본토와는 달리 이 크레타 섬만은 그가 태어날 당시 터키의 지배 아래 놓여 있었다. 따라서 그는 유년시절부터 험악한 전쟁 분위기 속에서 '죽음, 용기, 전쟁, 자유, 해방'의 낱말들을 가슴에 품게 되었다고 한다.

무용을 떨치던 그의 조부는 터키 혁명군에게 두개골을 절단당하는 수모를 겪었다. 아버지 마칼레스 대장은 어린 아들의 손을 잡고 터키인들에게 교수형을 당한 기독교도들에게 나아갔다.

어린 아들에게 죽은 자의 발에 입 맞추어 죽음에 대한 경의를 표하게 하면서 그것을 잘 보아두고 죽을 때까지 잊지 말라는 당부도 곁들였다. 어린 그가 물었다.

"누가 이 분들을 죽였나요?"

아버지의 대답은 짧고 함축적이었다.

"자유!"

그 이후로 '자유'는 그의 명제가 되었다.

카잔차키스는 그리스에서 내무상과 유네스코의 고전번역부장을 지냈으며 노벨상 후보에 두 번이나 거론되었다. 1919년에는 그리스 행정부에서 공공복지부의 총재로 임명되어 코카서스의 지방에 발이 묶여 아사에 직면한 동포 15만 명의 그리스 인을 구출하는 데 온 힘을 쏟았다. 두 번 결혼했으나 슬하에는 자식을 남기지 않았다. 그가 남긴 말은 오직 두 글자 '자유'였다.

나는 자유롭다.
이것이 내가 원하는 바로 그것.
더 이상 나는 아무 것도 원하지 않는다.
자유를 찾아 나는 줄곧 헤매왔으니.

—「나는 자유롭다」에서

카잔차키스가 죽기 전에 미리 써두었다는 묘비의 문구도 자유였다.

나는 아무 것도 원치 않는다.
나는 아무 것도 두려워하지 않는다.
나는 자유이므로.

그때 나는 '아무 것도 부러워하지 않는다'는 카뮈의 얼굴이 갑자기 떠올랐다. 그들의 저항정신은 투철한 작가적 양심이라고 해도 좋을 것 같았기 때문이다.

카잔차키스는 74세의 나이로 생을 마감하기까지 오디세우스처럼 많은 나라를 돌아다녔다. 말년에 임파선 백혈병을 앓으며 여행 도중 독일 프라이부르크에서 눈을 감았다. 1957년 10월 26일 밤 사망한 그의 유해는 크레타 섬 이라클리온으로 돌아왔다. 그는 죽음을 두려워하지 않았다. '삶이란 좋은 것이며 죽음 역시 좋은 것이다. 죽음을 정복할 수 없다는 건 사실이지만, 죽음에 대한 두려움은 정복할 수 있다'고 말했다. '니체는 나에게 불행과 슬픔을, 그리고 불안을 자랑으로 바꿔놓는 것을 가르쳐주었고, 조르바는 나에게 인생을 사랑하고 죽음을 두려워하지 말라'고 가르쳐주었다는 것이다.

구원의 문을 스스로 열려고 애썼던 사람, 그도 한 사람의 오디세우스, 초인이었다.

존재의 유희와 있음의 경이

— 마르틴 하이데거

니체의 제자 하이데거(1889~1976년)는 소크라테스에서 자기 이전까지의 철학을 "존재存在 망각의 역사"로 규정하고 서구철학은 존재(있음)를 빼고 존재자만 이해했다고 지적한다. 소유론적 생각에서 존재론적 사유로 한 생각 바꾸면 모두 그대로 '부처'라고 언급했다. 그의 존재는 불교의 중도실상中道實相에 가깝다. 둘 다(존재, 중도) '이 세계의 있는 그대로의 모습'을 가리키는 말이다.

하이데거의 존재나 불교의 중도실상이란 곧 철학사상이 밝히고자 하는 궁극적 '진리'를 겨냥한 것이다.

1914년 제1차 세계대전이 발발할 때 그의 나이는 25세였다. 전쟁 중에 6천만 명의 군인이 동원되어 그 중 900만 명이 사망하고 200만 명이 부상당했다. 과학기술의 발달로 대량 살육의 무기가 가능해졌기 때문이다. 하이데거는 이 같은 파괴적인 과학기술이 날로 발전해가는 이유를 주관Ego주의의 계속적인 확장 때문이라고 해석했다. 그러므로 주관과 객관이 갈라지기 이전의 근본, 즉 존재로 돌아가야 한다는 것이 그의 주장이었다.

1919년 30세에 후설의 조교로 '현상학'을 배웠다. 현상학이란 현상에서 시작하여 본체로 거슬러 가는 철학으로 본질 직관을 중시하는 일종의 독일의 경험론이다. 후설의 현상학의 모토는 '사태 자체에로(가장 원초적인 사실로)'였다. 사태 즉 현상의 대표가 의식이라고 보고 의식의 현상학을 전개했으나 하이데거는 존재가 의식보다 우선한다고 보고 그 현상의 대표가 '살아 있음' 즉 '존재'라고 생각했다. 그는 존재의 현상학을 전개한 것이다.

하이데거의 문제의식은 존재, 죽음, 고유성에 집중되었다. 니체 이후 기독교의 신은 철학에 영향을 미치지 못하게 되었다. 세계대전 중에 신神의 선민인 유대인이 600만 명이나 학살되었다. 신이 있다면 어떻게 이리도 무자비한 대량 살육의 전쟁이 가능하단 말인가? 서구에서는 존재의 근거라는 고정관념으로부터 해방되자 이제는 개인의 실존이 중요한 시대가 시작되었다. 따라서 '신' 대신 '존재'가 철학적 주제로 등장했다. 서구사상에서 줄곧 추구하던 '형이상학적 존재의 근거'를 니체가 무너뜨린 이후 하이데거는 존재의 근거보다 '있는 그대로의 의미가 더 중요하다'고 생각했다.

전쟁의 시대를 살면서 그는 '죽음'을 철학의 주제로 삼았다. 세계대전에서 패전국이 된 조국 독일의 참혹한 현실에서 '죽음'을 인간의 실존 현실로 받아들인 것이다.

죽음의 주제는 존재의 의미를 성찰하게 한다. 인간은 존재가 드러나는 터전이다. 현존재란 존재가 꽃 피어나는 곳, 존재 개시開示의 터를 말한다.

'이제 우리는 존재자(있다가 없어지는 생멸生滅)가 아니라 존재 자체(항상 있는 실유實有)에 주목하는 성숙한 인간이 되자'는 것이 하이데거의 생각이었다.

"진정 있음이란 무엇인가?" 여기서 하이데거는 '있음의 경이'를 발견하고 법열法悅에 잠긴다. 그의 철학은 생의 기쁨을 노래하는 찬가라고 할 수 있다. 자연과 대화하며 에고가 무너진 자리에서 그는 존재가 꽃피는 것을 체험한 뒤 존재 체험의 철학을 펼치기 시작했다.

존재를 체험한 사람은 죽음을 진지하게 받아들인다. "인간은 죽음을 향한 존재"라고 설파한다. 니체의 '신의 죽음'에서 나아가 하이데거는 '인간의 죽음'을 철학적 주제로 받아들인 것이다. 죽음은 인간을 성숙하게 한다.

죽음을 수용하는 인간은 어떻게 살아야 할 것인가?

하이데거는 죽음을 수용하는 실증적인 철학을 제기했다. 인간은 죽음을 받아들임으로써 존재자(철학의 주제였던 '존재의 근거'로서의 신神, 이데아, 정신, 자아 등은 존재자이지 존재 그 자체는 아니다. 존재자는 인간에게 대상으로 비춰진 무엇이다)에 대한 집착에서 벗어나 존재로 눈을 돌릴 수 있다는 것이다.

하이데거는 죽음의 역설적인 대 긍정성을 발견한다. 그리고 그는 과학기술이 만물을 도구화하는 것을 목격하고 그것은 에고가 만들어낸 환상일 뿐, 에고가 무너진 뒤의 철학, 특히 그는 에고의 욕망이 극대화된 현대 과학기술적 존재 이해의 극복이 절실하다고 주장한다.

서구인들은 존재자의 근거만 찾다가 정작 피지스physis 자연 자체로서의 존재는 보지 못했다. 그는 시인의 말을 차용하여 설명을 대신한다. "장미는 '왜' 없이 핀다." '왜'라는 이유는 주관이 객관에 주는 근거로 작용한다. 하지만 장미는 주관도 객관도 의식하지 않는다. 존재자는 그저 있다. 근거 없이 피어나는 이 현전을 하이데거는 '존재의 유희'라고 불렀다. 세상에 단 하나 유일한 이 고유성, 어느 것 하나 근원적인 존재의 비의秘義를 열어 보여주지 않는 것이 없다. 인간은 그와 같이 존재를 드러내는, 그리고 열어서 보여주는[開示] 현존재이다. 존재 현상은 존재의 경이로운 드러남[開示]인데 하이데거는 그것을 '존재자가 존재한다'라고 표현했다.

하이데거는 노자의 『도덕경』을 번역하면서 주객이 무너진 세계, 분별 이전의 세계를 파악한다. 의식이 끊어지면서 주객이 무너질 때 드러나는 것을 '존재사건'이라고 불렀다. 선불교에서는 '무심無心'이나 '평상심平常心'에 견줄 수 있을 것이다.

실존으로서의 현존재는 죽음 앞에 나설 때, 자신이 시간임을 체험한다. 자의식이 무너진 상태, 이것을 하이데거는 실존으로서의 현존재라고 했다. 현존재에는 나도, 인식 주관도, 의식 주체도 없다. 이때 나는 '탈근거'가 된다. 실존으로서의 현존재에는 자의식이 없다. 자의식이 사라지는 순간, 내 안에서 존재가 드러난다. 나는 존재가 드러나는 매체, 터전이다. 불이 켜지는 전구다.

하이데거는 『존재와 시간』에서 현존재의 존재를 '관심'이라 하고 관심의 의미는 '시간성'이라고 했다. 시간성이란 죽음을 받아들임으로써 진정한 자신이 되는 근본 경험을 말한다. 근본 경험이 오면 인간은 변화한다. 그것은 원래 자기에게로 돌아가는 것이다. 이것을 불교에서는 노력하고 깨닫고 나니, 원래부터 깨달아 있었더라는 「법성계」의 "구래부동 명위불舊來不動 名爲佛" 예로부터 부처였다는 '본각[本覺]' 그것이다.

평상심으로 사물을 보면 (즉 주객이 나누어지기 전의 눈으로 보면) 전체가 어울린 하나의 존재, 자연 그대로 들어온다. 의식이 끊어지면서 주객이 함께 무너지면 무심이 된다. 존재가 드러남이 존재사건이다. 고유성을 지닌 경이로운 존재사건, 즉 존재발견이라고 번역하기도 한다. 만물은 연기緣起적으로 얽혀 있는 법계 내에서의 고유성을 발현하고 있다는 것이다. 존재사건은 존재와 인간의 공속성共屬性을 나타낸다. 존재는 전기이고 인간은 전구電球다. 인간이라는 전구에 불이 켜지면 눈에 보이는 게 모두 존재사건으로 드러난다. 존재사건은 평상심에 비친 사물의 모습이다.

하이데거가 무와 존재사건을 이야기할 때, 그것은 선불교의 중도사상과도 상통한다. 의식의 주체로서의 자기가 무너지는 것을 '무無'라고 할 때, 이것은 불교의 '무심'에 해당한다. 그리고 그 무너진 자리에서 존재가 현현하는 것을 '존재사건'이라고 할 때, 불교에서는 그것을 '평상심'이라고 말한다. 무와 존재사건이 하나의 짝을 이루어 경이의 존재 이해방식을 열어가는 것처럼, 무심과 평상심은 하나의 세트가 되어 중도中道의 삶을 실현해 간다. 석가가 정각을 얻은 후 다섯 비구를 찾아가 '중도대선언'을 한다. "나는 양 극단을 버리고 중도를 깨쳤다!" 초기 경전인 『숫타니파타』는 중도를 이렇게 설명한다.

"양 극단에 집착하지도 않고 중간에도 집착하지 않는다."

어느 한쪽에 치우친 것을 변견邊見이라고 한다. 변견은 항상 양변 사이에서 대립, 투쟁을 일으킨다. 변경을 집약하여 긍정, 부정, 이중 긍정, 이중 부정의 사구四句로 표현하는데 중도는 어느 것으로도 표현될 수 없다. 중도란 기본적으로 불교의 존재론이다. 중도의 존재론에 따르면 만물은 본래부터 있었던 것이 아니라 어떤 인연에 따라 만들어졌다가 그 인연이 다하면 다시 사라진다. 한시적으로 머무는 무상한 존재, 그것이 존재의 실상이다. 있으면서 없고[色卽是空] 없으면서 있다[空卽是色]고 표현할 수 있다. 결국 없어질 것이면서도[眞空], 지금 여기에서는 당당하고 유니크[唯一]하고 묘하게 존재한다[妙有]. 이것을 표현하여 중도中道라고 한다. 그래서 중도를 터득한 사람은 눈앞에 나타난 물질[모양 相]에서 언젠가 사라질 공성空性, 즉 비상非相을 같이 본다. 사물에서 있음과 없음을 동시에 보는 것이다.

릴케는 「두이노의 비가」에서 이렇게 외친다. "존재하라. 그리고 동시에 비존재의 조건을 알라." 비존재의 조건을 알 때 인간은 자유로워진다는 것이다. 두이노의 비가悲歌의 핵심은 '죽음'이었다. 죽음은 인간 밖에 있는 것이 아니라 인간 안에 있으며, 인간 삶의 핵심이며, 진주처럼 인생을 빛나게 하는 것 역시 죽음이라고 밝혔다. 릴케는 「두이노의 비가」를 완성하고 비로소 죽음을 긍정하게 된다. 하이데거는 「두이노의 비가」를 읽고 "내가 품고 있는 사상을 릴케는 시로 표현했다"고 말했다. 하이데거는 일본 유학생들을 통해 선불교를 익히고 릴케를 탐독했다. 우리나라 철학자 박종홍 선생이 하이데거를 찾아가 실존철학에 대해 물었을 때 『금강경』을 보라는 그의 말에 충격을 받고 돌아와 『금강경』을 공부하였다는 선생의 글이 이화대학교에서 펴낸 『교양 국어』에 실려 있었다. 당시 '실존주의와 공空 사상'에 관한 박종홍 선생의 글은 내게도 적잖은 충격이었다. 그 길로 『금강경』을 공부하자는 취지문을 손으로 열다섯 부를 써가지고 각 대학교 철학과 국문과 등에 보냈다. 카뮈나 사르트르의 실존주의 사상이 풍미하던 1960년도였다. 삼선교 언덕에 자리 잡은 정각사 다다미방은 대학생들로 꽉 찼다. 마침내 김동화金東華 선생님을 모시고 『금강경』 공부를 시작하게 된 것이다. 군더더기 없이 원칙적이고 본론에 충실한 선생님의 강의는 한 말씀도 놓칠 것이 없으련만 대학생들의 일요일이란 낭만과 자유를 구가하기에 쓰일 시간이었던지 법당에는 빈자리가 늘어나기 시작했다. 결국 남을 사람만 남게 되었다. 열댓 명을 앞에 두고도 선생님의 강의는 시종여일 진지했다. 낯선 한자와 그 속에 담긴 심오한 『금강경』의 오의는 쉽게 해독되지 않았지만 빠지지 않고 말석에 참석하였었다.

장대비가 쏟아지던 어느 여름날이었다. 나는 그때 머리가 깨지도록 생각이 많았던 때였다. 갑자기 가족을 돌봐야 하는 급박한 상황이 되었다. 어머니 모르게 휴학계를 내고 돌아와 서울시청의 임시 공무원이 되었다. 문학에 대한 꿈도, 학업도 모두 중단하고 스스로 외딴섬이 되고 보니 차라리 침묵과 고립은 또 다른 차원의 편안함으로 나를 이끌었다. 친구는 마치 내가 다른 사람이 된 것 같다고 말했다. 그때 선생님께서는 타심통으로 관해 보셨던지 어느 날 칠판에 이렇게 쓰셨다.

유구有求면 유고有苦
무구無求면 무고無苦

구하는 것이 없으면 고통도 없다. 욕망을 놓는 것이 괴로움의 소멸이라는 것을 그때 진즉 알았다. 가슴을 짓누르던 무덥던 여름, 뻥 뚫린 것 같은 세상이 눈앞으로 하얗게 다가왔다. '소유론적 생각에서 존재론적 사유로 한 생각만 바꾸면 모두가 그대로 부처'라는 하이데거의 말을 나는 지금도 소중하게 기억한다.

하이데거는 죽음에 이르기까지의 아직 남아 있는 존재 가능, 즉 '아직 아님'인 미제를 분석했다. 그리하여 현존재는 '종말에 와 있는 존재'가 아니라 '종말에 이르는 존재' 즉 '죽음에 이르는 존재'라고 규정한다. 죽음은 궁극적으로 각자의 것이고 몰교섭적이며 부규정적이고 뛰어넘을 수 없는 가능성이다. 세상 사람들은 이런 죽음을 회피하여 당장 자기에게는 해당되지 않는 것으로 간주한다. 그러나 실존적으로는 그런 죽음에 앞질러감으로써 각자의 현존재를 확보하지 않으면 안 된다는 것이 그의 '죽음에로의 선구'이기도 하다.

일본의 시인, 료오칸良寬 선사는 이것을 다음과 같이 묘파했다.

떨어지는 벚꽃
남아 있는 벚꽃도
떨어질 벚꽃

죽음에로의 선구, 그러나 아직 나는 벚꽃으로 지금 여기에 존재한다. 현생에서 이러한 선지식들과 생사에 관해 '물음 마침'을 해보는 이 순간만큼 내게 고귀한 것은 다시 없다. 떨어질 벚꽃이기에 현존現存의 경이를 더욱 실감한다.

가거라 들풀이여

—루쉰

서울에서 상해까지 1시간 30분, 홍교 공항에 내린 것은 1999년 2월 21일 오후였다. 홍구 공원 정문에서 서북쪽으로 들어서니 루쉰의 동상이 보였다. 중국식 전통의상 차림으로 등나무 의자에 편안히 기대 앉아 사색에 잠긴 얼굴이다. 동상의 좌대에는 '1881~1936'이라는 그의 생몰 연대가 적혀 있었다. 고집불통이고 끈질기며, 반항과 투쟁의 화신이었던 루쉰을 가리켜 그의 친구 전현동은 올빼미라고 불렀다. 정신을 통일하여 냉정하게 앉아 있는 루쉰의 모습이 올빼미를 닮았다는 것이다. 그러나 좌대에 앉은 동상의 모습은 아주 부드럽고 온화해 보였다. 얼굴만큼이나 강파르고 고달팠던 삶을 인내와 투쟁으로 완성시켰기 때문일까. 그는 20세기 중국문학사에서 가장 존경받는 작가이자 사상가로 추앙받고 있다.

루쉰은 1881년 소흥紹興의 몰락한 지주 집안에 태어나 격동의 청말과 근세 초기를 살았다. 과로와 폐병으로 숨지기까지 그는 온몸으로 시대의 고통과 애환을 겪으며, 민족의 생존과 독립자존을 위해 싸웠다.

천 년간 지탱해왔던 봉건왕조가 몰락하고 서방 제국의 침입을 받고 있던 당시 중국의 위기는 풍전등화와도 같았다. 국민들이 몽매한 상태에 빠져 있던 암흑의 시기에 그는 일본에 유학하여 센다이 의학전문학교에서 의학 공부를 하고 있었다. 어느 날, 수업 시간에 환등기로 세균의 상태를 보았다. 수업이 끝나자 다른 환등 필름에서 보게 된 장면은 군대 내에서 정탐꾼으로 활약하던 중국인이 일본군에 발각되어 총살당하는 장면이었다. 그것을 지켜보는 중국인들은 아무런 동요가 없었다. 허수아비 같은 중국인들, 화면을 보던 일본 학생들은 만세를 부르며 기세를 올렸다. '의학이란 중국 사회를 개혁하는 데 그리 긴요한 것이 못 된다. 가장 중요한 것은 사람에게 정신을 갖게 하는 데 있다. 정신에 영향을 주는 것은 문학밖에 없다.' 그는 문학으로 결연히 뜻을 바꾸었고 『광인일기』와 『아Q정전』 같은 걸작을 써서 사회의 모순을 비판하고 민족의 정신개조와 각성을 촉구하는 데 앞장섰다. '아Q'는 중국에서 사람의 성이나 이름 앞에 붙이는 아阿와 앞부분만 깎고 뒷부분은 땋아 늘어뜨린 남자의 머리 변발辮髮 모양을 나타내는 'Q'를 합친 말이다. 『아Q정전』의 주인공 '아큐'는 날품팔이 노인이다. 신해혁명이 일어나자 그는 혁명에 대한 아무 인식도 없이, 다만 돈을 지닌 부자와 벼슬아치가 싫어서 혁명에 가담하여 부질없이 날뛰다가 결국 낭패로 끝나고 아큐는 무고하게 절도범이 되어 혁명정부의 일벌백계의 희생양이 됨으로써 막을 내린다는 이야기다.

『광인일기』의 주인공 쿵이지는 신경이 날카로워져 주위의 모든 것에 강한 의심을 품기 시작한다. 그는 자신이 처한 사회 전체를 '사람이 사람을 잡아먹는 사회'로 보았고 그 사회의 역사는 '사람이 사람을 잡아먹는 역사'로 생각했다. 그 역사에는 연대가 쓰여 있지 않았으나, 페이지마다 '인의도덕仁義道德'이라는 글자가 삐뚤삐뚤 쓰여 있을 따름이었다. 나는 잠이 오지 않아 한밤중까지 자세하게 살펴보았는데, 글자 사이사이에 또 다른 글자가 보였다. 책 여기저기에 온통 '사람을 잡아먹는다[吃人]'는 두 글자가 쓰여 있었다. 이 부분은『광인일기』에 나오는 유명한 문장이다.

봉건 통치자들은 '인의도덕'이라는 허울 좋은 말 아래 수많은 백성을 갈취하고 혹사시켰다.『광인일기』는 사람을 잡아먹는 봉건제도에 대해 강렬한 분노를 표현했을 뿐만 아니라 미래의 사회에 대한 무한한 희망과 동경을 나타낸 것이기도 했다. 루쉰은 소설 속에서 "앞으로는 사람을 잡아먹는 사람이 버젓이 살아가도록 허락하지 않을 것"이며 미래는 '진정한 사람들'만의 세상이 될 것이라고 예언한다.

루쉰은 "젊은 후진들이 사다리를 밟고 더 높이 오를 수만 있다면 우리들이야 아무리 밟힌들 무슨 원한이 있겠느냐?"라고 말한다.

루쉰의 어린 시절은 비교적 유복했다. 그러나 조부가 과거시험의 부정사건에 연루되어 투옥된 후 설상가상으로 부친마저 병석에 눕게 되니 하루아침에 그의 가정은 빈한한 가정으로 몰락하고 만다. 각혈을 하는 부친을 치료하기 위해서 장남이었던 루쉰은 13세에서 17세까지 몇 년간 전당포와 약방을 들락거리지 않을 수 없었다. 키보다 높은 전당포 창구에 옷가지나 장식품을 맡기고 모멸에 찬 돈을 빌리고, 약방에서 부친의 약을 받아다 날랐다. 아버지는 결국 37세의 젊은 나이로 세상을 떠나고 말았다. 루쉰의 나이 불과 15세였다. 학비 때문에도 그는 어려서부터 많은 고초를 겪었다. 학비가 면제되는 학교를 찾아다녀야 했다.

여동생이 태어나자마자 죽는 것을 보아야 했던 것은 7세 때였고, 12세 때 조부가 투옥되자 그해 겨울 성 밖에 있는 외가의 친척 집에 맡겨져 거지라는 말까지 듣게 된다. 루쉰은 이러한 일들이 평생토록 마음에 새겨져서 남의 어려운 일을 절대 외면할 수 없었노라고 했다.

그는 에세이를 통하여 여러 글 가운데서 자신의 삶을 '상처'라고 규정하며 인생을 늘 고통으로 인식해왔다. 그러나 그 고통까지도 내 삶의 흔적, 상흔이기 때문에 아낀다고 말한다. 그의 육성이다.

> "지금은 한 해의 마지막 깊은 밤, 이제 이 밤도 깊어져 다해가려 한다. 나의 생명은, 적어도 그것의 일부분은 이미 이러한 무료한 것들을 쓰는 가운데 소모되어 버렸지만, 내가 얻은 것이라고는 내 영혼의 황량함과 거칠어짐뿐이다. 그러나 나는 결코 그러한 것들을 두려워하거나 기피하지 않으며 감추려고도 하지 않는다. 뿐만 아니라 사실은 그것을 얼마간 아끼기까지 한다. 왜냐하면 그것은 모래바람 속을 뒹굴며 살아온 내 삶의 흔적, 상흔이기 때문이다. 아마 자신이 모래바람 속을 뒹굴며 살아가고 있다고 생각하는 사람이라면 그 뜻을 알 것이다."

어떠한 경우에도 두려움 없이 당당하게 자신의 상흔까지도 아끼려했던 생의 달관자, 또 한 사람의 '생의 찬가'를 듣는다.

그는 수필가인 동생 주작인과 함께 구라파의 현실주의 작품들을 번역하여 『역외소설집』 두 권을 간행하였으나 책이 팔리지 않은 것은 물론 창고에 불까지 나 책이 모두 불타버리고 말았다. 그는 절망적인 상황에 처할지라도 쉽게 좌절하지 않았다. 세상이 아무리 절망스러워도 그는 '막다른 길'이란 존재하지 않는다고 굳게 믿고 있었으며 가시덤불 길을 스스로 헤쳐 나갔던 사람이었다.

인생의 긴 길을 걸어 나가노라면, 두 개의 큰 난관에 봉착하기 쉽지요. 그 하나는 기로岐路입니다. 전해 내려오는 말에 의하면 묵자墨子 선생은 기로를 만나서는 통곡하면서 되돌아갔다고 합니다. 그러나 나는 울지도 않고 되돌아서지도 않을 것입니다. 먼저 기로에 앉아서 잠시 쉬거나 한잠 자고 나서 갈 만하다고 생각되는 길을 선택하여 계속 걸어갈 것이오. 혹시 진실한 사람을 만나면 그에게 음식을 얻어 요기를 할지는 모르나 길을 묻지는 않을 것이오. 그 역시 모를 일이라고 생각되기 때문이지요. 만약 호랑이를 만나면 나는 나무 위로 기어 올라갈 것이오. 그놈이 기다리다 못해 배가 고파 가버린 다음에 내려올 것이오. 만약 그놈이 가지 않으면 나 자신도 나무 위에서 굶어 죽을 것이오. 그러나 먼저 나를 비끄러매어 놓아 죽은 후라도 내 시체가 그놈에게 먹히지 않게 할 것이오. 만약 나무가 없다면? 그러면 방법이 없지요 그놈에게 잡혀 먹히는 수밖에. 그러나 그때에도 그놈을 한 입 물어뜯고 죽을 것이오. 둘째는 '막다른 길'이오. 듣자 하니 완적阮籍 선생도 막다른 길에서는 한바탕 울고 돌아가셨다고 합니다. 그러나 나는 기로에서 하던 방법대로 뛰어들어가 가시덤불 속을 좀 걸어갈 것이오. 그런데 나는 아직 완전히 가시덤불뿐이어서 전혀 갈 수 없는 곳을 만나보지 못하였소. 세상에 이른바 막다른 길이란 없는 것인지 아니면 다행히 내가 아직 만나지 못한 것인지는 알 수가 없소.

—「두 곳에서의 편지」에서

그의 강인한 의지를 엿보게 하는 대목이다. 심지어 작중인물 '아큐'는 형장으로 끌려가면서도 '사람이 천지간에 살아가는 이상은 때로는 목이 잘리는 경우도 있다'라고 생각한다. 죽음조차 이처럼 의연하게 받아들이는 것은 세상의 고통을 많이 보아온 사람만의 달관적인 태도가 아닐까 싶다.

언젠가 그는 사후의 영혼이 존재한다는 것을 믿지 않는다고 했다. 다만 그는 자신의 글 또한 역사와 더불어 빨리 사라지길 원한다고 했다.

나 자신만을 위하여, 벗과 원수, 사람과 짐승, 사랑하는 사람과 사랑하지 않는 사람을 위하여, 나는 이 들풀(자기의 글)의 죽음과 썩음, 그것이 빨리 도래하기를 희망한다. …… 가거라. 들풀이여.

—「들풀」서문

루쉰은 죽음과 썩음이 빨리 도래하는 것, 그것이 들풀, 곧 자신의 글이 글로서의 시대적 역할과 의미를 다했다는 징표가 될 것이라고 생각했다. 무릇 생명은 이 시대의 발전과 더불어 사라지고 없어져야 한다는 것이 그의 철학이었다. 55년, 루쉰의 생애는 중국의 장래를 위한 사다리였으며, 꺼지지 않는 민족의 등불이었다.

1936년 10월 22일 오후 1시 50분. 루쉰의 시신은 인산인해를 이룬 상해 시민들의 애도 속에서 만국공묘를 향해 떠났다. 흰 천에 '민족혼'이라 쓴 만장으로 영구를 덮어 하관하였다. 모택동은 그를 '중국문화혁명의 위인'이라고 칭송했다. 영구차를 뒤따르던 민중들은 다섯 명씩 끝도 없이 늘어서서 손에 손을 마주잡고 '만가'를 합창했다. 합창은 함성이 되어 홍교로를 뒤흔들었다.

> 그는 제국주의에 항거했다.
> 그는 암흑세력에 항거했다.
> 그는 우리 민족의 영혼이며
> 새로운 시대의 호령자이며
> 우리들에게 산다는 것을 상기시켜 주었다.

무엇보다 나는 맨 마지막 구절이 마음에 들었다. '우리들에게 산다는 것을 상기시켜 주었던' 루쉰. 완적 선생도 한바탕 울고 돌아가셨다는 인생의 막다른 길에서 울지도 않고, 되돌아서지도 않을 것이라던 루쉰. 세상이 아무리 절망스러워도 막다른 길이란 존재하지 않는다고 굳게 믿고 있었으며 가시덤불 길을 스스로 헤쳐 나온 선생을 생각하며 나는 '운명애運命愛'를 외치던 또 한 사람의 니체와 마주선 듯했다. 삶의 흔적, 그 상흔과 고통까지도 아낀다는 생의 작가를 마주하며 숙연히 나 또한 생의 의지를 다짐하게 되던 것이다.

죽음 자체를 넘어선 사람

— 프로이트

"내가 커다란 고통을 겪는 것은 내게 육신이 있기 때문이다. 육신이 없다면 무슨 고통이 있겠는가?"라는 노자의 말대로 우리는 태어나 육신을 가졌기 때문에 고통스럽다.

그럼에도 지그문트 프로이트(1856~1939년)는 육체적 고통에 대해 자기연민이라고는 눈곱만큼도 없었으며 현실을 있는 그대로 받아들였다. 파스칼처럼 병을 찬양하지도 않았고 회피하지도 않았다.

정신과 의사인 그는 프랑스에 유학해 히스테리 연구에 분투했으며 히스테리를 일으키게 되는 것은 도덕적인 무기력과 자아의 방어의식이다. 인간은 육체 이상의 존재로 본능과 양심충동과 억압의 싸움터이기도 하다는 것이 그의 견해였다.

신체에는 이상이 없으나 어렸을 때의 경험이 하나의 망상이 되어 정신적 성장을 못하게 하는 경우는 얼마든지 있고, 하나의 기억이 무의식 속에 틀어박혀 계속 정신을 괴롭히고 육체에까지 고통을 준다는 것을 알아냈다.

그가 정신분석이란 말을 쓰기 시작한 것은 그의 나이 40세부터다. 융을 만난 것은 51세 때, 58세에 제1차 세계대전이 일어났고 63세에는 국제정신분석 출판소를 비엔나에 설립했다.

65세에 입천장에 암이 발생하여 구개암 수술을 자그마치 33번이나 받았다. 원인은 담배를 지나치게 많이 피웠기 때문이었는데 담배 없이는 생각을 하거나 글을 쓸 수 없었기 때문에 끊을 수가 없었으며 될 수 있는 대로 진통제를 쓰지 않고 소량의 아스피린으로 아픔을 참고 견딘 것은 아무 것도 생각할 수 없는 것보다는 고통이 따르더라도 생각하는 편을 택하기 위해서라고 그는 말했다.

프로이트는 죽기 전날까지 단 한 번도 책상에 놓인 추시계에 태엽 감는 일을 잊지 않았으며 언제나 글을 쓰고 책을 읽었다. 통증과 죽음의 위협에서 벗어나기 위해 더욱 열중하였으며 늘 맑은 정신으로 글을 쓰기 위해 그는 진통제를 거부하고 가끔 의사와 다투기도 했다.

프로이트의 인내는 보는 사람이 고통스러울 만큼 놀라운 것이었다. 피할 수 없는 것에 대해서는 묵묵히 수용했다. 그는 유有보다도 무無가, 사는 것보다는 죽는 것이 소중하다는 것을 안 사람이었다. 그는 유태인 학살 때 가스실에서 여동생 넷을 잃었다.

암세포가 피부를 뚫고 나와 눈 주위까지 감염되어 지독한 냄새를 풍기며 썩어 갔다. 특히 턱뼈의 통증에 시달렸다. 주치의 막스 슈어 박사에게 부탁하여 두 차례의 모르핀 주사를 맞고 9월 23일 새벽 3시 턱암 발병 후 16년 만의 끔직한 고통에서 벗어날 수 있었다.

"세상에 아무 목적이 없는 행위는 죽음밖에 없다"는 그의 말을 곱씹어 보게 된다. 그가 83년 동안의 삶을 견디고 육신의 통증을 참으며 열심히 살았던 이유다.

> 죽음 자체를 정복했다고 감히 말할 수 있는 자, 공포의 대왕에도 굴하지 않고 살았으며, 공포의 대왕을 전혀 두려워하지 않았던 자, 그가 바로 프로이트였다.

장례식 날, 어니스트 존스가 낭송한 조사弔辭의 일부이다.

특히 프로이트가 만들어낸 무의식은 소설의 세계로 흘러들어 제임스 조이스는 『율리시즈』에서 천 페이지에 달하는 무의식의 세계를 써냈고 피카소나 뭉크 같은 화가는 인간의 무의식의 세계를 그리기 시작했다. 마르셀 프루스트나 모리악 등은 자신의 소설에다 그리고 극작가 유진 오닐은 연극에다 무의식을 도입했다.

무의식이야말로 내면의 우물에서 건져 올린 비의秘意이기도 하다. 정좌靜坐하여 나는 그놈의 정체와 마주하려고 애써 왔다.

무의식을 안다고 하는 것은 모르는 내 마음을 아는 일이 되기 때문이다.

제6장

존재에 대하여

존재에 대하여

나는 누구이겠는가

자아란 뇌가 만들어낸 허구에 불과하다/ 대니얼 데닛

영혼불멸론에 대하여/ 소크라테스

영혼필멸에 대하여/ 데이비드 흄

불생불멸론에 대하여

본질불멸론에 대하여/ 쇼펜하우어

영혼에 대하여

무아·윤회에 대하여

우리는 어디로 가는가

존재에 대하여

"존재란 무엇인가? 이른바 오온五蘊이다.
오온이란 무엇인가? 색·수·상·행·식이다.
이것을 존재라 한다."

—『잡아함경』

붓다는 우리의 존재를 이같이 규정했다.

불교에서는 인간 존재를 지칭할 때 오온이라는 말로 대신한다. 온蘊이란 요소를 의미하니 오온이란 5요소를 가리킨다. 인간 존재는 하나의 육체적인 요소 즉 색色과 4개의 정신적인 요소인 수受, 상想, 행行, 식識으로 이루어져 있다는 것이다. 오온이란 다음과 같다.

1, 색온色蘊, 색이란 육체를 가리킨다. 육체는 물질적인 4가지 기본 요소인 4대大와 이 4대에서 파생된 물질인 4대 소조색所造色으로 이루어져 있다. 4대란 지, 수, 화, 풍으로 지地는 뼈, 손톱, 머

리카락 등 육체의 딱딱한 부분이고 수水는 침, 혈액, 오줌 등 액체 부분이다. 화火는 체온이고, 풍風은 몸속의 기체, 즉 위장 속의 가스 같은 것을 가리킨다. 4대 소조색이란 4대로 이루어진 5종의 감각기관인 눈, 귀, 코, 혀, 몸 등이다.

2, 수온受蘊은 몸의 느낌과 정신이 지각적으로 느끼는 감수感受 작용을 말한다.

3, 상온想蘊은 감수작용에서 받은 느낌을 개념화하고, 상대적 개념을 형성하는 정신작용이다.

4, 행온行蘊은 기억, 상상, 추리 등의 지적 작용과 일체의 의지적 마음작용을 말한다. 업을 짓게 하는 힘이 있다.

5, 식온識蘊은 분별, 인식 및 그 작용을 말한다. 식識의 영역은 대상을 인식하는 데까지 가지 않는다. 예를 들면 붉은 꽃을 볼 때, 안식眼識이 일어나게 되는데 안식은 눈앞에 '무엇이' 나타난 것만을 알 뿐이다. '붉다' '꽃이다'라고 아는 것은 식이 아니고 상想의 작용이다. 식識 역시 감각기관들과 그것에 해당되는 대상들과 만남에서 생긴다.

불교에서는 다른 종교에서 말하고 있는 아트만ātman이나 고정불변한 영혼 같은 것을 인정하지 않는다. 수·상·행·식과 같은 정신적인 현상이나 그 작용은 소위 말하는 영혼과 같은 존재에서 발생하는 것이 아니라 감각기관과 그것에 관계되는 대상과의 만남에서 발생하는 일시적인 현상에 불과하다는 것이다. 즉 눈[眼], 귀[耳], 코[鼻], 혀[舌], 마음[意 : 생각을 맡은 기관] 등과 여기에 상응하는 물질과 형태[色], 소리[聲], 냄새[香], 맛[味], 감촉할 수 있는 것[觸], 생각[法]이 서로 만날 때 안식眼識, 이식, 비식, 설식, 신식, 의식 등과 여기에 따르는 정신현상이 발생하는 것이다. 비유하면 두 손이 마주쳐서 소리를 내는 것처럼. 눈과 물질[色 : 형상]을 인연하여 안식이 생긴다(다른 5식識도 동일하다). 감각기관과 대상이 만날 때 식識이 일어나게 되고, 식이 발생하면 다른 정신현상들은 자동적으로 함께 일어나게 된다. 오온 이론은 인간 존재란 다섯 개의 요소로 이루어져 있고 이들 각 요소는 모두 비실체적인 것으로 영원하지 못하며 물질이기 때문에 변하고 소멸될 것이라는 사실이다. 정신적인 요소도 마찬가지이다.

물질을 포함한 모든 정신현상은 영구불변하는 실체가 아니라 연기緣起하는 존재임을 언명한 것이 붓다 깨달음의 핵심이라고 할 수 있다. 그는『상윳따 니까야』에서 말한다.

"아난다야, 색, 수, 상, 행, 식은 무상無常하며, 조건 지어졌으며 연기緣起하는 것이다."

연기법에 의하면 어떠한 존재도 우연히 생겨났거나 혼자서 존재할 수 없다. 모든 존재는 여러 가지 원인이나 조건에 의해서 생겨나게 된다. 그리고 원인과 조건이 변할 때 존재도 역시 변하거나 사라지게 되는 것이다.

결국 나의 존재[我]라고 부르는, 다섯 개의 요소 즉 오온五蘊은 끊임없이 변하므로 무상하다. 존재는 왜 무상無常하고 무아無我적인가. 그것은 우리가 연기적緣起的이기 때문이다. 이것을 경전에서는 다음과 같은 비유로 설명한다.

몸뚱이[色]는 모인 물거품 같고
느낌[受]은 떠 있는 거품 같으며
생각[想]은 마치 아지랑이 같고
지어감[行]은 마치 파초 같으며
의식[識]은 허깨비의 법과 같아라.

—『잡아함』 11권

이들 요소 속에는 고정불변적인 실체가 없다는 무자성無自性을 말한 것이다. 즉 우리의 존재는 어떠한 실체도 가지고 있지 않으며, 우리 존재를 발생시키는 각 요소[五蘊]들의 존재에 의해서 생기고 동시에 다른 요소들의 조건이 되기도 한다.

우리 존재는 연기법에 의해 상호의존적으로 조건 지어질 뿐, 거기에는 고정불변적인 것은 아무 것도 없다는 것이다. 이 같은 사실을 불교에서는 무아無我 anātman라고 표현한다. '아我가 없다'는 것. 여기에서 '아我'란 고정불변하는 실체적인 아我 ātman를 의미한다. 그러므로 우리의 존재는 무아적無我的 존재이다.

그러나 미국의 철학자 리처드 로티에 의하면 "자아는 고정불변의 실체가 아니라 맥락에 따라 매번 새롭게 창발되는 '나'인 것이다", 그러므로 번뇌를 지혜로 돌려 전식득지轉識得智한 아라한이 될 수도 있고 공자가 지향한 성인이 될 수도 있다. 나라는 존재는 여러 가지 조건과 인연에 의해 끊임없이 연기적緣起的으로 형성되는 가변성可變性의 존재인 것이다.

나는 누구이겠는가

> 몸은 허망한 허깨비요 자기 성품이 없음을 알면, 색色이 바로 공空인 것이니, 나는 도대체 누구이겠는가? 모든 법은 거짓 이름만 있을 뿐, 일정한 실체가 없다. 이 나의 몸이라는 것도 사대四大와 오음五陰 하나하나가 내가 아니니 화합 또한 없다. 안팎으로 찾아보아도 물보라나 거품, 아지랑이와도 같아 끝내는 사람이라 할 것이 없다.
>
> —『증도가』에서

중국의 영가현각永嘉玄覺(665~713년) 선사의 말씀을 되새긴다.

나는 도대체 누구이겠는가?

마음은 6근, 법은 6진, 몸은 허깨비, 모든 법은 거짓 이름만 있을 뿐, 일정한 실체가 없다. 몸을 구성하고 있는 것 또한 내가 아니니 어디에 내가 있는가.

중국의 승조 스님은 재상을 하라는 왕명을 거역해서 처형되었는데 그때 이런 게송을 남겼다.

몸도 내 것이 아니거늘
이 몸은 본래 주인이 없고 四大非我有
오온은 원래 텅 비었어라 五蘊本來空
저 칼이 내 목을 친다 해도 以首臨白刀
봄바람을 가르는 것과 다름없어라 猶如斬春風

몸도 정말 내 것이 아니거늘, 노후의 병 주머니인 우환덩어리가 요즘 나를 괴롭히고 있다. 내 것 아닌 자신의 몸을 내려다보며 병실에서 들려주신 김동화金東華 선생의 말씀이 떠오른다.

모습은 수척해지셨으나 언제나처럼 평정심을 잃지 않은 선생님은 손가락으로 당신 몸을 가리키며 '이게 많이 아파'라고 하셨다.

'이게 많이 아파?' 그러니까 내가 아픈 것이 아니라 이 몸뚱어리가 아프다는 말씀이다. 선생께서 떠나신 지도 어언 35년이 되었다. 이 사람도 피할 수 없는 시간을 거쳐 '이게 많이 아파'라던 선생의 말씀을 따라하고 있다. 관절의 통증이 밀려오면 아프다고 소리는 질러도 마음만은 아프지 않은 평정에 들도록 노력하는 중이다.

경허 스님은 길 가는 아이들을 불러 지게막대기로 자신을 때려 달라고 부탁했다. 많이 때리는 사람에게 돈을 많이 주겠다고 하니 아이들은 신바람이 나서 스님을 두들겨 팼다. 그때마다 스님은 "나는 안 맞았다. 안 맞았다"고 외쳐댔다. 왜 그랬을까. 매를 맞는 것은 허깨비 같은 몸이요, 언젠가는 사라질 육체이고 청정한 진아眞我는 맞지 않았다는 엄격한 자기 확인이 아니었을까.

'이게 많이 아파'라고 하시던 우리 선생과 '안 맞았다'고 외치시던 경허 스님의 '이것'을 다시 생각해보게 된다. 나는 누구인가? "끝내는 사람이라 할 것이 없다"는 영가 스님의 말씀을 생각해보게 된다.

자아란 뇌가 만들어낸 허구에 불과하다

—대니얼 데닛

미국 터프츠 대학교의 철학교수인 대니얼 데닛(1942~)은 그의 대표작이라 할 수 있는『의식의 수수께끼를 풀다』에서 '물질에 불과한 뇌에서 어떻게 의식이라는 특이한 현상이 나올 수 있는가?'를 묻는다. 그가 이 책에서 비판하는 통념은 두 가지다. 첫째는 심리 상태의 다른 모든 속성과 명확히 구분되면서 분명히 파악되는 '감각질'이 '의식'이라는 생각이다. 둘째는 영화를 감상하듯 객석 한가운데에 앉아 뇌 속에서 일어나는 모든 일을 관찰하고 통제하는 작은 존재 같은 것이 바로 의식이라는 생각이다.

데닛은 이를 의식의 '데카르트 극장'모형이라 칭하고 그의 의식에 관한 생각이 어떻게 왜곡되었는지를 비판한다.

'나는 생각한다. 그러므로 나는 존재한다'라는 말로 자신의 존재를 확인한 데카르트는 인간을 정신과 육체라는 두 가지 실체로 보고 비물질적 실체인 정신은 뇌에 있는 송과선을 통해 물질적 실체인 육체와 상호작용한다는 것이다. 그는 그곳을 이해와 의식이 일어나는 뇌의 중추로 보았다. 데닛은 이를 데카르트적 유물론에서 나온 의식의 '데카르트 극장'모형이라고 칭했다. 데닛은 데카르트 극장모형이 잘못된 이원론을 전제하고 있다고 비판한다. 이원론二元論에 따르면 정신과 물질이 분리되어 있기 때문에 그 둘이 만나는 지점이 어딘가에 있어야 한다. 이와 마찬가지로 데카르트 극장에서도 물질적 과정을 거쳐 전달된 감각적 입력 신호들이 모이고 통합되어 상영되는 내적 자아의 장소가 어딘가에 존재해야 하는데 뇌에는 그러한 지정된 공간이 어디에도 없다는 것이 데닛의 주장이다.

데닛은 우리가 의식 현상을 이야기할 때, 보통 자신의 주관적 경험을 근거로 제시하지만 그것은 그렇게 여겨지는 것일 뿐, 실제로 그런 것은 아니라고 주장한다. 그는 주관적 의식을 의식의 증거가 아니라 데이터, 즉 이론가의 허구로 접근하자고 제안한다. 마음을 자기 성찰하듯 관찰하지 말고 자연현상을 관찰하듯 3인칭 시점으로 접근하면서 타자현상학을 하자고 주장한다. 그는 이렇게 의식을 객관적, 과학적으로 연구하면 인간 의식의 주관성을 극복할 수 있고, 의식의 수수께끼도 풀 수 있다고 말한다. 의식이 복잡하고 경이로운 현상임은 틀림없지만 뇌의 신경과학적 작용으로 어떻게 의식이 일어나는지 알고 나면 의식도 결코 신비로울 것이 없다는 게 그의 주장이다. 데닛은 '데카르트 극장'모형을 대신하여 '다중원고'모형을 의식이론으로 내놓았다.

다중원고모형에는 광경과 소리, 사고가 모두 의식을 위해 한 곳에 모이는 극장은 없다. 중추의 의미부여자가 의식의 내용을 결정하기 위해 지켜보는 단일한 장소, 정신이 육체를 통제하는 사령부, 시간적, 공간적으로 정확하게 의식이 자리한 곳이라고 지목할 수 있는 중추는 찾을 수 없다. 의식이 발생하는 자리 같은 것은 존재하지 않는다. 뇌의 모든 정신활동은 감각 입력이 병렬적으로 처리되고 해석된 결과물이기 때문이다. 따라서 정보는 신경계로 들어오면서부터 연속적으로 편집되고 수정된다. 우리가 경험하는 것들이 그대로 반영된 것이 아니라 세상에서 얻은 정보에 여러 해석과 편집이 가해진 산물이고, 뇌의 여러 곳에는 다양한 편집과정이 있는 다양한 이야기 조각들의 다중원고가 있다. 계속 편집 중인 수많은 원고가 존재할 뿐이다. 그럼에도 우리가 스스로를 단일한 의식을 가진 행위자인 것처럼 느끼는 것은 뇌에서 수많은 원고(또는 이야기)가 병렬적으로 처리되는 과정에서 하나의 이야기로 쏠리는 현상이 생겨나기 때문이라고 설명한다.

그는 또한 우리 자아에 관한 생각도 근본적으로 자기를 보호하고 정의하자는 전략에서 나왔고 우리 자신이 누구인지 이야기하는 것이라고 한다. 그렇지만 우리가 그 이야기를 만드는 것이 아니라 이야기가 우리를 만든다. 우리 인간의 의식은 이야기의 산물이지 원천이 아니라는 것이다. 따라서 자아自我라는 것은 이야기의 무게중심일 뿐이고 뇌가 사회적 과정을 통해 만들어낸 이론가의 허구에 불과하다고 주장한다.

"의식은 허깨비의 법과 같아라"던 『증일아함경』의 시구와 딱 들어맞는다. 우리 존재 속에는 어떤 고정불변적인 실체도 없다는 사실을 언명한 것이다.

영혼불멸론에 대하여

— 소크라테스

소크라테스(BC 470~399년)는 아테네의 젊은이들을 타락시킨 죄목으로 법정에서 사형을 선고받았다. 그는 독약을 마시고 생을 마감했다. 죽음을 두려워하는 기색이라곤 찾아볼 수 없었다. 무엇이 그를 재촉해 독약을 마시고 기꺼이 죽을 수 있게 한 것일까? 그는 영혼의 존재를 믿었기 때문이다. 육체적 죽음 뒤에도 영혼은 살아남을 거라고 확신했기 때문이다. 사형 판결 후 30일 동안 옥중에 있었는데 거기에서 그는 찾아오는 제자나 친구들에게 '영혼의 불멸'과 사후 세계의 존재에 대하여 말하고 죽음은 결코 두려워할 것이 아니라고 가르쳤다.

"육체는 혼의 묘지이다. 따라서 우리의 혼을 육체로부터 해방시키는 일이니 오히려 죽음은 경사스러운 일이 아닌가."

소크라테스의 사형 과정은 그의 제자 플라톤이 쓴 『파이돈』에 자세히 기술되어 있다.

"독이 무릎까지 올라왔다. 무릎이 완전히 죽었다. …… 내 다리는 죽었지만 나는 아직 살아 있다. 이제 한 가지는 확실해졌다. 나는 내 다리가 아니었다. 나는 아직 여기에 있다. 나는 완벽하게 여기에 있다. 내부의 어떤 것도 사라지지 않았다. …… 자 이제는 마지막인가 보다. 혀가 말을 듣지 않는다. …… 나는 아직 살아 있다."

소크라테스는 크리톤에게 한마디 당부의 말을 잊지 않았다.

"아스클레피오, 신神께 닭 한 마리를 바쳐야 할 빚이 있는데 잊지 말고 꼭 바쳐주게."

크리톤이 약속을 지키겠다고 하며 다른 것이 더 있느냐고 묻자, 아무런 대꾸도 하지 못하더니 조금 지나서 몸을 떨 뿐이었다. 이렇게 죽는 순간까지도 그는 제자를 옆에 두고 '죽음'을 가르쳤다.

"나보다 즐겁고 착한 생애를 보낸 인간이 있다고는 보지 않는다"며 자신에 대해 만족감을 가지고 인생을 끝냈던 것이다. 이에 몽테뉴의 찬사가 이어졌다.

"소크라테스는 죽음을 완전히 소화하였다."

플라톤은 『파이돈』의 마지막 구절에서 이렇게 쓰고 있다.

"그는 우리가 알고 있는 이들 중 가장 위대한 인물이었다. 그리고 가장 현명하고 가장 강직한 사람이었다."

플라톤은 육체로부터 멀어질수록 우리의 영혼은 형상에 더욱 집중하게 된다고 믿었다. 이런 진실을 깨닫고 훈련을 계속해 육체라는 욕망덩어리로부터 벗어나는 순간, 즉 육체적 죽음을 맞이하는 순간, 영혼은 천국으로 올라가 신과 불멸의 영혼들을 만나고 형상과 직접적으로 조우하게 된다고 말했다. 반면 살아가는 동안 육체로부터 벗어나려는 노력을 게을리 하면 다시 말해 욕망과 두려움으로부터 벗어나지 못한 채 인생을 살아간다면 육체적 죽음을 맞이하는 순간 영혼은 하늘로 올라가지 못하고 또 다른 육체로 환생한다는 것이다. 플라톤조차도 인생의 목표가 '죽음을 연습'하는 일, 즉 최대한 스스로를 육체와 격리시키는 것이라고 생각했다.

> 죽음은 육체에 갇힌 영혼을 해방하는 일이다.
> 죽음은 경사스러운 일이 아닌가?

소크라테스의 옥중 설교가 시공을 넘어 우리 앞에 있다.
영혼은 정말 있는가? 영혼불멸은 가능한가?
오랫동안 그것은 내게 화두로 남아 있는 질문이었다.

영혼필멸에 관하여

— 데이비드 흄

데이비드 흄(1711~1776년)은 「영혼불멸에 관하여」란 에세이에서 이렇게 쓰고 있다.

"이제까지 아무도 보지 못했고 어떤 현인도 그것과 닮은 것을 대지 못한 그런 존재 상태를 우리가 과연 어떤 논증, 어떤 유비로 증명할 수 있을까? 따라서 우리들의 영혼은 불멸이 아니라 필멸必滅하며 죽는 순간에 육체와 더불어 사라진다는 결론을 내려야 한다"고 적고 있다.

흄은 자아란 항상 변화하는[無常] 믿음과 지각과 마음가짐의 집합체이며 그것은 본질적이고 영속하는 실재가 아니라 개념적 망상妄想이라고 보았던 것이다.

영국의 전기 작가인 제임스 보즈웰이 흄에게 "이제 얼마 안 있어 소멸하리라고 생각하면 두렵지 않느냐?"고 물었을 때 그는 "조금도 그렇지 않습니다. 그저 내가 더 이상 존재하지 않는다는 생각뿐입니다. 루크레티우스가 말했던 것처럼요"라고 담담히 말했다.

다만 병세가 깊어지자 흄은 "이번엔 치료가 어렵고 나는 죽게 될 것입니다. 요즘 나는 즉각적인 소멸에 대해 생각합니다"라고 말했던 것이다.

중국 작가 루쉰도 "이 들풀(자신의 글)의 죽음과 썩음. 그것이 빨리 도래하기를 희망한다"고 말했다. 그도 사후의 영혼이 존재한다는 것을 믿지 않는다고 했다. 다만 자신의 글 또한 역사와 더불어 빨리 사라지기를 원한다고 했다. 자신의 글도 무릇 생명도 시대의 발전과 더불어 사라지고 없어져야 한다는 것이 그의 철학이었다. 정신을 통일하여 냉정하게 앉아 있던 그 모습이 '올빼미' 같다고 하여 친구 전현동은 그를 '올빼미'라고 불렀다. 고집불통이고 끈질기며 반항과 투쟁의 화신이었던 그분의 높은 정신을 우러르게 된다. 그렇다면 정신과 영혼은 다른 것인가. 그분은 영혼이 없다는데 나는 지금 그분의 정신을 찬양하고 있다.

정신과 영혼은 같은 것인가, 다른 것인가?

영혼은 필멸인가, 불멸인가? 한동안 지울 수 없는 나의 화두이기도 하였다.

불생불멸론에 대하여

털장갑을 끼고도 손이 시린 추운 겨울날 아침, 나는 홍제동 뒷산에 올라 화장터에서 피어나는 누런 연기를 보며 황망히 서 있기도 했다. 묘지 이전 공고를 통보받았으나 어찌어찌하다가 동생의 무덤을 그만 놓치고 만 것이다. 예감이 이상해 아침 일찍 달려간 미아리 공동묘지는 여기저기 검붉은 흙으로 깊게 패였고 휑하게 펼쳐진 들판, 뛰는 가슴을 주체할 길이 없었다. 그 잘못을 어디에다 빌랴. 그 무렵 대학생이 된 나는 보호자 없이 처리된 그 아이의 화장 처리를 떠올리며 바람결에 와 닿는 누린내 속에서 동생의 체취를 느껴보려고 애썼다. 그렇게라도 하지 않으면 속죄할 길이 없어서였다. 얼음 조각이 쨍하고 갈라질 것 같은 파란 하늘에는 흰 구름이 둥둥 떠 있었다.

우리는 생사生死를 곧잘 구름에 비유한다. 그리고 구름은 본래 실체가 없는 것이니 그것마저 놓아야 한다지만 그것이 쉽게 납득될 리 없다.

인생은 어디에서 왔으며 죽으면 어디로 가는가?
생生이란 한 조각, 구름이 일어남이요
사死란 한 조각, 구름이 사라짐이다.
뜬구름은 실체가 없으며
삶과 죽음이란 것도 또한 그와 같다.

위 시구를 수도 없이 되풀이해 읽었다.
생종하처래 사향하처거生從何處來 死向何處去
생야일편부운기 사야일편부운멸生也一片浮雲起 死也一片浮雲滅

앞의 넉 줄은 시적詩的 아취로 다가왔으나 '부운자체 본무실浮雲自体 本無實'은 쉽게 이해되지 않았다. 오랜 세월이 흘렀다.
한산寒山 스님의 시를 읽고 겨우 어림짐작이나마 해본다.

나고 죽음 관계를 알고자 하면
물과 얼음 비유로 설명하리라
물이 얼면 곧 얼음 이루고
얼음 녹으면 도리어 물이 된다
이미 죽었으면 반드시 날 것이요
이미 났으면 반드시 죽으리니
물과 얼음 서로 해치지 않는 것처럼
남[生]과 죽음 모두 다 아름다워라

생사의 관계를 물과 얼음에 비유한 것이다. 물은 고정된 실체가 아니므로 증발되어 어느 날 창공의 구름 한 점으로 떠 있다가 비가 되어 땅으로 내려온다. 비는 기온에 따라 얼음이 되고 얼음은 녹아 수증기가 된다. 수증기는 하늘에 올라가 다시 구름이 된다. 다른 에너지로 변한 것일 뿐, 없어진 것은 아니다. 수증기와 얼음은 원래 존재하는 것이 아니라 물의 조건이 달라지면서 관계의 변화에 의하여 생겨난 것일 뿐. '나지도 않고 없어진 것도 아니다', 그냥 거기에 있는 것이다. 이것을 불생불멸不生不滅이라고 한다.

자연계를 구성하고 있는 근본요소인 에너지와 질량에 대해 각각 에너지 보존법칙 및 질량불변의 원리로서 아인슈타인은 이미 자연계가 불생불멸임을 천명한 바 있다. 질량 전체가 에너지로 전환되고, 에너지 전체가 질량으로 전환되나 전환한 뒤에 질량과 에너지의 증감이 없다. '부증불감不增不減'이다. 늘어나는 것도 아니요 줄어드는 것도 아니다. 날씨가 더워 바닷물이 증발해서 구름이 되었을 때, 바닷물이 줄어든 것처럼 보이지만 구름으로 변한 양을 더하면 줄어듦이 없다는 것이다.

질량이 생겼다는 것은 에너지가 없어졌다는 것이고, 에너지가 없어졌다는 것은 질량이 생겼다는 것이다. 이런 입장에서 보면 개체는 고정불변의 실체로 있는 것이 아니라 다만 전체의 필요에 의해, 인연에 따라 생겼다가 없어졌다가 하는 것이다. 개체의 입장에서는 생사生死이지만 전체의 입장에서는 순환일 따름이다.

"죽음이란 원래 없는 것이요, 영혼의 불멸성을 인정한다면 부스럼딱지와도 같은 시신은 아무렇게나 해도 무방하지 않은가?"라던 함허 득통 스님의 말씀으로 한 가닥 위안을 삼기도 했었다.

그러나 나는 육조 혜능의 말씀에 더 큰 위안을 받았다.

"낙엽귀근落葉歸根."

낙엽은 지지만 낙엽 자체가 사라지는 것은 아니다. 또한 꽃잎이 떨어졌다고 하여 꽃잎이 진 것도 아니다. 꽃잎은 현상적인 존재로 피었다가 지는 것이지만 그 꽃잎을 떠받치고 있는 참된 실체(꽃)는 영원히 존재한다는 것이다.

생멸하는 현상 속에 변치 않는 실재. 그 실재가 실상實相이다. 눈앞에 현상은 파괴되어 사라지지만 그 밑바닥에는 변치 않는 실재가 존재한다는 사실이다. 이를 『법화경』에서는 '제법실상諸法實相'이라고 말한다.

두두물물頭頭物物, 모든 존재의 있는 모습이 그대로 여법如法하며 모두 옳다는 뜻이다. 산스크리트어로 '타타타'이다.

'바람이 부는 날은 바람으로, 비 오면 비에 젖어 사는 거지. 뭐 그런 거지!'

양인자의 노랫말을 읊조리며 <타타타>의 멜로디를 흥얼거린다. 모진 비바람에도 세상은 살 만한 게 아니던가.

나는 이제 편안한 마음으로 '귀근歸根'을 생각한다.

본질불멸론에 대하여

— 쇼펜하우어

쇼펜하우어(1788~1860년)는 「죽어서도 우리의 본질이 불멸함에 관한 이론」이라는 제목으로 '본질불멸론'을 썼다. 이것은 사후의 영혼이 존속한다는 '영혼불멸론'과는 다르다. 죽은 후에도 개인의 의식이 존속한다는 주장은 우리에게 위안을 주지만 그것은 인간의 소망에 편승하여 나왔을 뿐, 뒷받침할 만한 이론적 증거가 불충분하다는 견해다. 먼저 이 영혼불멸설의 과오는 우리의 영혼과 육체를 대립시킨 것이요, 또 인격성으로서의 영혼을 물자체物自體의 지경에까지 끌어올린 것은 잘못이다. 그러므로 이 영혼불멸론은 우리의 본질이 불멸한다는 참된 인식에 방해가 된다. 현상계는 시간과 공간, 그리고 인과성이라는 주관적 인식형식에 의존한 것이고, 본체계는 이러한 주관적 인식형식과는 무관하게 있는 것이다. 그러니 본질의 불멸성은 현상계를 논하는 것과는 다른 차원에서 이야기되어야 할 성질의 것이라고 쓰고 있다.

개인은 죽으면서 사라져 버린다. 그럼에도 죽음에서 잃는 것은 아무 것도 없다고 쇼펜하우어는 말한다. 인간은 죽음을 통하여 생명을 빼앗기게 되더라도 본질 자체가 종말을 맞는 것은 아니다. 한 인간의 죽음을 보고서 이를 물자체物自體가 무無가 되었다고 생각할 수는 없다는 것이다. 이는 오히려 어떤 현상이 그의 형식인 시간 속에서 종말을 맞게 된 것이지 그로 인하여 물자체가 피해를 입는 것은 아니라는 것이다. 생각이 물자체의 개념에까지 이르지 못하여 자기의 존재를 현세의 생활에 한정하는 사람은 자기를 살아 있는 무無라고 생각하는 셈이다. 왜냐하면 태어나기 전의 자기는 '무'였고 죽고 난 후에도 역시 '무'일 것이기 때문이라고 말한다. 실재성實在性을 현상에만 국한시켜 생각하고 있기 때문이다. 즉 눈앞의 세계만을 실재하는 것으로 볼 때, 죽음은 무화無化이고 출생은 새로운 생성이다. 그러나 현상의 한계를 넘어서면 죽음이나 출생이나 다른 것이 없다. 죽는 것은 생生이 나온 곳으로 되돌아감이요, 생의 근원과 죽어서 가는 곳은 같다고 『쇼펜하우어의 생애와 사상』에서 기술하고 있다. 또한 자신의 인생론 『생존과 허무』에서도 똑같이 언급한다.

생성과 멸망은 결코 사물의 본질을 이루는 요소가 아니다. 사물의 본질은 생성과 멸망의 영향을 전혀 받지 않으며 영원불멸하다. 생존을 바라는 것은 모두 현실적이고 지속적이다. 밤이 오면 이 세계는 비록 시야에서 사라져가지만 결코 존재하기를 멈추지 않는 것과 마찬가지로 인간이나 동물도 죽음에 의해 소멸된 것 같지만 그 참된 본질은 아무런 방해도 받지 않은 채 존속한다.

여기에서 무한의 속도로 진동하는 죽음과 탄생의 교체를 생각하면 마치 폭포에 걸리는 무지개처럼 사물의 본질에서 지속적인 이념인 의지의 객체화가 엄연히 존재한다는 사실을 알 수 있다. 이것이야말로 시간상의 불사不死 바로 그것이다. 죽음과 부패가 몇 천 년이나 쌓여봤자 사라지는 것은 하나도 없다. 물질의 원자는 물론이고 그 내적 본질도 전혀 사라지지 않는다.

우리 현존재의 덧없음을 인식하고서도 우리의 불멸성을 인식하게 된다.

"세계는 나의 표상이다"라는 쇼펜하우어의 출발 명제에 따르면 "내가 먼저 있고 다음에 세계가 있다"가 된다. 이 말은 죽음과 없어짐을 같이 보는 오류에 빠지지 않도록 바로 잡아주는 해독제라며 이것을 명심하라고 그는 충고한다. 죽음은 무無로 돌아가는 것처럼 보인다. 반대로 출생은 무로부터의 생성으로 보인다. 실로 죽으면 그만이고 출생은 새로운 생성인가. 이 견해를 참이라고 할 수 없는 것은 이 견해에서는 사람들은 윤회란 것을 영혼이 다른 육체로 옮겨가는 것이라고, 그리고 다시 태어남이란 객체가 분해하여 재결합하는 것이라고 간주하기도 한다. 이런 견해에서의 영혼이라는 주체를 의지意志로 바꾸어 놓는다면 그는 만족할 것이다. 왜냐하면 쇼펜하우어는 지속持續하는 것은 의지뿐이고 지성知性은 출생과 더불어 새로운 것이기 때문이다. 그는 불교의 사후지속설死後持續說과 윤회전생설輪回轉生說에 호감을 갖는 것도 자신의 주장과 이러한 공통점을 발견했기 때문이라고 했다. 플라톤도 영혼에 있어서 죽는 부분과 죽지 않는 부분이 있다고 했는데 그는 지성知性을 중요시하여 죽지 않는 부분을 '지성'이라고 보는 반면,

쇼펜하우어는 '의지意志'가 죽지 않는 부분이라고 보았다.

자연은 생성과 소멸의 지배를 받고 있으나 자연의 근저에 놓여 있는 본질은 그것들의 영향을 받지 않는다.

현상학적으로는 생사生死가 오고 가지만 본체계로 보면 출생도 죽음도 무엇을 오게 하거나 가게 하지 않는다는 것이다.

쇼펜하우어는 인간과 세상을 두 가지 관점에서 즉 현상과 본체로 설명한다.

① 현상론적 관점에서 보면 인간은 개인으로 나타나며 이는 시간적으로 시작이 있고 끝이 있으며 고통으로 싸여 있다.

② 본체론적으로 보면 인간은 파괴되지 않는 근원적 존재여서 존재하는 모든 것 속에 나타난다. 그리하여 과거에도 있었고 미래에도 있을 모든 것이다. 본체론적 관점에서 인간은 개인이 아니며 영원한 것이다.

죽지 않는 법을 터득한 붓다는 현세적인 의미로는 죽었다. 그러나 본래적 의미로는 죽지 않았다. 그는 죽을 것이 본래 없다는 것을 깨달았기 때문이다.

쇼펜하우어의 이론을 요약하자면 "개인은 죽으면서 사라져 버리지만 본질 자체는 종말을 맞은 것이 아니므로 우리는 죽음에서 잃을 것은 아무 것도 없다"는 것이다.

화담 서경덕(1489~1546년)은 『귀신생사론』에서 본질불멸론에 대하여 다음과 같이 언급한다.

"나는 사와 생死生, 사람과 귀신이란 다만 기氣의 뭉침과 흩어짐일 뿐이라고 생각한다. 사람이 죽어 흩어짐은 형체만 흩어질 뿐이요, 담일 청허한 기운의 뭉침은 끝까지 흩어지지 아니하느니 흩어진다 해도 태허太虛 담일한 안에 있어 그와 동일한 기이다. …… 눈앞에 사라져버림을 보지만 그 나머지 기운이야 마침내 흩어지지 아니하는 것이니 어찌 그것을 다 없어진다고 하겠는가?"라고 하였다.

화담은 생사生死를 촛불에 비유하여 촛불이 타서 없어지는 것 같지만 그 기는 우주 안에 그대로 있는 것과 같이 사람도 죽으면 보이지 않는 우주 속에 그대로 있다고 하며 생사의 이치를 '기의 뭉침과 흩어짐'으로 풀이한 바 있다.

여기에 한 가지 의문이 남는다. 본질은 불멸한데 왜 영혼은 불멸하지 않는가? 영혼의 불멸론에 앞서 영혼이란 정말 있는 것인가? 이것에 관한 물음이 선행되어야 할 것 같다.

영혼에 대하여

인류의 철학사를 고찰해보면 영혼과 육체, 정신과 물질이라는 이중성의 문제는 그 우주론적 해석에서 가장 해결하기 어려운 문제 중의 하나였다. 고대 그리스의 콘포트는 이 문제를 인식의 측면에서 두 가지 방향으로 가닥을 잡았다.

하나는 생리학적, 경험론적 입장이다. 주로 자연탐구자나 의사들이 이러한 입장을 취했는데 이들은 다른 심적 현상과 마찬가지로 인식이 신체 기능에 의존한다고 생각했다. 아르크마이온, 에피쿠로스, 원자론자인 루이키포스와 데모크리토스, 그리고 4원소설의 창시자인 엠페도클레스 학파 등의 견해가 이에 속한다.

다른 하나는 영혼론적 입장이다. 이들은 인식이 단순한 감각적 경험을 초월하여 육체와는 본질적으로 다른 고차원의 영혼에 의하여 성취된다고 생각했다. 파르메니데스, 피타고라스, 아낙사고라스, 플라톤 등의 학파들이 이러한 견해의 대열에 있다. 플라톤이 말한 이데아의 형이상학은 후에 아리스토텔레스의 실재의 형이상학으로부터 도전을 받게 된다. 관념론과 실재론, 유심론과 유물론의 싸움은 이렇게 시작된 것이다. 이와 더불어 영혼과 육체, 정신과 물질에 대한 논의는 2,500년을 넘어 지금까지도 활발하게 이어지고 있다.

에피쿠로스의 관점으로 보면 인간의 육체는 다양한 분자와 원자로 이루어져 있다. 그러나 이 견해에 선뜻 동의하기 어려운 부분도 없지 않다. 육체와는 다르며 물질적이지 않은, 분자나 원자로 이루어져 있지 않은, 또 다른 존재가 있다는 사실을 가늠할 수 있기 때문이다. 우리는 그것을 보통 '영혼'이라고 부른다. 영혼은 우리의 생각과 의식, 그리고 인격이 자리를 잡고 있는 공간, 또는 그 기반이다.

반면에 형이상학적 관점으로 보면 정신이란 육체와는 다른 '비물질적 존재'다. 이원론자들은 정신은 곧 영혼이고, 영혼의 비물질적 존재라고 말한다. 그러나 물리주의자는 정신의 존재는 인정하지만 영혼의 존재는 믿지 않는다. 그들에게 정신이란, 생각하고 사랑하고 계획을 세우는 육체적 기능에 대해 이야기를 이끌어가기 위한 하나의 개념적인 도구일 뿐이다. 과연 어느 쪽 말이 옳은가, 영혼은 과연 존재하는 것인가 아닌가?

영혼에 대하여 깊이 물음을 던진 사람이 있다. 고대 로마의 철학자이며 시인인 루크레티우스이다. 그는 자신의 저서 『사물의 본성에 관하여』에서 다음과 같은 물음을 제기하고 있다.

> 사실 영혼의 본성이 무엇인지는 알려져 있지 않았다. 영혼은 육체와 함께 나오는가, 출생 때에 도입되는가? 죽음의 파괴 속에 우리와 함께 소멸되는가? 오르쿠스(명부의 신)의 암흑과 그 처참한 심연을 찾아가는가? 또는 신들의 명령으로 다른 생명들의 신체에 잠입하는 것인가?

영혼이 있다고 믿는다면 영혼의 소재所在는 어디며, 사후에 그 영혼은 어떻게 되는 것인가? 루크레티우스의 질문은 우리가 생각할 수 있는 범주를 망라한다.

영혼이란 무엇인가?

고대 철학자들이 내린 정의만 보더라도 그 동안 얼마나 많은 사람들이 영혼에 대해 지속적인 질문을 던졌는지 알 수 있다. 나 또한 그 물음에 대한 답을 얻기 위해 수행적 자세로 선지자들의 사상을 훑어보았다. 그러한 탐구는 바로 물음에 대한 답을 구하는 과정이기도 하다.

이들의 정의대로 본다면 영혼이란, 그 자체로 움직이는 실체(플라톤), 신체에 퍼져 있는 정신(히포크라테스), 휴식 없는 본성(탈레스), 네 가지 요소들의 정수(제논), 광명(헤라클라테스), 감각들의 훈련(아스클레피아테스)이다. 이외에도 헤시오도스와 아낙시만테르는 영혼을 '흙과 물로 만들어진 사물'이라 하였고, 엠페도클레스는 '피로 된 것'이라 여겼으며, 베르길리우스는 '영혼은 정력을 가지며 그 근원은 하늘에 있으며, 열기로 된 기질'이라 보았다.

그렇다면 영혼은 우리 몸속 어디에 있는가?

영혼은 위장에 있다(에피쿠로스), 뇌수에 있다(히포크라테스와 히에로필로스), 신체 전체에 있다(데모크리토스와 아리스토텔레스), 두개골의 막에 있다(에라시스트라토스)는 등 의견이 분분하며 인간 예지의 시조인 스토아 학자들은 영혼이 '심장에 있다'고 믿었다.

이집트의 사제들은 죽은 자의 내세來世를 대비할 때, 뇌는 버리면서도 심장은 몸속에 보관하였다. 쇼팽은 자신의 시신을 파리의 페르라세즈 묘역에 묻되 심장만큼은 그의 조국인 폴란드로 옮겨달라고 하였다. 그의 심장은 바르샤바 십자가 성당에 묻혀 있다. 몽테뉴의 시신은 보르도 대학 입구 홀에 안치하되(지금은 아키텐 박물관으로 옮겨져 있다) 심장은 몽테뉴 거리 근처에 있는 생 미셸 성당으로 옮겼다. 영혼이 담겨 있다고 믿는 '심장'을 그만큼 중시했다는 예증이기도 하다.

반면에 크라테스와 디카이아르코스는 '영혼이란 전혀 없고 신체는 자연의 움직임으로 흔들린다'고 했다. 또한 아리스토텔레스는 '영혼은 스스로 자기 자신을 움직이는 자'라고 했으며, '육체를 자연스레 움직이게 하는 것을 엔텔레케이아(생명 존속)라 이름 지었다. '생명이란 무엇인가'라는 물음에 대해서도 마찬가지로 '생명은 스스로 자기 자신을 움직이는 자'라고 답한다. 즉 자기 자신을 움직이는 자가 '엔텔레케이아'다. 김용정 교수는 자신의 저서 『과학과 철학』에서 '엔텔레케이아는 영혼이나 이데아의 자발적인 활동성을 필요로 한다'고 언급한다.

생명의 문제로 보면, 파동역학波動力學의 창시자인 슈뢰딩거는

『생명이란 무엇인가』에서 '생명은 네겐트로피negentropy를 먹고 생명 고유의 질서를 유지한다'고 하였다. 네겐트로피는 엔트로피의 감소를 나타내는 개념이며, 생물이 네겐트로피 상태를 유지할 수 있다는 것은, 생명현상에는 엔트로피가 감소함으로써 질서를 만들어가는 가역과정이 있다는 것을 의미한다. 엔트로피에 대한 해석은 고대 생기론生氣論의 부활을 의미한다고 말한다. 이러한 개념의 기원은 아리스토텔레스의 엔텔레케이아entelecheia에서 연유한 것이다.

아리스토텔레스는 '단순한 물질을 생물로 변화시키면서 그것을 완성하기 위해서 분투하는 생명의 합목적적인 기능을 엔텔레케이아'라고 불렀으며 그의 형이상학과 영혼론은 생물학에 그대로 적용된다. 고대인들에게 있어서 '영혼을 가지고 있다는 것은 곧 생명을 가지고 있다'는 말과 같은 뜻이었다.

통상적인 시각에서 영혼이란 정신(육체에 생명과 사고를 부여하는 힘)이 지나는 도관이었다. 그리스어로 '숨 쉬다'는 프시케인psychein이며 '영혼'은 '프시케psyche'이다. 생명은 일 호흡에 있다. 그러니까 호흡은 영혼이다. 영혼은 마지막 숨을 쉴 때 육신을 떠난다고 여겼던 것이다.

그리스의 철학자 갈레노스의 가르침에 따라 초기 교회의 신부들은 '불사不死의 혼이 머릿속의 빈 공간에 있다'고 생각했다. 데카르트는 "인간을 포함한 동물들이 복잡하고 물질적인 기계"라고 주장하면서(종교재판이 두려웠던 그는 그 기계를 신神이 설계했다고 부언했음), 인간은 물질의 기본입자로 이루어지지 않은 추가의 성분, 즉 불사不死의 혼을 소유한다고 함으로써 동물과 변별점을 두었다. 그가 말하는 영혼은 기계가 할 수 없다고 추정되는 모든 것, 다시 말해 사고, 의식, 의도, 추상, 의심, 이해 등을 할 수 있다고 언급했다. 데카르트는 뇌의 송과선이 바로 그 영혼과 뇌가 상호작용하는 장소라고 추측했다. 그러나 데카르트와 동시대인인 토머스 홉스는 "인체의 본질이 기계와 같다"는 데카르트의 의견에는 동의하지만 불사不死의 혼이 하나 더 있다는 개념은 망상이라고 지적했다.

키케로(BC 106~43년)가 최초로 소개한 영혼의 영생불멸에 대해 반대사상을 펼친 사람은 툴루스 왕 시대의 페레키데스 시루스였다. 그로부터 이 문제는 일원론과 이원론으로 대두되면서 유심론자와 유물론자 사이에서 끊임없이 대립되어 왔다.

유심론唯心論은 세계의 본질과 구원은 정신적인 것(영혼, 정신, 이성, 의지 등)에서 구하고 물질적인 것은 그 현상現象 또는 가상假象으로 간주하였다.

일자一者로부터의 만물의 유출流出을 주장하는 플로티누스는 로마에서 신비주의적 범신론의 철학을 강의하였다. 그의 주안점은 영혼을 육체와 감성에서 정화淨化하고 또한 사고를 초월한 망아탈혼(엑스터시)의 경지에서 신과의 직결시킴에 두었다. 신은 초존재론적 초사고적인 절대의 일자一者, 최고 완전한 선善이라는 것이다. 우리의 세계는 신 자체의 넘쳐흐르는 힘의 결과이며 그 발현이라는 것이다.

그런가 하면 유물론唯物論은 정신에 대한 물질의 근원성을 주장한다. 메터리얼리즘materialism이라는 명칭은 유럽에서는 18세기에 성립되었지만 관념론과 유물론과의 대립 자체는 철학사와 함께 오래도록 여러 가지 형태로 고대에서 현대에 이르는 철학사 전체에 일관하고 있다. 소크라테스 이전의 초기 그리스 철학, 중세 말기의 유명론唯名論, 근세에서는 프란시스 베이컨 또는 가상디를 선구자로 하는 18세기의 영국 유물론, 프랑스 유물론, 더 내려와 19세기의 포이에르바하 및 러시아의 게르첸 등을 거쳐 마르크스, 엥겔스에 의하여 계승된 유물론은 반종교적, 무신론적無神論的인 성격을 가진다. 또한 물질과는 무연無緣한 영혼, 의식, 정신을 인정하지 않고 실증과학實證科學의 성과에 입각하여 의식을 고도로 조직된 물질(즉 뇌수)의 소산으로 간주한다. 따라서 유물론은 우리의 의식에서 독립된 객관적 실재實在(물질)를 인정하는 동시에, 우리의 의식을 정신의 자유로운 창조로서가 아니라 두뇌에 의한 객관적 실재實在의 반영으로 이해한다.

요약하면 이원론자는 인간은 영혼과 육체로 이루어졌다고 보며, 인간의 정신을 비물질적인 존재로 본다. 이들은 혼령의 존재를 설명하기 위해 영혼을 인정해야 한다거나 초감각적 지각, 또는 임사체험이나 강신降神 및 영매靈媒의 존재를 설명하기 위해 영혼을 받아들여야 한다고 주장한다. 반면에 일원론자는 영혼의 존재를 거부하며, 인간은 육체로 이루어져 있으며 육체 그 자체라고 말한다. 물리주의자는 '영혼은 없다'는, 즉 영혼은 없고 육체만 존재한다는 일원론을 주장한다.

"세상에는 우리의 머리로 이해할 수 없는 현상들이 있다. 이를 설명하기 위해서 우리는 영혼을 인정할 수밖에 없다"는 의견에 적극 찬동하는 한 사람으로서 나는 그 동안 작가들의 무덤을 찾아다니며 혼령을 위로하고 영전에 꽃다발을 바치며 그들을 추모했다. 이순신의 『난중일기』를 읽으며 그에 관한 글을 쓸 때에는 장군의 억울한 영혼이 내게 이입되어 붓을 통해 억울함을 맘껏 쏟아놓기를 기원한 적도 있었다. 그리고 엄마 없는 두 남동생을 결혼시키기 전, 먼저 간 그의 가엾은 형을 위해 백방으로 죽은 신부감을 골라 동생의 영혼결혼식을 치러준 적도 있었다. 짚으로 된 원앙 한 쌍, 망자의 극락왕생을 기원하며 두 동생의 해로를 도와달라고 마음속으로 간절히 빌었다. 죽은 동생은 무당의 입을 빌려 모두 첫아들을 낳고 잘 살게 해주겠다고 했는데 약속대로 동생들은 모두 첫아들을 낳았다. 나는 그 동안 천도 및 제사에도 성심을 다하려고 애써왔다. 제삿날 상위에서 술잔을 받으시는 아버지께 '이번에 아무개가 이러저런 좋은 일이 있었어요'라고 큰소리로 알려드리면서 그분이 기뻐하실 것 같아 내게도 큰 위로가 되곤 했었다.

그런데 영혼이 없다니……. 인류가 영혼의 존재를 믿지 않았다면 예술도 종교도 철학도 가능하지 않았을 것이다. 정신을 숭상하는 인문학, 특히 예술과 문학, 철학에 있어 어떻게 영혼을 배제할 수 있겠는가. 특히 우리는 문학작품에서 영혼에 대하여 얼마나 많은 부분을 할애하고 또 열광하였던가.

괴테의 『파우스트』에 나오는 파우스트 박사가 악마 메피스토펠리스와 영혼을 걸고 계약을 맺을 때, 얼마나 조마조마하였는가. 천지의 진리를 가르쳐주는 대신 영혼을 가져가게 한다는 계약이었다. 또한 작가 고골은 악마의 유혹인 문학을 포기하지 않으면 지옥의 업고를 면치 못할 것이라는 고해신부의 위협을 받고 얼마나 괴로워하였던가. 광란 상태에서 그는 원고「죽은 혼」을 불태우고 삶을 끝냈다. 오스카 와일드는 늙지 않기 위해 악마에게 영혼을 판『도리언 그레이의 초상』을 그렸다. 우리는 작중 인물의 심혼 속으로 들어가 영혼과 만나고 사랑에 눈뜨며 예술에 도취되고 진리에 각성되곤 하였다.

그런데 몇 해 전, 예일대학에서 죽음을 강의하던 셸리 케이건 교수의 저서『죽음이란 무엇인가』를 읽게 되었다. 물리주의자인 셸리 케이건은 인간이 영혼과 육체가 쌍을 이루는 존재라고 한다면 그 일부가 사라졌을 때 인간은 더 이상 존재하지 않는다는 것이다. 육체가 사라지면 영혼에 더 이상 아무런 자극을 주지 못한다고 말했다.

"나는 영혼의 존재를 믿지 않는다. 그리고 이원론자들의 주장이 옳다고 생각하지 않는다. 그렇기 때문에 영혼에도 공간이 필요한가에 대한 질문은 영혼을 믿는 사람들에게 맡겨두고자 한다. 영혼이란 어떤 공간적 위치를 필요로 하지 않는 존재일 수도 있다. 애초에 영혼에게 위치란 없는 것인지도 모른다. 내 영혼이 특정한 위치에 존재하고 있다는 느낌은 내 몸이 끊임없이 전달하는 감각에 의해 조작된 환상일 수 있다"고 케이건은 책에서 쓰고 있다.

미국의 신경과학자인 프랜시스 크릭은 "영혼은 팅거벨(동화 피터팬에 등장하는 요정)처럼 오로지 그것의 존재를 믿는 믿음 때문에 영속되는 환상에 불과하다"고 말한다. 크릭은『놀라운 가설—영혼에 관한 탐색』이라는 저서에서 서두를 이렇게 시작하고 있다.

> 당신, 당신의 기쁨과 슬픔, 당신의 기억과 야망, 당신의 개인적인 정체성과 자유의지란 단지 신경세포의 무수한 집합과 그 세포들이 결합한 분자들의 작용에 지나지 않는다.

그는 생애의 만년 20년을 바쳐 기초를 잡은 신경과학이 최근 비약적으로 발전하면서 영혼에 대한 이들의 믿음도 완전히 사라져버리게 되었다고 말한다. 신경과학자들은 인간의 지각능력과 기억, 판단, 감정, 의식 등은 모두 뇌 속의 전기화학적인 신호가 변환된 즉 신경코드의 작용에 불과하다고 주장한다.

영혼 없다

『과학의 종말』을 발표한 존 호건 역시 유전자 코드 해독 분야에서 거둔 유전공학의 쾌거를 칭송하며 이렇게 선언한다.

"인간에게 영혼은 없다."

우리나라의 김대식 박사는 『빅 퀘스천』에서 '뇌가 죽으면 나의 모든 기억들이 파괴되고 자아가 전멸되며 영혼도 끝난다'고 한다. 그리고 "인류는 영혼을 가지고 태어난 것이 아니다. 영혼은 발명한 것이다. 영혼은 먼 미래에 지구를 정복하게 될 원시시대 인류가 최초로 개발한 '킬러 애플리케이션'이었던 것"이라고 언급한다.

영국의 철학자 길버트 라일은 영혼이란 해마에서 만들어지는 기억, 전두엽에서 만들어지는 성격, 뇌의 편도체에서 만들어지는 감정, 이 모든 것들의 합집합이지 그 집합의 다른 요소가 아니라는 것이다. 마찬가지로 데카르트는 전혀 다른 범주에 속하는 정신과 신체를 같은 범주 안에 묶었던 것을 라일은 그가 이야기한 '영혼과 자아'를 신체라는 '기계 안의 유령'이라고 비꼬았다. 하긴 철저한 자연관에 기초한 고대 철학자 에피쿠로스도 영혼이란 원자 입자들의 일시적인 구성물에 불과하다고 지적한 바 있다. 그러니 '죽음에 대한 두려움과 영원불멸에 대한 갈망은 삶을 망칠 뿐이니 그런 생각은 아예 집어치우라'고 했던 것이다. 그에게 "영혼이란 있습니까?"라고 질문했을 때 에피쿠로스는 이렇게 답했다.

"우리는 오직 태어났을 뿐, 두 번 다시 태어나지 않으며 미래에 영원히 존재하지 않을 것임에 틀림없다."

"영혼이란 감각에 의해 조작된 환상"이라는 셸리 케이건 교수, "영혼이란 존재를 믿는 믿음 때문에 영속되는 환상에 불과하다"는 신경과학자 프랜시스 크릭의 주장을 떠올려 본다.

신경과학을 창시한 영국의 토머스 윌리스는 최초로 뇌의 해부학적 구조를 알아내고 몸 전체에 걸쳐 신경계를 추적한 사람이다. 그는 뇌로부터 신경계를 거쳐 신호를 전달하는 '정기Spirit(정신)'가 전기충동으로 이루어진다는 사실을 알아냈다. 심리적 장애는 뇌에서 일어나고 화학약품을 써서 그 장애를 치료하고 있다. 화학약품이 정신병을 일으키거나 정신상태를 변화시키고 심지어 환각적인 LSD처럼 '영적 체험'을 촉발할 수도 있다는 것이다.

신경과학자 마이클 퍼싱어는 뇌를 자기로 자극해서 사람들이 '종교적' 혹은 '영적'인 것으로 해석해온 유형의 경험을 여러 차례유도했다고 주장하며, 올라프 블랭크는 뇌의 특정 영역을 전기로 자극하면 어떤 사람의 의식이 몸으로부터 분리되는 것 같을 수 있다는 것이다. 소위 유체이탈 경험을 일으킬 수 있다고 했다. 이들의 주장을 종합해보면 마음은 '이 물질의 단순한 부수현상'임을 드러내며 물질 혼자서도 전통적으로 영혼과 연관되어온 모든 활동을 실행할 수 있다는 발언이다. 즉 우리는 원자로 만들어진 몸과 뇌일 뿐, 그 이상의 아무 것도 아니라는 뜻이다.

물질주의자들 역시 육체적 죽음 이후에 계속해서 남아 있는 '영혼'이라는 또 다른 존재를 인정하지 않는다. 육체적 기관이 망가지면 정신도 불가능하기 때문이다. 물질주의자는 정신의 존재는 인정하지만 영혼의 존재는 믿지 않았다.

영혼은 있는가, 없는가? 이러한 질문에 관해 이미 기원전 2세기경 그리스계 인도왕 미란다와 인도의 나가세나 비구의 문답이 있었다.

> "대왕이시여, 여기에서 눈과 색[대상]의 관계에서 안식眼識이 생기고, 수受, 상想, 사思, 촉觸, 작의作意가 그것과 같이 생깁니다. 이와 같아서 그러한 법(사람의 몸)은 연緣에 의해서 생깁니다. 여기서 영혼vedagū은 없습니다."
>
> —『나선비구경』에서

귀, 코, 혀, 몸, 마음에 대해서도 마찬가지로 전개하고 그것들이

연緣에 의해서 생기는 것이어서 그 속에서 있을 법한 실질적인 주체자인 영혼이 존재하지 않는다는 것이다. 2,500년 전 붓다는 이것을 좀 더 쉬운 비유를 들어 설명하였다.

"파초나무를 보고 재목으로 쓸 수 있다고 생각하여 뿌리를 끊고, 잎을 자르고 껍질을 벗기고, 단단한 알맹이를 찾으면서 다 벗겨 보아도 단단한 곳은 도무지 없는 것과 같다."

그러므로 존재들 속에도, 물질들 속에도 고정불변하고 영원한 어떠한 요소도 없는 것이다. 프랑스의 불교철학자 앙드레 바로가 말하는 것처럼 "서양인들이 생각하고 있는 영혼이나 힌두들의 자아âtman, 쟈이나교에서 주장하는 '생명원리' 즉 지바jiva와 같은 것은 아무 것도 없다는 것이다. 오온五蘊으로 구성된 존재는 실체적인 '아我가 없다는 것' 즉 무아無我, anâtman이다. 이 무아설은 불교를 다른 종교와 구별 짓게 하는 가장 특정적인 교리이다. 앙드레 바로에 의하면 "불교는 단지 인도에서 뿐만 아니라 세계에서, 어느 날 끝없는 지복至福을 누릴 수 있는 영원한 요소, 즉 영혼과 같은 어떤 요소가 인간에게 존재한다는 것을 단호하게 부정하는 유일한 종교이다"라고 언급했고, 스리랑카의 학승 왈뽈라 라훌라 역시 "불교는 영혼, 자아 또는 아트만과 같은 존재를 부정하면서 인류 사상사에 홀로 우뚝 서 있다"고 앙드레 바로와 의견을 같이 했다.

나는『잡아함경』을 꺼내「5비구경」을 다시 읽는다.

"비구들아 육체[色]에는 실체적인 나[我]가 없다. …… 수상행식受想行識에도 나가 없다."

솔직히 고백하자면 나는 육체에 실체적인 나가 없다는 무아無

我는 쉽게 수긍할 수 있었다. 그런데 이론적으로 '수상행식'에 '나'가 없다는 것은 글귀로 읽었을 뿐, 내 속에 영혼이 없다는 것은 나와 상관없는 이야기로 여겼다. 무아, 비아anâtman는 이해하면서도 '아트만'을 버리지 못했던 것이다. 영혼은 육체를 초월한 존재이므로 위대한 영혼들은 시공을 넘어 존재하지 않는가. 나는 그것에 박수를 보내왔던 사람이다. 그러나 그들을 존재케 하는 것은 우리들의 기억이었다.

"인간의 육체는 인간의 영혼을 보여주는 최상의 그림"이라는 비트겐슈타인의 말도 나는 아주 미덥게 생각했었다. 그런데 식識에도 내가 없다는 것이다.

왜 색수상행식色受想行識에 '나'가 없는가? 색은 육신을 가리키는 물체이고, 수상행식은 정신을 이루는 요소이다. 수受는 눈 귀 코 혀 몸으로 받아들인 것을 인식하는 감수작용이며, 상想은 감수작용을 통하여 인식된 것을 형상화하는 표상작용이며, 행行은 형성 결합작용이며, 식識은 인식하고 분별하는 작용을 한다.

이러한 물질적인 존재와 정신적인 존재는 '나'라는 주체성이 있는 것이 아니라 인연의 작용에 의해 상대적으로 존재하는 제법무아諸法無我일 뿐이기 때문이다. 그러므로 『반야심경』에서 '공空한 가운데에는 색, 수, 상, 행, 식이 없다는 것이다. 공空한 가운데 오온(색수상행식)을 바라보면 바로 무아이며 무상이다. 실체 없는 이것(육체+정신)들이 서로 인연 조건에 의하여 생성되었다가 소멸할 뿐이다. 실체가 있는 것 같으면서도 사실은 실체가 없다. 정신작용인 '식識'도 그렇고 '영혼'도 그렇다. 나는 다시 한 번 되뇐다. 왜

식識에 '나'가 없는가?

정신, 마음, 의식, 영혼을 함의하는 식識조차도 인연과 조건에 의해서 가합假合되어진 것이기 때문이다. 어린 시절, 그렇게도 마음 졸이며 기다리던 산타 할아버지의 존재가 가짜라고 판명이 나도 우리는 쉽게 그 환상을 떨쳐버리지 못하는 것처럼 영혼에 대해서도 마찬가지다. 그렇더라도 이제는 차가운 머리로 그것을 수긍해야 한다.

'영혼은 없다.'

무아·윤회에 대하여

우리의 존재는 육체[色]와 정신[受想行識], 이 다섯 가지 요소들의 집합체 이외에 다른 것이 아니라고 『잡아함』은 말한다. 오온은 모두 실체가 없고 변하는 것들로서 아我가 아닌 존재 즉 비아非我이고, 아我가 없다는 무아無我이다.

실체와 같은 불변적인 '나[我]'는 없다는 것이다. 인간에게 이것이 '나'라고 확신할 수 있는 고정적인 '나'란 없으며 영속적이고 불변하는 실체로서의 '나'라고 한다면 그것은 착각이다. 왜냐하면 무상無常한 것으로서 요소들은 변화하기 때문이다.

붓다는 그것을 '내게 속하는 것은 없다'고 설했다. 육체가 멸해도 더 영속되는 '영혼'이 있다고 믿는 것 또한 하나의 미망迷妄에 지나지 않으며 '나의 본체는 없다'고 가르쳤다. 이 무아론無我論은 어렵지 않게 납득할 수 있었다.

또한 사람이 죽으면 전생에 지은 행위에 따라 새롭게 태어난다는 윤회사상도 아무 저항 없이 받아들이고 있었다. 그 동안 나는 무아와 윤회에 대해 아무 걸릴 게 없었다. 그런데 걸망 하나만 짊어진 채 프랑스 유학길에 오른 윤호진 스님이 소르본 대학에서 「나선비구경의 무아와 윤회문제」라는 주제로 박사학위를 받았고 이 논문이 1991년 민족사에서 출간되었다. 이때 무아이므로 내가 없는데 어떻게 윤회가 가능한가? 무자성無自性의 무아가 업 때문에 윤회를 한다고? 하는 강력한 물음들이 내 머리를 강타했다.

고정불변의 '나'가 없다면 누가 윤회하고 누가 과보를 받으며 누가 열반을 이루는가? 놓칠 수 없는 불교의 핵심 질문들이었다.

무아설과 윤회설의 양립을 시도한 경전으로 저자는 『나선비구경』을 소개한다. 나선那先은 인도어로 '나가세나'라는 비구의 이름이고 밀린다는 그리스 사람인 메난드로스 왕으로 기원전 2세기 후반 서북부 인도에 침입해 통치한 실존인물로 『나선비구경』은 이들이 불교에 관해 토론한 내용을 담고 있는 교리문답서다.

저자는 『아함경』을 중심으로 불교의 핵심교리인 무아론과 윤회설을 여러 면에서 고찰하고 『나선비구경』을 중심으로 윤회에 대해서 뿟갈라설, 식識설, 상속설의 세 가지 이론을 제시한다.

베다구(영혼)로 표현된 뿟갈라는 나가세나의 조리 정연한 논법에 의해 격파된다. 인간 존재는 여러 가지 요소(오온五蘊)들의 결합에 의해 만들어진다. 그러나 뿟갈라와 같은 '어떤 것'이 아니라 업業에 의해서 만들어진다는 것. 즉 '현존재의 존재가 업을 짓고 그 업에 의해서 다음 존재가 만들어진다'는 것이다.

무아설을 역설한 『나선비구경』이 윤회를 주체로 식識을 인정할 수 없던 것은 당연하지만 뒷날 빨리어본 『밀린다빵하』의 추가 본문에서는 재생의 주체 역할을 하는 '식'이 등장한다고 적고 있다. 저자는 식설識說보다는 상속설을 중시했지만 나는 재생의 주체라고 일컬어지는 '식識'에 관심이 더해져 해답을 유식학에서 찾아보려고 애썼다. 식은 감각대상을 알아차리는 오온 가운데 하나로 현재의 존재를 조건 짓는 최초의 고리라는 점이 나를 그것에 집중하게 하였다.

정신을 맡고 있는 기관인 의근意根과 그 대상인 법(생각)과의 관계에서 생겨나는 이 의식은 순간적으로 생겼다가 사라지는 것이 아니라 계속성이 있는 '어떤 것'이라고 말한다. 이 의식은 우리가 죽어서 육체가 사라지고 난 뒤에도 계속 살아남아서 이생에서 저생으로 옮겨 다닐 수 있다고 한다.

"수태와 사망의 순간에 …… 인식 행위와 그 대상이 지각할 수 없는 어떤 의식이 존재한다. 존재의 식체識体가 있다. 이 특수한 식識은 존재의 원인이 되고 계속되는 여러 생을 연결시킨다"는 설명에 눈길이 멎었다.

사후 재생을 가져오는 것은 업에 의해 조건 지어진 '식'이라는 것과 "아뢰야식(제8식)이 공空한 것을 알면 윤회하지 않는다"는 고우 스님의 말씀은 나를 거기에 더욱 고착시켰다.

"사람에게 안식眼識이 발생할 때 의식도 함께 발생합니까?"

밀린다 왕이 묻자 나가세나 비구는 이렇게 답한다.

"그렇습니다. 그것은 동시에 발생합니다."

의식이 일단 발생하게 되면 필요한 다른 정신 현상들, 즉 촉觸, 수受, 상想, 행行, 심尋(성찰), 사伺(고찰)들 역시 저절로 발생하게 된다는 것이다. 그리고 나가세나는 이렇게 결론 내린다.

"이 모든 것은 상호관계 속에서 되풀이하면서 발생하는 것입니다. 거기에 항상 하는 주체는 없습니다.

무아·윤회를 가르치는 불교는 윤회의 주체로서 영속하는 실재를 인정하지 않는다. 그렇다면 누가 업을 짓고 누가 그 업의 과보를 받는가? 벨기에의 철학자 루이 드 라 발레 뿌생의 말처럼 윤회의 주체인 '나[我]'를 부정하는 것은 곧 과보와 윤회를 부정하는 것이다. 그럼에도 불교는 윤회를 부정하면서도 업도 있고 과보도 있고 윤회도 역시 있다고 말한다. 『잡아함』은 그것을 이렇게 표현한다.

> 업과 과보는 있지만 그것을 짓는 자는 없다. 有業報而 無作者
> 이 존재가 사라지면 다른 존재가 계속한다. 此陰滅已 異陰相續

업과 과보는 있지만 왜 그것을 짓는 자는 없는가? 짓는 자는 실체성이 없는 무아이기 때문이다. 상속이론에 의하면 우리들이 '존재' 또는 '아我'라고 부르는 것은 간단없이 순간순간에 발생하고 소멸하는 요소들의 연속을 가리키는 것에 불과하다. 그것은 마치 영화의 영사映寫와 같다. 우리에게 지속하는 존재처럼 나타나고 있는 것은 실제로는 하나의 끊임없는 형성, 즉 순간적인 존재들의 영속에 지나지 않는다는 것이다. "존재란 지속되지 않는 요소들로 형성된 하나의 '연속連續'일 뿐"이라고 루이 드 발레 뿌생은 말한다. 뿌생은 "윤회는 없지만 그러나 새로운 생존은 있다"고 언급한다. 그는 과보를 받는 것은 식識과 같은 '어떤 것'이 아니라 '상속相續'이라고 지적한다. 상속이론에 의하면 "어떠한 영혼도 어떠한 정신적, 물질적 요소도 한 생生에서 다른 생으로 이동하지 않는다."

계속되고, 나아가고, 업 때문에 더러워지기도 하고, 깨끗해지기도 하는 것은 바로 이 '상속samtati'이다. 그러나 '상속'은 순간마다 변한다. 실체적인 존재가 없음에도 불구하고 이 상속은 존재가 죽어도 끊어지지 않고 계속된다. 그것은 자립적인 것이다. 왜냐하면 그 자체 속에 계속의 원리가 있고, 그것은 업에 의해서 계속되기 때문이다. 그러므로 아트만과 같은 존재 없이도 윤회의 과보법칙은 흔들리지 않고 변질되지 않는다고 말한다.

『잡아함』은 "업과 과보는 있지만 그러나 그것을 짓는 자는 없다. 이 존재가 사라지면 다른 존재가 계속한다"는 것을 산개울물의 비유로 설명한다.

"산개울물은 한 순간도 흐름을 멈추지 않고 쉼 없이 계속 흐르면서 내려간다. 바라문아, 이처럼 사람의 삶도 이 산개울물과 같은 것이다."

쉴 사이 없이 변하면서 흘러가는 산개울물은 한 순간도 동일하지 않으면서 처음부터 끝까지 계속된다. 이 비유로 어떤 존재가 한 단계에서 다음 단계로 그것을 이어주는, 주체 없이도 계속할 수 있음을 설명한다.

상속이론에서 죽는 자는 다시 태어나는 자와 동일한 '존재'가 아니다. 왜냐하면 존재를 구성하는 모든 요소들이 나타나자마자 저절로 그리고 즉시 사라져 버리므로 아무 것도 한 존재에서 다른 존재로 옮겨가지 않는다고 말한다.

그렇지만 전자(죽은 자)는 후자(재생하는 자)와 전적으로 다르지 않다. 왜냐하면 후자는 전자 없이는 존재할 수 없기 때문이다. 나비의 탈바꿈을 관찰하면 알이었던 것이 애벌레가 된다. 애벌레는 번데기로 변하고 그 번데기는 나비가 된다. 이 경우 나비는 애벌레와 같지 않지만 그렇다고 완전히 그것과 다른 것도 아니다. 왜냐하면 나비는 그 애벌레에서 나왔기 때문이다. 지속持續의 원리가 그 지속 자체 속에 있기 때문이다. 그 지속이 계속되는 것은 업과 욕망에 의해서이다. 이 상속은 업이 존재하는 한 계속된다. 죽음은 그것을 중단시키지 못한다. 그러나 업이 다할 때 '상속'은 멈춘다. 이것을 열반이라고 적고 있다.

나가세나는 실체적인 주체 없이 어떻게 윤회하는가에 대해 즉 '무아·윤회'를 설명하기 위해 등불과 우유의 비유를 가져온다.

등불을 켜면 초저녁에서 새벽까지 그치지 않고 계속한다. 그러나 초저녁 불꽃에서 새벽 불꽃으로 변하지 않고 옮아가는 것은 아무 것도 없다. 우유의 경우에도 우유가 변하여 낙酪이 되고 낙이 변하여 생소가 되고, 생소는 숙소熟酥가 되고 숙소는 제호(치즈)가 된다. 낙은 이제 우유가 아니다. 생소는 그 이상 낙이 아니다. 이들 사이에 동일성은 없다. 그러나 그들은 서로 간에 불가분의 관계를 가지고 있다. 우유 없이 낙은 없다. 낙 없이 생소도, 숙소 없이 제호도 없다. 우유의 질이 좋은 것이면 낙의 질도 좋게 된다. 마찬가지로 살아 있는 존재들에게도 한 생生에서 다른 생으로 계속되는 주체가 존재하지 않지만 생은 계속되고 한 생의 업의 결과는 다른 생에 절대적으로 작용作用한다.

이런 사실을 통해서 나가세나는 한마디로 "존재dharma의 연속은 계속된다. 하나가 나타나면 동시에 다른 것은 사라진다. 이를테면 그것들 사이에는 앞서는 것도 뒤따르는 것도 없다"라고 설명한다.

이로써 나가세나는 아트만과 같은 '어떤 것'이 없는 무아이면서 사라져버린 존재가 지은 업의 결과를 받는다는 윤회의 문제를 "같은 것도 아니고 다른 것도 아니다"라는 상속이론으로 풀이한다. 이 '상속의 원리'는 윤회와 과보가 요구하는 '영혼'의 역할을 대신한다고 이 책의 저자는 적고 있다.

발레 뿌쌩에 의하면 불교는 이 상속설을 만들어냄으로써 마침내 '윤회와 무아' 문제를 해결했을 뿐만 아니라 일관성 있는 체계를 갖추게 되었다고 말한다.

"이렇게 해서 실체를 인정하지 않은 무아이론은 드디어 윤회신앙과 양립하게 되었다"고 뿌쌩은 공표했다.

며칠 전 나는 저자로부터 『무아·윤회 문제의 연구』라는 개정판을 다시 받았다. 30대에 쓴 논문을 스님은 손을 놓지 않고 끊임없이 보완하여 24년 만에 우리 앞에 다시 내놓았다. 올곧은 그의 학자적 태도에 머리가 숙여진다. 나는 스님께 감사 전화를 드리고 재생의 주체 역할을 한다는 '식識'에 대해 여쭈었다. 스님은 초기불교 입장에서 무아·윤회의 문제를 그대로 펼쳐 보인 것인 바 완벽한 이론이란 없는 것이니 그 답은 앞으로도 계속해서 모색되어야 하리라는 점과 내게 관점을 대승불교와 초기불교 중 택일하라고 하였다.

스님은 무아의 입장에서 대승불교의 '진여眞如' 같은 게 탐탁지 않은 눈치였다. 가랑비에 옷 젖는 줄 모르듯 내게 깊게 밴 대승사상 탓인가, 나는 『육조단경』의 말씀 중 "중도정견中道正見을 알지 못하면 이기심과 분별심으로 집착이 생기면서 업이 형성되고 업은 윤회를 한다. 그러나 실체로는 본성은 업이 없고 윤회도 없는 무생법無生法인 것도 믿어야 한다"는 구절에 귀가 번쩍 틔였던 것이다.

"업도 없고 윤회도 없다."

고우 스님뿐만 아니라 탄허 스님께서도 '아뢰야식의 공空함을 알면 윤회가 없어진다'는 말씀을 하셨다. 윤회가 없다는 것은 재생하지 않는다는 뜻이요, 세상에 다시 태어나지 않는 것이다. 생사를 가름하는 그 대단한 아뢰야식이란 무엇이며 식識이 어떻게 윤회에 참여하는지가 정말로 궁금했다. 그리고 어떻게 해야 윤회에서 벗어날 수 있는가가 또한 절실한 과제였다.

식識과 윤회

초기 불전에서는 식識을 다음과 같이 설명한다.

첫째는 심心, 마음, 의식, 생각과 동의어로 정신을 의미하고 둘째는 인식활동을 의미하며 셋째는 전생과 현생을 연결하는 결생식結生識으로서 죽음의 순간에 이르러서는 이 몸을 벗어나 다음

생의 출발점인 새로운 수정란에 반영된다는 것이다.

그렇다면 식이 어떻게 수정란으로 전이하는가?

용수(150~250년경)의 『인연심론송』을 빌려온다. 그는 다음과 같은 비유로 설명한다.

① 마치 스승의 낭독을 듣고서 제자가 그 내용을 그대로 암송하듯이 ② 한 등불의 불꽃이 다른 등불로 옮겨 붙듯이 ③ 어떤 사물의 영상이 거울에 비치듯이 ④ 도장이 찰흙에 자국을 내듯이 ⑤ 태양 빛이 돋보기를 통과하여 불을 내듯이 ⑥ 씨앗이 변하여 싹이 되듯이 ⑦ 시큼한 매실을 보고서 입에 침이 고이듯이 ⑧ 소리를 지를 때 메아리가 생기듯이, '식'이 옮겨진다는 것이다. 위의 여덟 가지는 모두, 이쪽에서 저쪽으로 무언가가 건너가지는 않지만, 이쪽에 의해 저쪽의 사건이 발생하는 예들이다. 앞의 사건과 뒤의 사건의 관계는 불일불이不一不異, 불상부단不常不斷, 불래불거不來不去로 연기적緣起的이다. 이와 같은 방식으로 '전생에 죽는 순간의 마지막 식識이 새로운 수정란에 반영되어 다음 생이 시작된다는 것이다. 식은 사망 후 최대 49일 동안 '중음의 몸[中陰身]'으로 떠돌다가, 남녀 혹은 암수의 교미하는 모습을 보고서 음욕을 내어 그때 만들어진 수정란에 부착한다. "식이 어미의 자궁에 들어간다"고 표현한다. 해탈하지 못한 이상, 열반을 얻지 못한 이상 모든 생명체의 식은 위와 같은 과정을 거쳐 계속 새로운 몸에 부착 또는 반영되면서 생사·윤회를 되풀이한다는 것이다.

그러나 계戒, 정定, 혜慧 수행으로 식의 흐름을 잘 조절한 사람은 즉 제행무상, 제법무아의 진리를 체득하여 그 어떤 것도 실체가 없다는 것[無我]을 깨달은 사람은 지혜가 열리면서 식은 뇌의 속박에서 벗어나게 된다고 한다. 더 이상의 윤회는 없다는 것이다.

탐진치 삼독심三毒心으로 내가 있다고 집착한 무명無明이 사라졌기 때문에 번뇌를 일으키지 않는다. 새로운 삶을 희구하지 않기 때문에 재생再生에서 벗어날 수 있는 것이다.

붓다는『맛지마니끼야』에서 말한다.

"이것은 나의 마지막 생이다. 더 이상의 생은 없다."

이것이 붓다의 마지막 생이었다는 그의 언급은 만일 그가 정각을 얻지 못했다면 한 번 또는 그 이상의 생을 다시 받았을 것이라는 것을 암시한다. 그분이 제자들에게 한 말씀에서 나는 재생의 중요한 단서를 발견한다. 우리가 한 존재에서 다른 존재로 계속하는 상태로 존재하며 오랜 윤회의 과정에 있어야 하는 것은 네 가지 거룩한 진리[四聖諦]를 함양하지 못했기 때문이다. 존재에 대한 갈망을 뿌리 뽑고 재생을 멸하며 이로써 더 이상 재생이 없는 상태가 되라는 것이었다.

그러니까 갈망을 뿌리 뽑고 거룩한 진리(사성제四聖諦)를 알고 정각을 증득한 이들은 재생하지 않는다는 뜻이다. 거룩한 진리란 '고집멸도'의 사성제이다.

나가세나에 의하면 사람이 재생의 원인인 무명과 욕망을 더 이상 가지고 있지 않으면, 설사 그가 현재 삶을 계속하고 있더라도 그의 생존의 끝, 그의 시간의 끝을 알 수 있다는 것이다. 이런 사람들은 자신이 사랑도, 욕망도 어떠한 업도 가지고 있지 않다는 것을 자신들이 알기 때문에 다음 생에 태어나지 않을 것이라는 것을 스스로 안다고 언급한다. 즉 자신들의 시간의 끝을 스스로 안다는 것이다.

윤회는 있는가 없는가를 정리해 본다. 윤회는 있다. 그러나 우치의 번뇌를 '훅' 불어 끄고 열반을 이룬 사람에게 재생은 없다. 업은 의도다. 우리는 자신의 의도에 의해 업을 짓고 그 업으로 윤회를 받는다. 업은 들판이며 식識은 씨앗, 갈애는 수분의 역할을 하면서 존재세계에 윤회전생하게 된다.

12연기의 행行은 다름 아닌 '의도'다. 몸의 행, 말의 행, 마음의 행은 의도로 정의된 업과 다르지 않다. 이것들은 무명無明을 조건으로 행(의도)이 일어난다. 붓다의 가르침인 고집멸도苦集滅道의 4성제를 깨달으면 의도로서의 행업은 29가지가 정리되며, 무명이 사라지고 지혜가 생겨나면 29가지 의도가 모두 사라져 윤회에서 벗어나게 된다고 가르친다. 문득 한 생각의 창출創出이 생生이고 사死라는 생각이 들었다. 윤회생사란 한 생각, 내 의도에 따라 좌우되는 것이니 업은 바로 의도이기 때문이다. 나가세나는 열반에 대해 이렇게 설명한다.

> 무식한 사람들은 안과 밖의 육체적인 애착에 몰두한다. 그 때문에 그들은 생로병사의 괴로움에서 벗어나지 못한다. 그러나 도를 공부한 사람들은 안과 밖의 육체적인 애착을 가지지 않는다. …… 욕망이 없기 때문에 포태가 없고 생로병사와 슬

픔과 한탄이 없다. …… 그래서 열반은 지멸止滅인 것이다.

나를 태우는 욕망의 불꽃은 뿌리째 뽑아야 한다. 욕망의 근본 뿌리는 무엇인가? 내가 존재한다는 생각이다. '유식唯識'에서도 실유實有라고 여기는 현상세계는 모두 우리 마음이 만들어낸 허상일 뿐이며 가유假有인 것이다.

윤호진 스님과 동대 불교학과 동창이던 고익진 교수는 불교에서 '무아'는 '실아實我가 없다'는 의미지 가아假我나 진아眞我까지를 부정하는 것은 아니라고 언급한다.

무아설의 무아도 '나'는 없지만 아주 없다는 뜻이 아니다. '나'는 없지만 그러나 아주 없지는 않다는 그러한 뜻을 담은 중도적인 무아이다. 왜냐하면 그것은 연기緣起에 입각한 연기무아설이기 때문이다. 「구사론」은 이러한 나를 '거짓 나[假我]'라 하고 그러한 '나'는 실로는 없지만 거짓으로는 있음이 허용되며 이러한 거짓 '나'의 허용은 지혜의 일부에 속한 것으로 보고 있다. 무아연기無我緣起이기에 윤회가 가능한 것이다.

'나는 실로 없지만 거짓으로 있음이 허용'되는 것은 제7말나식에 '내가 있다[我痴, 我見, 我慢, 我愛]'는 잘못된 생각으로 아집我執과 법집法執 등의 근본 번뇌를 야기한 때문이다. 제7식은 선과 악의 상대적인 작용을 끊임없이 일으키고 많은 업력을 조성케 하며 윤회의 원동력이 된다. 제6식과 제7말나식이 업을 지으면 그로부터 남겨지는 업력종자業力種子가 아뢰야식을 이룬다. 그 종자들은 인연이 갖추어지면 구체적인 모습으로 현실화하여 변한다. 즉 '가아'

를 전변轉變의 결과물이라고 보는 것이다. 식識이 전변한 결과이기에 식識일 뿐이며 영상일 뿐이다. 유식이라는 식 안에 진짜 나는 없다.

"비구들아, 육체에는 실체적인 나가 없다. …… 수, 상, 행, 식에도 나가 없다."

붓다의 음성이 들린다.

"무수상행식無受想行識" 식識에도 내가 없다.

'나'란 나를 포함한 일체의 현상이 원인과 조건 화합으로 생겨난 것이기에 독자성이 없으며 본질적으로는 공空이며 무아無我다. 인연법을 따라 생기하는 오온의 집합체가 공인 줄 알면 따라서 윤회의 주체인 제8식도 공空인 줄을 알게 된다. 왜냐하면 식識은 연기된 것이기 때문이다.

업의 보관창고인 말나식, 아뢰야식도 알고 보면 공空하거늘 어디에 윤회의 과보가 따라붙겠는가. 왜 말나식과 아뢰야식이 공한가? 이것들을 유발하는 근·경·식根·境·識 또한 연기한 것이기 때문이다. 그래서 실체가 없다. 오로지 마음의 한 생각, '미혹(의도)'이 만들어낸 결과일 뿐이지 않겠는가. 식識의 공함을 알고 사량 분별을 멈추면 업과 번뇌가 말끔히 없어짐으로써 해탈이 있게 된다.

열반을 이룬 이[아라한 位]들도 목석이 아닌 이상 고통이나 즐거움을 느끼지만 그것에 물들지는 않는다. 휘둘리지 않는다. 왜냐하면 그들의 아뢰야식은 이미 정화되어 멈춰졌기[止滅] 때문이다.

"고苦를 알고, 고의 원인을 알고, 고의 그침을 알고, 또 고苦를 그치게 하는 길을 아는 사람들이기 때문이다. 그들은 마음의 해탈을 얻고, 지혜의 해탈을 얻는다"는 『숫타니파타』의 말씀을 되새겨 본다. 지혜의 해탈을 얻은 이들은 더 이상 윤회하지 않는다.

"이것이 나의 마지막 생이다. 더 이상의 생은 없다"고 하신 붓다의 음성이 들리는 것 같다.

우리는 어디로 가는가

어머니가 계신 곳은 세상의 어떤 비바람도 막아주는 둥지요, 우주였다. 설령 폭우에 둥지가 망가져도 삶의 보금자리임에 틀림이 없었다. 갑자기 둥지 잃은 우리 형제들은 탑골 승방(보문사) 법당에 앉아 어머니의 49재를 지내고 있었다.

'생종하처래, 사향하처거生從何處來 死向何處去.'

'생은 어디로부터 오며, 죽음은 어느 곳으로 향해 가는가.'

그것이 「다비문」의 구절인 것은 나중에야 알았다.

마당에선 매미가 옹골차게 울어대고 어린 동생들의 자세는 점점 흐트러지기 시작했다. 막내동생은 여섯 살이었고 그 위로는 여중 1학년, 남중 3학년생이었다.

"우리는 어디서 왔는가? 우리는 누구인가? 우리는 어디로 가는가?" 마침 고갱의 작품 제목이 겹쳐왔다. 우리는 어디에서 와서 어디로 가는가? 법상에 앉아계시는 스님은 '생사의 오고감이 없는' 법문을 하시는 중이었다.

'어디로 갈 것인가?'

그것은 둥지가 바람에 날아간 뒤 이따금씩 내게 묻게 하던 질문이었다. 어린 동생들은 아버지가 계시는 서모 집으로 들어갔고 고단孤單한 내 자취 생활이 시작되었을 때 '어디로 가지?' 해질녘 신호등 앞에 서면 가끔씩 되풀이되던 질문이었다. 김동화 선생의 권유와 이광우 스님의 후원을 약속받고 직장을 용감하게 그만두고 동국대에 편입하였을 때, 학비는 장학금으로 면제 받았으나 거주할 곳이 마땅치 않았다. 어느 장군 댁에 가정교사로 들어갔다. 등교하는 아이와 집을 나서면 너무 이른 시각에 지프차가 학교 마당에 내려주었다. 쌀쌀한 이른 아침, 교정에 피어 있는 소국小菊을 보고 있노라면 우리 가족이 모여 살던 마지막 집의 그 꽃과 진한 국화 향내가 코앞에서 맴돌았다. 불교문학서클을 이끌던 송영섭 씨, 이철교 씨, 고익진 교수 등의 우애에도 불구하고 학업을 계속하기가 어려웠다. 인생을 가로막는 그 중단中斷이 나를 노력으로 이끌었다.

수유리 남의 집 뒷방으로 둥지를 옮기고, 제주도에 계신 고은 선생께 사정을 말씀드렸다. 캄캄한 밤에 작은 구원의 불빛처럼 기별이 왔다. 근무처와 묵을 곳이 마련되었으니 직장은 ○○도서관, 숙소는 ○○절이라고 했다.

서가의 책들을 없애고 26년을 살던 서울을 떠나 생면부지의 땅으로 주거를 옮기려 하니 비장감마저 들었다. '어디로 가지?' 그러나 예비 시동생한테 붙잡혀 미수에 그치고 그 이듬해 결혼하여 시댁으로 들어갔다. 나무꾼에게 옷을 빼앗긴 선녀처럼 아이 둘을 낳기 전까지는 발이 땅에 붙지 않았다. 단출한 세간을 앞세워 시댁을 나올 때 그때도 가을이었다. '어디로 가지?' 다시 한 번 발길이 막막했었다.

이제는 지상의 주거지를 떠나 정말 '어디로 가는지' 알지 않으면 안 된다.

나 같은 노파가 또 있었던지 그런 분이 붓다에게 여쭈었다.

"사람은 어디서 와서 어디로 가는 것입니까?"

"생이란 어디서 오는 것도 아니고 따라서 어디로 가는 곳도 없는 것이오. 그리고 늙음, 병, 죽음 또한 눈, 귀, 코, 혀, 몸, 마음도 땅, 물, 불, 바람, 하늘도 모두가 어디에서 오는 것이 아니고 따라서 어디로 사라지는 곳도 없는 것이오. 모든 만법은 전부가 이와 같은 것입니다. 가령 두 개의 나무가 서로 마찰하여 불을 일으켜서 나무가 타버리면 자연히 불이 꺼지는 것과 같은 것입니다."

생사란 어디서 오는 것도 아니고 어디로 가는 곳도 없다는 요지다. 인간의 생사란 인연법으로 존재한다지만, 인류의 시원은 언제부터이며 우주의 기원과 인류의 역사에 관해 궁금증이 일어나기 시작했다. 손이 닿는 대로 관련 서적들을 읽어 내려갔다.

지구의 역사에서 생명의 출현은 약 38억5,000만 년 전으로 잡는다. 참고로 지구의 표면이 딱딱하게 굳어진 것은 39억 년 전의 일이라고 한다.

약 46억 년 전에 지금 우리가 살고 있는 곳에서 지름이 약 240억㎞ 정도인 거대한 기체와 먼지덩어리의 소용돌이가 뭉쳐지기 시작했다. 태양계에 존재하는 질량의 99.9퍼센트는 함께 뭉쳐져서 태양이 되었다. 그리고 남아서 떠돌아다니던 물질 중에 두 개의 작은 알갱이들이 정전기의 힘에 의해 합쳐졌다. 행성의 출현이다. 작은 먼지 알갱이에서 지름이 수백㎞ 정도인 작은 행성이 만들어지기까지는 몇 만 년 정도의 시간이 걸렸을 뿐이다. 대략 2억 년이 채 안 되는 기간에 지구가 만들어졌다는 것이다.

지구상에 적당한 조건만 주어지면 박테리아 수준의 생명이 진화하는 것은 그리 어렵지 않다는 사실을 추정할 수 있다고 고생물학자 스티븐 제이 굴드는 주장한다.

1871년 캘빈 경은 영국 과학진흥협회의 학술대회에서 "어쩌면 생명의 씨앗이 운석으로부터 지구에 떨어졌을 수도 있다"는 가능성을 제기했다.

1969년 멜버른 북쪽 머치슨이라는 마을에 운석이 폭발해서 작은 조각으로 떨어져 내렸다. 이 머치슨 운석은 43억 년이나 되었고 74종의 아미노산이 발견되었다. 2000년 1월 캐나다 유콘의 태기시 호수에도 운석이 떨어졌다. 운석에 유기화합물이 많이 들어있다고 한다. 그런 것이 지구처럼 적당한 곳에 떨어지게 되면 생명이 출현하기에 필요한 기본 요소가 모두 갖추어지게 된다는 것이다.

우주생물학자들이 증명한 바에 따르면 유기분자는 초기 지구상에 존재하던 조건이나, 우주 안에 존재하는 조건을 포함한 광범위한 조건 아래 생겨난다. 우주 기원은 운석에서 이 분자들을 관찰한 결과로 입증된다. 운석에 대한 분석은 지구 물질에 의한 오염 효과를 최소화하기 위해, 운석이 지구를 때린 직후에 시행되었다. 어쩌면 생명체의 최초 성분은 지구가 형성된 뒤에 '우주에서 왔을지도 모른다'고 스텐저는 말하고 있다.

미국 시카고 대학 교수인 닐 슈빈은 '틱 타알릭'이라는 물고기 화석을 발견한 세계적인 고생물학자이다.

"우리와 우리 세계가 어떻게 지금의 모습이 되었을까"에 관심을 가진 그는 존재의 시원을 137억 년 전 빅뱅에까지 소급해 올라간다.

"우주의 모든 은하들, 지구의 모든 생물들, 지구에 존재하는 모든 원자와 몸은 깊은 차원에서 서로 연결되어 있다. 이 연결은 137억 년 전, 한 특이점에서 시작된다"고 언급한다.

우리 몸은 물질로만 본다면 "원소들을 골라 뒤섞은 혼합물"이다. 주로 가벼운 원소인 수소로 구성되어 있지만 마그네슘, 철, 코발트 같은 무거운 원소도 적지 않다. 하지만 우주를 탄생시킨 '빅뱅'은 수소, 헬륨, 리튬의 세 가지 원소밖에 만들어내지 못했다. 나머지 원소들은 빅뱅 이후 만들어진 별이 최후를 맞는 초신성 폭발 과정에서 생성됐다. 그러니 우리의 몸은 별의 잔해 한 조각씩을 품고 있는 셈이다. 그래서 닐 슈빈은 우리가 모두 '별의 후예'라고 말했던 것이다.

"각각의 은하, 별, 사람은 방대한 시간과 공간에 걸쳐 탄생과 죽음을 거쳐온 입자들의 일시적인 소유자"라고 말한다. 또 우리를 구성하는 입자들은 수십억 년에 걸쳐 우주를 여행한 것들이고 우리와 우리의 행성이 사라진 뒤 그들은 또 다른 세계의 일부로 살아갈 것"이라고 말한다.

빅뱅bigbang은 137억 년 전 눈에 보이지 않는 점보다 작은 상태에서 갑자기 폭발한 뒤, 엄청난 속도로 팽창해 지금의 우주가 되었다는 이론이다. 태초에는 아무 것도 없었다. 무극無極이다. 우주가 만들어진 대폭발(빅뱅) 당시 모든 입자는 질량이 없는 상태라고 했다. 빅뱅 당시 용광로와 같아 양전기(+)와 음전기(-)를 띤 입자들이 대칭을 이루며 균일하게 있었다. 이때 입자들은 질량이 없었다. 양전기와 음전기가 태극처럼 대칭을 이룬 용광로의 점 하나, 무극에서 작용(대폭발)이 일어났다. 우주만물은 음양의 법칙 밑에서 끊임없이 새로운 것을 낳고 끊임없이 변화하며 발전한다는 것이 역易에 나타난 변증법적인 우주인식이 아닌가.

빅뱅 직후 온도가 내려가면서 입자에 질량이 생겼던 것이다. 가령 온도가 낮아지면 수증기가 물(액체)이 되고 얼음(고체)이 되듯이 '위상phase변화'가 일어난다. 빅뱅 직후 우주에도 이런 위상변화가 일어나 입자들이 질량을 갖게 된 것이다. 입자들에게 질량을 부여하는 새로운 입자의 존재를 제기한 사람은 영국의 피터 힉스 교수였고 그는 실제로 힉스입자를 발견해냈다. 그의 이름을 딴 힉스higgs입자는 우주 빅뱅 초기 다른 입자에 질량을 전달하고 사라진 입자다.

우주의 모든 물질이 더 이상 쪼개지지 않는 원자의 결합으로 이루어져 있다는 근대과학의 원자론은 원자는 이내 쪼개지기 시작했고 무수한 소립자로 구성되어 있다는 현대물리학으로 발전했다. 그리고 모든 물질은 기본입자 12개와 힘을 매개하는 4개 입자, 모든 입자에 질량을 부여하는 힉스입자까지 모두 17개의 소립자로 구성되어 있음을 밝혀내기에 이른다.

힉스입자의 발견은 질량의 기원과 소립자들의 상호작용으로 우주가 생겨났다는 표준모형이론이 입증됐다는 점에서 큰 의미를 갖는다. 힉스입자는 기본입자들과 상호작용을 통해 다른 입자에 질량을 부여하는 역할을 하고 1,000분의 1초도 안 되는 짧은 순간에 사라진다. 우주가 17개 소립자 작용으로 이루어졌다면 인간 또한 기본입자들로 구성됐다가 죽은 뒤에는 우리를 구성했던 우주의 입자 상태로 되돌아가는 것이다.

우리는 어디로 가는가

우리가 죽은 뒤에는 원래 우리를 구성했던 우주의 입자 상태로 되돌아가는 것이다. 옛 어른들은 사람이 죽으면 '돌아가셨다'고 말씀했다. 어디로 돌아갔나? 온 곳으로 돌아갔다. 온 곳은 어디인가? 그 자리가 그 자리이다. 이것을 의상 스님은,

"행행본처行行本處" 간다 간다 하지만 본래 그 자리요,

"지지발처至至發處" 이르렀다 이르렀다 하지만 떠난 그 자리네,

라고 여덟 글자로 '오고 감'이 둘이 아닌 도리[生死]를 이같이 설파하였다.

별들의 죽음

우리의 우주는 아무 것도 없는 무無에서 시작하였다. 단 한 번의 진동에 의해서 상상을 넘어서는 팽창이다. 격동하는 최초의 1초 동안에 물리학을 지배하는 중력과 다른 모든 힘들이 생겨난다. 1분도 지나지 않아서 우주의 지름은 수천 조兆 킬로미터에 이르게

되지만 여전히 빠른 속도로 팽창을 계속한다. 온도가 수백억 도에 이를 정도로 뜨거워서 원자핵 반응을 통해서 가벼운 원소들이 만들어진다. 주로 수소와 헬륨이 만들어지고 리튬이 생겨난다. 최초의 3분 동안에 우주에 존재하게 될 모든 물질의 98퍼센트가 생성된다. 우주가 만들어진 것이다.

높은 온도 때문에 핵자들이 달라붙지 못했고 원자핵을 만들 수 없었다. 우주가 식으면서 양성자와 중성자가 달라붙어 원시 원소들을 만들었다. 원자핵들, 수소와 헬륨만이 만들어졌다. 그렇다면 탄소, 산소, 규소, 황, 철 그리고 다른 화학 원소들은 어디에서 온 것일까? 그것의 해답은 엄청나게 뜨거운 별의 용광로가 해냈다는 것이다. 즉 원소를 다른 것으로 변환시키는 그 요리 과정이 핵융합인 것이다.

핵융합은 수소 원자핵을 온갖 종류의 순서와 배합으로 결합시킨다. 가벼운 원소에서 철까지 만들어내며 별의 내부에서는 수소와 헬륨 원자핵이 점차 더 무거운 원소들로 바뀐다. 모든 별들은 그 연료가 바닥나는 시점에 별은 스스로의 무게 때문에 붕괴한다. 연료를 다 써버리기 전까지 별들은 핵반응에서 발생한 열과 압력으로 균형을 맞춘다. 하지만 연료가 다하면 중력의 인력에 저항할 힘이 없어져 별은 붕괴하고 만다. 질량이 특정 영역에 있는 별들은 백색왜성 단계를 지나 블랙홀이 되기 전 단계까지만 붕괴한다.

이런 별들에서 전자는 극도로 압착되어 양성자를 중성자로 바꾼다. 결국 밀도가 높은 중성자 물질로 만들어진 단단한 구가 된다. 중성자별이다. 여기에서 각각의 양성자는 중성자가 되면서 2

개의 입자, 즉 양성자와 중성미자를 내놓는다. 그리고 양성자는 재빨리 별 내부의 전자와 결합해서 사라진다. 이때 초신성 폭발이 일어난다.

초신성이 폭발하면 그때 발생한 충격파가 주위에 있던 성간 물질에 전해진다. 그러면 그 성간운星間雲의 밀도가 증가한다. 그 결과 새로운 별의 탄생으로 이어질 중력 수축이 성간운에 유발된다.

성간운에 들어 있던 수소와 헬륨이 뭉쳐서 별이 만들어진다. 거의 모든 별의 내부에서는 수소에서 헬륨이, 헬륨에서 탄소와 산소가 만들어진다. 질량이 비교적 큰 별들에서는 헬륨의 핵이 단계적으로 첨가되면서 네온, 마그네슘, 규소, 황 등의 순서로 무거운 원소들이 합성된다.

핵융합 반응이 한 단계씩 진행될 때마다 양성자와 중성자가 각각 두 개씩 더해지면서 최종 단계에서 드디어 철이 합성된다. 일단 별 내부에서 합성되어 성간 공간으로 나간 다음, 거기서 성간운의 구성 성분으로 남아 있다가 그 성간운에서 중력 수축이 이루어지면 그 결과 차세대의 별과 행성의 구성 성분으로 다시 태어난다. 우리의 DNA를 이루는 질소, 치아를 구성하는 칼슘, 혈액의 주요 성분인 철, 애플파이에 들어 있는 탄소 등의 원자 알갱이 하나하나가 모조리 별의 내부에서 합성됐다는 것이다. 그러므로 '우리는 별들의 자녀들'이라고 칼 세이건은 『코스모스』에 적고 있으며 생명의 기원과 진화는 '별들의 기원과 진화와 그 뿌리에서부터 서로 깊은 연관을 맺고 있다'며 구체적인 설명을 덧붙여 놓았다. 아무튼 우리의 몸속에 있는 원자들은 모두 몸속에 들어가기 전에 이미 몇 개의 별을 거쳐서 왔을 것이고 수백만에 이르는 생물들의 일부였을 것이 거의 분명하다고 적고 있다.

우리가 죽고 나면 우리 몸속에 있던 원자들은 모두 흩어져서 다른 곳에서 새로운 목적으로 사용될 것이라고 언급한다.

"우리는 우주의 먼지로부터 왔다"는 어디선가 읽었던 글귀가 이해되기 시작했다. 먼지에는 원소에 수소, 탄소, 산소, 철도 들어 있다. 오래 전에 죽은 별들이 우주 먼지를 제공해주어 우리는 거기에서 왔다. 따라서 인류는 대폭발(빅뱅)의 아득히 먼 후손이라 말한다.

빅뱅 전의 상황을 물리학에서는 '진공眞空'이라고 한다. 대폭발이 '가짜 진공', '스칼라 장場' 또는 '진공에너지'라고 부르는 어떤 것 때문에 일어났다는 주장도 있다. 모두가 아무 것도 없는 무無의 세계에서 불안정성이 나타나도록 해주는 무엇을 뜻하는 말들이다.

없음에서 있음[有]이 생겨나는 것이 불가능한 것처럼 보이지만 한때는 없음의 세계였던 곳에서 오늘날의 우주가 생겨난 것은 그런 일이 실제로 가능하다는 증거가 될 수 있다. 무無의 불확실성 때문에 흔들려서 운동이 일어났고, 여기에서 유有가 나왔다는 것이다.

> 없음[無]은 천지의 처음을 일컫고 있음[有]은 만물의 어머니를 일컫는다. —『도덕경』 제1장

노자老子의 일구가 우리를 일깨운다. 세상의 물건은 만물의 어

머니인 유有에서 나왔으며 이 유는 천지의 비롯함인 무無에서 나왔으므로 결국 도道의 근원인 무로 돌아가는 것이다.

만법은 하나로 돌아가는데 그 하나는 어디로 가는가?

밤하늘의 찬란한 별들을 올려다본다. 거기 쇼펜하우어의 음성도 들린다.

"인간의 죽음은 대자연의 사이클일 뿐이다."

제7장

마음에 대하여

마음 없다
마음의 실체란 무엇인가
마음의 이치를 알다
마음에는 본래 생멸이 없으니
물들지 않는 마음에 대하여/ 임마누엘 칸트
업력의 주인공은 마음이다
마음이 만든 걸 아는 게 깨달음이다

마음 없다

고타마 싯다르타 태자는 법法을 깨달음으로서 붓다baudha가 되었다. 붓다는 '진리를 이해한 사람' '깨달은 사람[覺者]'을 의미한다.

그렇다면 무슨 진리를 깨달았다는 것일까? 깨달음의 내용은 '법dharma'이다. 법이란 무엇인가? 연기법緣起法을 말한다.

연기법에 의해 우리의 존재는 나타났다 사라지는 무아적 존재라는 통찰과 우리를 구성하는 육체와 정신의 실체가 모두 없다는 사실을 깨달은 것이다.

어느 날 혜가가 달마 스님에게 여쭈었다.

혜가 — 제 마음이 불안합니다. 저의 마음을 안심시켜 주십시오.

달마 — 그래, 마음을 내놓아라 안심시켜 주마.

혜가 — 아직도 마음을 찾지 못하였기에 왔습니다.

달마 — 마음을 찾았다 하더라도 모순이다. 이제 마음이 안정되었느냐?

혜가 — 예, 본래 공空이오니 동요됨이 없습니다.

그때 달마는 이렇게 말했다.

"그대의 마음을 이미 편하게 해 마쳤다."

마음이 편치 않다는 것도 이미 근거 없는 분별이다.

언하에 혜가는 크게 깨달았고 달마는 그에게 법을 부촉했다.

무엇을 깨달았을까?

마음은 본디 공적空寂한 것인데 찾으려고 일으킨 한 생각의 작용이라는 것을 그는 자각한 것이다.

"그러므로 이 몸에는 '나'도 없고, '주재'도 없음을 알아야 한다. 또한 오음五陰으로 마음을 삼지만, 이 오음 역시 '나'도 '주재主宰'도 없다"는『능엄경』의 말씀이 떠올랐다.

우리는 색수상행식色受想行識의 오음[오온五蘊]을 마음으로 삼지만 그것에도 '나'라고 할 만한 것은 없다. '나'도 없고 '주재'도 없고 '마음'도 없다. 이것들은 인연과 조건에 따른 연기법에 의해 나타났다 사라지는 무상한 것들이기 때문이다.

마음은 없는데 왜 파도는 높은가, 내 안의 평지풍파平地風波를 들여다보게 된다.

마음의 실체란 무엇인가

마음이란 잠시도 가만 있지 못하고 변덕스러워 지키기 어렵고 제어하기 어렵지만, 마치 활을 만드는 장인이 화살을 곧게 하듯이 지혜로운 이는 그것을 바르게 할 수 있다.

『법구경』의 말씀이다.

지혜로운 이는 어떻게 마음을 바르게 할 수 있을까?

명인이 화살을 곧게 하듯 마음을 바르게 하는 것이 직심直心이다. 직심의 곧은 마음은 일체법의 공성空性을 알아 망상에 흔들리지 않고 굴절되지 않으며 존재의 현상을 있는 그대로 여실하게 보고 느낀다.

'직지直指'란 심성(마음)을 곧바로 가리켜 언어 문자에 구애되지 않은 채, 단적으로 대도大道를 가리켜 보이는 것을 말한다.

고려 때 백운白雲 화상은 원나라의 석옥 선사에게서 받은 책에

선문염송 등의 내용을 보완하고 과거 7불과 인도의 조사祖師와 중국의 선사들의 법어를 가려 뽑아 선의 요체를 집대성하고 책 이름을『직지심체요절』이라 붙였다.

'직지심체直指心體'란 '직지인심 견성성불直指人心 見性成佛'이라는 선가의 명구에서 따온 것인데 사람의 마음을 바르게 볼 때, 그 마음의 본성이 곧 부처님(깨달은 이)의 마음임을 알게 된다는 그 '마음'에 초점이 맞춰진 깨달음의 지침서라고 할 수 있다.

이 책에 쓰여진 과거過去 7불의 게송을 읽으면 정신이 번쩍 나고 '마음'이라는 심체心體가 손에 잡힐 듯 환희심마저 일어난다.

과거 장엄겁 때 첫 번째 부처인 비바시불毘婆尸佛의 게송이다.

몸은 형상이 없는 데서 생겨나니 身從無相中受生

환술[幻]이 온갖 형상을 만들어낸 것같이 猶如幻出諸形相

환술로 만들어진 사람에게는 마음이 본래 없으니 幻人心識本來無

죄와 복은 모두 공하여 머물 곳이 없네. 罪福皆空無所住

환술이 어떻게 온갖 형상을 만들어내는가?

왜 환인幻人에게는 본래 심식心識이 없는가?

의문에 의문을 더하면서 '마음'의 지하갱도를 따라가 보았다.

'심식이란 본래 없다'에 기준을 세우고 과거 7불의 두 번째 부처인 시기불尸棄佛의 게송을 읽는다.

온갖 선한 일을 하는 것도 본래 환술幻術이며
여러 가지 악한 일을 하는 것도 또한 환술이다.
몸이란 물거품 같고 마음이란 바람과 같은 것
환술로 생겨난 것에는 근본도 없고 실상도 없다.

몸은 물거품, 마음은 바람 身如聚沫心如風
환에서 나온 것은 무근무실상 幻出無根無實相

환술로 생겨난 몸과 마음[身識]이 근본도 실상도 없나니 '마음[心識]의 실체란 본래 없다는 것이다.

과거 7불의 세 번째 부처님인 비사부불毘舍浮佛의 게송은 어떠한가.

사대四大를 빌려서 몸으로 삼았고
마음은 본래 생겨나지 않았으나 대상을 따라서 있게 되었네.
앞에 대상이 없다면 마음 또한 없으니
죄와 복도 환幻과 같아 생겼다가 사라지네.

'심본무생인경유心本無生因境有'에 밑줄을 그었다.

마음은 본래 무생無生인데 근경식根境識으로 인하여 온갖 세계가 표출[有]된다. 전경前境이 약무若無하면 '심역무心亦無'라. 앞에 대상이 없다면 마음 또한 없는 것을. 낙숫물이 돌을 뚫듯 나는 '심역무'를 뚫어져라 주목한다.

마음 없다[心亦無]

왜 마음이 없는가? 마음은 본래부터 형체가 없으나 대상에 의지하여 생겨나는 것. 그러나 대상의 성품 역시 공한 것이다.

어느 날, 바라문도교인 흑치가 석가 세존께 꽃나무를 들고 왔다.

"선인이여 내려놓아라."

"세존이시여 꽃은 이미 내려놓았는데 더 무엇을 내려놓으라는 말씀입니까?"

"나는 네가 들고 있던 꽃을 내려놓으라고 한 것이 아니라 너는 지금 내려놓되, 외부의 여섯 가지 감각의 대상[六塵 ; 색, 소리, 냄새, 맛, 촉각, 법]과 내부의 여섯 가지 감각기관[六根 ; 눈, 귀, 코, 혀, 몸, 마음] 중 여섯 가지 마음 작용[六識 ; 眼識, 耳識, 鼻識, 舌識, 身識, 意識]을 일시에 내려놓으라는 말이었다. 더 이상 버릴 것이 없는 경지에 이르러야 비로소 그대는 생사를 해탈할 수 있을 것이다."

흑치는 언하에 크게 깨닫고 물러났다. 『직지』에서 발췌한 내용이다.

북천축국에서 교화를 펴던 제6조 미차가彌遮迦 존자는 바수밀에게 정법안장을 부촉하고 다음과 같은 게송을 설하였다.

마음이 없어 얻을 것도 없으니
얻은 것이 있다면 법이라 할 수 없네.
마음이 마음 아닌 줄 깨달으면
비로소 마음과 마음의 법을 알리라.

'무심무가득 설득 불명법無心無可得 說得 不名法
약료심비심 시해심심법若了心非心 始解心心法'

이와 같이 게송을 마친 뒤에 화화삼매로[化火 自焚] 스스로 몸을 태웠다.

인도 향지왕의 셋째 왕자인 보리달마菩提達摩는 중국에 도착하여 숭산 소림사에 머물면서 벽을 향해 앉았다. 9년이 지났다. 서천축국으로 돌아가려 함에 제자들에게 각자 얻은 바를 말해 보라고 하였다. 제자 도육道育이 먼저 나섰다.

"사대四大가 본래 공하고, 오온이 있지 않으니 제가 얻은 것은 한 가지 법도 얻을 것이 없다는 것입니다."

달마가 말하였다.

"그대는 나의 뼈를 얻었다."

마지막으로 혜가가 나와서 스승께 삼배三拜를 올린 뒤에 그 자리에 가만히 서 있자 달마가 말하였다.

"그대는 나의 골수를 얻었다."

그러고 나서 달마는 혜가에게 가사를 전하며 정법안장을 부촉했다.

왜 골수를 얻었다고 한 것일까?

앞서 도육은 제가 얻은 것은 '~' 하고 얻을 것이 없다고 말했지만 혜가는 마음이 없어 얻을 것이 없는 '무심무가득'을 무설無說로서 나타낸 때문이리라.

마음이란 본래 공적空寂한 것으로 텅 빈 허공과 같다. 실체 없는 망상이 잠깐 바람처럼 허공에 머물 뿐.

무심無心, 이라는 두 글자를 노트에 크게 써 넣었다.

> 몸은 물거품身如聚沫
> 마음은 바람心如風

바람 같은 마음을 다잡아 이 시구에 가둔다.

마음의 이치를 알다

5조 홍인의 법을 이은 6조 혜능 대사가 떠날 시간이 되었다. 단정히 앉아 문도들에게 마지막 법어를 내린다.

"그대들은 잘 있으라. 내가 열반에 든 뒤에 세상 사람들의 정으로 눈물을 흘리며 슬피 울지 말라. 그리고 조문도 받지 말라. 또 상복을 입지도 말라. 만약 그렇게 하면 나의 제자가 아니다. 불교의 정법도 아니다. 다만 자신들의 근본 마음을 알라. 자신들의 근본 성품이 동요도 없고, 고요함도 없고, 생멸도 없고, 거래도 없고, 시비도 없고, 머무름도 없고, 왕래도 없음을 보라. 그대들이 마음의 이치를 모르고 나의 뜻을 알지 못할까 염려되어 지금에 다시 그대들에게 근본 성품 보기[見性]를 부촉한다. 내가 열반에 든 뒤에 이것을 의지해서 수행하면 내가 세상에 있는 것과 같지만 만약 나의 가르침을 어긴다면 비록 내가 세상에 있을지라도 또한 이익이 없으리라."

자신들의 근본 성품에는 생멸生滅도 없고, 거래去來도 없고, 시비是非도 없고, 머무름[無住]도 없고, 왕래往來도 없음을 보라. 이것이 선사가 일러준 마음의 이치다.

왜 마음에는 생멸도, 거래도, 시비가 없는 것일까?

'일찍이 한 법도 인연으로 생겨나지 않은 것이 없으니, 이 때문에 일체법이 공空 아닌 것이 없으며 무릇 존재하는 모든 상이 허망한 것'이라는 『도서都序』(규봉 스님의 저서) 한 구절에 '마음'을 갖다 놓는다. 마음 또한 인연으로 생겨난 것이기에 공상空相에서 보자면 생멸도 거래도 없는 것이다.

혜능의 근본 성품 보기[見性]는 자성自性을 깨닫는 일이며 자성을 깨닫는 것은 아무 것도 얻는 바가 없음을 말한다. 그것은 일체의 망념妄念이 일어나지 않는 자성 청정심을 가리킨다.

마음에는 본래 생멸이 없으니

방울이 바람에 흔들려 소리가 나자 승가난제 존자는 동자에게 물었다.

"방울에서 소리가 나는가? 바람에서 소리가 나는가?"

동자가 답한다.

"바람에서 소리가 나는 것도 아니고 방울에서 소리가 나는 것도 아닙니다. 저의 마음에서 소리가 날 뿐입니다.

다시 존자가 말하기를 "바람에서 소리가 나는 것도 아니고 방울에서 소리가 나는 것도 아니라면 그 마음이라는 것은 또한 무엇인가?"

동자가 말한다.

"모든 것이 다 고요하기 때문이요. 결코 삼매는 아닙니다."

"장하고 훌륭하구나. 나의 도를 계승할 사람이 그대가 아니고 누구이겠는가?"

승가난제는 곧 법을 부촉하면서 게송으로 말하였다.

"마음자리에는 본래 생멸이 없으나
원인과 조건에 의해서 생멸이 일어난다.
조건과 원인이 서로 걸리지 않으면
꽃과 열매도 또한 그러하니라."

그 마음이라는 것이 또한 무엇인가? 승가난제가 '마음'을 물었을 때 "모든 것이 다 고요한 때문" 이것이 동자의 대답이었다. 본래 고요하고 텅 빈 마음자리에서 펼쳐진 현상계의 작용 중 하나이다.

"마음에는 본래 생멸이 없으니 마음은 불생불멸不生不滅인 것이다."

생겨나지도 않고 소멸하지도 않는 이것[不變]을 철학에서는 본체本體라고 한다.

하늘은 본디 고요한데, 구름은 바삐 오고 간다. 하늘은 본체요, 구름은 작용(현상)이다. 텅 빈 허공에 분단分段 생사하는 구름의 오고감이 있을 뿐. 그러나 본체인 마음자리에서는 생사거래生死去來의 오고감이 또한 없다.

오온이 다 빈 그릇이어서 이 몸에는 '나'라고 할 것이 없고 참마음은 모양이 없어 오고 가는 것도 아니다. 날[生] 때에는 성품은 난 바가 없고, 죽은 때에도 성품은 가거나 소멸되지 않는다. 지극히 고요해 마음과 환경은 하나인 것이다. 오직 이와 같이 관찰하며 단박 깨치면 삼세인과에 얽매이거나 이끌리지 않게 될 것이다. 이런 사람이야말로 세상에서 뛰어난 자유인이다.

『선가귀감』의 한 말씀을 노트에 적어둔다.

'성품性品은 나지도 죽지도 아니한다'는 서산 대사의 말씀이 '마음자리에는 본래 생멸生滅이 없으니'라는 승가난제 존자의 말씀과 다르지 않아서이다.

물들지 않는 마음에 대하여

— 임마누엘 칸트

독일의 철학자 임마누엘 칸트(1724~1804년)는 프로이센의 작은 마을 괴니히스베르크에서 태어나 그곳에서 숨을 거두었다. 그는 자신에게 무척 엄격했으며 먹고 살기 위해 가정교사 생활을 9년이나 지속했다. 친구의 도움으로 학위를 마친 뒤 15년 동안 시간강사를 계속하며 저술에 몰두했다. 괴니히스베르크 대학의 철학 교수로 있으면서 11년 동안 아무 글도 발표하지 않고 오직 연구에만 전념하더니 명저『순수이성비판』을 세상에 내놓았다.

"형이상학의 모든 비밀을 풀어주는 열쇠는 이 책 안에 있다"고 그는 말했다. 제2차 세계대전의 참호 속에서 독일 청년들이 죽어갈 때 옆에 끼고 있던 책도 칸트의『순수이성비판』이었다고 한다. 어찌 독일 청년들뿐이랴. 그의 사상은 피히테, 쉘링, 헤겔, 슈라이에르 마허에게 이어졌고 시인 실러와 괴테에게도 영향을 미쳤다.

칸트는 데카르트가 던진 질문인 '주체는 무엇인가?'를 확대하여 인간이란 무엇인가를 물었다. 이를 위해서 그는 세 가지 분야를 설정했다.

첫째, 인간은 무엇을 알 수 있는가?

이 문제는 『순수이성비판』에서 다루었으며 둘째, 인간은 무엇을 할 수 있는가? 는 『실천이성비판』에서 다루었다. 셋째, 인간은 무엇을 바랄 수 있는가? 는 『판단력비판』에서 언급했다.

인간이란 무엇인가? 본질적 문제의 답을 그는 『순수이성비판』의 서문에서 다음과 같이 언급하고 있다.

'인간은 인간 이상의 것이다.' 왜냐하면 그 '인간 이상'이 인간의 본질에서 나왔기 때문에 거부할 수 없고 또 그것이 인간의 능력을 넘어서기 때문에 대답할 수 없는 운명에 처해 있다는 것을 칸트는 그렇게 지적했다. 이런 이상과 현실의 모순 속에 어떻게 형이상학이 가능할 것인가? 그가 택한 방법론은 이성비판을 통해 진리를 인식할 수 있는 주체가 어떻게 가능한가를 모색하는 일이었다. 그것은 '선험적 기초'가 있으면 된다는 사실을 알아냈던 것이다.

칸트는 누구나 동일한 방식으로 경험할 수 있게 해주는 '무엇'을 발견해냈다. 그것은 대상에 있지 아니하고 주체 내에 있다. 경험이라는 것은 선험적 조건이라는 형식에 담겨져 모양을 갖추게 된다. 그는 그것을 '선험형식'이라고 불렀다.

인식론이란 예를 들자면 눈 뒤에서 일어나는 일을 규명하는 것이다. 즉 밖에서 사물에 대한 정보가 들어올 때, 1차적으로 육감에 의해 포착된 감각을 정신이 어떻게 인식해서 지식으로 만들어 내느냐 하는 문제를 다루는 것이다. 먼저 대상을 받아들이는 감각기관은 감성sensor이다. 일단 사물이 눈으로 들어오면 순차적으로 인상, 관념의 단계를 거쳐 지식으로 만들어진다. 마치 우리가 밥을 먹을 때, 그것이 살로 되는 과정과 같다. 밥이 입으로 들어오면 위에서 소화를 시키고 장에서 흡수하여 온몸으로 보낸다. 이처럼 감각을 처음 받아들이는 '입'은 감성sensor이고, 그것을 분해하여 범주(카테고리)로 이해하는 '위'는 오성understanding에 해당하며 지식으로 흡수하는 '장'은 이성reason이라고 할 수 있다. 경험(밥)이 들어오면 감성은 시공간상의 직관(침)으로 포착하여 인상을 만들고 오성은 그것을 분별력(소화액)으로 파악하여 관념으로 만들고, 이성은 그것을 다시 종합 확대하는 변증 능력(흡수)을 통해 원리로 만든다. 이 전체 과정을 세밀히 종합한 것이 칸트의 『순수이성비판』이다. 칸트는 흄을 통해 지식이 복합관념화 되어 이념으로 굳어지면 인간을 오히려 얽매게 된다는 것을 이해하고 어떻게 그 위험으로부터 벗어날 수 있을까를 고민했다.

불교에서는 인간 존재를 오온五蘊으로 설명한다. 몸[色]과 마음 과정인 '수상행식受想行識'의 관계로 인식론을 통찰하자면 사물→눈→인상→표상작용, 여기까지를 칸트는 순수이성이라고 보았다. 왜냐하면 '상想'의 복합관념이 붙기 이전의 자리이기 때문이다. '상想'이란 마음[心]이 모양[相]을 만들어낸 복합관념이다. 눈→인상→표상은 보는 그대로가 왜곡현상 없이 '나'이다. 그러나 우리들의 대부분은 여섯 가지 인식기관을 통해서 들어오는 여섯 가지 인식대상을 자아관념의 필터로 굴절시킨다. 이러한 왜곡현상 없이 그대로 받아들이는 아라한 같은 경지의 사람에게는 투명한 인식 활동이 일어난다. 즉 '산은 산이다' 수受는 견문見聞의 작용으로 당체의 본체를 그대로 안다. 망상妄想에 물들지 않은 그 '선험先驗'을 칸트는 순수이성이라고 하였다.

그는 진리가 대상에 있다고 믿고 그것을 파악하기 위해 밖으로만 달려 나가던 인식의 빛을 되돌려 대상의 '물자체'는 알 수 없으니 오히려 그것을 하나의 현상으로 지각하는 인간의 선험형식에 진리가 있다고 판단했다. 밖으로 향하던 인식의 관심을 거꾸로 돌려 내면으로 향하게 한 것이다. 칸트는 선험형식이 누구에게나 있고 본래 타고난 것이며 후천적 경험에 의해 변하지 않는다고 말한다.

인간은 경험 이전에 대상을 인지하는 틀을 이미 선험적으로 갖고 있다는 것이다. 불교의 간화선에서 말하는 참나로 들어가는 통로가 선험형식인 셈이다.

물들지 않는 선험

중국의 남악회양 선사가 6조 혜능慧能 선사를 찾아왔다.

"어디서 왔는가?"

"숭산에서 왔습니다."

"어떤 물건이 이렇게 왔는고?

여기에서 남악은 꽉 막히고 만다. 이 일화에서 그 유명한 '이뭣고?'[是甚麼] 화두가 나왔다. 이 몸뚱이를 끌고 다니는 것이 무엇인가? 8년 만에 답을 얻은 남악南嶽이 다시 혜능 선사를 찾아갔다.

"그래 이것이 무엇인가?"

"설사 한 물건이라 해도 맞지 않습니다."

혜능이 다시 점검한다.

"가히 닦아서 (한 물건, 혹은 존재) 증득할 수 있는 것인가?"

"닦아 증득함이 없지는 않사오나 물들지 않습니다."

"물들지 않는 바로 이것이 모든 부처님들께서 애써 지켜주고 있는 것이다. 그대도 그렇고 나 또한 그러하다."

이 자리에서 남악은 혜능의 인가를 받아 그의 법을 이었다.

참나[佛性]를 체험한 스승과 제자가 주고받는 견성見性의 핵심은 그것이(이뭣고의 한 물건) 물들지 않는다는 사실이다. 즉 그것은 경험적 차원의 것이 아니라 '선험적 차원의 것'이라는 뜻이다. 경험은 늘 일어났다가 사라지기에 생멸의 변화가 있다. 하지만 선험은 항상 있으면서[如如] 경험에 영향을 받지 않는다. 경험이 작용[用]이라면 선험은 본체[体]라고 할 수 있다. 선험[体]은 온갖 경험[用]이 일어나는 바탕으로 하나는 마음자리이고 다른 하나는 마음작용이다. 이를 불교에서는 '사람의 마음작용을 가리켜 바로 마음자리를 본다'고 하는 것이다. 즉 손가락(작용)을 통해 달[見性]을 보는 것처럼. 그때의 '견성'은 내 안에 있는 그게(이뭣고) 그것인 줄 깨닫는 본각本覺인 것이다. 그것은 내 안에 이미 완비되어 있다. 우리는 매순간 그것을 쓰면서도 그게 그건 줄 모르고 산다. 칸트는 그것을 '선험형식'이라고 지적했다. 결국 불교의 선문답도 자신의 '그것'을 드러내는 것뿐이다.

불교에서는 인간을 이루는 요소인 색수상행식色受想行識의 오온이 상황에 따라 나로 존재하고 나로 작용하지만 인연이 다하면 그 쌓였던 것들은 다시 흩어지고 나 또한 사라지게 된다. 그 본바

탕을 '공'이라고 한다. 색즉시공이다 그러니 연기緣起의 산물인 색수상행식을 '나'라고 여기며 집착하지 말라고 일체의 공성空性을 강조한다.

그럼에도 불구하고 마치 실재하는 것처럼 나타나는 이 현상세계는 과연 무엇인가? 공임에도 불구하고 눈앞에 나타나는 이 세계의 실상을 대승불교의 유식唯識은 '진공묘유眞空妙有'로 답한다. 유식은 우리의 의식이 실유實有라고 여기는 현상세계는 우리의 심층 마음이 형성한 허상일 뿐이며 따라서 가유假有에 지나지 않는다고 주장한다. 이 세계는 마음이 형성한 것, 마음이 그린 영상일 뿐이기에 마음 내지 식識과 다를 바 없으며 따라서 일체가 '오직 식일 뿐'이라는 의미에서 '유식'을 말한다.

유식이 성립하는 것은 우리의 식이 단지 표층적 의식에 그치지 않고 현상세계를 형성하는 심층의 마음활동이 있기 때문이다. 불교에서의 기본 인식은 다섯 감각기관인 오근五根 ; 眼耳鼻舌身이 다섯 감각대상인 오경五境 ; 色聲香味觸을 수용하는 전오식前五識을 말한다. 이 전오식의 감각 자료들을 정리하여 판단하는 식識을 제6의식意識이라고 한다.

제6의식보다 더 심층의 식이 제7말나식이다. 아와 법을 주체와 객체로 분별, 설정하고 거기에 집착하는 식으로 아집과 법집을 일으키는 심층식, 또는 무의식적 의지라고 할 수 있다. 제6의식과 제7말나식이 업을 지으면 그로부터 남겨지는 업력, 종자種子가 제8아뢰야식을 이룬다. 그 종자들은 심층에서 생멸을 거듭하면서 성장하다가 인연이 갖추어지면 다시 표층으로 떠오르게 된다.

아뢰야식의 전변활동은 식이 영상을 만들어내는 과정이다. 우리가 '나'라고 생각하는 것, 그리고 객관세계 자체라고 생각하는 것이 실은 우리 의식이 미치지 못하는 마음, 심층의 무의식 차원에서 일어나는 마음의 전변활동의 산물이라는 것이다. 그런데 아뢰야식은 집착과 번뇌의 유루종자의 종합에 그치는 것이 아니라 일체가 유루종자들의 변현이라는 것을 자각自覺해서 전식득지轉識得智(해탈)를 이룰 수 있는 식이기도 하다. 아뢰야식의 심층 마음에는 3차원의 생멸심과 4차원의 진여심(불성)이 함께 공존한다.

칸트도 우리가 인식하는 세계는 인식하는 마음의 인식형식에 따라 형성된 세계라는 것을 주장했다. 그는 『순수이성비판』에서 종래의 인식론과 형이상학에 날카로운 비판을 가하면서 인식의 성립문제와 참된 의식, 그리고 인간 인식의 한계를 묻는다. 이러한 그의 사고 과정을 불교의 심층 무의식인 아뢰야식에 견주어 검토하는 일도 의의가 있으리라고 생각된다.

칸트는 전통적 서양철학에서 중요한 '실체 개념'에 반대함으로써 자신의 철학을 세운다. 우리가 인식하는 것은 '현상'뿐이다. 현상은 사물 자체가 아니라 단지 우리의 표상이다. 우리는 자신의 표상을 통해 인식할 뿐이며 우리의 표상은 사물 자체와 직접적 연결 끈을 갖고 있지 않다는 것이다. 우리의 지식이 아무리 멀리 나아가도 결국 우리의 표상들의 연결 관계에 그치지만 이 연결 관계는 우리의 선험적인 인식 구조에 의해 가능한 것이기 때문에, 우리의 표상들의 지식은 결코 임의적, 우연적 지식이 아니라고 언급한다.

칸트에 따르면 우리의 인식은 감성의 활동인 직관과 지성의 활동인 사유, 직관과 개념이 합하여 성립하는데 직관과 사유는 다시 우리의 직관형식인 시공간과 사유형식인 범주에 따라 성립한다. 그러므로 우리에게 인식된 세계가 결국 우리의 인식형식에 따라 형성되는 세계, 그런 의미에서 '현상現象'이라는 것이다.

불교의 유식은 그러한 세계를 '가假'라고 부르고 칸트는 '현상'이라고 불렀다. 유식과 칸트는 둘 다 세계의 현상성 또는 가상성을 언급한다. 유식은 소승유부의 실재론[有]과 대승 중관의 공空 사상을 유식성[假]으로 종합하고 칸트는 서양의 합리론(독단론)과 경험론(회의론)을 초월관념(현상론)으로 종합하였다.

유식과 칸트에서 세계는 마음이 형성한 세계이므로, 마음이 세계를 보고 인식할 때, 마음은 결국 마음을 보는 것이다. 다만 마음은 마음을 보되 마음이 그린 영상, 마음의 그림자만을 본다. 그렇다면 마음이 자기 그림자 대신 자기 자신(참나)을 보는 것이 가능한가? 아뢰야식이나 초월적 자아에 대한 직관이 가능한가?

이 물음에 대해서는 칸트와 유식을 함께 전공한 한자경 교수에게 답을 듣기로 하겠다.

> 칸트는 초월적 자아에 대한 인식 가능성을 부정한다. 사유는 할 수 있으되 우리에게 지적 직관이 없으므로 초월적 자아에 대한 인식을 얻을 수 없다는 게 칸트의 입장이라고 한다. 그러나 불교는 마음을 대상화 내지 이원화하지 않고 마음 그 자체를 직접 자각하는 마음의 증득 내지 마음의 깨달음이 가능

하다고 본다. 마음 자체를 보는 길은 마음에 대상을 두지 않고 마음을 비우면서 마음으로 깨어 있는 방법뿐이라는 것. "그때 대상을 여읜 빈 마음은 그 한 찰나에 마음 자체를 보게 된다는 것. 그것은 이원화되는 영역, 일체의 상대적 경계를 넘어선 마음이다. 진여심을 깨닫는 순간 그러한 마음의 자기 자각성이 본래 처음부터 내 안에 있었음을 알게 된다."

마음은 언제나 이미 마음 자체를 알고 있다. 불교에서는 이를 본각本覺, 또는 '본래성불'로 표현한다.

우리가 알아나가는 마음(견문각지심/ 제6의식/ 경험적 지식)을 '마음a'라 하고, 알고 싶은 마음(진여심/ 초월적 의식)을 '마음A'라 할 때(마음A는 우리의 본래의 마음, 심층마음, 아뢰야식, 마음바탕이기에 그것은 언제나 각자의 마음으로서 작용하고 있다) 마음A는 마음a가 마음A 자리로 나아가 그 자리에 들어섬으로써만 알려진다. 정신과 의사 융은 의식과 무의식의 불합치에서 일어나는 정신분열의 통합을 위해 무의식 안의 내용을 완전히 의식화시킬 것을 강조했다. 의식세계에서는 '나(에고)'를 볼 수 있고 무의식세계에서는 '그림자' '아니마' '아니무스' '자기'라고 부르는 요소들을 만날 수 있다. 둘이 하나가 되는 것을 계합契合이라고 하는데 본래 있는 마음A의 활동이 나의 마음a에게 비로소 의식되는 것이다.

경봉 스님(1892~1982년)은 어린 나이에 어머니를 잃고 무상을 통감하며 통도사로 출가했다. '이뭣고?' 화두에 전념했다(1965년 필자에게 준 화두도 '이뭣고?'였다). 1927년 새벽, 바람도 없는데 갑자기 촛불이 '팍팍팍' 소리를 내며 눈앞에서 깜박거렸다. 순간 가슴속에 막혔던 의문덩어리가 녹아내렸다. 그때의 오도송이다.

내가 나를 찾아 이곳저곳 뒤졌는데
눈앞에 바로 주인공이 살고 있네.
허허 이제 만나 한 점의 의혹 없으니
우담발화 광명이 온 누리에 흐르네.

이것은 마음a가 드디어 마음A와 만나 둘이 하나가 되는 상태다. 눈앞의 주인공이 한 점 의혹 없이 나임을 알았다. 깨달음이란 마음A(진여)와의 합일이다. 진여眞如 자체면서도 무명無明 때문에 진여에서 멀어져 있던 처지에서 벗어나 스스로 진여 자체임을 확인하는 순간이다. 하이데거는 이를 '존재사건'이라고 불렀다. 그러나 깨달음을 '진여'라고 하지만 그것이 어딘가에 따로 있는 것이 아니라서 실상을 얻을 수도 없다. 진리란 그런 것이 아닐까. 깨달은 사람은 본래의 자기를 확인한 것뿐이니 전과 달라진 것은 있을 턱이 없다. 소위 일을 마치고 평상심으로 살아가는 요사범부了事凡夫일 뿐이겠다.

마음A를 안다는 것은 주객, 나와 세계, 전 우주를 포괄하는 자신의 마음의 활동성을 스스로 자각한다는 것이다. 인생의 꿈에서 깨고 나면 그때 비로소 일체 마음활동이 꿈이었음을 알게 되는 것처럼, 인생은 한바탕 꿈이다. 마음을 다친 예술가들이 이 같은 사실을 진작 알았더라면 자기 마음에 속는 일은 없었을 것을. 마음이 병든 가족들 때문에도 나는 이 문제에 집요할 수밖에 없었다.

유식唯識은 존재에 대한 치밀한 분석과 인식에 대한 투철한 해명을 통해 오로지 '나'와 '법'이라는 실체개념[我法俱空]을 해체하는 데서 성립한다. 『반야경』에서는 "연기이므로 자성이 없고 자성이 없으므로 공이다"라고 설하며, 『대야반경』「연기품」에서는 일체의 법을 '허깨비, 아지랑이, 꿈의 상태, 물 위의 달, 메아리, 가짜 꽃, 거울에 비친 영상, 그림자, 변화, 신기루'라는 10가지 현상으로 비유한다. 이러한 비유들은 '일체의 법은 자성自性이 없다는 성질을 지닌다'는 사실을 말한 것이다. 허깨비는 6근(안이비설신의=우리의 몸)에 대한 비유이고 꿈은 6경(색성향미촉법)에 대한 비유이다. 감각의 맞은편에 실체가 있는 것이다. 감각이란 마음이 드러낸 것에 지나지 않고 따라서 그 자신은 실체가 없는 것이다. 그런데도 우리는 실체 없는 마음 때문에 병들고 있다. 실물로 보여진 코끼리는 변계소집성(잘못 집착된 실체적 나 또는 법)이며 환상으로서의 코끼리는 의타기성(여러 여건에 의해 생겨난 식識)이다. 여러 여건들이 마음을 이끌고 그 마음이 허망한 변화를 드러낸다는 것은 모든 존재는 없지만 형상은 있다는 입장에서 마음이 드러내는 세계, 의타기성의 세계를 비유한 것이다. 즉 없으면서 있는 '공즉시색'의 현상인 것이다.

『반야경』에서 세존은 수보리에게 이른다.

"열반에 드는 사람도, 열반으로 이끄는 사람도 존재하지 않는다." 우리들은 실체적 존재가 아니라 허깨비[幻]와 같은 것이며 따라서 태어난다거나 죽는다는 일도 없는 존재라는 말씀이다. 우리에겐 태어남도 죽음도 없다는 사실을 인지하게 한다. 불생불멸이다. 다시 칸트로 돌아가 보자.

그는 자신의 철학을 '비판철학'으로 규정하고 『순수이성비판』에 이어 『실천이성비판』을 펴냈다. 실천이성의 본질은 '자유'이다. 그가 자유의 실현을 위해 찾아낸 보편적 행동원리는 도덕률 즉 양심이었다. "내가 그것에 대해 자주 생각하고 깊이 생각하면 할수록 더욱 새롭고 더욱 큰 경탄과 외경심으로 내 마음을 가득 채우는 것이 두 가지 있다. 내 머리 위의 별빛 찬란한 하늘과 내 마음속의 도덕률이 있다."

『실천이성비판』에서 인구에 회자되는 가장 유명한 구절이다.

칸트는 실천이성의 본질을 '자유'로 보고 실천이성의 형식을 '도덕'으로 보아 사회의 문제를 해결하고자 하였다. 그는 '도덕률'을 실천이성의 정언 명령으로 받아들였다. 도덕근본주의자로서 그의 자유가 도덕 원칙과 충돌하지 않기 위해 그는 얼마나 양심을 들여다봐야 했을까? 칸트는 자신이 말한 양심이란 선험적이고 보편타당한 것이라고 주장할지 모르나 양심을 양심이라고 하면 이미 바른 양심이 아닌 것이다. 자신은 이성적이고도 양심적으로 절대 선善을 지향한다고 말하지만 에고가 발동하는 순간 그것은 '독선獨善'으로 바뀌기 때문이다. 그러므로 도덕주의는 자칫 이데올로기로 전락하고 만다. 양심은 무엇보다 에고에 물들기 때문이다. 양심에는 선악이 있지만 불성에는 선악이 없다. 불성은 선험적이라서 더러움에 물드는 법이 없다. 하지만 양심은 더러움에 물들기에 경험의 차원에 속하는 것이다. 칸트는 '양심'을 4차원(선험)으로 보았는데 그것은 물드는 3차원이었다. 칸트의 에고가 양심이었다. 양심은 선善에 속는다. 그는 있는 그대로의 인간 실상을 본 게 아니라 자기가 보고 싶은 이상적인 인간만 보았던 것이다. 스스로 거기에 국한되었다.

그는 인간이 알 수 있고, 할 수 있고, 바랄 수 있는 것이 무엇인가?를 물었다. 그는 묻고 있는 주체가 무명업식無明業識에 왜곡된 중생심이란 사실을 몰랐던 것이다.

의식을 매개로 주관과 객관이 대립하게 되는 것을 선불교에서는 양변兩邊에 떨어졌다고 말한다. 이럴 때 주관은 가치판단을 통해 객관을 나누고 한쪽에 치우친 견해[邊見]를 갖게 된다. 중도中道는 양변을 넘어선 진리이다. 중도가 아닌 '낙공落空'이 칸트의 한계였다. 서구의 철학은 존재 망각의 사상사다. '있음'을 이해하지 못했다. 존재(불성, 진여, 진리)는 빼고 존재자(있는 것들)만 이해했다. 의식의 길이 끊어져야 존재가 드러난다. 자기를 느끼면 존재자로 국한된다. 그는 무의식(아뢰야식)을 고려하지 않았던 것이다. 칸트 철학은 후에 '정해 놓은 진리를 해체하고자 하는' 해체주의의 혹독한 비판을 피할 수 없게 되었다.

'그림자'란 무의식의 열등한 인격이다. 그림자가 의식화되면 그 다음 단계인 아니마, 아니무스를 인식하게 되고 이것이 인식되면 '마음 전체'를 실현하게 된다.

무의식의 의식화, 그 또한 마음a가 마음A를 만나는 일이다. '그림자'의 인식은 인간이 전체 정신을 실현케 되는 '자기실현의 첫

걸음'이라는 융의 책을 읽으며 '첫걸음'에 실패한 가엾은 영혼들을 떠올리게 되는 것이다.

'마음' 하나, 그것은 오랜 고통으로 내겐 숙제처럼 풀어야 할 화두話頭이기도 하였다.

업력의 주인공은 마음이다

죽음을 맞아 영혼이 몸에서 떠났는데 시신은 어떻게 유지되는가? 하는 문제가 궁금했다. 모든 것은 업력에 의하여 유지되는데 업력의 주인공은 마음이다. 마음이 떠났으면 시신도 동시에 없어져야 할 것 아닌가?

그러나 그 몸이 없어질 때까지 이끌어주는 업력의 일종인 인인引因이 있다는 것이다. 과거의 업력은 우리 몸을 출생케 하는 생인生因이 되고, 그 업력이 다 되어 영혼이 떠나서 죽었을 때에는 나머지 시체를 유지시켜주는 업력이 있는데 이를 '인인引因'이라고 『유식 30송』의 저자인 세친世親 논사는 설명한다.

몸도 마음과 같이 일정기간 유지되었다가 지수화풍의 요소로 돌아가 없어질 때까지는 인인에 의하여 유지된다는 것이다. 이 사후의 시신도 업력[引因]에 의하여 유지되었다가 사라진다고 할 수 있다.

죽으면 기가 흩어져 아주 흔적이 없어지는 것이 정상이다. 그러나 그렇지 못한 경우에 대하여 주자朱子는 '2할은 그 까닭이 있다'고 여귀厲鬼를 수용한 바 있다. 대부분 익사, 살해, 교통사고 등의 비명횡사를 당하여 정신(혼)이 초롱초롱 살아 있는 상태로 억울한 죽음을 당하게 되면 한을 품고 여귀가 될 수 있다는 것이다. 그런 경우 사람의 기氣가 아직 다 없어지지 않은 까닭에 다른 것에 빙의하게 되는 것이며, 또 갑자기 죽은 다음 기가 아직 소진되지 않은 경우가 있는데 이것은 그가 당초에 품수 받은 기가 왕성한 때문이라고 한다.

끝내는 시간이 지나면 역시 소진된다고 주자는 「어류」에서 설명한다. 귀신을 부정하던 주자가 2할 정도를 인정한 것은 여귀(귀신)의 앙화殃禍가 가지는 도덕적 특성 때문이었다. 억울한 한을 품고 죽은 여귀는 앙화를 통해 되갚음이 이루어져야 그런 괴이한 현상이 없어진다는 게 주자의 견해였다.

여귀가 되어 기가 흔적 없이 사라지지 못하는 것 역시 '마음' 탓이다. 편안하게 죽음을 맞이한 사람은 기가 저절로 없어진다. 순리이다. 실상實相을 꿰뚫고 번뇌를 제거한 수행자는 생을 마치는 순간에 마지막 업력[識]이 작용하지 않는다. 왜냐하면 근본 무명無明이 사라졌기 때문이다. 그러므로 내생으로 이어지지 않는다. 우리는 최후의 순간을 어떤 마음가짐으로 맞이해야 하는가를 숙고하게 된다. 이것을 잊지 말자.

업력의 주인공은 바로 마음이다.

마음이 만든 걸 아는 게 깨달음이다

크구나. 마음이여!
하늘의 높이는 다함이 없으나 마음은 하늘 위를 벗어나며,
땅의 두께는 알 수 없으나 마음은 땅 밑을 벗어난다.
천지天地, 나를 통하여 우뚝하며
만물萬物, 나를 통하여 드러난다.
크구나. 마음이여!

'마음'을 일본의 선사 묘오앙 에이사이明庵榮西(1141~1215년)는 이같이 정의했다. 마음이란 참으로 불가사의하다. 천지를 뛰어넘다가도 어느 순간에는 바늘 하나 꽂을 틈도 허락하지 않는다. 마음처럼 온갖 신묘神妙한 작용을 하는, 때론 요물 같기도 하다가 때론 성스러운 것이 다시 있을까? 마음은 어떻게 그런 작용을 일으키는가?

마음과 영혼에 관한 문제라면 일찍이 아리스토텔레스가 『영혼

론』을 집필한 이래 마음의 탐구는 모든 철학자들의 관심사가 되었다. 중국에선 인성론, 심성론이 연구되고 성즉리性卽理 심즉리心卽理의 철학이 대두되며 우리나라에서는 이퇴계와 기고봉의 사단칠정론四端七情論의 치열한 논쟁이 있었다. 19세기 중반 심리학의 탄생, '무의식'이라는 의식 너머의 것이 제기되고, 인지과학자들은 '마음이 곧 뇌'라며 몸(뇌)의 문제로 간주하기 시작했다.

최초로 인간의 뇌파를 기록한 사람은 프러시아 장군 한스 베르거(1873~1941년)였다. 뇌파란 대뇌피질에서 발생하는 전압의 파동적 변화이다. 뇌에는 뉴런이라는 전선이 가득하며 우리의 마음은 그 전선을 타고 뇌의 이곳저곳을 흐른다. 뇌파의 발견으로 마음의 박동을 알게 되었고 fMRI(자기공명영상)를 통해 뇌의 측두엽 아래 부분에서 인식, 자각, 판단을 좌우하는 기능이 만들어진다는 것을 알아내었다. fMRI로 감마파, 베타파, 알파파, 세타파 등 뇌파의 측정으로 마음의 상태를 실시간으로 파악한다.

마음이 가라앉을수록 뇌파의 진동 횟수가 줄어든다는 것도 알게 되었다. 마음에 대한 객관적인 연구가 시작된 것이다. 이들은 뇌가 만든 감각식의 주체가 될 뿐 아니라 생각의 주체가 된다고 보고 마음이나 의식의 생성원리도 뇌로부터 찾고자 노력했다. 그러나 매실을 먹어 본 사람은 매실 생각만 하여도 입안에 군침이 고인다. 뇌가 사고의 주체라면 매실에 대한 상상이 실제가 아니고 상상이기 때문에 헛되이 침을 분비하도록 명령하지 않아야 했을 것이다. 이는 뇌가 생각의 주체가 아니고 오히려 생각에 의하여 반응하는 사고 종속적인 기관에 불과하다는 것을 알 수 있다.

그렇다면 생각의 주체는 뇌와는 별개로 존재할 수 있다는 것을 알 수 있다. 뇌가 마음일 수는 없다. 우리가 보고 듣고 냄새 맡는 등의 감각으로서의 전오식前五識은 단순히 감관에서 성립하는 감각이 아니다. 가령 장독 밑에 핀 봉선화를 본다거나, 영안실에서 흰 국화를 대할 때, 그 꽃의 인상이 누구에게나 다 똑같다고는 말할 수 없다. 시각에서 이루어지는 현량으로서의 감각은 이미 의식과 손잡고 있는 감각이며 더 나아가 그 사람의 무의식과도 연결되기 때문이다. 불교에서는 전오식(안이비설신)과 의근意根인 제6식(의식)과 제7식(말나식) 제8식(아뢰야식)을 상정하여 마음작용을 설명한다. 즉 같은 대상과 접했다 하더라도 그 사람의 경험과 학습에 따라 그에 상응하는 정신작용은 달라질 수 있기 때문이다.

어느 날 채마밭을 매던 향엄 스님은 돌멩이를 집어 던졌는데 돌멩이가 그만 대나무에 맞았다. 딱! 하는 소리에 그는 그 자리에서 활연대오하였다. '향엄격죽擊竹'이라는 유명한 오도송을 남겼다.

> "'딱' 소리에 알던 바를 잊으니
> 다시는 닦을 필요 없게 되었네. (생략)"

귀로 소리를 들음은 성聲의 경계를 말한다. 이식耳識이 성경聲境과 연결된 것이다. 마음작용의 핵심은 상호의존성에 의한다. 그것들(격죽)이 원인과 조건에 의해 일어난 현상이기에 그것들의 힘이 다하면 곧 사라지게 된다는 것을 알았던 것이다.

마음은 근(안이비설신의 감각기관)과 경(색성향미촉법의 여섯 가지 인식 대상)과 식識, 심心과 심소心所(마음부수)가 상호의존적 연기적 작용을 통하여 펼쳐낸 세계이다.

『반야심경』은 인연법의 현상이 모두 공空한 것임을 강조하고 우리가 실유實有라고 여기는 현상계는 사실 우리의 심층 마음이 만들어낸 허상[幻]임을 알아차리라고 충고한다.

마음 따라 근, 경, 식의 작용으로 만 가지 법이 생기고, 한 생각의 마음 따라 모든 것이 사라진다는 것이다.

당나라를 향해 가던 중 원효 스님은 의상 스님과 노숙을 하게 되었는데, 한밤중 갈증이 심해 해골에 괸 물을 모르고 달게 마셨다. 날이 밝자 토악질을 하다가 순간 깨달았다. 모든 것은 마음이 만든 것임을, '일체유심조一切唯心造'를.

마음이 만든 걸 아는 게 깨달음이다. 필경에는 대나무 소리를 듣는 나와 들려주는 '격성擊聲'도 없다는 것을 아는 게 진정한 깨달음이 아닐까.

마음의 인연화합으로 잠시 드러난 그것(법法, 인식 현상), 그것도 그것이랄 게 없다.

제법 공상空相에서는 나도 없고 마음도 없고 식識도 없다.

"마음이 생기니 가지가지 법이 생기고 마음이 없어지니 가지가지 법이 없어진다心生則 種種法 心滅則 種種法滅."는 『능가경』의 귀한 말씀을 나는 노트에 옮겨 적었다.

제8장

신神에 대하여

신이란 변화의 주재자이다/ 공자
나는 신성의 원형을 증명할 뿐이다/ 카를 구스타프 융
법신에 대하여
진화론자의 신에 대한 견해
어쩐지 그런 것 같더라/ 미셸 투르니에
신이란 조화의 총체이다/ 주자
기도에 대하여
왜 사람들은 이상한 것을 믿는가
나는 스피노자의 신을 믿는다/ 아인슈타인

신이란 변화의 주재자이다

—공자

"변화의 도道를 아는 사람은 그 신神의 하시고자 하는 바를 아는구나!"

공자의 『계사전』 제9장의 말씀이다. 그가 신神을 언급한 대목은 『계사전』의 여러 곳에서 발견된다. 그럼에도 『논어』「술이편」에서 괴, 력, 난, 신怪, 力, 亂, 神을 말하지 않았다고 한다. 이 이율배반적인 신神의 정체를 어떻게 해석해야 옳을까?

프랑스의 계몽주의 사상가 볼테르는 공자를 존경하여 자기 집 사랑에 공자의 초상화를 걸어놓고 조석으로 예배를 드렸는데 그는 신비함이나 기적을 말한 바 없이 최고의 덕목을 인仁에 두고 인간을 교화하였기 때문에 공자의 인간성에 감격한 나머지 그렇게 하였다고 했으며 공자의 초상화 앞에 이런 시를 적어두기까지 했다.

공자는 유익한 도리道理만을 해설한다. 그는 삶들을 미혹함

없이 사람들의 마음의 문을 열어젖힌다. 공자는 성인으로 도를 말했지 결코 예언자로서 말하지 않았다. 그래서 사람들은 그의 가르침을 믿었다.

그러니까 공자가 『계사전』에서 언급한 신神이라는 것도 사람들을 미혹하게 하는 것이 아닌, 예언자로서가 아니라 성인으로서 유익한 도리를 해설한 것이라는 변론이 되고 마는 것이다. 한마디로 볼테르의 해석은 옳았다.

'변화의 도'를 아는 사람, 공자는 그 변화의 주재자를 신으로 보았다. 우리가 찬양해야 할 대상으로서의 초월적인 신god이 아니라 다만 자연의 절서節序에 따라 봄, 여름, 가을, 겨울이 가고 오듯이 원형이정元亨利貞의 운행방식에 따라 변화하는 그 음양의 근거를 공자는 신神으로 보았던 것이다. 동양에서의 자연은 창조자의 피조물이 아니라 '스스로 그러함'의 자연自然일 뿐인 것이다.

어느 날, 밤송이 가시에서 '탁'하고 알밤이 튀어나온다고 하자.

그때 무엇이 그렇게 하는가? 기氣 스스로 그렇게 한다는 것이다. '기자이氣自邇'다. 즉 외부의 에너지를 필요로 하지 않고 자체적으로 할 수 있는 추동력, 그 근거가 바로 음양인 것이며 도道며 자연이고 신神인 것이다. 서양과는 달리 동양에서는 자연의 설계자 개념이 없기 때문에 따라서 세계의 창조자라는 개념도 없다. 자연이란 글자 그대로 '스스로 그러함'의 자연인 것이다.

무엇이 그러한가?

한 번 양陽이 되었다가 한 번 음陰이 되는 그 운행運行의 자체 조직성이 그러한 것이다. 음양변화의 작용에 의해 헤아릴 수 없이 나타나는 이것을 일러 공자는 '음양불측지위신陰陽不測之謂神'이라고 했다. 음양의 변화가 신神이라는 것이다.

그렇다면 음양의 변화란 어떤 것인가?

한마디로 말하면 역은 변變이다. 음양 소장消長의 변화이다. 그것이 때를 따라 변하고 바뀌어서 도道를 따르는 것이 역의 원리다. 모든 사상事象은 궁극에 다다르면 변화한다. 음의 기운이 극성極盛하면 양의 기운으로 '변變'하고 양의 기운이 극성하면 음으로 '화化'한다. 이것을 변화라고 한다. '변'이라 함은 나아감이요, '화'라 함은 이루어짐을 뜻한다. 이것을 계절에 배대配對하면 춘하春夏는 '변'에 해당되고 추동은 '화'에 해당한다. 건도乾道의 4덕에 배대하자면 춘하는 원형元亨이며 생장生長을 주관하고, 추동은 이정利貞이며 수장收藏을 담당한다. 이렇게 한 번 '변'하여 양이 되고 한 번 '화'하여 음이 되는 것을 도道라고 한다. '일음일양지위도一陰一陽之謂道'가 바로 그것이다. 부연하자면 극성해진 노음은 양으로 바뀌고, 노양은 음으로 바뀐다. 음이 극한 가운데 양이 생겨남을 '변'이라 하고, 양이 극한 가운데 음이 생겨남을 '화'라고 말한다. 음변양화陰變陽化의 순환작용이 되풀이되는 것이다.

즉 8곤지坤地의 노음이 극한 데서 4진뢰震雷의 양 하나가 자라나 '변'이 시작된다. 그것은 지뢰복괘에 해당되며, 1건천乾天의 노양이 극한 데서 5손풍巽風의 음 하나가 생겨남을 '화'라 이르나니 천풍구괘가 된다. 지구의 자오子午 변경선처럼 중심을 가르며 구

姤괘와 복復괘가 천지건곤괘를 축으로 삼아 성장소멸의 변화를 거듭한다. 이른바 천도天道 변화이다. 그리하여 하지夏至에서 자라기 시작한 일음一陰은 동지冬至에 와서 극성한 노음老陰이 되어 마침내 제일 어둡고 긴 밤을 이룩한다. 음의 완성인 동지冬至인 것이다. 그러나 동지가 되자마자 노음은 곧바로 양으로 '변'하나니 동지에서 일양이 시생始生하여 마침내 하지에서 극성한 노양이 된다. 이에 점차 밝음의 세계가 펼쳐지게 되는 것이다.

밤과 낮은 하루의 음양변화요, 여름과 겨울은 일 년의 음양변화이다. 젊음과 늙음, 생과 사의 순환작용도 여기에서 다르지 않다. 그러므로 『주역』의 이러한 음극양변陰極陽變과 양극음화陽極陰化의 변화의 이치를 알면 생사의 문제를 알 수 있고, 귀신의 정상情狀까지도 안다고 하며 그 신의 하시고자 하는 바를 안다고 하는 데에 이르게 되는 것이다. 그러나 신神에는 방소方所가 없고 역易에는 체体가 없다. 그러므로 신神은 어디에나 있으며 어디에도 없다. 또한 역은 무체無體이기 때문에 담는 대로 담기어지는 그릇의 물처럼 형체가 없으면서 또한 어떠한 형체도 수용한다. 신神은 부르면 오고, 부르지 않으면 이르지 않는다는 것도 모두 이 때문이다.

변화의 도를 순환시키고 그 변화의 주재자인 음양을 공자는 신神으로 보았던 것이다.

나는 신성神性의 원형을 증명할 뿐이다

— 카를 구스타프 융

Vocatus atque non vocatus deus aderit.

부르든 부르지 않든 신神은 항상 존재할 것이다.

이것은 융(1875~1961년)의 묘비명에서 그리고 그의 집 현관문에서도 만날 수 있는 글귀이다. 심층 심리학자인 그의 대명사처럼 되어버린 이 글귀는 그대로 융을 이해하는 키워드라고 할 수 있다. 집안에 목사가 6명이나 되고 융도 신앙을 가지고 있었지만 그는 어떤 종파에도 속하지 않았다. 교회가 제정한 신자들의 용어와 의식을 거부했으며, 신자들이 종교의 정신과 의미를 인식하는 것을 제도화된 종교가 가로막고 있다고 비판했다. 융은 누미노제numinose의 초월성에 대한, 인식을 표현하는 일관된 입장을 추구했다.

그는 자기 연구의 주요 관심사는 노이로제를 다루는 것이 아니라 누미노제, 즉 신뢰와 함께 두려움을 자아내는 '신神적인 것'에의 접근이라고 한다.

"누미노제에 대한 접근이 본래의 치료법입니다. 누미노제를 체험하는 사람은 질병의 저주에서 풀려납니다. 병 자체가 누미노제적 성격을 가지게 되는 것이지요"라고 했다.

융은 신神과 영혼의 관계를 설명하기 위해서 '내적內的인 신神'이라는 개념을 사용했다. 영혼의 원형을 언급하는 것은 심리학적 개념으로서 신학적, 종교적 개념으로는 이해될 수 없다고 했다. 그는 "내가 신의 존재를 증명하고 있다고 생각한다면 그것은 유감스럽게도 착각이다. 나는 신성神性의 원형의 존재를 증명할 뿐이다. 우리가 심리학적으로 신에 대해서 말할 수 있는 것은 이것이 전부"라고 했다. 이런 원형의 체험은 누미노제의 성질을 가지고 있다는 것이다. 그가 신과 영혼의 관계를 설명하기 위해 심리학적 개념으로 가져온 '내재적內在的인 신神'은 개인의 신앙을 뛰어넘는 높은 차원에서의 열린 정신임을 알게 한다.

만년에 "신을 믿느냐?"는 어느 기자의 질문에 그는 웃으며 "신을 안다"고만 답했다. 안다는 것은 무엇을 의미하는가? 공교롭게도 그때, 나는 인과因果의 질문에 '인과'가 있다고도 없다고도 하지 않고 다만 어둡지 않다[不昧]고 말한 중국의 백장百丈 선사의 말씀이 떠올랐다. 유무有無에 떨어지지 않는 '불매不昧'와 그가 신神을 안다고 한 것이 다르지 않다고 생각되었기 때문이다.

융의 수제자인 폰 프란츠 여사는 자기의 스승을 가리켜 '큰 샤먼'이라고 명명했다. 큰 샤먼이란 망아忘我의 상태에서 천상과 지하의 세계를 넘나들며 수호신인 정령精靈들과 만나 병자의 잃어버린 넋을 찾아와 그 몸에 다시 넣어주거나 악운을 쫓아내어 병을 치료하며, 죽은 사람의 넋이 방황하여 산 사람을 괴롭히지 않도록 그 넋을 저승으로 인도해주는 능력자임을 말한다. 샤먼은 중앙아시아의 유목민족 사이에서 중요한 역할을 한 특수한 종류의 주의呪醫이기도 했다.

원시 종족의 의사이며 동시에 영혼의 인도자였다. 샤먼이나 무당은 환자의 병을 잘 알 수 없다고 생각할 때는 망아경에 빠져 저승에 가거나 저승의 신들을 불러 그 까닭을 알아본다. 이러한 입무入巫의 과정은 융의 '개성화 과정個性化 過程'의 원초적인 유형이며 현대의 분석적 정신치료의 목표와 일치한다고 언급한 사람은 우리나라의 이부영李符永 교수였다.

영혼의 인도자, 융의 '저승에의 여행'은 38세부터였다고 폰 프란츠는 말한다. "중년기의 숙명적인 시간에 융은 언제나 사자死者가 과거의 역사 속에서 생기를 되찾기 시작하는 주제의 꿈을 꾸었다고 말한다. 예를 들면 비둘기가 죽음의 왕국의 사자使者로서 한 작은 소녀로 바뀌어 그에게 오는 꿈이었다"고 한다.

이것은 샤먼으로서의 입무入巫의 꿈과 같다는 것이다. 프란츠는 "융이 프로이트와 헤어진 뒤 체험한 것들을 보면 그것은, 귀령鬼靈의 세계, 다시 말해서 무의식의 세계에 대한 태초의 체험 양식과 놀랄 만큼 일치한다"고 말했다. 융이 그의 무의식의 내용을 살펴 나갔다는 사실은 그의 전기傳記에도 잘 나타나 있거니와 볼링겐의 별장이 있는 호숫가에서 돌을 다루며 자기 안에서 우러나오는 무의식의 여러 환상들에 구체적인 표현을 주려고 하였다는 그의 고백은 아주 주목할 만한 사실이다.

융은 그가 더 이상 알 수 없는 것에 부딪혔을 때, 그림을 그리거나 그가 어떤 상像을 발견하였다고 느끼면 그 돌을 가져다 그것을 쪼아 그가 본 상을 새기곤 했는데 어느 날인가는 프란츠에게 이런 속내를 털어놓았다.

> 나는 무의식이 무엇을 하고자 하는가를 알 수 없는 때가 많아서 그런 때는 그저 내 손을 놀려 무엇을 만들게 하고 나서, 뒤에 비로소 내가 무엇을 형상화形象化하였는지 잘 생각해본다.

훗날 그는 자서전 『회상·꿈·사상』에서 "나의 인생은 무의식이 자기를 실현해 가는 과정이다", 따라서 자신의 생애를 '무의식의 자기실현의 역사'라고 말했다.

융의 이러한 행위를 프란츠는 이것 역시 메디신 맨medicine man으로 예를 들자면 북아메리카 나바호 족의 주의呪醫들이 하는 방식이라고 지적했다. 나바호 족의 주의가 어떻게 귀신들의 의도, 미지의 병의 원인, 그리고 미래에 일어날 수 있는 일을 찾아낼 수 있는가를 설명한다. 첫째는 별을 관찰하는 것이며, 둘째는 귀를 기울여 안에서 울려오는 소리를 듣는 것이며, 셋째는 귀신이 그 사람의 의지에 반해서 손을 움직이게 할 때 그 손동작을 관찰한다는 것이다. 융은 하늘의 별을 관찰하기에 앞서 무의식계의 콤플렉스들을 관찰하였고, 무의식을 (능동적으로) 의식으로 불러내어 그것이 어떻게 작용해 가는가를 관찰하였다. 그가 개발한 '적극적 명상'의 원초적 형型은 이렇게 샤먼들이 미지의 세계를 탐색해 가는 방법에서 찾아볼 수 있었다.

1919년 런던에서 행한 '귀령鬼靈 신앙信仰의 심리학적 토대'라는 강연에서 융은 영이나 혼을 무의식의 '자율적인 콤플렉스'의 표현이라 지적하고 원시인들의 정령이란 개인적 무의식의 자율적 콤플렉스들에 해당하며 귀령은 집단적 무의식의 콤플렉스에 해당된다고 말한다. 융은 어떤 생각을 증명할 수 없다고 해서 그것을 거부해야 한다고는 생각하지 않았다. 증거가 있든 없든 존재하는 것은 존재하는 것이다. 우리가 설명할 수 있느냐 없느냐와는 무관하게 경험은 지속된다고 말한다.

그의 강한 직관을 경험한 사람들은 우선 그가 지극히 다양한 분야에 대해 해박한 지식의 소유자라는 것, 그리고 자신이 어떤 마술적인 영매적 힘을 가지고 있다는 사실에 곤혹을 느끼기도 했다.

영매靈媒란 인간이 황홀경 비슷한 상태에 빠짐으로써 멀리 떨어진 곳에서 일어난 일도 알 수 있거나, 자신이 의식적으로는 전혀 모르는 일에 대해서도 알 수 있는 것을 말한다. 그는 이성의 세계보다도 상징의 세계에 더 깊은 의미를 두게 되며 에크하르트의 신비주의에 경도되고, 심령현상을 다루는 '소위 신비현상이라는 초超심리학 분야'에 관심을 갖게 된다.

친척 아이들 손에 이끌려 테이블 터닝(탁자에 손을 얹으면 탁자가 움직이는 심령현상) 게임에 참가했다. 열다섯 살 난 소녀가 갑자기 무아지경에 빠져, 품위 있는 교양녀로 변신하더니 평상시 그가 쓰던 스위스식 독일어가 아닌 정통 독일어를 자유자재로 구사하는 것이 아닌가. 모임이 끝난 뒤, 그는 이 사실을 상세히 기록하고 그 소녀가 깨어 있을 때의 행동을 세심히 관찰했다. 「소위 신비현상의 심리학과 병리학」이라는 제목으로 취리히 의과대학에 박사학위 논문으로 제출했다. 이것이 통과되어 취리히에 있는 부르크휠츨리 병원에서 의사로서의 첫발을 내딛게 된다.

정신병 환자의 마음속에서는 대체 무슨 일이 일어나고 있는가? 그는 시간이 지나면서 정신병 환자의 행동은 우리 자신의 본질의 밑바닥 베일에 가려져 있는 인간 무의식의 밑바닥이 표출된 것일 뿐이라는 사실을 깨닫게 된다. 그는 무의식의 심연 속으로 성큼성큼 걸어들어 갔다.

무의식을 처음으로 치료에 도입한 사람은 프로이트였다. 환자들의 마음속에 억압된 기억(상처)을 떠올려 이를 표현하고 해소시키는 과정에서 발견된 것이었다. 프로이트는 무의식을 주로 기억하고 싶지 않은 일이 저장된 창고라고 했다. 그것은 성적性的인 욕망과 관계되는 것으로 자신의 독특한 리비도 이론으로 지킬 수 있다고 확신했다.

그러나 융은 무의식이 단지 과거의 창고에 불과한 것만이 아니고 미래의 정신적 상황과 생각들의 가능성으로 꽉 차 있다는 것을 알았다. 실제로 예술가, 철학자, 과학자들조차도 갑자기 무의식으로부터 떠오른 영감 덕분에 업적을 이룬 이들이 있다. 예를 들면 프랑스의 수학자 포앙카레나, 화학자 케큘레는 여러 중요한 과학적 발견이 무의식으로부터 갑자기 그림으로 나타난 계시 덕분이라고 했다. 영국의 작가 스티븐슨은 인간의 이중성에 관한 그의 강한 느낌에 걸맞은 소재『지킬 박사와 하이드』의 줄거리가 꿈에 나타나 작품을 완성할 수 있었다고 밝혔다.

융은 일찍이 인간의 이성으로는 이해할 수 없는 심령현상을 다루는 신비학에 깊은 관심을 가지고 있었던 반면에, 프로이트는 '신비학이라는 검은 진흙의 홍수'(프로이트는 이렇게 불렀다)라고 단호하게 부정했다.

프로이트가 개인의 정신만을 문제 삼는 것에 비해, 융은 인류의 정신을 문제 삼았다. 융은 의식 밑에 개인적 무의식, 그리고 그 밑에 집단적 무의식이라는 심층 구조를 가진다고 했다. 의식은 우리가 보통 말하는 마음이고, 개인적 무의식이란 그 사람만이 가지고 있는 어떤 버릇을 말하며, 집단적 무의식이란 그 민족, 혹은 인류 전체가 가지고 있는 하나의 버릇을 의미한다. 의식의 내용은 자기 자신의 통솔이고, 개인적 무의식의 내용은 갈등(콤플렉스)이고, 집단적 무의식의 내용은 원형原型이라고 했다. 원형은 민족이나 인류가 가지고 있는 신화나 동화에 나타나는 꿈과 환상을 말한다. 가끔 사람들이 비몽사몽간에 신비한 경험을 하는 일이 있는데 이것은 집단무의식 속의 원형의 폭발인 것이다. 이런 경험은 자기도 전혀 모르는 초超의식의 현상이라는 것이다.

융은 의식과 무의식의 불합치에서 일어나는 정신분열을 통합하자는 데 그 목적을 두었다. 융이 말하는 정신병이란 집단무의식의 문제가 아니라 의식과 개인의식의 분열에 있다. 건강한 상태에 있어서는 의식이 무의식을 지배하고 있는데 병이 들면 그것이 불가능해지고 만다. 융은 이것의 통일을 위하여 무의식 안의 내용을 완전히 의식화시킬 것, 즉 무의식의 내용을 알려줌으로써 의식에 통합시킬 것을 강조했다.

융은 "『주역』이 무의식을 의식화시키는 도구요, 수천 년 동안 사용되어진 유일무이한 지혜의 서"라고 평가하며 무의식 안의 내용을 의식화시키는 방법으로서의 『주역』을 주목했다. 그는 주역 점占도 능숙하게 다룰 줄 알았다.

『주역』은 의식이 막다른 한계에 부딪혔을 때, 즉 무엇을 결정할 수 없는 절망의 상황에서 소용된다. 이때 던지는 엽전, 또는 산가지(시초 줄기)가 괘를 이루고 그 상像에 따라 답이 나온다. 의식이 한계에 도달할 때, 거기 무의식의 내용이 활성화된다. 따라서 의식의 물음에 대응하는 무의식의 내용에 배열이 생긴다. 점을 칠 때, 나오는 괘는 바로 인간의 마음속 이미지가 나타난 것으로 이 이미지의 해석을 통해 미래의 일을 알 수 있다는 것이다. 고로 『주역』의 핵심은 괘이며, 괘는 바로 무의식의 세계에서 나타나는 이미지가 상징화된 것이다.

융은 정신분석학적인 과정에서 볼 때, 주역의 64괘는 자아의 행동과 내성內性을 깊이 성찰하도록 구성되어 있는 바 이는 "현재 정신분석학에서 말하는 잠재의식의 개발 방법과 일치한다"는 것이다.

무의식이 '암호로 뒤덮인 전보'를 작성하여 의식에 보내고 의식은 이를 해독한다고 말한 사람은 철학자 테오뒬 리보였는데 융이야말로 암호로 뒤덮인 무의식의 전보를 해독하고 그 상징을 이해하기 위해 평생을 바쳤던 사람이다. 자신의 말대로 그의 인생은 '무의식의 자기실현을 위한 역사'였다.

융의 동양사상에 대한 관심은 1920년을 전후하여 주역, 도가사상, 인도의 철학과 종교 그리고 선禪으로 이어졌다. 융은 동양적 사고와 서양적 사고의 특징을 내향성과 외향성에 두며 기독교적인 서구사회의 인간은 전적으로 신의 은총에 의존하고 있는 데 반해 동양인은 자기 스스로에 의존하고 있다는 데에 주목한다. 즉 서양인은 자기실현 혹은 자기구원을 자신의 밖에 있는 절대 타자인 신神에서 구하는데 동양인은 불성佛性 및 일심一心 등으로 표현되는 마음에서 자기해탈을 구하고 있다는 것이다.

융은 "서양인은 신의 은총에 의지하기 때문에 서양인에게 인간이란 지극히 작은 것이며…… 인간이 신神을 조금 더 깊이 들여다본다면, 신은 깨닫지 못한 인간 마음이 엮어낸 환상의 베일에 불과한 것임을 알게 될 것이다"라고 한다. 융은 동양인의 내향적 사고를 서양인의 외향적 사고와 대비하면서, 서양인의 외향적 사고의 일방성을 비판하고 동양인의 내향적 사고, 즉 동양의 '마음' 같은 것을 보완하여 마음의 전일성全一性, die Einheit und Ganzheit을 회복할 것을 제시했다.

융 심리학에서의 마음 치료는 자기 자신으로부터 출발하여야 하고 자신의 마음 밖에서 구할 것이 없다는 것이 그의 기본태도였다.

그는 마음에 집중했다. 2년 동안 영국의 포로수용소의 책임자로 있으면서 매일 아침 만다라를 그렸다. 그 그림으로 융은 자신의 정신의 변화를 관찰할 수 있었다고 밝혔다.

자서전에 이렇게 적고 있다.

> 나는 만다라가 무슨 의미인지 차츰 깨달아갔다. 그것은 '형성, 변환, 영원한 마음의 영원한 재창조'였다. 그리고 그것은 '자기' 즉 인격의 전체성이었다. …… 나의 만다라 그림들은 날마다 새롭게 나타나는 '자기' 상태와 연관되는 암호 같은 것이었다. 그 속에서 나는 '자기' 즉 나의 전체성이 활동하는 것을 보았다. …… 만다라를 그리기 시작하면서 나는 그 모든 것, 내가 걸어온 모든 길, 나의 모든 발걸음이 하나의 점, 즉 중심점으로 돌아간다는 것을 알게 되었다. 만다라가 중심이라는 사실이 더욱 분명해졌다. 그것은 모든 길의 표현이다. 그것은 중심을 향한 길, 즉 개성화의 길이다. …… 이와 같은 인식은 내게 확신을 주었고 차츰 내적 평안이 회복되었다. 자기의 표현인 만다라로 인하여 나로서는 궁극적인 것에 이르렀음을 알았다.

그가 만다라를 그렸던 것도 당시의 마음 상태를 따른 것이기도 했지만 동시에 무의식의 산물을 다루는 독특한 방식이기도 했다. 융이 만다라를 그린 본래의 목적은 자기 자신이 되는 것, 바로 개체화Individuation의 추구였다. 더는 분할이 불가능한 개별체 혹은 전체가 되는 과정을 뜻하며 자기의식에 대해 완벽하게 아는 일이었다. 융은 개인의 인생은 마치 씨앗이 식물로 성장하는 것처럼 미분화된 정체성의 상태로부터 시작해서 복잡한 분화 과정을 거쳐 더 이상 나눌 수 없는 통일된 인격으로 발전한다고 보았다. 모든 인간은 개체화를 추구한다. 그러나 완전한 개체화를 실현하는 사람은 석가모니나 예수를 제외하고는 없다고 해도 과언이 아니라고 그는 말한다. 우리 의식의 중심인 나(자아)를 훨씬 넘어서는 엄청난 크기의 전체정신(그 전체정신의 중심핵을 그는 자기 원형이라고 했다) 의식과 무의식의 조화로운 통합을 위해 스스로 조정하고 질서 짓는 우리 정신의 내적인 균형감각, 혹은 형이상학적인 최고의 진리, 자연의 운행을 조정하는 알 수 없는 궁극의 원리 같은 것에서 융은 인간들이 신神이라 부르는 대상에 해당되는 것들을 발견해낸다. 그가 확인한 것은 무의식에서 발견된 신의 상像이었다. 이러한 융의 발견은 이미 동양사상에서도 오랫동안 계승되어 왔다. '모든 사람이 부처'라고 말하는 소위 대승불교의 여래장如來藏 사상이나 진여眞如의 관념은 분석심리학의 자기원형과 일치된다는 것이다. 또한 음양이 합쳐 도道를 이룬다는 『주역』의 음양이론은 밝고 어두운 심리적 대극의 합일로 전체정신에 도달한다는 융의 자기실현의 상징과도 일치했다.

융은 전체로서의 인격을 정신이라고 불렀다. 정신은 의식과 무의식 전체를 포함한다. 그러므로 인간은 본래부터 '하나의 전체'라는 것이 그의 기본 사상이었다. 의식세계에서는 '나(에고)'를 볼 수 있고, 무의식계에서는 '그림자' '아니마' 또는 '아나무스' '자기'라고 부르는 요소들을 만날 수 있다고 했다. '그림자'란 무의식의 열등한 인격이다. 그것을 싫어하는 자아의식이 한쪽 면을 지나치게 강조하면 그림자는 그만큼 반대편의 극단으로 치닫게 된다. 일반적으로 그림자가 의식화되면 그 다음 단계인 아니마, 아니무스를 인식하게 되고, 이것이 인식되면 즉 '마음의 전체'를 실현하는 마무리 단계에 이르게 된다는 것이다.

우리 마음속의 심령, 영혼을 뜻하는 아니마, 아니무스는 모두 자아의식을 초월하는 특성을 지닌다. 그것은 '나'의 통제를 받기보다는 고도의 자율성을 지닌 독립된 인격체와 같은 것으로 융은 인간의 무의식 속에 그와 같은 독자적 인격이라 할 만한 것이 존재한다고 믿었다. 그는 이를 내적 인격, 무의식적 인격이라고 불렀다.

아니마 즉 남성의 무의식의 내적 인격은 여성적 속성을 띠고, 아니무스 즉 여성의 무의식적 내적 인격은 남성적 속성을 띠게 된다는 것이다. 여기에서 음(여성) 가운데 양(남성)이 있고, 양 가운데 음이 있는 『주역』의 '부음이포양負陰而抱陽'한 태극적 요소를 만나게 된다. 융은 정신의 이 두 가지 성향이 전혀 별개의 것이 아니라 서로 하나로 통일되려는 경향을 가진다고 보았다. 음과 양이라는 두 대칭적 대립에서 그는 동시에 그것을 상보적相補的이게 하는 전일성全一性을 주목했던 것이다.

아니마, 아니무스는 무의식의 원형 중에 특수한 원형이어서 자아의식을 무의식의 심층, '자기'에게로 인도하는 인도자, 또는 매개자의 역할을 한다는 것이다. 그러므로 아니마, 아니무스의 인식을 통한 인격의 통합과 분화는 자기실현의 매우 중요한 과제가 된다고 융은 말한다.

우리의 정신은 대립적 음양의 태극太極으로 구성되고, 태극의 합일로 자기실현이 가능하다고 그는 역설했다.

장자莊子는 그 전일성에 대해 이렇게 말했다.

> 삼라만상의 배후에는 그것을 통일시켜주는 어떤 궁극적 실체가 있는데 '그것을 완전[周], 또는 전포용全包容/ [徧] 혹은 전체[咸]라고 부른다. 그 이름은 다르지만 그 찾는 실상은 동일하다. 그것은 일자一者를 가리킨다.

그 일자를 우리는 '태극'이라 불러도 좋을 것이고, '도'라고 불러도 무방할 것이며 역易이라고 해도 틀리지 않으리라고 생각된다.

융은 무의식 속에는 어두운 그림자(파괴적, 부정적, 열등성)만 있는 것이 아니고 창조적 능력, 즉 빛의 원천이 들어 있다는 사실을 주목했다. 모든 재앙의 근원이 인간에게 있다고 한 융은 사실 인간의 마음속에서 그 재앙의 근원뿐 아니라 이른바 '구원'의 근원도 함께 발견해낸다. 구원의 열쇠란 내 안에 있기 때문이다. 그러므로 '그림자'의 인식은 인간이 전체정신을 실현케 되는 자기실현의 첫걸음이라고 했다. 정신의 전체성이란 빛과 그림자의 융합으로 이루어졌으며 우리의 무의식 속에는 어두운 그림자만 있는 게 아니라 빛의 원천이 내재해 있다는 것을 강조했던 것이다.

그는 "그림자는 바다 표면 가까이에 있는 해초와 같으나, 일단 끄집어내기 시작하면 정신의 가장 밑바닥에 놓인 보배 또는 비밀을 건드리게 된다"고 말한다. 여기서의 보배란 참나, 성령聖靈, 불성佛性의 다른 이름에 지나지 않을 것이다. 그러므로 그림자의 인식이나 그것의 의식화는 아니마, 아니무스를 바르게 인식하는 데도 중요한 역할을 한다. 왜냐하면 그림자는 아니마, 아니무스를 감싸고 있는 커다란 어둠(칠통 같은 무명업식無名業識)이므로 아니마, 아니무스를 명확하게 볼 수 없도록 하기 때문이다. 불교에서도 화두[看話禪] 참구로 그 어두운 그림자인 무명업식의 칠통을 타파하기만 하면 즉시 마음 밑바닥에 놓인 보배, 즉 눈부신 천광天光, 진면목인 자기 부처와 만나게 된다고 한다. 불교 구원의 의미는 신에 의한 것이 아니라 자기 스스로 증득해야 한다는 자내증적自內證的 성격을 갖고 있다.

융은 무의식 속에 인간들이 신神이라 부르는 대상에 해당되는 것들을 발견하며 집단무의식 내의 원형이란 다신교多神教적인 신들이라고 언급한다.

뿐만 아니라 그는 무의식이 자율성을 가진 창조적 조정 능력을 가진 것으로 보았다. 주역의 점도 무의식이 그 자체의 자율적인 의지에 의해서 의식을 자극하여 무의식을 깨닫도록 하는 능력을 발휘한다. 무의식은 훌륭한 안내자이며 충고자라고 할 수 있다. 이것은 모든 생명들에게도 적용되지 않을까.

존재하는 모든 물질은 동전처럼 앞면과 뒷면으로 되어 있다. 앞면은 사람의 눈이 지각하기 때문에 스스로 창조하고 조직할 수 있는 능력을 갖는다. 따라서 무기질도 스스로 합목적인 세포를 만들 수 있으며, 일단 세포가 형성되면 세포 자체도 '초의식'을 갖게 되고 세포가 수없이 모인 식물이나 동물도 '초의식'을 갖게 된다.

생물은 초의식이 있기 때문에 필요에 따라 목적의식을 갖고 스스로 환경에 적응해 나간다(놀라운 진화를 거듭해왔다). 자연 재해를 감지한 개구리나 쥐, 개미 등의 이동행렬을 지켜보면서 초의식에 의한 그들의 생존본능을 나는 읽을 수 있었다. 이것은 동물들이 심한 압력이나 긴박한 욕구가 있을 때, 외부 물질구조에 '의미 있는(그러나 비인과론적)' 변화를 일으킬 수 있는 까닭을 설명해주는 대목이기도 하다.

얼마 전 우리는 중국 쓰촨성에 출현한 어마어마한 두꺼비 떼의 이동을 기억한다. 그것은 대재앙의 지진을 예고한 것이었다. 무엇이 그렇게 하도록 했는가? 그것은 다윈이 말한 세포 자체의 자율성, 즉 초의식에 의한 생존본능이며 융이 말한 무의식의 창조적인 조정능력과 다르지 않을 것이라고 생각된다. 즉 살려고 하는 의지, 그 내재적 힘이 바로 각자마다 가지고 있는 신성神性이 아닐까 짐작해 본다. 동양에서는 서양과 달리 설계자[神]의 개념이 없다. 동양에서의 자연은 창조자의 피조물이 아니라 '스스로 그러함'의 자연일 뿐이다. 자연 운행의 추동력은 자체적인 조직성에서 나온다. 알 수 없는 음양의 움직임, 자체적인 조직성을 일러 신神이라고 한다.

역은 낳고 낳는 '생생지위역生生之謂易'일 뿐이니 저마다 생명은 신성神性을 포함하고 있기 때문이 아닐까.

법신에 대하여

어느 날 제자가 붓다께 여쭌 적이 있었다.

'법을 따르고 법으로 향하라'고 말씀한 그 '법'은 무엇을 말함입니까?

붓다의 답은 『잡아함경』 제2권 「설법경」에 이렇게 나와 있다.

"만일 비구가 늙음, 병듦, 죽음에 대하여 싫어하는 마음을 일으켜 탐욕을 여의고 모두 다 소멸시킨 곳으로 향한다면 이것을 '법으로 따르고 법으로 향하는 것'이라고 한다. 이와 같이 태어남[生]과 …… 행行에 이르기까지 다 싫어하는 마음을 일으켜 탐욕을 여의고 모두 다 소멸시킨 곳으로 향한다면 이것을 '법을 따르고 법으로 향하는 것' 이라고 한다.

비구들아, 이것을 여래가 주장하는 '법을 따르고 법으로 향하는 것'이라고 하느니라."

붓다가 태어나기 전부터 우주에 편재해 있었던, 그분이 스스로 깨달아 증득한 법, 법계法界의 생성소멸의 진리인 12연기법을 말한다. 태어남에서 행에 이르기까지 싫어하는 마음을 일으켜 역순逆順의 차례대로 소멸시켜 나갈 것을 권한다.

인간의 몸으로 태어난 붓다도 세상과 하직할 날이 돌아왔다.

"나는 어느 새 여든이 되었구나. 비유를 들자면 낡은 수레가 간신히 움직이고 있는 것처럼 내 몸도 겨우겨우 움직이고 있는 것이다."

제자들은 슬퍼하면서 붓다에게 여쭈었다.

"앞으로 저희들은 이제 누구를 의지하고 또한 어떻게 수행을 해야 합니까?"

"법을 등불로 삼고, 자신을 의지하여 밝게 비추며 살아가라"고 답했다. 이것이 '자등명 법등명自燈明 法燈明'의 유훈이다. 내가 만든 것도 아닌, 누가 만든 것도 아닌 항상 법계에 충만한 진리(연기법)를 등불로, 그리고 자기 자신의 본래 성품을 보아 이미 원만히 갖춰진 부처임을 자각하라는 가르침이다.

"내가 죽은 뒤에는 법과 계율이 그대들의 스승이 될 것이다. 자! 이제 마지막이니 누구든지 무엇이든 물어라."

그러나 제자들은 흐느껴 울 뿐 아무도 나서지 않았다.

"아무도 없느냐?"

세 번이나 독촉했다. 아무도 나서지 않았다. 붓다는 조용히 입을 열어 마지막 말씀을 전했다.

"모든 것은 변한다諸行無常. 그러니 정진하거라."

그분의 열반은 깨달음을 증득한 붓다일지라도 이 세상에 상주

할 수 없다는 '제행무상'의 진리를 몸소 우리에게 보여준 하나의 가르침인 것이다.

붓다는 무상無常을 넘어 역사와 함께 영원히 존재하게 되었다. 그것은 법신의 성취 때문이다. 법신이란 '진리의 몸'을 말한다. 진여眞如를 인격화한 것이 법신이다.

"법신은 상象이 없으나 사물에 감응하여 형상을 갖는다"고 조론肇論에서 말한다. 이미 열반에 든 붓다가 소식을 듣고 달려온 가섭에게 관 밖으로 발을 내밀어 보였다. 도저히 언어로는 표현할 수 없는 진리를 몸의 동작으로 나타낸 법신불法身佛의 나툼이 아니겠는가?

붓다가 가섭에게 세 곳에서 마음을 전했다는 삼처전심三處傳心 가운데의 하나이다.

진화론자의 신神에 대한 견해

영국의 진화생물학자 리처드 도킨스(1941~)는『눈먼 시계공』의 부제를 '진화론은 세계가 설계되지 않았음을 어떻게 밝혀내는가?'로 달았다. 그는 자신의 책에서 "우리가 관찰하는 우주는 정확히, 바탕에 아무런 설계도, 아무런 목적도, 아무런 악도, 아무런 선도 없고 오직 냉혹한 무관심만이 있을 때 기대되는 성질들을 가지고 있다"며 실제로 지구와 생명체의 모습은 설계자 신神이 없을 때 기대할 수 있는 모습 그대로라고 쓰고 있다.

우리 시대의 최고의 과학자인 그는 유전자에 토대를 둔 생명체의 진화를 탐구한 책『만들어진 신The god delusion』에서 신은 과연 인간을 창조했는가? 라는 물음을 던진다. 그는 '신이 있다'라는 믿음 자체가 망상이라는 것이다.

이 책의 서문에서 도킨스는 "종교 없는 세상을 상상해보라"고 권한다. 도킨스에게 '종교 없는 세상'은 "자살 폭파범도, '9·11'도, 십자군도, 마녀사냥도, 이스라엘과 팔레스타인 전쟁도, 보스니아 대량학살도, 명예살인도, 번들거리는 양복을 빼입고 TV에 나와 순진한 사람들의 돈을 우려먹는 복음 전도사도 없는 세상"이다.

도킨스는 선악을 가르는 판관 자리에서 '신神'을 끌어내리고 인간의 이성理性을 대신 세운다. 그는 신앙 그 자체에 반대한다. "온전한 종교의 가르침은 비록 그 자체로는 극단적이지 않아도 극단주의로 가는 공개 초청장이 된다"며 "신앙은 신앙이기 때문에 존중받아야 한다는 원칙을 버려야 한다"고 주장한다.

옥스퍼드 대학에서 동물행동학으로 박사학위를 받은 그는 1976년 『이기적인 유전자』를 내고 자연 선택이 개체나 집단이 아니라 유전자 수준에서 일어난다고 주장해온 진화론자다. 신경생물학, 분자생물학, 동물행동학, 철학을 넘나들며 생명 출현을 설명할 수 있는 유일한 이론은 찰스 다윈(1809~1882년)의 진화론이라고 주장했다. 그는 스스로 "나는 그저 21세기의 지식으로 다윈의 이론을 해석하려는 다윈의 미친한 추종자일 뿐"이라고 말한다.

다윈이 미국의 식물학자 에이사 그레이에게 보낸 편지(1860년 5월 22일)를 주목하게 된다.

"나는 아무리 그러고 싶어도 다른 사람들처럼 아무렇지도 않게 우리의 모든 면에서 설계와 자비의 증거를 볼 수 없습니다. 세상에는 커다란 불행이 너무도 많은 것 같습니다. 나는 자애롭고 전능한 신神이 숙주인 나비 애벌레의 몸 안에서 부화해 나면서부터 그 살아 있는 몸을 먹겠다고 달려드는 맵시벌을 계획적으로 창조했을 것이라고, 아니면 고양이는 꼭 생쥐를 가지고 놀아야 한다고 나 자신을 납득시킬 수 없습니다"라고 썼다.

미국의 대표적인 과학철학자인 대니얼 데닛은 종교를 이렇게 규정했다.

"종교는 신성한 숭앙의 대상이 아니라, 인간이 선택한 문화적 장치에 불과하다."

철학자의 신에 대한 견해

철학자 시오도어 드레인지는 신神이 존재한다면 그는 어디에 있을까?를 묻고 증거의 부재 논증을 다음과 같이 진술했다.

① 신이 존재한다면 그의 존재를 뒷받침하는 훌륭한 객관적 증거가 있을 것이다.

② 하지만 그의 존재를 뒷받침하는 훌륭한 객관적 증거는 없다.

③ 그러므로 신은 존재하지 않을 것이다.

미국 국립과학원은 "과학은 자연 세계에 관해 알기 위한 한 방법이다. 과학은 자연적 원인을 통해 자연계를 설명할 뿐, 초자연적인 것에 관해서는 아무 말도 할 수 없다. 신의 존재 여부는 과학에 중립적인 질문이다"라고 발표했다.

철학자 마이클 마틴과 리키 모니어는 '신神의 부재不在' 논증의 견본이 되는 명제들을 다음과 같이 제시한 바 있다.

완벽한 창조자는 존재할 수 없다.

① 신이 존재한다면 그는 완벽할 것이다.

② 신이 존재한다면 그는 우주의 창조자일 것이다.

③ 어떤 존재가 완벽하다면 그가 창조하는 것은 무엇이든 완벽해야만 한다.

④ 하지만 우주는 완벽하지 않다(은하 충돌로 파괴가 예상되므로).

⑤ 그러므로 완벽한 존재가 우주의 창조자인 것은 불가능하다.

⑥ 따라서 신이 존재하는 것은 불가능하다.

구약이나 코란을 펼치면 '선善이란 무엇인가에 관한 우리의 개념과 일치하지 않는 신의 행동이나 말을 발견하게 된다.' 4대 복음서(마태, 마가, 누가, 요한복음)에 나오는 신도 도저히 '선善하다'고는 볼 수 없다는 것이다.

어쩐지 그런 것 같더라

— 미셸 투르니에

미셸 투르니에의 『짧은 글 긴 침묵』 속의 일화가 생각난다.

신부들이 비워놓고 떠난 사제관에서 40년을 넘게 살아온 그에게 김화영 교수가 신앙심에 대해 물었다. 즉 신神의 존재에 대한 물음에 투르니에는 이런 우스개로 답했다.

소련의 우주인 가가린이 처음으로 우주 비행을 마치고 돌아오자 흐루시초프가 그를 불러 물었지요.

'광대한 외계에 가보았다니 말인데 하늘나라에서 정말 신을 만나 보았습니까?' 가가린은 태연하게 '신을 만났다'고 대답했죠. 그러자 흐루시초프가 무릎을 치면서 '어쩐지 그런 것 같더라' 하면서 흥분을 추스렸다. '절대로 이 사실을 말해서는 안 되오. 목숨을 걸고 맹세하시오' 하고 다짐을 받더랍니다.

이번엔 로마 교황에게 불려갔습니다.

'그래 하늘나라에 가보니 신이 과연 있던가?'

가가린은 솔직히 대답했어요. '신은 만나지 못했습니다. 존재하지 않던 걸요.'

그러자 교황이 소리쳤어요. '어쩐지 그런 것 같더라니까!' 교황도 황급히 다짐을 받더랍니다.

'당신 어머니의 목숨을 걸고 맹세하시오. 그 누구에게도 이 사실을 발설치 않는다고 말입니다.'

이게 내 신앙의 현주소랍니다.

미셸 투르니에의 일화는 많은 걸 시사한다. 유물론자인 흐루시초프도 신神에 대한 부정이 확실치 못했고, 교황 역시 신의 존재에 대해 반신반의적이었다.

당신은 어느 쪽인가요.

신神이란 조화造化의 총체이다

—주자

주자(주희, 1130~1200년)가 완성한 성리학은 조선의 건국이념으로 오랫동안 우리의 윤리의식을 지배하여 왔다. 특히『주자가례家禮』중 엄격한 제례법祭禮法은 우리의 무의식 속에 700년 동안 깊이 뿌리내리고 있다. 제사를 지낼 때는 조상이 직접 왕림하시듯이 대문도 열어놓고 마당의 빨랫줄도 걷어놓고 눈에 보이지 않는 그 분을 기다렸다. 대청소는 물론 제관은 며칠 전부터 목욕재계하는 등의 사전규약을 엄수해야 했다. 제물을 흥정할 때는 값을 깎지 않아야 하며 과일을 고를 때도 제일 잘생기고 반듯한 것으로 마음을 써야 했다. 제례를 받들며 나 또한 혼령이 있다고 믿어 의심치 않았다. 그러나 가끔은 이런 반문이 들 때도 있었다.

귀신은 정말 있는 것일까?

이런 문제라면 우리는 주자에게 그 답을 들어야 할 것 같다.

71세로 생을 마감한 주자는 외지에서 근무한 9년과 조정에 섰던 40일 동안을 제외하고는 모두 저술과 강학으로 보냈다.『역학

계몽』『주역본의』『시괘고오』『태극도설해』 등이 있으며『주자어류』의 기록에는 북송의 철학자 주렴계, 정이천, 정명도, 장횡거, 소강절 등에 관한 부분을 강학하면서 그 사람들의 철학을 논평한 주자 자신의 역관易觀이 드러난 곳이 많았다. 종합의 천재답게 주자는 귀신론에서도 그분들의 견해를 취합하고 전거로 삼고 있다. "귀신은 조화의 자취造化之迹"라고 한 정이천과 "귀신은 두 기의 양능二氣之良能"이라고 한 장횡거의 명제를 중심으로 그 문제들을 풀어나간다.

장횡거는 기론氣論에서 "기는 모여서 만물이 되고 흩어져 태허太虛가 된다. 태허에 있어서의 기의 취산聚散은 흡사 물에 있어서 얼음의 얼고 녹음과 비슷한 것이다. 이렇듯 모였다가 흩어지는 기의 작용이 곧 귀신이다"라고 했다. 주자는 "귀신이란 음양의 소장消長일 뿐"이라고 언급한다. 양기가 자라고[長], 음기가 줄어드는 것[消]이 신神이고, 음기가 자라고 양기가 줄어드는 것이 귀鬼이다. '귀신' 두 자는 간단히 음양 두 자로 대체될 수 있다. 그러나 '귀' '신'이 여전히 존재의 이유가 있음은 그 두 글자(귀신)로 기氣의 자연, 영묘靈妙, 변화, 막측을 더 잘 표현할 수 있기 때문이라고 한다.

즉 엄밀히 말해 귀신이란 '음양 굴신屈伸의 기氣일 뿐이니, 음양이라고만 말해도 되지만 '귀신'이라고 한 것은 그 양능良能작용을 가지고 말했기 때문이다.

주자는 또『주자어류』에서 다음과 같이 말한다.

"비, 바람, 이슬, 천둥, 해, 달, 낮, 밤 이것이 귀신의 자취이다 雨風露雷日月晝夜, 此鬼神之迹也."

"바람 불고, 비 내리고, 서리 오고, 이슬 내리는 것이나 사계절이 변화하는 것이 조화의 자취이다."

귀신은 천지간의 조화로서 다만 두 기의 굴신 왕래일 뿐이다.

신은 양, 귀는 음이다.

가는 것이 굴屈이고, 오는 것이 신伸이니 곧 그런 자취가 있는 것이라고 주자는 설명한다.

이와 같이 주자는 귀신을 "두 기의 양능" 즉 "만물의 조화 현상" 그 자체라고 정의하면서 "기가 모이면 생기고 흩어지면 죽는다." 『주자어류』는 만물의 생성 변화의 원칙하에 "일물一物(특정 사람이나 사물을 닮은 유형 혹은 무형의 어떤 존재)"로서의 귀신 관념을 단호히 배격한다. 나아가 그는 "사람이 죽으면 곧 전부 흩어져 없어진다", "만물은 다 돌아가거늘 유독 누구 홀로 돌아가지 않는다는 이치는 없다"고 일물로서의 귀신을 부정한다. 그러면서도 주자는 "제사감격(자손이 제사를 모시면 조상의 혼백이 감感하여 흠향하러 옴)"과 여귀厲鬼가 일으키는 괴이현상을 인정한다. 그의 애매모호한 '유무'에 나는 혼란에 빠지지 않을 수가 없었다.

귀신이란 있다는 말인가, 없다는 것인가?

귀신의 존재 유무가 궁금했던 제자 한 사람이 물었다. 주자의 답은 이와 같았다.

그것은 한두 마디로 딱 잘라 말할 수 없다. 여러 이치에 대한 이해가 분명해지면 그런 의혹은 저절로 풀린다.

번지가 스승 공자에게 지혜에 대해 물었을 때, 공자는 "백성이 의롭게 되는 데 힘쓰고, 귀신은 공경하되 멀리 하면 지혜라고 할 수 있다"고 답한 바 있다. 사람은 우선 이해해야 할 것을 이해하고, 미처 이해되지 못한 것은 일단 보류해 두어라. 일상에서 늘 행하는 곳부터 투철하게 이해하면 귀신의 이치는 저절로 알게 되니, 그것이 바로 지혜이다. '사람도 아직 잘 섬기지 못하거늘 어찌 귀신을 섬기랴!'는 말의 의미도 마찬가지이다

—『주자어류』에서

"귀신의 유무는 성인이 단정적으로 말한 것이 없다"면서 주자는 결국 "귀신이 있다"는 데에 찬성표를 던진다. "성인이 경전에서 귀신에 대해 논하고 있으니 귀신이 없다면 성인께서 없는 것을 논했는가?"라며 성인의 입장을 받들려는 의지다. 그리고 제사의 도리를 중시했던 선진유학의 전통을 염두에 둔 탓도 있으리라. 일물을 부정하는 그에게 귀신은 없는 것인데 없다고 단정하면 성인과 경전은 모두 거짓을 말하는 결과가 되기 때문이다. 주자에게 있어 "귀신은 모였다 흩어지는 기氣일 뿐"이니 윤회의 주체가 될 수도 없다. 주자가 이해한 귀신은 어디까지나 '조화의 자취'이며 "조화는 단지 음양일 뿐이니 음양을 떠나서는 조화를 밝힐 수 없다"고 한 바 이때의 조화는 곧 귀신인 것이다. 아무튼 귀신은 일물일 수 없고 따라서 윤회의 주체가 될 수도 없다. 주자는 귀신이 일물

이 아니라는 주장을 『중용』 제16장에서 찾아내고는 더 한층 목소리를 높인다.

> "귀신의 덕鬼神之爲德은 참으로 지극하다! 보아도 보이지 않고 들어도 들리지 않지만, 모든 사물의 체가 됨에 예외가 없다体物而不可遺."
>
> —『중용』에서

주자는 '귀신지위덕'은 『중용』의 '중용지위덕'과 같아서 '귀신지위덕'은 성誠이다. 덕은 다만 귀신에 대해 말한 것으로 그 정상은 모두 실리實理일 따름이라고 한다. '귀신지위덕'에서 '위덕'의 의미는 『중용』 「장구」의 '성정공효性情功效'라는 말과 같다는 취지이다. 『주자어류』에서 직접 그의 육성을 들어보자.

> 성정공효性情功效는 물론 성정이 있으면 곧 공효가 있고 공효가 있으면 곧 성정이 있다는 것입니다. 그러나 이른바 성정이란 장횡거가 말한 '이기의 양능'이고 이른바 정이천이 말한 '천지의 공용'이 아닙니까? 귀신은 보아도 보이지 않고 들어도 들리지 않는 것이니 사람은 모름지기 저 양능과 공용 측면에서만 그 덕을 인식해야 합니다.
>
> —『주자어류』에서

귀신의 특징[性情]은 볼 수 없고, 들을 수 없는 것이고 귀신의 효험[功效]은 "사물에 체가 됨에 예외가 없다体物不遺."는 것이니 음양의 양능良能이 곧 귀신의 공효(효험)라는 것이다.

결국 주자의 '체물体物'에 대한 해석은 "이기二氣의 양능"으로 귀결된다. 귀신을 "조화를 관장하는 주관자"로 여기면 귀신은 일물이 되고 만다. 따라서 귀신은 일물이 아니라고 주장하는 주자는 "조화 과정 자체"를 귀신으로 여기는 만큼 그는 음양 이기의 양능을 주목한 것이다. 음양 이기의 양능이란 소식, 굴신의 작용을 일컫는다. 모든 사물은 늘어났다 줄어들고(소식) 한 번 움츠러들었다가 펴진다(굴신). 음양 이기는 영원히 존재하고 쉬지 않는다. 그러나 펴질 때와 돌아갈 때가 있으므로 '귀신은 이기의 양능'이라 한다. 귀와 신을 나누어 말하면 음과 양으로 구별된다. 합쳐서 말하면 귀신이라 함은 음양이라 함과 같다. 이 둘(음양과 귀신)을 종합하여 말하면 신神인데 조화의 총체를 지칭한다는 것이다. 귀신은 음양 굴신의 기일 뿐이다. 음양이라고 말해도 되지만 귀신이라고 한 것은 그 양능공용良能功用의 작용을 말하고자 함에서다.

귀신은 음양의 소장消長일 뿐이며 음양 굴신의 기氣일 뿐이라고 주자는 종합한다.

기氣의 취산론聚散論 입장에서 주자는 무신론이다. 기가 산멸散滅하여 끝나면 귀신혼백은 아주 없어지므로 제사 자체도 의미를 갖지 못하고 조상의 기와 감응하는 일도 불가능하게 된다. 이것에 관해 주자는 "바로 기가 흩어진 것은 이미 화化하여 존재하지 않게 되지만 리理에 근거하여 날마다 생겨나는 기는 말할 것도 없이 호연하여 다함이 없다. 그래서 나의 정신은 곧 조상의 정신이다. 그러므로 내 정신지각이 성경誠敬을 다하여 제사하면 감격감통感格感通이 이루어지나니 조상의 정신지각이 사멸하여도 제사의 감격은 가능하다"는 것이 주자의 입장이다.

그의 제사 감격설에 따르면 "사람은 죽으면 결국은 흩어지지만 곧바로 완전히 흩어진 것이 다시 모이는 것은 아니다. 결국은 흩어진다"는 말을 덧붙이고 있다. 또 조상의 정신혼백은 "허공 속에 일물一物처럼 존재하다가 흠향하러 오는 것은 아니다"라고 『주자어류』「제사론」에서 구체적으로 밝히고 있다. 주자는 제사 때 죽은 조상의 기가 일물처럼 공중에 있다가 흠향하러 오는 것이 아니라 "새로 생겨난 것"이라고 답한다. 어디서 새로 생겨난 것인가? "자손의 마음에서 생기는 것"이라고 답한다.

다시 말하면 귀신의 이치는 바로 이 마음의 이치라는 것이다. 따라서 일물로서의 귀신은 철저히 부정되고 윤회설도 거부된다. 기가 모이면 생기고 기가 흩어지면 죽을 따름이다. "주자가 여귀의 괴이 현상을 인정하여 도덕적 불균형성의 시정을 모색했고 또 조상의 정신혼백의 존재를 인정한 듯한 발언을 한 것은 유교의 전통적 제사관을 옹호하였기 때문이었지 일반인이 생각하듯 일물로서의 귀신이나 조상의 혼령 존재를 인정했기 때문은 아니었다"고 말한 박성규 선생(『주자 철학의 귀신론』 저자)의 결론에 동의하게 된다.

주자의 윤회설 비판

주자에게 "사람이 죽으면 귀신이 되고 그 귀신은 다시 사람이 된다"는 윤회설은 성립되지 않는다. 다시 태어나는 인격주체 즉 세속과 불교에서의 귀신, 일물로서의 귀신은 존재하지 않는다. 주자가 볼 때 윤회의 주체가 존재하는 것이 아니라 "지각 기능을 하는 생명체"가 있을 뿐이다. 생명체는 생이 다하면 그 기능도 다한다. 그러므로 윤회를 주장하는 불교의 입장은 "단지 자기 정신혼백 상에서 하나의 지각知覺 있는 것을 인취引取하여 굳게 잡고 희롱하여 죽을 때까지 놓으려 하지 않는 경우에 불과하다는 것이다" 라고 언급한다.

주자는 이렇게 정리한다.

> "유자는 리理를 불생불멸하는 것으로 여기고儒者以理爲不生不滅
>
> 불교는 신식神識을 불생불멸하는 것으로 여긴다釋氏以神識爲不生不滅

여기서의 '신식'은 주자에게 '정신혼백의 지각작용'과도 같은 것이다. 그것은 사람이 죽으면 함께 없어지는 것이다. 변함없이 존재하는 것은 리理뿐이다. 예컨대 사람은 태어나 지각기능을 하다가 죽으면 그 기능은 끝나고 몸은 흩어진다는 이치가 리理이다. 반면에 불교의 중생은 (깨닫지 못한 한) 영원히 윤회한다고 주장하기 때문에 각 개인의 '신식'이 영원히 존재한다고 여기는 셈"이라고 그는『주자어류』에서 말한다.

깨닫지 못한 중생은 '신식(내가 영원히 존재한다고 믿는 식識)' 때문에 윤회하는 것이다. 그러나 깨달은 중생은 '신식'도 우리의 몸처럼 여러 가지 요소가 모여 인연생기한 것이므로 본래 없다[空]는 것을 알면 윤회에서 벗어나게 된다. 주자는 이것을 고려하지 않고 윤회를 비판한 것이다.

"내가 보기에 유·불은 정말 서로 빙탄氷炭 같은 존재이다"라고 언급한 주자의 판단은 성급했다고 생각된다.

아무튼 나는 이래저래 주자가 언급한 '정신혼백의 지각작용'과도 같다는 '신식神識'에 대해 좀 더 공부하지 않으면 안 되었다. 왜냐하면 '식識'은 윤회의 주체이기 때문이다.

기도에 대하여

『종의 기원』을 쓴 다윈(1809~1882년)은 목사가 될 뻔한 사람이었다. 한때 케임브리지 대학교에서 신학을 공부했고 그의 아내는 독실한 기독교 신자였다. 다윈은 아버지를 잃고 사랑하는 딸 애니마저 병으로 떠나보냈다. 신에게 간구했던 유일한 기도는 응답되지 않았다. 그때 이후 그는 사실상 무신론자로 살았다. 자연 선택에 의해 모든 생명이 진화해 왔다는 그의 이론은 혁명적이었다. 자연선택이론에 대한 이해가 깊어질수록 신의 자리가 점점 좁아지는 것을 느꼈던 것 같다.

"급기야 그는 마흔 살이 되어서는 마음속으로 다짐했죠. 신神은 없다고."

도킨스의 증언이다.

미국 인지철학의 대가인 대니얼 데닛은 학교 연구실에서 갑자기 쓰러져 열네 시간 동안 진행된 큰 혈관 수술을 받았다. 수술이 조금만 늦었더라도 위험할 뻔했다. 데닛의 친구, 동료, 팬들은 그의 무사를 빌었고 한 달 남짓 회복기를 거쳐 세상 속으로 돌아왔다. 그때 병상에서 쓴 『고맙다, 이 모든 선한 것들이여Thank goodness』라는 에세이는 그 해의 최고 과학에세이로 꼽혔다.

이 책에서 친구들의 기도 때문이 아니라 의학의 발전과 의료진의 도움으로 회복할 수 있었다고 강조하며 '신神'이 아닌 '선善한 것'들에 감사를 표시했다. 끝까지 무신론자의 입장을 고수했다.

프랑스의 미셸 장 프랑수아 오즈레는 『붓다는 오직 한 인간일 뿐』이라는 자신의 책에서 붓다를 이렇게 기술한다.

이 인물은 어떤 신神적인 존재가 아니라 하나의 '신격화된 인간'이다. 신격화된 붓다를 부도덕성의 산물인 그 모든 신들과 혼동해서는 안 될 것이라며 이렇게 덧붙였다.

"맹신의 제단과 미신의 제단 위에 놓여 있다가 거기에서 내려온 붓다는 이제야말로 탁월한 철학자이며, 그와 같은 사람들의 행복을 위해 또 인류를 이롭게 하기 위해 태어난 현자이다."

나는 오즈레의 글을 읽으며 부끄러운 기억이 떠올랐다. 부처님께 기도하며 두 사람 중 내게 우선권을 달라고 떼를 썼던 기억. 자비하신 그분이 여럿 중에 하나를 고른다면 제외된 나머지는 어떻게 되는가? 얼마나 입장이 곤란하셨을까? 철이 들면서 그런 짓은 하지 않게 되었지만 무엇보다 그분은 전지전능한 신이 아니다. '한 인간일 뿐'이라는 말씀이 미더워 노트에 적어둔다.

왜 사람들은 이상한 것을 믿는가

『왜 사람들은 이상한 것을 믿는가』의 저자 마이클 셔머(1954~)는 죽은 자와 대화할 수 있다고 믿는 심령술사들, 노아의 대홍수가 실제로 일어났다고 믿는 창조론자들, 흑인이 백인보다 지적으로 열등하다고 믿는 사람들이 어떻게 그러한 이상한 믿음을 갖게 되었는지를 분석한다.

"우리는 이유를 찾는 존재입니다. 무언가가 우연히 일어났다는 설명 정도로는 만족하지 못하죠. 불확실한 세상에서 벌어지는 사건들에 대해 인과因果 스토리를 만들어낼 수 있는 능력이 있다면 그것은 틀림없이 진화 과정에서 유리했을 것입니다. 따라서 이유를 찾는 능력이 발달했던 것이지요."

저자는 이것을 '믿음 엔진'의 과열과 오작동으로 인해 그런 이상한 믿음들이 생겨난 것이라고 지적한다.

이런 믿음 엔진의 오작동으로 불행하게 죽은 한 작가를 소개하고자 한다. 도스토예프스키가 "우리는 모두 고골의 「외투」에서 나왔다"고 할 만큼 고골은 러시아 리얼리즘 확립에 지대한 공헌자이다.

그런 그가 왜 하필 굶어서 자살을 해야만 했을까? 고골(1809~1852년)에 대한 나의 관심은 특이한 그의 죽음 때문이기도 했다. 굶어서 죽었다는 설과 산 채로 가사상태에서 생매장된 것이 아닐까 하는 끔찍한 의혹이 마음에 걸렸었다. 그의 관 속을 들여다본 사람들은 똑바로 누워 있어야 할 유골이 완전히 비틀려 있는 것을 보고 아마도 생매장된 것이 아닐까 하고 추정했던 것이다.

그의 정신적 고뇌는 무엇이며 작가로서 그가 추구한 이상과 절망. 그 심리적 괴리에 관심이 모아졌다. 절망과 구원의 부재不在 사이에서 고뇌했던 그에게 가까이 다가가보고 싶었다. 2005년 6월 싱그러운 초하의 아침, 수필가들과 러시아 문학기행 중 모스크바 서쪽에 위치한 보노제비치 수도원을 찾았다. 묘역 안으로 들어서니 고골과 체호프의 무덤이 제2구역 중간쯤에서 서로 마주보고 있었다.

고골은 자신의 걸작품인 동시에 마지막 작품인『죽은 혼』의 완성에 17년이란 긴 시간을 매달렸다.『죽은 혼』의 주인공 치치코프는 이미 죽었지만 서류상으로 살아 있는 농노(죽은 농노)들을 헐값으로 대량 매입하여 그것을 담보로 금융기관에 저당해 일확천금을 계획한다. 등기 수속을 마치고 대지주가 되려고 하나 비밀이 탄로나서 도망친다는 줄거리다. 이 작품에서 고골은 주인공 치치코프와 러시아 국내를 여행하면서 많은 도덕적 불구자(지주 등)를 찾아내어 예리한 풍자로 추악상을 들춰냄으로써 러시아의 사회

제도와 국가조직을 통렬히 공격했던 것이다. 『죽은 혼』이 몰고 온 열광은 작가로서 자긍심을 갖게 했지만 고골은 그것이 불러일으킬 비상한 센세이션에 당황하고 공포에 사로잡혀 로마로 달아났다. 이 무렵 그는 러시아 정교도로서의 종교적 자각과 작가로서의 괴리현상에 갈등이 일기 시작했다. 그는 지금까지 보아왔던 혼돈과 무질서의 세계가 아니라 구원된 미래의 세계를 제시하기 위해 태도를 변경해야만 되었다.

비속하고 천박한 치치코프라는 인간이 개심하고 정화되는 과정을 그리려고 했다. 그러나 그의 능력은 천박한 인간의 속성을 예리하게 분석하고 문학적 형상으로 옮기는 데만 뛰어났지 비범한 인물이거나 천사같이 선량한 인물을 그리는 데는 번번이 실패였다. 고골은 이상화된 모습의 치치코프와 러시아 현실을 조화롭게 융화시킬 수 없었다. 제2부 집필은 그를 더욱 고통스럽게 만들었다.

그는 예술적인 묘사를 통해서 자기 종교적인 사상을 표현하는 것은 자기의 재능과 맞지 않는다는 사실을 깨닫고 심한 자기혐오에 빠진다. 1845년 우울증의 발작을 일으켜 제2부 원고를 모두 소각해버린다. 종교와 문학의 갈등에 둘러싸인 참담한 고통의 나날이었다. 48년 재차 『죽은 혼』의 제2부를 쓰기 시작했으나 작가로서의 혼을 악마에게 매도하였다는 죄악감, 어머니에게서 물려받은 신비적인 천벌사상에 사로잡혀 불안과 번민으로 견딜 수 없게 되자 예루살렘으로 순례의 여행을 떠난다. 그는 예수의 무덤 밑에서 울며 한 밤을 밝힌 적도 있었다. 그러나 여행도 그에게 구원을 가져다주지는 못했다. 극도로 쇠약해진 몸으로 모스크바로 돌아와 무일푼인 채 병상에 눕지 않으면 안 되었다. 어쩌다 정신의 평정을 되찾으면 원고를 써나갔다. 그의 목적은 독자를 신의 세계로 인도하려는 것이었다.

고골은 악마의 유혹인 문학을 포기하지 않으면 지옥의 업고를 면치 못할 것이라는 고해신부로부터 위협을 받고 일주일 동안의 단식과 기도 후 어느 날 밤, 갑자기 광란 상태에 빠져 몹시 울면서 제2부의 원고를 또 다시 불속에 던졌다. 17년의 노고가 한순간에 잿더미로 변했다. 그해 3월 4일 오전 8시경 고통스런 삶을 끝냈다. 그의 나이 43세였다. 나는 그의 묘지 앞에 서서 원기둥 위에 자리 잡은 그의 반신상을 올려다보았다. 얼굴에 붙어 있던 거머리 떼를 떼어달라고 소리치던 고통스러운 모습은 보이지 않았다. 고골은 거머리들이 코에 달려 스멀스멀 기어 다니고 있다는 망상에 평생 시달렸다고 한다.

"사다리 좀 줘요. …… 맨 위 천장에서 사다리가 흔들려요."

적막 속에서 그의 음성이 들려왔다. 고해신부로부터 위협받은 '악마의 유혹인 문학'을 버리지 못해 천국으로 이르는 계단의 맨 위 사다리에서 그는 흔들린다고 소리쳤던 것일 게다. 제2부 원고를 집필할 때에 그가 겪었던 내면의 괴리현상과 불안의식을 짚어보게 된다. 평지풍파平地風波라는 네 글자가 떠올랐다.

왜 이런 일이 일어나는가?

영국의 동물행동학자이자 진화생물학자인 리처드 도킨스를 주목하게 된다. 그는 자신의 저서 『만들어진 신』에서 신이 존재할 확률은 제로에 가까움에도 불구하고 사람들이 '종교 없는 세상'을 두려워한다며 신은 '망상'일 뿐이며 종교는 '정신바이러스'라고 일축했다.

"사람들은 종교가 무슨 성역이라도 되는 양 비판적 관점을 갖는 것 자체를 두려워했습니다. 이건 종교의 근거 없는 특권의식이고 널리 유포된 실체 없는 공포감이지요. 저는 근본주의자가 아니라 반성적 지식인일 뿐입니다."

그의 저서 『만들어진 신』에서 인지철학자인 대니얼 데닛과의 인터뷰에서 그가 한 말이다.

"더욱이 종교는 컴퓨터바이러스처럼 우리 정신에 감염되는 특정한 믿음과 행위거든요. 그래서 판단능력이 멀쩡한 성인들도 어느 순간 종교바이러스에 감염되면 이상한 행동을 하고 비상식적인 믿음을 전파합니다. 매우 지적인 사람들도 진화를 부정하고 경험적 근거가 전혀 없는 종교적 세계관에 집착하지요. 이건 모두 우리가 초자연적 설명과 종교적 세계관에 취약한 인지구조를 진화시켰기 때문"이라는 그의 말을 반추하며 우리의 의식구조와 진화에 대해 일고하게 된다.

나는 스피노자의 신을 믿는다

— 아인슈타인

"종교 없는 과학은 불구이고, 과학 없는 종교는 장님"이라던 아인슈타인(1879~1955년)은 1940년 「나는 인격신을 믿지 않는다」라는 논문을 발표했다.

"물론 당신이 내 종교적 확신에 관해 읽은 것은 거짓말, 체계적으로 되풀이된 거짓말이었다. 나는 인격신을 믿지 않는다. …… 내 안에 종교적인 무언가가 있다면, 그것은 우리 과학이 밝혀낼 수 있는 세계의 구조에 관한 무한한 찬탄이다."

'과학 없는 종교는 장님'이라던 아인슈타인을 탄복시킨 철학자는 스피노자였다.

"나는 인간의 운명과 행위에 관하여 신神이 아니라 존재의 질서 있는 조화 속에서 스스로를 드러내는 스피노자의 신을 믿는다"라고 아인슈타인은 자신의 소신을 밝혔다.

그렇다면 스피노자의 신이란 무엇인가?

스피노자는 자신의 역저『에티카』에서 신神에 대한 질문으로부터 시작한다.

인간사회 갈등의 핵심에는 '신'이라는 개념이 있다. 신의 이름으로 학살이 일어나는 종교전쟁은 말할 것도 없거니와, 공화국을 건설하자는 이유로 군주제 옹호자들을 숙청하거나 반대의 일이 벌어지는 등 '국가' '정치체제'도 신의 변용이라 볼 수 있다는 것이다. 신은 '양태' 혹은 '속성'. 둘 중의 하나로 정의된다. 보통 사물은 실체를 통해 인식하지만 신은 눈에 보이지 않기 때문에 보통 눈에 보이는 대상으로 대신 신을 설명하고자 한다. 성직자, 십자가 등 상징을 거론하는 것부터 시작해 결국 '창조주와 가장 닮은 피조물'이라는 '인간'이 곧 '신'이라는 논리에 빠지게 된다.

스피노자는 존재하는 모든 것들에 공통적으로 존재하는 속성이 곧 신神이며, 가치판단과 무관하게 만물을 낳는 무한한 능력이야말로 신의 능력이라고 파악한다. 소위 '범신론'이다. 만물을 낳는 신은 세상 그 어느 것도 배제하지 않는다. 반대로 신은 구체적 형태를 지닌 만물이 아니면 그 속성을 구현해낼 수 없다. 신은 절대적 강령으로서의 지위 대신 세상 만물의 상호의존성을 입증하는 긍정적 개념이 된다.

신이 세상 만물 모든 것을 배제하지 않는다면 정통과 이단이란 개념은 존재할 수 없다. 나아가 정통의 바탕이 되는 '신神의 의지'란 있을 수 없다. 스피노자는 세계는 신의 의지가 아니라 필연으로 돌아간다고 밝힌다. 신의 속성이 깃든 모든 존재가 서로 영향을 주고받으며 살아가는 것 자체가 세계의 모습이다. 모든 만물은 상호의존적이며 홀로 자유로울 수 없다고 말한다. 우리는 공동체 속에서만 슬픔을 피하고 기쁨을 경험할 수 있다. 홀로 선 개인이 아니라 기쁨을 위한 만남을 조정하는 삶만이 진정한 자유를 가능하게 한다는 것이다. 공동체적 삶만이 인간을 구원할 수 있다는 깨달음에 이른다.

당시 네덜란드는 식민지 무역을 독점하면서 경제적 번영을 누렸으나 스페인으로부터의 독립, 군주정과 공화정의 선택을 둘러싸고 폭력과 유혈이 멈추지 않았다. 이 반목과 불화의 시대를 넘어서는 것이 그의 철학적 목표였다.

어떻게 인간 사회의 불화를 극복하고 자유와 긍정이 넘치는 세계를 만들 것인가? 그가『에티카』에서 15년 동안 천착한 신神과 자유에 대한 질문은 인간은 홀로 자유로울 수 없으며 공동체적 삶이 인간을 구원한다는 결론에 이른다.

스피노자는 범신론자이다. 범신론汎神論이란 신은 세계 밖에 있다고 하며, 초자연적인 신은 아예 믿지 않는다. 신神이라는 단어를 자연이나 우주 또는 그 움직임을 지배하는 법칙을 가리키는 비초자연적非超自然的 동의어로 사용한다. 그렇다면 자연을 움직이는 법칙이란 무엇인가?

동양에서의 자연은 창조자의 피조물이 아니라 '스스로 그러함'의 자연일 뿐이다. 자연 스스로의 현상작용인 도道를 상정한 것이다. 자연 운행의 추동력은 자체적인 조직성에서 나온다. '범신론은 매력적으로 다듬은 무신론'이라고 말한 사람은 리처드 도킨스였다. 그는 신이 없어도 인간은 열정적이고 영적靈的일 수 있다신은 없다. 모든 종교는 틀렸다며 도킨스는 그의 책『만들어진 신 The god delusion』에서 수많은 과학적 논증을 펼치며 신이 없음을 입증하고, 오히려 신을 믿음으로써 벌어진 참혹한 전쟁과 기아, 그리고 빈곤 문제들을 지적한다.

나는 그의 질문에 귀를 기울인다.

"신神이 사라진 뒤, 인간 사회는 어떻게 될 것인가?"

"인간은 더욱 인간을 의지하며 본연의 가치인 사람과 연민을 찾게 될 것이다. 우리가 신神에게 의지하지 않을 때, 우리는 스스로 생각하고 서로를 도우면서 더 충만하고 만족스러운 삶을 살 수 있다."

제9장

죽음에 대하여

죽음에 대한 통찰
죽음 없다
죽음은 단순한 옮겨감일 뿐이다/ 마티유 리카르
죽음은 무다/ 에피쿠로스
죽음은 우리에게 아무 것도 아니다/ 루크레티우스
꺼져라, 거짓 희망의 그림자여/ 토마스 칼라일
죽음이란 한 개인이 신적 실체로 돌아가는 사건이다/ 크뤼시포스
인간에겐 죽어도 죽지 않는 신적인 것이 있다/ 플로티누스
죽음이 없다면 어떻게 될까/ 주제 사라마구
방거사의 무생 이야기/ 방온
죽음 또한 좋은 것이다/ 장자
죽음을 생각하는 것은 자유를 미리 생각하는 것이다/ 몽테뉴
늙는다는 것, 이는 서서히 자살하는 것이다/ 롤랑 바르트
자살은 자연에 위배되는가
죽은 자와 소통하고 싶다면 책을 읽으라/ 데리다

죽음에 대한 통찰

모든 종교의 목적은 죽음에 대한 구원이다. 인류의 위대한 스승이라고 일컫는 분들은 하나같이 죽음의 문제를 해결하려 하였고 불사不死의 비전을 제시하였다.

예수는 부활로써 영생永生을 약속하고, 붓다는 죽음이라는 현상을 넘어서 영원히 죽지 않는 존재에 대한 인식을 환기시키며 영원히 멸滅하지 않는 불생불멸의 진아眞我를 깨달을 것을 권한다. 도가는 죽음을 자연의 순환으로 바라보았다. 삶과 죽음이란 봄, 여름, 가을, 겨울이 왔다가 가고, 갔다가 오듯이 무한히 순환하는 것과 같다. 마치 한 하늘 아래, 흐린 날과 맑은 날이 있는 것처럼 삶과 죽음을 그렇게 해석했다. 죽음을 인류의 종말이나 단절로 보지 않았다.

기독교의 죽음관

그리스도의 죽음은 우리에게 부활을 보여주기 위함이었고 그의 죽음과 부활을 중심으로 창조주를 알게 함으로써 죽음(공포 극복)의 문제에 대한 해답을 제공한다.

예수의 죽음은 죄 없는 죽음이었다. 아담과 이브가 범한 원죄를 속죄하기 위한 죽음이었으므로 대속代贖의 의미를 갖는다.

인류의 시원始原인 아담과 이브에게는 애당초 죽음이란 게 없었다. 그들의 생명 조건은 유한도 무한도 아니었다. 그런데 만지지도 먹지도 못하게 한 선악과를 따먹었다. 사탄인 뱀에 의해 선악과를 선택함으로써 하느님을 거역하고 죽음을 선고받게 된 것이다. 즉 신체적 죽음은 인간이 신神을 거역한 죄악의 결과라고 생각한다. 그러나 그리스도가 우리의 죄를 걸머지고 대신 속죄의 희생이 됨으로써 하느님과 인간 사이를 화해시키려 했으니 그를 믿으면 죄의 사함을 받고 천국에 가서 영생을 얻게 될 것인 바 창조주를 믿고 죽음에서 벗어나려고 한 것이 기독교의 죽음관이라고 할 수 있다.

불교의 죽음관

불교적인 죽음은 죽음을 초극하는 죽음, 즉 부처[覺者]가 되는 죽음이다. 연기법을 깨달아 부처가 되었을 때, 육신은 잠시 인간계에 머무는 동안 가탁假託하여 갖고 있는 환형幻形에 불과한 것임을 알게 된다.

불교에서는 원래 죽음이 없다고 말한다. 왜냐하면 이미 죽을 내가 없기 때문이다. 모든 존재는 인연에 의해 가합假合되어 벌어진 현상계일 뿐, 존재의 본질을 꿰뚫어보면 속은 텅 비어 있다. 생명은 연기緣起로 존재한다. 조건만 맞으면 연기 상황으로 존재하다가 조건이 다하면 돌아간다. "일체 변하는 법은 본래 그 실체가 없다. 모양이란 원래 허망한 것이라는 것을 안다"고 하면서 혜월 스님은 범일동 뒷산에 올라 솔가지를 잡은 채 호흡을 접었다.

육신의 죽음은 깨달은 자에 있어서는 죽음이 아니다. 죽은 것은 육신이지 본질적 자아[眞我]가 아니기 때문이다. 깨달은 경지에서는 더 이상 죽음이 존재하지 않는다. 일찍이 난[生] 적도 없고 죽지도 않았으니까. 깨달은 이는 적멸상寂滅相을 통해 이미 죽음이 없음을 알기 때문이다.

유교의 죽음관

인간은 우주의 총체적 일부이기 때문에 우리의 죽음은 우주 진행의 필연적 현상이다. 그들에 의하면 인간은 기氣와 정선된 물질적 힘이 결합된 결과로 태어난 것이라고 한다. 우리는 물질의 힘을 일정량一定量 보유하게 되는데 그것은 필연적으로 소모된다. 소모되면 하늘 편에 있는 생명력은 다시 하늘로 올라가고, 대지의 편에 있는 것은 땅으로 돌아간다. 이것이 인간의 죽음이다. 죽으면 그 물질적 힘은 해체되어 버린다. 그러나 일시에 해체되어 버리는 것은 아니다. 4대 조상까지 유효하며 제사祭祀를 통해 감응과 소통으로 조상들의 음덕을 입는다고 한다.

유가에서는 제사를 중시한다. 자손이 조상의 제사를 드릴 때, 흠향하러 오는 존재가 있다고 믿는다. 결국 자손은 조상의 기氣이다. 제사를 지내는 자는 그의 자손이므로 결국 같은 기여서 감응하여 소통하는 이치가 있다는 것이다. 제사로 영혼과 핏줄이 이어져 계승되므로 죽지 않는다. 유가의 죽음은 '죽어도 대代를 이어가니 죽지 않는다'는 것이다. 이렇게 유가는 조상숭배 의식을 통해 조손祖孫 간의 일체감과 생명의 연속성을 말한다.

도교의 죽음관

도교道教의 궁극적 목적은 불로장생不老長生이다. 영원히 늙지 않고 죽지 않는 장생불사長生不死를 말하면서 생의 연장을 강조한다. 불로장생을 위한 양생법과 독특한 수련을 통해 신선이 되는 것을 목표로 한다.

도가에서는 노장老莊의 무위자연을 주로 하는 인생관과 후대 도교의 선술적仙術的 인생관은 차이를 보인다. 생사에 대한 관념의 변이도 두드러지게 나타난다. 죽음을 극복하는 방법도 노장대의 자연에로의 복귀설과 한대漢代의 연단법煉丹法, 남북조시대에 행한 도인치병술導引治病術 등은 이를 단적으로 나타내준다. 도가의 근원인 노장대老莊代에서는 상대적 개념을 모두 떨쳐버린 무위, 망아忘我의 경지에서 죽음이란 있을 수 없고 그대로 초월된 존재[神仙]라고 믿었다.

신을 찾아 종교 여행을 떠난 사람이 있었다. 『뉴욕타임스』 기자로 공영방송 NPR의 해외특파원으로 일하던 에릭 와이너이다. 그는 신의 이름으로 자행된 전쟁과 테러를 현장에서 지켜보았다. 그의 시선은 자연히 삐딱할 수밖에 없었다.

어느 날 갑자기 그가 병으로 쓰러졌고 병상에서 죽음의 두려움과 만난다. “아직 당신의 신을 만나지 못했나요?” 간호사의 조용한 물음이 계기가 되어 그 후 자신만의 신을 만나기 위해 종교를 직접 경험하기로 결심한다. 전 세계 1만 개나 되는 종교 가운데 8개의 종교를 추려냈다.

신을 찾아 떠난 여행은 이스라엘, 터키, 네팔, 중국, 미국 등 여러 곳이었다. 이슬람 수피즘, 불교, 가톨릭 프란치스코회, 모험을 즐기듯이 즐겁게 산다는 라엘교, 도교, 위카, 샤머니즘, 유대교 카발라까지 여덟 개의 종교를 찾아다니며 탐색한 기록을『신을 찾아 떠난 여행』이라는 한 권의 책으로 묶었다. 말미에 그의 결론은 다음과 같다.

> “좋은 종교의 목표는 우리 자신 속에 있는 가장 불쾌한 부분들을 단순히 수용하는 데서 그치지 않고, 사랑해도 될 만한 것으로 바꿔 놓는 것이다.”

결론은 각자의 실천에 있다.

결국 종교란 내 안의 선善을 실천하는 것이며 행동으로 옮겨질 때 그것은 가치를 획득할 수 있다. 귀착지는 사랑, 자비, 관용, 용서 이런 것들의 묶음이 아닐까. 종교는 종파를 떠나 인간의 문제에서 ‘사랑’으로밖에 귀결될 수 없다고 생각한다.

죽음 없다

불교에서는 왜 죽음이 없다고 하는가?

우리의 존재는 인연에 의해 연기 상황으로 존재하다가 조건이 다하면 돌아가는 무아적 존재이기 때문이다. 무아無我란 자아가 없다는 것이 아니라 자아가 존재한다는 생각이 틀렸다는 것을 의미한다.

어느 날 빈궁한 노파와 붓다의 문답이 이어졌다.

"생은 어디서부터 오는 것이며, 가면 어디로 가는 것입니까? 노병사老病死, 수상행식과 안이비설신의와 지수화풍 그리고 공空은 어디로부터 좇아오고 가면 어디로 가는 것입니까?"

"생은 좇아오는 곳이 없고 가는 곳이 없다. 늙음과 병사病死도 오는 곳이 없으며, 수상행식도, 안이비설신의도 지수화풍, 공空도 모두 좇아오는 곳이 없고 가서 이르는 곳이 없느니라. 모든 법은 다 이와 같느니라. 비유하면 두 나무가 서로 비벼서 불을 내면 도리어 그 나무를 태우고 나무가 다하면 불이 꺼지느니라."

생사生死란 오고 가는 것이 없으며 본래 태어난 적도 없고 죽은 적도 없다는 것을 붓다는 알았다. 연기緣起에 의해 가합假合된 이 몸뚱이는 그림자처럼 실체가 없는 것이기에 본래 공空함을 알면 일체 고액으로부터 벗어나게 된다는『반야심경』의 말씀을 되새긴다.

"사리자여, 색色이 공空과 다르지 않고 공이 색과 다르지 않다. 모든 공한 모습에는 생기고 없어지는 것이 없으며[不生不滅] 더럽거나 깨끗한 것도, 늘거나 줄거나 하는 것도 없다.

…… 그러므로 공성空性에는 색色도 없고, 수受도 없고, 상想도 없고, 행行도 없고, 식識도 없다. 눈도 없고, 귀도 없고, 코도 없고, 혀도 없고, 몸도 없고, 의식도 없다. 형상도 없고, 소리도 없고, 냄새도 없고, 맛도 없고, 촉감도 없고, 의식의 대상도 없다. 안계眼界부터 의계意界까지 없고, 의식계意識界까지도 없다. 무지無智 없는 것과 무지의 소멸 없는 데서부터 늙음과 죽음이 없고, 늙음과 죽음의 소멸까지도 없다. 이와 같이 고苦 집集 멸滅 도道도 없다. 지혜도 없고 얻음도 없고, 얻지 못함도 없다."

이와 같이『반야심경』은 무명無明에서부터 노사老死까지 12연기의 순관과 역관까지도 다 궁극적 실재가 있는 것이 아님을 설파하고 있다.

'있으면서도 없고, 없으면서 있는' 색즉시공 공즉시색인 것이다. 이런 입장에서 보면 개체는 고정불변의 실체로 있는 것이 아니라 다만 전체의 필요에 의해 인연 따라 생겼다 없어졌다 하는 것이다. 개체의 입장에서는 생사生死이지만 전체의 입장에서는 순환인 것이다.

어디에 극복해야 할 죽음이 있는가?

불교의 죽음관은 극복해야 할 대상이 따로 없다는 것이며 그것을 깨닫는 것이 해탈이다.

인도의 제24조인 사자 존자가 남천축국에 머물고 있을 때였다. 외도들이 불교를 몰아내려고 승려로 변장하고 임금을 시해하려 하였다. 불교를 독실히 믿던 임금은 삼보[佛法僧]를 믿었는데 내게 왜 이런 일이 일어났는가 하고 분노하면서 사찰을 부수고 스님들을 잡아들이라고 명령했다.

이에 잡혀온 사자 존자에게 임금이 따져 물었다.

"존자는 오온(색수상행식)이 공함을 깨달았는가?"

"예, 깨달았습니다."

"생사生死는 여의었는가?"

"예, 이미 여의었습니다."

"이미 생사를 여의었다면 나에게 존자의 머리를 줄 수 있는가?"

"몸도 내 것이 아니거늘 어찌 머리를 아끼겠습니까?"

즉석에서 칼을 내리치니 존자의 머리는 댕강 잘려졌다.

육신의 죽음은 깨달은 자에 있어서는 죽음이 아니다. 왜냐하면 본래부터 적멸상寂滅相이기 때문이다. 이것을 아는 것이 지혜이며 깨달음의 완성이다. 깨달은 이는 적멸상을 통해 이미 죽음 없음을 알게 된다. 붓다도 현실적으로는 태어났다가 돌아가셨지만 이는 본체의 변화 현상일 뿐, 법신法身 비로자나불로 불변하는 하나의 중심으로 우주에 편만하다. 그래서 '법(진리=연기법)을 보는 자는 나를 본다'고 한 것이다. 형상으로 나를 (보고자) 구한다면 삿된 소견으로 여래如來(즉 나)를 보지 못할 것이라고 못 박았다. 생하지도 않고, 멸하지도 않는, 생멸生滅이 없는 절대 불변의 심성, 진여眞如를 깨달았던 때문이다.

진여 자리에는 죽음이 없다. 죽음이 존재하지 않음을 아는 것, 그것이 죽음을 정복하는 일이다. 따라서 정복해야 할 죽음 같은 것은 없다고 라즈니쉬도 말했다.

"생사는 본래 없는 것인데 망령되이 있다고 헤아린다. 눈병 있는 사람이 허공에 어른거리는 꽃을 볼 때 '있다'고 하나, 눈병이 나으면 허공의 꽃도 저절로 없어져 비로소 아무 것도 없었던 것을 알게 된다"는 지눌 스님의 「허공 꽃」을 노트에 적어둔다.

죽음은 단순한 옮겨감일 뿐이다

—마티유 리카르

프랑스에서 오랫동안 베스트셀러 1위를 차지한 책 『승려와 철학자』를 읽은 것은 대단히 유익했다.

철학자인 아버지 장 프랑수아 르벨(75세)과 출가하여 사문이 된 아들 마티유 리카르(53세)가 20년 만에 상봉했다. 분자생물학자로서 유망한 장래를 포기하고 험난한 수행의 길로 들어선 아들 마티유 리카르를 만나려고 철학자인 아버지가 네팔의 카트만두를 찾아 인생의 본질에 관한 진지한 대화를 주고받는다. 철학자인 아버지가 묻는다.

"공空과 무無는 무엇을 뜻하는가?"

승려인 아들이 답한다.

"무에는 아무 것도 없는 반면 공은 그렇지 않다. 공은 곧 보편적인 가능성, 우주, 존재들, 운동, 의식 등을 의미한다. 공이 아니라면 발현은 전혀 이루어질 수 없다. 공간이 없으면 가시적인 세계가 전개될 수 없는 것과 마찬가지다. 따라서 경전에서 '공이 있으므로 곧 만물이 존재한다'고 하는 것이다."

아버지 장 프랑수아가 아들에게 또 묻는다.

"죽음은 두려운 것이냐?"

"아니요, 죽음은 친구 같은 존재, 삶의 한 단계, 단순한 옮겨감일 뿐입니다."

'단순한 옮겨감'.

나는 다시 반복해서 소리내어 읽었다.

죽음은 무無다

— 에피쿠로스

데모크리토스의 원자론적 유물론을 계승한 사람은 에피쿠로스(BC 341~270)다. 그는 그리스의 유물론 철학자이며 쾌락주의의 창시자이기도 하다.

에피쿠로스는 영혼은 다른 모든 것들처럼 물질로 만들어졌고, 영혼의 원자들이 가슴에 모여 있는데 육신이 죽으면 그 원자들이 거두어지면서 생명도 함께 거두어진다고 가르쳤다.

그는 "신이란 우리 생활을 위협하는 것이 아니다. 모든 것은 원자의 결합, 분리임을 통하여 생을 즐겁고 아름답게 보냄이 사려 깊은 생활"이라고 말했다.

그러므로 쾌락은 행복한 삶의 원천이며 목표이다. 쾌락을 조야한 감성적 만족감이라는 의미로만 이해되어서는 안 된다. 쾌락은 오히려 무엇보다도 정신의 섬세한 황홀경으로 향한다. 즉 그것은 담화, 음악 감상, 예술품, 명상, 특히 철학에 대한 명상 등이다. 에피쿠로스에게 참된 쾌락과 참된 행복은 영혼의 평정한 균형이다.

따라서 정신의 부동심不動心, 영혼의 정적靜寂, 고요에 도달하게 될 때, 고유한 철학적 입장이 세워진다.

그에 의하면 참된 쾌락이란 맛있는 것을 먹는 감각적 쾌락이 아니라 일생을 통해서 궁핍하거나 불만스럽지 않는 편안한 상태를 유지하는 것이다. 따라서 스토아학파처럼 정념情念을 누르고 극기克己하는 것이 아니라 정념의 속박으로부터 자유롭게 세련된 쾌락을 추구하는 것을 목표로 한다. 신神이나 죽음, 사후의 운명 등에 관한 미신이나 공포에서 벗어나 동요되지 않는 심정을 지니고 명랑하게 사는 쾌락주의, 그의 쾌락이란 평정한 마음을 일컫는다.

에피쿠로스는 영혼의 평화를 위해 죽음에 대한 불안을 없애야만 했다. 그는 죽음의 본질 고찰에 대해 죽음은 두려워할 필요가 없다고 한다. 자세히 보면 죽음은 무無다. 우리가 감지하는 것만이 우리에게 실체성을 갖기 때문이다. 우리는 죽음에 대해 아무것도 느끼지 못한다.

"왜냐하면 우리가 존재하는 동안에 죽음은 존재하지 않으며 죽음이 존재할 경우, 우리는 이미 존재하지 않기 때문이다."

바로 이러한 통찰은 본질적으로 삶의 기쁨에 기여한다.

"죽음이 무에 불과하다는 인식 때문에 우리는 무상한 삶을 비로소 값지게 생각하게 된다."

인간 자신의 현세적 기쁨으로 한계 지어진 현존에 대한 향유를 방해할 어떠한 것도 없어진다는 것이다.

에피쿠로스는 72세 때 요도염에 걸려 고생했다. 죽음 직전 친구들에게 편지를 써 보냈다.

"나의 생에 있어서 행복한 나날을 체험하고 동시에 그것을 마칠 때에 즈음하여 당신에게 이 편지를 써둔다. 오줌이 나오지 않는 괴로움이 자꾸 엄습하고, 이 고통보다 더 지독한 것은 없을 정도의 설사로 고통받고 있다. 그러나 나의 정신 속에는 내가 쟁취할 수 있는 모든 인식을 상기시키는 기쁨으로 가득 차 있다. 부디 젊었을 때부터 간직해왔던 나와의 우정과 진리에 어울리게 메트로도로스의 아이들의 일을 배려해다오."

마지막 인사말을 전했다. 욕탕 속에서 온수욕을 하며 포도주를 마시다가 그대로 숨을 거두었다.

죽음은 우리에게 아무 것도 아니다

—루크레티우스

루크레티우스(기원전 1세기)는 고대 로마의 철학자이며 시인이다. 그는 장편 서사시『사물의 본성에 대하여』를 썼다. 인간을 종교의 속박과 죽음의 공포에서 해방시키기 위해 자연의 원리와 구조를 해명할 필요를 느꼈다. 그의 사상을 간추리자면 이렇게 요약할 수 있을 것 같다.

"실제는 원자와 공허이며, 현재의 세계는 원자의 결합에 의한 것이므로 반드시 붕괴한다. 세계는 이외에도 존재가 가능하니 죽음의 공포란 무의미하다. 살아 있는 한 죽음은 없으며 죽음이 오면 우리는 존재치 않는다. 세계가 많은데 신神이 우리 세계에만 신경 쓸 리가 없다. 신의 지배 하의 세상은 결함과 부정투성이다. 고로 인간의 간소한 의식주에서 자연의 이치를 깨달으면 된다"는 것이다.

에피쿠로스는 말한다. 죽음이 있으면 내가 없다. 내가 있으면 죽음이 없다. 따라서 쓸데없이 죽음에 대해 노심초사하지 말라. 영혼의 평정심은 내세에 대한 목마른 동경을 벗어 던질 때만 가능하다.

에피쿠로스를 신처럼 받든 루크레티우스가 말한다.

"죽음은 우리에게 아무 것도 아니다."

우리는 죽음을 두려워할 필요가 없다. 왜냐하면 더 이상 존재하지 않는 자는 고통을 겪지 않으며, 태어나지 않은 자와 하나도 다를 바 없다. 일단 태어나 생명을 얻는 자는 영원불멸인 죽음에게 목숨을 강탈당한다."

'삶의 총량이 아무리 길다 해도 죽음의 영원성은 줄어들지 않는다'는 루크레티우스의 명언은 스피노자가 말한 영원의 관점에서 보자면 삶의 길고 짧음은 죽음의 영원성 앞에서는 아무 것도 아닌 것이다.

나는 문득 이 대목에서 시인 오상순과 구상의 시구가 떠올랐다.

'순간에서 영원을 살자.'

꺼져라 거짓 희망의 그림자여

— 토마스 칼라일

"꺼져라 거짓 희망의 그림자여.
나는 더 이상 너를 쫓을 생각은 없다.
나는 너를 이제는 믿지 않겠다.
그리고 너희들 굶주린 공포의 유령들이여
나는 너희와도 인연을 끊겠다.
너희들도 모두 그림자의 거짓이다."

토마스 칼라일(1795~1881년)의 이와 같은 선언은 계속된다.

"자, 나는 이제부터 좀 쉬어야겠다. 여행에 지치고 삶에 지쳤다.
이대로 죽어버려도 좋다. 나는 이제 자야겠다.
죽건 살건 나에게는 매한가지다. 모두 아무 뜻도 없는 것이다."

칼라일의 사상을 일본의 시인 가쯔노신은 이렇게 노래했다.

비 내려도 좋다. 날 개어도 좋다.
없어도 좋다. 있어도 좋다.
살아도 좋다. 죽어도 좋다.

중국의 시인 백낙천白樂天도 생사에 대해 이렇게 외쳤다.

사나 죽으나 별반 좋은 것도 나쁜 것도 없노라.
깨닫고 달통했노라. 백낙천은 달통했노라.

이들은 어떻게 생사에 초연하고 유무有無에 태평할 수 있었을까?

"숭고한 정신은 표면에 나타나는 것이 아니요. 나타난 것은 일체의 의복이며 표상에 불과하다. 표상을 본체인 것처럼 망상할 때, 인류는 수렁으로 빠지게 된다"고 역설하며 영국 사회에 브레이크를 걸었던 사람이 바로 칼라일이다.

그들에게는 속지 않는 눈이 있었다. 표상의 망상에서 벗어나 거짓 희망과 공포의 유령들이 모두 그림자의 거짓임을 알았다.

토마스 칼라일은 36세가 되는 어느 여름날, 특별한 체험을 한 뒤 이렇게 다짐한다.

"나는 나에게 물었다. 도대체 네가 무서워하는 것이 무엇이냐? 너는 왜 비겁하게 줄곧 울고 콧물을 흘리고 벌벌 떨면서 걷고 있느냐? 덜 된 인생아, 네 앞에 놓인 최악의 경우가 도대체 무엇이란 말인가. 죽음이냐? 그래 그렇다고 하자. 그리고 지옥의 고통이나 악마의 고문이 너에게 할 수 있는 전부이겠지.

그런데 너는 그것이 무엇이기에 그것을 이겨내지 못하고 비겁하게 쫓기고 있단 말인가. 생각해보라. 네가 비록 쫓겨났다고는 하지만 너는 그래도 자유의 아들이 아니냐. 지옥불이 너를 태워버리기 전에 너는 네 발을 들어 지옥불을 짓밟아버릴 수는 없단 말이냐?

무엇이나 올 테면 오너라. 부딪쳐 보자꾸나. 그것이 지옥이건 악마이건 맞서 보자꾸나."

옷(표상)의 노예였던 인간이 옷을 지배하는 인간으로 바뀌는 과정을 담은 그의 『의복철학』도 자유의지의 선언이다. 몸과 마음을 훌훌 벗어버린 뒤, 칼라일은 생사유무生死有無에 끌려다니지 않는 자기를 붙잡게 되었다고 술회한 것이 생각난다.

'사나 죽으나 별반 좋은 것도 나쁜 것도 없노라'던 백낙천.

'살아도 좋고, 죽어도 좋다'는 가쯔노신.

'죽건 살건 나에게는 매한가지'라던 칼라일.

그들은 거짓 희망과 공포의 유령들이 모두 그림자의 거짓임을 알았다. '환幻임을 알았다'.

나는 노트에 '幻' 자를 큼지막하게 써넣었다.

죽음이란 한 개인이 신적神的 실체로 돌아가는 사건이다

— 크뤼시포스

스토아주의자들은 인간이란 영혼과 육체의 결합물이며 죽음이란 영혼과 육체가 분리되는 사건이라고 보았다. 그들의 영혼 개념은 기독교와는 달랐다. 스토아학자들에게 영혼이란 우리의 이성으로 드러나는 '신적인 기운'이었으며 그들은 그것을 '지배적' 기능이라고 불렀다. 그렇게 이성적인 영혼은 신적인 세계영혼의 일부였다.

스토아학파의 제3대 지도자인 크뤼시포스(기원전 280~207년)는 다음과 같이 요약했다. 죽음은 영혼이 육신과 분리되는 것이다. 개인의 영혼, 즉 소우주는 '세계영혼'인 대우주의 중요한 일부이다. 세계영혼은 신 또는 신적인 법칙과 동일한 것이다. 그런 까닭에 영혼의 삶은 죽음과 함께 끝나는 것이 아니라 스토아주의자들이 영원이라고 여긴 것의 일부, 세계 질서의 영원한 순환고리라고 여긴 것의 일부라는 것이다.

크뤼시포스에 의하면 '개인의 영혼은 신神적이고 약동하는 대

우주의 일부를 이루는 소우주'였다. 죽음이란 한 개인이 우주적이고 궁극적인 신神적 실체로 되돌아가는 사건이다. 나는 여기 '신적 실체로'를 '자연'이라는 말로 바꾸어 본다. 결국 한 개인의 죽음이란 '자연'으로 회귀하는 것이다. 소우주가 대우주에 편입되는 사건이다. 자연과 조화된 삶이야말로 그들, 스토아철학자들이 추구하는 이상이었다.

인간에게는 죽어도 죽지 않는 부분, 신적神的인 것이 있다

— 플로티누스

죽되 죽지 않는 부분은 무엇일까?

신비주의 철학자 플로티누스(205~270년)를 주목하지 않을 수 없다. 그는 말한다.

"일체가 죽어도 죽지 않는 부분이 있다. 인간에게는 신적神的인 것이 있다. …… 나는 가끔 육체로부터 나 자신으로 깨어나 다른 모든 것 밖으로 나가고 나 자신의 내부로 들어와 경탄할 만한 아름다움을 거기에서 발견한다."

황홀경의 체험을 말한 그는 신비주의의 비조가 되어 시인 키츠, 예이츠, 엘리엇, 릴케 등에게 많은 영향을 끼쳤다. 그의 철학의 목표는 지성을 통해 그가 '일자一者'라고 부른 통일체에 도달함으로써 개별성을 극복하자는 것이었다.

'일자'란 신적神的이고 우주적인 지성이며 개체들은 그것의 일원으로서 사후에 그것과 다시 합일合一한다고 하였다. 이것과 관련하여 그의 임종의 순간을 주목하게 된다.

“우리들 속에 있는 신적神的인 것을 만유 속에 있는 신적인 것 밑으로 돌려보내기 위하여 나는 지금 애쓰고 있다.”

그러자 뱀 한 마리가 그가 누운 침대에서 기어 나와 담 사이 틈바구니로 서서히 모습을 감추었다. 그때에 그는 숨을 거두었다.

플로티누스는 수비학數秘學에도 능통했는데 숫자 6이 9의 배수와 어울려 만든 완전성을 언급한다. 『주역』에서는 6이라는 숫자는 노음老陰으로 여성성을 대표하며, 9라는 숫자는 노양老陽으로 남성성을 대표하는 수이다. 6과 9는 그러니까 성인 남녀가 음양으로 어울린(69, ☯) 숫자이다. 서로가 꼬리를 품은 태극으로 그것을 환원하면 ‘일자一者’가 된다. 시대가 다르고 동서양이 격해도 이렇듯 사유의 근저에 놀라운 유사성을 발견하게 된다.

일자, 혹은 일물一物의 시원始原에 대해 거슬러올라가 보지 않을 수 없게 된다. 왜냐하면 그것은 우리의 궁극적 실체이기 때문이다.

죽음이 없다면 어떻게 될까

— 주제 사라마구

놀라운 의학의 발달로 인간의 평균 수명은 80~90을 바라보는 시대가 되었다. 아니 그 이상일 수도 있다. 우리의 장기는 자동차가 낡은 부품을 교체하듯 그렇게 대체되고 병원의 연명치료는 우리를 마음대로 죽을 수도 없게 하고 있다. 의사 출신으로 영국의 유명한 미래학자인 패트릭 딕슨이 '2014 헬스케어 이노베이션 포럼'에서 발표한 「헬스케어의 미래」를 자연히 주목하게 된다.

딕슨은 빠르게 진행되는 고령화 속도에 주목했다. 그는 "전 세계적으로 기대수명이 매일 평균 한 주씩 늘어날 정도로 걷잡을 수 없이 길어지고 있다"며 "향후 20~30년간 이런 기대수명의 증가율이 더 높아질 것으로 보여 헬스케어 분야의 격변이 예상된다"고 발표했다.

줄기세포 연구의 발전으로 이미 사람에게서 떼어낸 세포로 눈과 뇌조직과 심장조직, 척수까지 만들고 있고 대부분 암도 완치기술 확보를 눈앞에 두면서 사망률이 급격히 줄고 있다는 얘기다.

그는 "3D기술을 활용해 심장의 아주 가는 혈관을 촬영할 수 있고, 집에 있는 환자들의 상태를 실시간 모니터링하며, 무선장치를 뇌에 달아 발작증상을 조작하는 꿈같은 일이 머지않아 이뤄질 것"이라고 강조했다.

그는 "장난감 모형을 찍어내던 3D프린터가 사람 몸의 일부를 구성하는 조직을 찍어내고 궁극에는 완전한 장기를 생산하는 데 활용될 것으로 본다"고 말했다. 사물인터넷에 대해서도 "많은 기기가 연결돼 작동하면 예를 들어 노인들이 침대에서 떨어지거나, 아픈데 도움을 받지 못하는 일은 사라지게 될 것"이라고 언급했다.

IT 발달에 따라 점점 길어지는 인간의 수명. 일찍이 쇼펜하우어는 이 같은 일을 내다보면서 "불사不死의 희롱을 향해 진심으로 소리치는 사람도 있을 것이다. 그러나 여기에 대해서는 아직 말할 단계가 아니다"라고 했는데 과연 그가 죽은 지 145년 뒤 실제로 '불사의 희롱'을 향해 소리치는 작가가 나타났다.

그는 포르투갈이 낳은 세계적 문호이자 노벨문학상 수상 작가인 주제 사라마구이다.

"다음 날, 아무도 죽지 않았다"로 시작하는 『죽음의 중지』는 죽지 못하는 자의 고통과 죽음이라는 현상이 사라진 뒤에 인간 세계에서 벌어지는 일대 혼란을 추적해 보여준다.

죽음에서 해방된 사람들은 환호하지만, 그것이 새로운 지옥의 시작임을 깨닫는다. 양로원은 더 이상 노인을 받아들이지 못하고,

병원은 죽음의 목전까지 다다랐지만 그 문턱을 넘지 못하는 사람들의 비명으로 아수라장이 된다. 고령화시대를 살고 있는 우리에게 더 이상 낯선 이야기가 아니다. 천국과 지옥을 잃어버린 종교는 죽음의 재래再來를 염원하는 기도회를 열고, 국경 밖에서는 정상적으로 죽을 수 있다는 사실이 알려지자 사람들은 영원한 안식을 위한 탈주극을 벌인다.

소설은 종교와 국가에 대한 조롱으로 가득 차 있다. 특히 종교를 '죽음비즈니스'로 묘사한 장면이라든지 국가가 죽지 않는 인간들을 국경 밖으로 처분하기 위해 마피아와 결탁하는 장면 등은 인상적이다.

죽음이 없다면 행복할까?를 반어적으로 묻고 있다. 죽음에 대해 감정적으로 비관하지 말고 명백한 사실에 대해 항복하자는 것이다.

죽음이 웃을 일은 아니지만 우리를 웃거나 안도하게 하는 것 역시 죽음이라는 것이 작가의 생각이다. 삶의 고통에서 벗어나 죽음에서 안도하는 것. 그러한 축복을 위해 죽음이 중지되어서는 안 된다는 것이 그의 견해이기도 하다.

"영원한 삶이 우리 인간에게 얼마나 고통스럽고 견디기 힘든 일일지 진지하게 한 번 생각해보기 바란다"는 몽테뉴의 충고도 일고하게 된다.

장생불사長生不死는 축복인가, 재앙인가?

'내 삶은 여기까지'하며 스스로 때에 알맞게 떠나고 싶다. 여기까지가 어디까지인가? 몸 전체가 고르게 노쇠하여 서서히 사그라지는 것이 자연사일 것이다. 자연사를 방해하지 않아야 한다.

그런데 이제 자연은 만원이다. 지난 3세기 동안 삼림 면적은 40%나 줄어들었다. 녹색혁명의 본고장으로 자처했던 멕시코 계곡도 물이 거의 바닥났다. 강이 바닥을 드러내면 흉년이 든다. 물 부족이 불러온 끔찍한 재앙, 황하 하구에 있는 수백만 헥타르의 농지도 황폐해졌다. 밀 수확도 3분의 1로 감소했다고 한다.

생물학자 폴 얼리히는 "1970년대에는 수억 명의 사람들이 기아로 죽게 될 것"이라며 식량전쟁을 예고했다. 지구온난화와 대지의 사막화, 그것은 지구가 현재의 인구를 감당할 수 없어 자연이 우리에게 보내는 퇴출통지서인지도 모른다.

"인구는 어떤 식으로든 자연적인 한계에 맞게 줄어야 한다. 그렇지 않으면 지구가 우리를 재조정할 것"이라는 『인구 쇼크』의 저자 앨런 와이즈먼의 말을 곱씹게 된다. 고마운 자연에게 나 또한 폐를 많이 끼치고 싶지 않다. 적당한 때에 떠나는 것은 자연의 시간을 어기지 않는 일, 자연과 하나 되는 회귀回歸의 덕목이라고 생각한다.

방거사의 무생無生 이야기
—방온

3대 거사居士를 손꼽자면 인도에는 유마힐 거사가 있고 우리나라에는 부설 거사가 있다. 그리고 중국에는 방거사(방온龐蘊, ?~808년)가 있다. 이것은 그의 가족에 관한 이야기다.

방거사는 마조 대사를 찾아가 물었다.

"만법萬法과 짝하지 않는 것은 어떤 사람입니까?"

"네가 한 입으로 저 서강西江의 물을 다 들여 마시거든 그때에 일러주마."

이 한마디를 듣는 순간 방거사는 활짝 깨달았다. 그때의 게송이다.

시방 함께 모여들어 十方同共聚
저마다 배우는 무위 箇箇學無爲
그러나 여기는 선불장 此是選佛場
마음 비워 급제해 돌아가노라 心空及第歸

선불장選佛場이란 부처님을 뽑는 과거장을 말하며 승당僧堂에 비유된다. 왜 모였는가? 각자 무위를 배우기 위해서다. 그렇다면 무위無爲는 무엇인가?

그것은 무엇도 아닌 점에서 있다고도 할 수 없는 그 무엇이어서 타자와의 관계 속에 있는 상대적 차원을 뛰어넘는 절대요, 절대라고 말한대도 그 절대성을 깨뜨리는 결과가 되는 그런 절대이다. 애초부터 분별에 서서 무위를 위해 기울이는 수행은 파탄을 빚을 수밖에 없다. 방거사의 "만법과 짝하지 않은 사람은?" 그의 물음은 분별로서가 아닌 공空의 지혜로 생사도 무위도 공인 터에 그리하여 확 트인 무일물無一物 차원에서의 무위인 것이다.

'서강의 물을 한 입에 들여 마시라'는 마조 대사의 말이 공空의 도리로 무명無明을 날려버린 가르침이었다면 그는 그것을 알아차린 것이다.

깨달음이란 주고받으며 얻을 수 있는 그런 것이 아닌 정신의 한 차원을 열어주는 스승의 활구活句에 방거사는 마음을 비워[心空] 그 난관을 뚫어낸 것이다.

방거사는 불법을 만난 뒤 재물을 배에 실어 동정호에 내다 버렸다.

출가하지 않은 채 처자를 이끌고 오두막을 전전하며 살았다. 조리 따위의 죽제품을 만들어 생계를 이었으나 이에 불만하지 않는 아내와 자녀는 모두 도인이었다.

가족 풍경을 방거사는 이렇게 노래했다.

아들 있어도 장가 안 들이고 有男不婚
딸은 딸대로 시집 안 간 채 有女不嫁
온 식구 이렇게 둘러앉으면 大家團欒頭
무생의 이야기로 때를 잊는다 共說無生話

무생無生이란 생기거나 없어지거나 하는 그런 변화가 적용되지 않는 세계를 가리킨다. 불생불멸의 진리를 말한다. 온 가족이 '무생'을 담화하는 창 너머 풍경이 무척 부럽기만 하다.

세속에 있으면서도 청정한 가정생활을 영위한 방거사가 마침내, 입적을 예감하고 그의 딸 영조靈照에게 말했다.

"인생이란 꿈 같고 허깨비 같은 것이다. 너는 인연을 따라 살도록 해라."

그리고는 지금이 몇 시쯤 되었는지, 밖에 나가 해의 위치를 알아보도록 일렀다. 밖에 나갔던 영조가 돌아와 말했다.

"벌써 정오가 될 시간이지만 마침 일식 중이어서 확실치 않으니 아버님이 직접 나가보시지요."

그래서 밖에 나가보았으나 일식도 아닌 것 같아 이상히 여긴 그가 방으로 돌아왔더니 어느덧 딸은 합장한 자세로 숨을 거둔 뒤였다.

이를 본 방거사는 웃으며 중얼댔다.

"내 딸이지만 민첩하군!"

방거사는 딸의 장례를 위해 죽음을 일주일 연기했고 그가 죽을 때는 마침 그 고을 양양襄陽 태수 우적이 찾아왔다. 우적은 그의 친구이자 사법제자였고 후일 『방거사 어록』을 편찬한 사람이다.

이때 방거사와 딸의 시신은 암굴에 있고, 아내와 아들은 집을 지키고 있었다. 거리가 너무 먼 관계로 우적은 거사를 다비해 장사지내고 그 후에 사람을 보내 가족에게 알렸다.

"늙은이의 장례도 안 지내주고 먼저 가다니……."

딸을 나무란 방거사의 아내는 들에 나가 있는 아들을 찾아 부음을 전했다. 이 소식을 듣자마자 아들은 "앗"하고 외마디 소리를 내며 괭이로 땅을 짚은 채 서서 숨을 거두었다.

며칠 뒤에는 노파마저 어디론가 사라져 자취를 끊었다. '앉아서 죽고[坐脫]' '서서 죽는 것[立亡]'을 자유자재로 해낸 방거사 가족의 예는 고금에 드문 일이 아닐 수 없다.

목숨을 임의로 한 그들의 무생無生 담화 속으로 또 들어가보자.

어느 날 방거사가 혼잣말처럼 중얼거렸다.

"어렵고도 어려우이! 백석의 참깨를 나무에서 뿌리다니……."

그의 노처가 뒷말을 받는다.

"쉽고도 쉬우이! 백초百草의 조사의祖師意."

이번엔 딸 영조가 끼어든다.

"어렵지도 쉽지도 않으이! 허기지면 밥 먹고 곤하면 자는 것뿐."

깨달음을 구하는 수행이 어렵고도 어려운 것은 잔뜩 뿌려놓은 참깨 때문이라고. 그것에 발목이 잡힌다. 망상을 뿌리치고 나아간대도 그때마다 무엇을 배제하고 무엇을 얻었다는 생각이 방해가 되는 법. 쉽고도 쉬운 것은 '백초 위의 조사의'. 조사서래의祖師西來意란 인도의 달마 스님이 서쪽에서부터 중국으로 건너와 전한 불법의 요지를 말한다.

온갖 사물[百草]에는 무상의 진실이 그대로 나타나 두두물물이 여래 아닌 것이 없다. 그것이 본지풍광本地風光이요, 자기의 본래 모습이었던 때문에 노처는 쉽고도 쉽다고 말한 것이리라.

영조靈照는 두 분의 다른 견해를 한쪽에 치우친 분별이라고 부정하지 않는다. 셋 중에 우열이 있음도 아니다. '허기 지면 밥 먹고 곤하면 자는 것뿐' 무심의 경지에는 분별이 있을 수 없다는 뜻이다. 다른 셋으로 갈리기 이전의 원점에 서서 발언한 것임을 잊어서는 안 되리니 "기실 세 사람은 한통속의 사이다. 그리고 이것이 무생無生의 이야기의 실체인 것이다"라고 말씀한 이원섭 선생의 음성을 내 오래된 노트에서 다시 꺼내 듣는다.

〈민들레 영토〉(숙명여고 출신의 문인 모임)에서 선생님을 모시고 선시禪詩를 공부하던 때가 그립다. 무생無生, 무사無死를 시현示現한 판토마임의 한 장면을 관람한 듯했다.

죽음 또한 좋은 것이다

—장자

제자들이 후한 장례를 준비하자 장자莊子(기원전 369~286년)가 만류한다.

"태양과 대지가 나의 관이다."

"선생님의 주검이 까마귀와 독수리에게 쪼아 먹힐 텐데 그럴 수는 없습니다."

장자의 말이 이어진다.

"묻지 않는다면 까마귀와 독수리의 밥이 될 테지만 묻어봤자 개미 밥밖에 더 되겠느냐. 너희들은 까마귀와 독수리의 부리에서 먹이를 꺼내 개미 입을 채워주려 하는 것이다. 너희들은 어찌하여 개미 편만 드느냐?"

그에게 죽음이란 존재 형태가 바뀌는 것에 불과했다.

"죽음과 삶은 끊임없이 바뀐다. 그 둘은 시작도 끝도 아니다. 그런 이치를 안다면 우리는 삶과 죽음을 차별하지 않을 수 있을 것이다."

삶과 죽음이 하나라는 생각. 그래서 장자는 다음과 같이 선언했다.

"대지는 육신을 주어 나에게 짐을 지우고, 삶을 주어 고달프게 하고, 늙음으로 나를 편안케 하고, 죽음으로 나를 쉬게 한다. 따라서 삶이 좋은 것이라면 죽음 또한 좋은 것이다."

죽음을 생각하는 것은 자유를 미리 생각하는 것이다

—몽테뉴

프랑스를 대표하는 지성이며 문필가인 몽테뉴(1533~1592년)는 그의 『수상록Les Essais』에서 말한다.

죽음이 불쑥 여러 방법으로 기습해 오는 것을 소개하면서 어찌 우리가 죽음에 대한 생각에서 벗어날 수 있으며 한 순간인들 죽음이 우리의 목덜미를 잡고 있는 것을 보지 않을 수 있으랴. 그러니 죽음에 대비가 있어야 한다면서 죽음이 피할 수 없는 것이라면 차라리 정면으로 대결하자. 피하려 하지 말고 앞서 마중하자. 사실 죽음이 두려운 것은 그것의 낯섦 때문인데 그렇다면 죽음을 자주 바라보고 계속 생각하라고 권유했다.

"죽음을 미리 생각하는 것은 자유를 미리 생각하는 것이다. 죽음을 배운 자는 굴종을 모른다. 죽음의 도는 모든 예속과 억압에서 우리를 해방한다."

"어찌하여 그대들은 뒤로 물러서는가? 아무에게도 도망칠 구멍은 없지 않은가. 그대들은 많은 사람들이 죽음으로써 불행에서 벗어나 행복을 누리게 된 것을 목격하였을 것이다. 그런데 죽어서 손해를 본 사람을 목격한 적이 있는가. …… 모든 나날은 죽음으로 달음질친다. 그리고 마지막 날에는 거기에 도달할 것이다. 이것이 우리들의 어머니인 대자연의 훌륭한 교훈이다."

죽음을 염두에 두자던 몽테뉴는 죽음과 고통 따위는 자연에 맡기고 쓸데없는 걱정은 하지 않는 편이 낫다는 자연회귀를 택한다. 자연은 삼라만상 속에서 얼마나 놀라운 율동과 조화의 기적을 이루어내고 있는가! 자연 안에 고통이 있으면 치유가 있고 죽음이 있으면 새로운 탄생이 있다. 모든 것은 돌고 돌며 끝없는 원을 그리며 이어진다. 몽테뉴는 삶이 고통의 연속임을 경험했고 세상이 대립과 갈등과 투쟁의 장임을 보았다.

그러나 그는 절망하거나 탄식하지 않았다. 왜냐하면 자연은 돌고 도는 것이므로. 서양의 현자 몽테뉴는 동서가 다르나 주역의 이치 '원시반종原始反終'을 자기 나름대로 이해하고 있었던 것 같다. 담석증으로 고통을 받으며 고통도 발작의 때가 지나면 자연히 수그러든다는 것을 알았다. 단지 그것이 지나갈 때까지 잠자코 기다리기만 하면 된다. 그러니 자연에 맡기라고 권고한다. 여기서 나는 자연 본래대로 있으면 그대로 완성된다는 노자老子의 '자연설'이 떠올랐다. 그리고 보면 머물다 가는 우리의 생사도 하나의 자연현상이다. 제대로 죽자면 생사를 초월하여 죽을 곳이 없는 경지에 자신을 놓을 줄 알아야 한다는 노자를 그는 알고 있기나 한 것일까?

죽을 곳이 없는 경지란 무엇일까?

무심無心 무위無爲의 자연 회귀回歸가 아닐까 생각해본다. 죽음이 피할 수 없는 것이라면 그래서 사死가 생生의 한 부분이라면 아예 함께 살자고 그는 말한다. 이 죽음과의 공존은 우리에게 뜻밖의 선물을 안겨준다는 것이다. 무슨 선물인가? 죽음과 친해질 때 우리는 죽음의 공포에서 벗어날 수 있다는 것이다. 죽음이란 외형상 존재의 완전한 소멸이지만 동시에 모든 속박과 억압으로부터의 해방인 것이다. 삶이 우리에게 지웠던 모든 짐을 죽음은 남김없이 내려놓게 하지 않던가. 병도 고통도 번뇌도 근심도 모두, 너무나도 완벽하게 떨어버린다. 이 완벽한 해방은 완전한 자유이다. 그러므로 몽테뉴는 "죽음을 미리 생각하는 것은 자유를 미리 생각하는 것이다. …… 죽을 방법을 아는 것은 우리를 모든 예속과 속박으로부터 해방시켜 준다"고 했던 것이다.

그런 만큼 그것에 순응하는 것, 즉 자연을 따르라고 한다.

> "자연은 우리에게 말한다. 당신이 이 세상에 들어온 것같이 이 세상에서 빠져나가라. 당신이 생각도 두려움도 없이 죽음에서 삶으로 건너온 것과 동일하게 이번에는 삶에서 죽음으로 건너가라. 당신의 죽음은 우주 질서의 여러 부품 중 하나다. 이 세상의 생명의 한 부품이다."

몽테뉴의 『수상록』은 20년 동안 그와 함께 성장했다. 그의 정신이 도달한 기록이다. 테런스 케이브의 평가대로 "스토아적 거장의 솜씨"가 유감없이 발휘된 작품이다. 내가 그에게서 받은 첫 번째 명제는 '철학을 한다는 것은 죽는 법을 배우는 것이다'였다. 내게 추동력을 제공한 몽테뉴 선생에게 감사한다.

늙는다는 것, 이는 서서히 자살하는 것이다

—롤랑 바르트

롤랑 바르트(1915~-1980년)는 카뮈처럼 교통사고로 죽었다. 바르트는 자신이 가르치던 파리 콜레주 드 프랑스 건물 밖 포장도로에 발을 내딛는 순간 드라이클리닝 승합차에 치이고 말았다. 나중에 문화부장관이 된 자크 랑과 조금 전 점심식사를 마친 뒤였다.

바르트의 죽음에는 아무래도 곤혹스러운 면이 느껴진다. 사고가 있기 몇 달 전부터 바르트는 미슐레의 다음 구절을 자주 인용하곤 했다.

"늙는다는 것, 이는 서서히 자살하는 것이다."

바르트는 사고가 있기 전, 여름에 어머니를 여의고는 점점 침울하고 의기소침해져 갔다. 평생토록 바르트는 어머니와 매우 친밀했고 어머니는 '롤랑'이라는 말을 입에 달고 살았다. 롤랑은 자신의 동성애 성향을 어머니에게 감추었지만, 그녀가 죽자 그 안의 무언가가 더불어 죽은 듯했고, 더 이상 살아갈 의욕을 잃고 말았다. 실제로 그는 사람들과 얘기하려 들지 않았으며, 에르베 알가라론도에 따르면 스스로를 죽도록 내버려두었다는 것이다.

사고사를 가장한 죽음 같지 않은 죽음, 그런 사람들의 심정을 더듬어보게 된다. 가와바타 야스나리도 그런 사람 중의 하나였다. 며칠 뒤 프랑스 여행 일정을 앞둔 그가 갑자기 가스 호스를 입에 물고 시신으로 발견되었다. 상용하던 약물과다복용으로 인한 사고사라고 추정했지만 사실은 사고를 위장한 자살이었다. 그는 「다케다 린다로와 사마키 켄사쿠」에서 다음과 같은 중요한 단서를 제공한다.

> "죽음의 직접적인 원인을 볼 수 있는 죽음은 싫다. 그러나 죽음의 원인이라는 것은 그 사람의 전 생애라고 생각할 수 있다."

죽음의 방식은 전혀 직접적인 원인을 타인에게 보이지 않는 것. 그것은 자신의 죽음에서도 완전히 그대로였다. 그에게 죽음을 생각하는 것은 좋은 작품을 쓰는 일이며, 작품 속에서 등장인물의 죽음을 살고 그는 그 죽음을 지워나갔다. 가와바타는 "작품을 쓰는 일은 자기 내부에서 허무의식이라고 하는 독을 제거하는 것"이라고 말했다. 그러나 그는 허무를 짚고 그것을 넘어서지는 못했다.

1972년 3월 7일, 급성맹장염으로 수술을 받고 퇴원한 지 꼭 한 달 만에 그는 자살을 결행했다. 그의 어릴 적 일기장에 썼던 것처럼 겨울 밤, 눈먼 할아버지의 오줌을 받아내던 그 소년은 이미 자신의 몸 안에 쇠잔하게 꺼져가는 노인의 삶을 옮겨와 살고 있었던 것은 아닐지. 그런 몸을 그는 더 이상 지탱하고 싶지 않았을는지도 모른다. '스스로를 죽도록 내버려두었다'는 롤랑 바르트와 가와바타의 자살이 십분 이해된다. 나도 어느 새 그의 나이가 되었다. 가와바타의 심정을 생각해 보는 날이 많아진다. 늙는다는 것은 서서히 자살하는 것이다.

자살은 자연에 위배되는가

제논은 스토아에서 강의했다. 스토아란 아테네 시의 장터를 둘러싸고 있는 지붕이 있는 보도 즉, 주랑柱廊을 말한다. 그래서 제논학파를 스토아학파라고 부른다.

제논이 강의를 마치고 학당에서 나와 걷다가 돌부리에 채여 발가락이 부러졌다. 그는 땅바닥에 주저앉아 주먹으로 땅을 치며 말했다.

"내 스스로 왔는데 왜 나를 부르는가."

그는 티모테오스의 작품『니오베』의 한 구절을 외쳤다.

그리고는 그 자리에서 목을 맸다. 스토아주의자들에게 제논의 죽음은 모방의 한 양태가 되었다.

그들에게 덕이란 모든 자연의 법칙에 따르는 것이었으며 모든 자연현상과 존재들은 신적인 섭리의 표현으로 생각했다.

제논의 후계자인 클레안테스도 죽음이 임박하자 금식으로 죽음을 앞당겼다. 스콧 니어링도 100세가 가까워지자 음식을 끊고 죽음을 맞이했다. 쇼펜하우어도 이상적인 자살이란 '금식'이라고 언급했다. 이후 철학자들은 대수롭지 않게 몸을 던졌다.

프랑스의 철학자 질 들뢰즈는 폐기종을 앓으며 너무 고통스럽자 자신의 아파트에서 뛰어내렸다. 자살은 고대인들, 특히 로마인들 사이에서 아주 대중적이었다. 자살을 옹호한 이탈리아의 철학자 라디카티(1698~1737년)는 소책자 『죽음에 관한 철학 논고』에서 이런 주장을 펼쳤다.

개인은 자신의 죽음을 선택할 자유가 있다는 것이다. 이러한 죽음의 권리는 자연에 대한 급진적인 유물론적 개념에 기초해 있으며 자살은 참을 수 없는 고통의 상태에서 벗어나기 위한 정당한 선택이라는 에피쿠로스와 스토아학파의 주장에서 영향을 받은 것으로 보인다. 죽음이란 원자 무리의 분해에 지나지 않는다. 한 덩이의 물질이 다른 형태로, 살아 있는 인간이 개미 밥으로 변형될 뿐이다. 라디카티는 에피쿠로스를 다음과 같이 인용한다.

"우리가 어떤 종류로 존재하기를 그치는 것은 다른 종류로 존재하는 것을 시작하기 위해서다."

자살은 기독교 전통에서 거부되었다. 생명은 주어진 것, 우리는 그것을 사용할 권리는 있지만 마음대로 지배할 권리는 없다. 오직 신의 특권이므로 라디카티는 이교도로 간주되었다. 데이비드 흄 역시 '위대한 이교도'라고 평가되었었다. 흄은 자신의 에세이 「자살에 관하여」에서 우리의 영혼은 필멸이며 죽는 순간 육체와 더불어 사라지며, 우리를 처벌할 신도 없는데 자살을 반대할 명분이 있을까를 묻는다.

"살 만한 동안에는 어느 누구도 삶을 저버리지 않을 것이라고 나는 믿는다. 그러나 삶이 우리가 짊어질 수 없는 짐이 된다면 우리가 자살을 택하는 것은 정당하다"고 흄은 생각했던 것이다.

죽은 자와 소통하고 싶다면 책을 읽으라
— 데리다

자크 데리다(1930~2004년)는 철학한다는 것은 죽는 법을 배우는 것이라는 키케로적 지혜를 나르시시즘으로 규정하고 이에 격렬히 반발했다. 그는 "죽는 법을 배운다는 지혜에 대해서 나는 무식한 채로 남겠다"고 주장한다. 오히려 철학한다는 것은 사는 법을 배운다는 것이다.

1993년 작 『마르크스의 유령들』을 시작하는 글에서 데리다는 (그의 다른 책들에서 종종 그렇듯이) 다른 목소리로 복화술을 한다.

"나는 마침내 사는 법을 배웠다."

하지만 사는 법을 배웠다고 해서 죽음의 공포를 근절할 수는 없었다. 2002년 자신과 자신의 작품들에 관한 다큐멘터리 영화가 발표되고 얼마 후 데리다는 『LA 위클리』와 인터뷰를 하며 대단히 어리석은 질문 세례를 받았다.

기자가 "철학자한테도 전기 같은 게 필요한가?" 하고 묻자 그는 "전기 없는 철학자가 어디에 있는가?"라고 답한다.

"오늘 당신에게 중요한 것은 무엇인가?"라는 질문에 데리다는 정직하게 답한다.

> "나는 늙어간다는 것, 내가 죽으리라는 것, 삶은 짧다는 것을 끊임없이 의식한다. 나는 내게 남겨진 시간에 항상 주의를 기울여왔다. 젊었을 때에도 이러한 성향이 있었지만 일흔둘이 된 지금 더 심해졌다. 아직도 나는 죽음의 불가피성에 대해서 평정심을 갖지 못했으며, 앞으로도 그럴 것 같다. 이러한 의식이 내가 생각하는 모든 것에 배어 있다. 세상이 돌아가는 모습은 끔찍하고 이 모든 걸 나는 염두에 두지만 그런 것 못지않게 다른 한편에서는 나 자신의 죽음에 대한 공포가 있다."

데리다가 남달리 가깝게 느꼈던 푸코나 들뢰즈 같은 철학자들의 죽음에 관해 계속해서 글을 쓴 것은 아마도 이러한 공포를 달래기 위해서라는 추측이다. 질 들뢰즈는 폐기종의 고통에서 벗어나기 위해 파리에 있는 자신의 아파트에서 투신자살했다.

'애도'라는 주제는 1980년 롤랑 바르트의 죽음 이후, 아니 더 정확히는 1983년 12월 그의 친구이자 동료인 폴 드 만의 예기치 않은 죽음 이후 데리다 작품들의 중심 테마가 되었다.

『기억들 : 폴 드 만을 위하여』에서 데리다는 상喪을 당한 기억에 대해 대단히 격정적이고 날카롭게 기술한다. 데리다에게 친구를 잃는다는 것은 남은 이에게 간단히 지울 수 없는 방식으로 두 사람의 기억의 흔적을 남기는 것이라고 생각했다. 이는 마치 죽은 친구가 자아에 유령처럼 달라붙어 계속 살아 있는 것도 같았다. 자아는 타자의 죽음 이후 치료될 수도 잘 살아갈 수도 없으며, 상처 입은 채 스스로 분열된다. 이것은 사랑하는 이의 죽음을 잊고 자아가 다시 통일성을 회복하는, 프로이트가 '정상적 애도'라고 불렀던 것에 저항한다. 거꾸로 데리다는 타자의 죽음을 잊지 못하고 상을 당한 기억 속에서 살아가야만 하는 '불가능한 애도'를 주장한다. 분명하게 데리다는 불가능한 애도가 타자의 부활도, 자아의 나르시시즘적인 귀신 들림도 아니라고 말한다. 차라리 친구나 사랑하는 이가 산 자와 죽은 자의 구분을 어렵게 하는 귀신처럼 내 안에서 살아간다. 데리다 만년의 저작들에서는 확실히 귀신, 유령, 망령이 자주 등장한다.

'철학한다는 것은 죽는 법을 배우는 것'이라는 고전적 지혜를 데리다는 거부했지만 1994년에 발표한 『우정의 정치학』의 제사題辭에 키케로가 다시 등장한다. 데리다는 키케로의 "…… 그리고 말하기 더 어려운 것은 살아 있는 자들이다"라는 말을 인용한다. 즉 죽은 자들은 살아 있다. 그들은 우리 안에 살아 있으며, 우리의 자기만족을 방해하고 우리를 괴롭히며 자신들에 대해 더 생각하라고 우리를 초대한다. 철학자가 어느 곳에선가 읽히는 한 그는 죽지 않았다고 말할 수도 있다. 그러므로 죽은 자와 소통하고 싶다면 그의 책을 읽으라고 데리다는 말한다. 작가는 읽히는 한 죽지 않는다.

제10장
자연에 대하여

죽음은 자연의 한 과정이다/ 마르쿠스 아우렐리우스
유일 실체의 신은 자연이다/ 스피노자
자연은 영혼을 치유하는 성소/ 랄프 왈도 에머슨
오! 항상 살고, 계속 죽어가며/ 월트 휘트먼
나는 기쁘게 땅을 껴안을 수 있었다/ 헨리 데이빗 소로
나는 자연의 일부일 뿐이다/ 아인슈타인
자신의 합일은 자연과의 합치된 삶에서 이루어진다/ 제논

죽음은 자연의 한 과정이다

—마르쿠스 아우렐리우스

로마제국의 황제요, 스토아학파의 위대한 철학자였던 마르쿠스 아우렐리우스(121~179년)는 외족의 침입을 막기 위해 전쟁터에 머물면서도 진중에서 『명상록』을 썼다. 『명상록』은 그가 생애 마지막 10년 동안 쓴 글이다.

"언제든 흔쾌히 죽음을 맞이할 수 있어야 한다"며 『명상록』은 죽음에 대한 명상으로 끝을 맺는다.

"우리는 왜 더 많은 날들이 있기를 바라는가?"

인생에 중요한 것은 이성을 따르고, 신적인 영혼을 따르고, 자연이 우리에게 선사한 모든 것을 있는 그대로 받아들이는 일이다. 그런 삶은 죽음을 두려워하지 않고 무시한다. 그러니 "그대의 길을 가라. 그리고 그대에게 그 길을 가게 한 자의 미소 아래서 그대 역시 미소 지으라."

『명상록』을 대하면 황제의 평정심이 그대로 내게 옮겨진다. 생사에 대해 담담한 그의 인생관이 어느 새 나의 표본이 되고 있다.

2002년 사월의 마지막 날, 나는 친지들과 비엔나를 떠나 헝가리 국경으로 향했다. 버스가 국경을 넘자 도나우 강이 숨바꼭질하듯 우리의 뒤를 따라왔다. 도나우 강은 부다페스트를 관통하면서 부다와 페스트를 둘로 나누어 놓았다. 강안 서쪽은 페스트 지구, 상업과 예술의 도시였고, 동쪽은 부다 지구로 왕궁의 역사적 유물이 많은 옛 터였다. 우리는 부다페스트로 가지 않고 먼저 에스테르곰으로 향했다. 에스테르곰은 헝가리의 첫 번째 수도로 13세기까지 번영을 누렸던 유서 깊은 도시였다. 왕궁의 언덕에는 대성당 바질리카가 서 있고 도나우 강 맞은편에 서서 바라보는 슬로바키아 땅은 마침 석양에 물들고 있었다. 성당을 뒤로 하고 뜰로 나오니 바로 그곳이 마르쿠스 황제가 『명상록』을 썼던 곳이라고 가이드가 말해준다. 일행들은 기다리는데 나는 발걸음이 떨어지지가 않았다.

"나를 위해 울지 말라. 오히려 페스트에 대비하고 수많은 다른 사람들의 죽음을 생각하라"는 유언을 남기고 그는 이 도나우 강 유역의 진중에서 숨을 거두고 말았다. 황제는 도나우 강 남쪽인 펜노니아 지방에서 3년간 머물면서 동방의 외적을 격퇴하고 게르만 민족과 싸워 승리를 거두긴 했으나 이 원정 중에 페스트에 걸리고 만 것이다.

"기꺼이 자기 자신을 운명의 여신, 크로투우에게 맡겨 너의 실을 그녀가 마음대로 짜도록 내버려두라"던 황제 역시 운명에 순응했고 무자기無自欺한 성실로 자기 안의 선善을 실천했던 군주였다.

"너는 천 년 만 년 살 것처럼 행동하지 마라. 죽음이 지척에 있다. 살아 있는 동안, 할 수 있을 동안 선善한 자가 되라"던 그였다. 하긴 또 인생에 있어 달리 그것밖에 무엇이 있겠는가.

위대한 문학정신의 추구 또한 그것이었다. 괴테의 『파우스트』 박사나 헤세의 『유리알 유희』에서의 크레이트 명인, 이들의 완성된 삶은 남을 위한 이타행의 실천에 두었다. 인문학이 추구하는 귀결도 역시 같은 곳이다. 이타행이야말로 인간이 추구하는 바 인간의 척도인 때문이다. 그러고 보니 일본의 승려 시인 바쇼나 에드거 앨런 포, 톨스토이 그리고 김삿갓과 붓다는 모두 나그네 길에서 숨을 거뒀다. 두보는 떠돌던 배 안에서 죽고 황제 역시 죽기 위해 이곳에 왔던 셈이 되고 말았다. 나그네의 죽음, 객사客死다.

사위는 고요한데 깊은 어둠 속에 발자국을 떼면서 나는 보행步行이 곧 죽음이란 생각을 떨칠 수가 없었다. 퇴직한 남편의 학교 동료와 어울린 이번 여행은 내 회갑을 겸한 여행이어서 감상이 보태진 탓도 있으리라. 에픽테토스가 말하듯 우리는 '시신을 짊어지고 다니는 작은 영혼일 뿐'인지도 모르겠다는 생각이다.

> 사람은 나뭇잎과도 흡사한 것.
> 가을바람이 땅에 낡은 잎을 뿌리면
> 봄은 다시 새로운 잎으로 숲을 덮는다.

교실 창밖의 담쟁이넝쿨에 눈을 주며 이 시구를 외우던 제복의 소녀는 어느 새 백발이 되었다. 봄 되면 지금도 이 시구를 되뇌인다.

'봄은 다시 새로운 잎으로 숲을 덮는다.' 이 구절을 깊게 되새긴다. 에스테르곰을 다녀온 지 열두 해가 지났다. 돋보기를 쓰고 『명상록』을 다시 펼쳐든다. 그는 인간 존재와 죽음에 대해 이렇게 말한다.

> 인간의 일생 속에서 그가 점유하는 시간은 순간에 불과하며, 그의 존재는 끊임없는 유전流轉이며, 감각은 희미한 촛불이며, 육체는 구더기의 먹이이며, 영혼은 산란한 회오리이며, 운명은 암담하고 명성은 불안정한 것이다. 간단히 말해서 육체에 속한 것은 모두 굽이치는 물과 같고 영혼에 속한 것은 꿈이나 수증기에 불과하며, 삶은 전쟁이며 낯선 땅에 와서 잠깐 체류하는 것에 불과하며, 후세에 남은 명성은 망각에 불과하다. 그렇다고 하면 인간은 자신의 발걸음을 안내하고 인도할 힘을 어디에서 찾을 수 있단 말인가. 단 한 가지가 있는데, 그것은 철학이다. 철학자가 된다는 것은 자신 속에 있는 신성을 모독하거나 손상시키지 않고 따라서 모든 쾌락과 고통을 초월할 수 있어야 하며, 목적 없이는 어느 일도 손에 잡히지 않으며 거짓과 위장이 섞인 행동을 멀리하며, 남이 행동하기를 기대하거나 행동하지 않기를 기대하지 않으며 모든 정해진 운명을 자신과 같은 원천으로부터 나온 것으로 받아들이는 것이며, 무엇보다도 최종적으로 죽음을 받아들이되 각 생물을 구성하고 있던 원소의 분해 작용에 불과한 것으로서 감사하게 받아들이는 것이

다. 이 원소는 끊임없는 결합과 재결합을 통해 아무도 손상을 입지 않는다고 하면 우리가 전체(육체)의 변화와 분해를 불신不信의 눈으로 바라볼 이유가 어디 있는가?

죽음은 단지 자연에 따라 일어나는 일이다. 따라서 자연에 따라 일어나는 일에는 악을 발견할 수 없는 것이다.

죽음은 단지 '자연의 한 과정이며, 오히려 자연의 번영을 향한 적극적인 공헌의 과정'이라고 황제는 말한다. 제2장에서는 '만물의 신성한 이법理法은 섭리로 충만'하며 심지어 운명의 변덕조차 자연의 설계 속에 예속된 것으로 보고 있다. 결국 우리의 죽음은 섭리에 따르는 것이고 우주의 질서 속으로 들어가는 것인 만큼 신에 대한 감사를 느끼며 죽음을 맞이하라고 황제는 충고한다.

무엇보다 나는 우리의 죽음이 '자연의 번영을 향한 공헌의 과정'이라는 것을 잊지 않기 위해 노트에 적어둔다. '자연의 번영'과 '공헌의 과정' 사이에 우리의 죽음이 있다. 죽음의 가치에 대해 다시 한 번 생각하게 된다.

유일 실체의 신은 자연이다

—스피노자

네덜란드의 철학자 스피노자(1632~1677년)는 범신론汎神論의 대표적 사상가다. 교회에서 파문되고 사회에서 추방되었으나 신념을 바꾸지 않고 '신즉자연神卽自然'이라고 했던 그의 범신론적인 세계관이 궁금했던 때가 있었다.

스피노자는 유태교의 교육을 받았으나 서구적 사상에 흥미를 갖고 있었으며 후에 교회에서 파문되자 철학에 전념하였다.

그는 성서(특히 구약성서)에서 논하고 있는 사실과 자연과학적인 물질의 사고 방법이 서로 모순되고 양립되지 않는다는 것을 통감하고 있었다. 스피노자는 자신이 믿고 생각하는 것들을 말하지 않고는 못 견디는 성미였다. 파문당한 후 그는 무일푼의 독신으로 안경알을 갈아 생계를 유지하면서 틈틈이 그림을 그리고 더 심심할 때는 거미를 잡아 싸움을 붙이며 아이들처럼 소리 지르고 웃었다고 한다. 무엇보다 그에게는 욕심이 없었다. 겨우 먹을 만큼만 돈을 벌었으며 홀로 높은 경지에서 자신의 사상을 구축해 나간 위대한 철학자였다.

후에 하이델베르크 대학의 교수직도 마다하고 빠라데나 선거위원으로 초대되었지만 그 또한 거절했다. 그는 유태신학이 주장하는 유일절대의 신의 사상과 데카르트가 주장하는 기계적機械的 필연의 설을 종합하여 데카르트의 이원론二元論에 대하여 일원론一元論을 세웠다.

유일의 실체인 신神은 자연이며 정신과 물체는 이 신神의 속성 '사고思考와 연장延長', 양계兩界의 사상事象은 실체實體의 양태樣態로 생각되었다.

물질계나 정신계는 신神에 비롯하는 인과의 필연성에 지배되며, 개물個物에는 자유가 없다. 따라서 도덕의 이상은 지적 인식知的 認識의 완성에 구해져야 하며, 사물을 신神과의 필연적인 관계로 직관하는 데 따르는 희열을 '신神의 지적知的 사랑'이라고 불러, 이것을 최고의 경지로 생각하였다. 그는 『에티카』 말미에 이렇게 쓰고 있다.

"신에 대한 사랑이 커질수록 죽음은 우리에게 더욱 더 무해無害한 것이 된다."

그의 유명한 말을 빌리자면 신神이란 곧 자연이다. 데카르트의 이원론에 비해 그의 일원론은 오로지 존재하는 것은 자연물뿐이었으며 그것의 원인은 인간의 정신활동에 의해서 파악될 수 있다고 한다. 우리 인간 정신의 타고난 지혜인 '이성'을 이용한다면 죽음의 두려움도 이겨낼 수 있으며 기쁨을 누릴 수가 있다는 것이다. 이성적이고 자유로운 정신에 의해 만들어진 자연에 대한 지식은 스피노자가 『에티카』 마지막 부분에서 말하는 '축복'에 이르는 길이기도 하였다.

그의 라틴어 이름 '베네딕투스'는 네덜란드어로 '바뤼흐', '축복받은 자'란 뜻이다. 그의 '축복'은 신에 대한 지적 사랑이며 우리 정신의 영원불멸은 자연[神]의 일부가 되는 데 있으며 자연은 영원불멸이라는 사실을 알 수 있다. 따라서 죽음은 두려움의 대상이 아니라 하나의 자연물(살아 있는 인간 존재)이 다른 자연물(자연적 존재로서의 주검)로 변화하는 것에 불과하다는 것이다.

그는 자기가 근원자와 더불어 하나임을 느꼈을 때, 우주 만물이 모두 산 것처럼 느껴졌다고 했다. 이 세상에 죽은 것은 아무 것도 없다. 일체가 살았다. 신도 살았고 자연도 살았고 나도 살았고 너도 살았다. 그는 이러한 삶의 기쁨을 '신이 곧 자연神卽自然'이라는 말로 표현하였다.

스피노자를 한없이 존경한 괴테는 '그의 정신이 나의 정신보다 훨씬 깊고 순수하다'며 이렇게 적고 있다.

> "이 세상의 모든 형태는 다 사라지고 말 것이다. 그러나 세상에는 없어지지 않는 것이 있다. 인생의 가치는 없어지지 않을 것이다. 우선 나는 스피노자의 가르침을 배워야 한다. 그리고 그의 정신을 따라 나의 정신도 없어지지 않는 것과 하나가 되도록 힘써야겠다."

괴테는 스피노자를 통해서 세상을 바라볼 수 있는 안목을 키웠다. 스피노자는 일찍 어머니를 앗아간 폐병으로 44세의 짧은 나이로 생을 마감하고 『데카르트 철학의 제원리諸原理 — 형이상학적 사상에 붙여』라는 책과 주요 저서 『윤리학』 외에 『신학 · 정치론』 등을 남겼다.

자연은 영혼을 치유하는 성소聖所

—랄프 왈도 에머슨

개인의 '자기 믿음'을 중시하고 자연 속에 존재하는 영적靈的인 실재를 믿으며 자기 내면의 신성神性을 느끼고 더 큰 영혼과 소통해야 한다고 외친 사람이 있었다. 콩코드의 철학자 에머슨이다.

랄프 왈도 에머슨(1803~1882년)은 미국 문화의 정신적 기둥을 세운 사상가이자 산문가이다. 에머슨은 메사추세스 보스톤에서 목사 집안의 8남매 중 넷째로 태어났다. 여덟 살 때 아버지를 여읜 후 잦은 병치레와 형제들의 죽음을 겪으며 가난 속에서 청년기를 보냈다. 그의 가족은 건강이 좋은 편이 아니었다. 아들과 딸 하나가 요절했으며 한 아들은 평생 장애아로, 또 한 아들은 평생 환자로 살았고 에머슨도 대단히 병약한 소년이었다. 약한 폐와 눈, 류머티즘으로 휴학하다가 1829년 고학으로 하버드 신학대학을 졸업하고 26세의 나이로 목사에 취임했다. 그 후 18세의 연인 에렌과 결혼하였으나 1년 반 만에 신부가 폐병으로 사망하자 비통에 젖어 매일 아침 아내의 무덤을 찾았고 약 1년 뒤에는 충동적으로 묘를 파헤쳤다. 그리고 학생 시절부터 써오던 일기엔 애처를 잃은 뒤 목사직에 회의를 느끼며 점차 교리의 독선화와 제도화, 그리고 신앙의 형식화에 회의가 더욱 깊어졌다. 성찬식 집행에 반대하며 "두건 쓴 성직자가 되고 싶지 않다"면서 목사직을 사임한다. 유럽여행에서 돌아와 콩코드에 집을 마련하고 재혼한 뒤 아들을 얻었으나 어린 아이는 성홍열로 갑자기 사망한다.

아들을 잃은 그의 비통한 심정은 에세이 「경험」에 이렇게 적혀 있다.

"어둠이 전나무의 나뭇가지에 감겨 있듯, 죽음은 살아가는 동안 매순간 우리 눈가에서 사라지지 않는다. 모든 것이 둥둥 떠다니다가 차츰 흐릿해지고 만다."

그러나 그는 인생에 대한 비애와 무상감에 오래 빠져 있지 않았다. 자연이라는 경전과 만나 그는 자연의 말씀을 경청하기 시작한다.

"그대는 나의 창조물이다. 아무리 큰 슬픔이 있더라도 나와 함께 있으면 즐거울 것이다."

서재에서 책을 읽듯, 숲이라는 책을 읽을 줄 알게 되면 새로운 학위가 주어진다. 숲에 들어가면 뱀이 껍질을 벗어버리듯, 사람은 자연 속에서 자신의 나이를 벗어던진다는 것이다.

자연과 조화된 삶, 진리와 미덕을 사랑하는 마음은 우리의 눈을 정화시켜, 자연이라는 텍스트를 보고 이해하게 해준다. 그러면 우리는 차츰 자연의 근원적인 의미를 알게 된다. 세계는 우리 앞에 한 권의 책처럼 펼쳐지고 모든 형상은 자연의 숨겨진 삶과 궁극적인 목적을 드러낸다.

"자연은 약과 같다. 해로운 일이나 어려움 때문에 망가진 몸과 마음을 원래의 상태로 회복시켜 준다."

자연은 영혼을 치유하는 성소聖所. 그는 더 이상 슬프지 않았다.

"에머슨의 박애심과 낙관주의는 그를 위대하게 만드는 뿌리이자 매력"이라고 시인 메튜 아놀드는 평가했다. 자연은 원래대로 우리를 회복시켜 주기 때문이다.

자연을 사랑하는 사람은 내부와 외부의 감각이 서로 조화를 이루고 있다. 이들은 어른이 돼서도 아이와 같은 영혼을 잃지 않는다. 매일 음식을 먹듯 매일 하늘과 땅과 소통한다. 현실이 아무리 슬퍼도, 이들은 자연 앞에 서 있는 동안 황홀한 기쁨을 느낀다.

그의 황홀한 기쁨은 『자연론Nature』 제1장에서 다음과 같이 빛을 발하고 있다.

> 풀 한 포기 자라지 않는 맨땅에 서서 계곡에서 불어오는 바람에 머리카락을 부드럽게 흩날리며 고개를 들고 무한하게 펼쳐진 하늘을 본다. 그러면 천박한 이기심은 모두 사라져버린다. 나는 투명한 안구眼球가 된다. 그리고 아무 것도 없는 세계로 돌아가서 모든 것을 본다. 우주를 다스리는 존재자의 흐름이 내 몸에서 맴돌면서 나는 신의 한 조각이면서 중요한 부분이 된다.

그렇다면 이와 같이 위대한 자연이란 무엇인가?

언어학자에 의하면 '자연'이란 단어는 영어에도 독일어에도 일본어에도 없었다고 한다. 영어의 '네이처nature'라는 것은 본래 '성질'이라는 의미였는데 그것이 18세기 무렵부터 천지산천天地山川이라는 의미로 사용하게 되었다고 한다.

일본에서도 1893년 일본 작가 나츠메 소세키가 발표한 「천지산천에 대한 관념」이라는 논문이 있는데 이 무렵에도 천지산천은 자연이라는 말로 표현되지 않았던 것으로 보인다. '자연'이라는 말을 맨 처음 사용한 사람은 중국의 노자였다. 그의 자연은 오늘날 우리가 흔히 사용하는 자연의 의미가 아니라 그것은 문자 그대로 '스스로 그러하다'는 의미였다. 즉 타연他然(다른 존재에 의해 그렇게 되고 있다)이 아니라 그것 자신에 의해 그렇게 되고 있다는 의미였다. 도의 작용이 각각 본성에 따라 결여됨이 없이 완전하게 현상계에 나타나고 있는 상태—그것을 자연이라고 한 것이다.

에머슨은 노자의 『도덕경』이라도 읽은 것일까? 하긴 그는 동양의 사상과 종교(힌두교, 유교, 이슬람, 슈피즘)에 해박했었다. 사실 에머슨이 하버드 대학에서 후배들에게 들려준 명연설(1837년 8월 31일)은 노자를 떠올리기에 충분했다.

> 자연의 아름다움은 자신이 지닌 마음의 아름다움입니다. 자연의 법칙은 곧 마음의 법칙입니다. …… 자연에 관하여 무지하다면 아직도 자신의 마음을 갖지 못하고 있는 것입니다. 그러므로 "너 자신을 알라"는 고대 격언과 "자연을 알라"는 현대

격언은 똑같은 뜻이 되는 것입니다.

'자연의 법칙은 마음의 법칙', '너 자신을 알라는 것과 자연을 알라'는 것이 동의어라는 에머슨. 그에 앞서 노자(기원전 4세기경)는 말한다. 천지 만유萬有에 앞서 자연의 도道가 있었다. 도에서 천지가 생겼고 만물이 생겼다. 때문에 '사람은 땅을 법法하며, 땅은 하늘을 법하며, 하늘은 도를 법하며, 도는 자연을 법한다人法地 地法天 天法道 道法自然'고 한 것이다.

도법 자연, 도는 자연을 본받는다. 결국 사람은 자연을 법法하며 자연과 일치하여 자연 그대로가 되는 것이다. 스피노자가 말한 '자기가 근원자와 더불어 하나임을 느꼈을 때 우주 만물이 모두 신처럼 느껴졌다. …… 신도 살았고 자연도 살았고 나도 살았고 너도 살았다'가 될 것이다. 스피노자에게서도 노자를 읽는 즐거움을 느낀다.

> "모든 자연은 인간 마음의 은유이다. 자연계의 법칙이 인간이 사는 물질계의 법칙에 상응하는 것은 마치 실제의 얼굴이 거울 속의 얼굴을 들여다보는 것과 같다."

자연은 인간의 거울이다. 왜냐하면 인간은 이미 자연을 법法받았기 때문이다.

"내 안에 모든 자연의 법칙이 들어 있다. 내 안에 전체 이성이 잠들어 있다. 그 모든 것을 아는 것, 감히 그 모든 것을 알고자 하는 것, 그것이 내가 할 일이다"라고 말한 에머슨은 모든 생명체의 구성원이 되는 '보편적 영혼'—그의 용어를 빌리자면 '대영大靈, the over-soul'의 존재를 믿었으며, 자연을 신의 뜻과 섭리의 구현으로 보았다. 인간의 직관과 존엄성과 창조력을 믿었으며 범신론과 성선설과 인간의 자기 신뢰를 주장함으로써 신神의 절대성과 인간의 무력함을 강조했고 칼비니즘에 반기를 들었다.

칼뱅주의는 신의 절대성과 인간의 원죄성을 강조하고 인간의 자유와 개인의 무한한 가능성을 부정하였다. 이에 대해 유일신교의 목사였던 윌리엄 채닝은 칼뱅주의에 반대하여 신의 은혜로운 측면을 강조했고 무엇보다 인간의 존엄성, 개성의 존중, 정신의 자유를 주장했다. 이 같은 사상은 미국 낭만주의의 근간이 되는 초월주의의 길을 터주게 된다.

소로, 호손, 토마스 칼라일 같은 당대의 문인들과 영적인 교감을 나누면서 초월주의 모임을 이끌었던 에머슨. 그가 없었다면 진정한 의미의 미국문학은 탄생할 수 없었다는 말이 있을 정도로 그는 미국문학 발전에 지대한 영향을 끼쳤다. 직관에 의한 자연(물질)이 신[精神]의 상징이라고 감득한 그의 『자연론』은 정신론이기도 하며 작은 책이지만 초월주의超越主義의 선언서이기도 했다.

초월주의란 코울리지를 거쳐 들어온 관념철학에서 따온 명칭인데, 감각을 초절하여 직관으로 진리를 파악하는 신비사상이다. '자연은 정신의 상징'이라 하여 상징론을 전개했으며 "개인의 목적을 이루기 위한 도구로서의 기도는 비열한 짓이자 도둑질이다. 그러한 기도는 자연과 의식이 하나가 아니라 둘임을 전제로 한다.

인간이 신과 하나가 되는 순간, 그는 더 이상 애걸하지 않을 것"이라고 그는 쓰고 있다. 인간의 일반적인 삶의 동기를 버리고 스스로 주인이 되고자 하는 사람은 자기 안에 진실로 신과 같은 자질을 가지고 있어야 한다는 것이다. 숭고한 마음과 신념에 찬 의지, 선명한 통찰력이 있어야 한다. 그러면 진정으로 자기에게 '교리'가 되고, '사회'가 되고, '법'이 될 것이라고 했다. 자기 안에 '신神'과 같은 자질을 '불성佛性'으로 바꿔 읽으면 그것은 불교의 '법등명 자등명法燈明 自燈明'으로 환치될 수 있다.

"나를 구원하는 것은 나 자신이다. 다른 어떤 것도 우리에게 평화를 주지 못한다. 구원은 누가 가져다주는 것이 아니다. 자신을 믿지 않는 한 우리에게는 어떤 영감도, 창조도, 희망도 없다"고 에머슨은 말한다.

그는 우리 모두가 스스로 자신의 힘을 발견하고 발휘하도록 도움으로써 삶을 더욱 깊고 넓게 만들어주며 우리의 영혼을 진리로 이끌었던 선지식이다. 뿐만 아니라 「미국의 학자」라는 제목의 연설에서 그는 '미국의 정신적 독립은 인간이 자연과 관계를 회복할 때만 이루어진다'고 역설하며 그러므로 '학자는 철학자, 목사, 교사라는 자격증 소지자가 아니라 사색하는 사람으로서 자연의 실체를 파악하는 소명을 행동으로 옮겨야 된다'고 주장한다. 이 글은 '미국의 지적 독립선언문'으로 평가되고 있다.

그는 자연이라는 경전과 만나 망가진 몸과 마음을 원래대로 회복할 수 있었다. 자연은 영혼을 치유하는 성소聖所, 그래서 그는 슬픔에서 빠져나올 수 있었다.

오, 항상 살고, 계속 죽어가며

— 월트 휘트먼

에머슨이 『미국의 학자』라는 글에서 주장했던 미국의 자주성, 개인주의, 민주주의, 민중주의 그리고 인간성의 해방 등의 이념을 최초로 행동에 옮기고 시를 통해 그것을 부르짖었던 사람이 있다.

미국의 롱 아일랜드에서 태어난 월트 휘트먼(1819~1892년)이다. 그는 목수 일을 하면서 자신이 경험해온 새로운 형태의 자유시를 사용하여 시집 『풀잎leaves of Grass』을 엮었다. 인쇄공이었던 휘트먼은 자신의 손으로 활자를 주우면서 94페이지의 시집을 익명으로 출판했다. 목수였던 아버지의 일을 거들면서 5년 동안 시작詩作에 전념한 결과다. 그가 36세에 발표한 「풀잎」의 반응은 대단했다.

에머슨은 그에게 "위대한 경력의 시발점에 있는 당신께 인사를 드립니다"라고 찬사를 보냈다. 휘트먼은 분명 에머슨의 정신과 전통을 이어받고 있었으며 따라서 개인의 자기 신뢰와 영감을 믿었던 초월주의적 시인이었다.

『풀잎』 중 그의 대표작인 「나의 노래」 10절에서는 예언자적 시인으로서 범신론의 입장에서 동서양의 뭇 종교를 긍정하고 인간의 영생을 소리 높이 외친다. 이것은 에머슨과 공통된 사상으로 죽음이란 공포가 아니고 기쁨이라고 노래한다.

오, 항상 살고 계속 죽어가며

오 항상 살고 계속 죽어가며
오, 어제와 오늘의 나의 매장埋葬이여
내가 언제나 구체적으로, 눈에 보이게 황급히 전진하고 있을 때
지난 날의 자아는 지금은 죽고 나는 슬퍼하지 않고 만족한다.
오, 나 자신의 시체들을 버려두고 빠져나와 내가 두고 온 시체들을 뒤돌아본다.
시체들은 뒤에 남겨두고 앞으로만 전진한다. 오, 삶, 항상 삶!

농사꾼이 밭갈이 하는 것을 볼 때에

나는 농사꾼이 밭갈이 하는 것을 볼 때에
혹은 씨 뿌리는 사람이 밭에서 씨를 뿌리고
수확하는 사람이 곡식 거두는 것을 볼 때에
나는 그 일이 삶과 죽음에 대한 비유임을 알았다.
삶, 삶이란 경작이요, 죽음이란 이에 대한 수확인 것을.

다시 한 편을 소개한다. 중국 장자莊子의 시혼詩魂을 느끼게 한다.

태어난 것을 다행으로 생각해본 적이 있는가?

태어난 것은 죽는 것만큼이나 다행스러운 것이다.

나는 안다.

나는 죽는 자와 함께 죽음을, 그리고 새로 태어나는 아이와 함께 삶을 통과한다.

나는 모자와 구두 사이에 존재하고 있는 것은 아니다.

나는 많은 사물들을 바라본다. 같은 것은 하나도 없고 모두가 훌륭하다.

나는 지구도 아니고 그의 부속물도 아니다.

나는 민중의 친구요, 동반자이다. 그들은 모두 나처럼 불멸이고 신비스럽다.

(그들은 자신의 불멸성을 모르나 나는 알고 있다.)

휘트먼은 『민주주의의 전망』이란 책에서 남북전쟁 후의 퇴폐한 세태를 날카롭게 비판하면서도 앞으로 펼쳐질 민주주의 앞날을 믿고 자유평등이라는 '미국의 꿈'을 실현하는 새로운 문학의 창조를 제창한다. 에머슨의 『미국의 학자』, 도로우의 『시민의 반항』과 더불어 그의 『민주주의의 전망』은 미국 민주주의론의 고전으로 손꼽힌다. 휘트먼은 오랫동안 에머슨적인 낙관주의의 대표적 시인으로 분류되고 평가되어 왔다. 그는 민중과 더불어 생활한 진정한 민중의 시인이었다.

나는 기쁘게 땅을 껴안을 수 있었다

—헨리 데이빗 소로

소로(1817~1862년)가 에머슨을 처음 만난 것은 1837년 그의 에세이집 『자연론』을 읽은 직후였다. 그 뒤 에머슨이 「미국의 학자」라는 유명한 연설을 했을 때 겨우 스무 살이던 소로는 하버드 대학 재학 중에 이미 에머슨의 사상에 심취해 있었고, '초월주의 클럽'에서 활동했으며 기관지 『다이얼』의 편집을 도왔을 뿐만 아니라 에머슨의 집에서 2년 동안 함께 기거한 적도 있었다. 콩코드를 찾는 방문객들은 소로가 에머슨과 말투와 몸짓, 머리를 빗어 넘기는 방식도 같다는 것을 알았다. 에머슨은 영국에서 강연 여행을 할 때, 자주 고향의 한 젊은 친구를 언급하곤 했는데 그가 바로 소로였다. 열네 살의 차이를 극복하고 두 사람은 서로에게 신 같은 존재였다.

소로는 1817년 7월 12일 메사추세스 콩코드에서 출생했다. 콩코드는 뉴잉글랜드 문학의 심장으로 손꼽힌다. 강과 호수와 숲이 어우러진 조용한 마을, 무엇보다 소로의 오두막과 그의 명상록

『월든』의 현장을 보기 위해 지금도 방문객의 발길이 끊이질 않고 있다. 나 역시 15년 전 그곳을 찾은 적이 있었다. 엘미러에서 마크 트웨인의 묘소를 찾아보고 보스톤에 도착한 것은 늦은 밤 11시였다. 호텔 프런트 앞에 비치된 팸플릿에 눈길이 끌렸다. 흉물스럽게 그려진 마녀사냥의 팸플릿에 눈길이 더 갔다. 마녀사냥은 세일럼과 너대니얼 호손 가家와 연관되며 그의 작품과도 무관하지 않기 때문이다. 호텔 창밖으로 바라다 보이는 보스톤의 야경은 고즈넉하고 아름다웠다.

보스톤과 콩코드가 있는 메사추세스는 미국 역사상 중요한 의미를 지닌다. 영국과 첫 교전을 치른 독립전쟁의 발발지이기도 하지만 보스톤은 하버드 등 명문대학이 자리잡은 대학 도시로서 기라성 같은 문인들을 배출했기 때문이다. 보스톤에서 출생한 시인으로는 에드거 앨런 포와 에머슨, 로버트 로웰, 세일럼에서 태어난 작가 너대니얼 호손과 그의 동창생인 시인 롱펠로가 있다. 콩코드가 자랑하는 헨리 데이빗 소로는 에머슨, 올코드, 채닝 등과 더불어 하버드 대학 초월주의자 모임의 대표주자이기도 했다. 소로는 뉴욕의 작가 허먼 멜빌, 월트 휘트먼과도 교분을 맺었다. 뉴욕에서 태어난 워싱턴 어빙과 유진 오닐은 만년을 보스톤에서 살다가 이곳에 묻혔다. 미국의 르네상스 시대, 문학의 중심지가 뉴욕에서 보스톤으로 옮겨졌다고 한 어느 평론가의 말은 틀린 것이 아니었다.

게다가 에머슨이 소로의 고향인 콩코드로 옮겨오자 당대의 내로라하는 문인, 목사, 철학자, 시인들이 이곳에 모여 문학적 영감을 꿈꾸며 자연의 영적靈的 기호를 찾아내려 하였다. 뿐만 아니라 보스톤에서 결성된 '초월주의자 클럽'이 이곳 '콩코드 그룹'과 뜻을 같이하며 F. 헤지를 중심으로 결속되었다. 콩코드는 미국문학의 메카였다. 나는 잠자리에 들기 전, 지도를 펴놓고 호손이 태어난 세일럼과 콩코드의 월든과 그들이 잠든 묘지의 위치를 확인해 두었다. 이튿날 일찍 눈이 떠졌다. 비가 오리라는 예상과는 달리 날씨가 맑게 개었다. 호텔 조식을 간단히 들고 설레는 마음으로 콩코드로 향했다. 보스톤에서 20마일 가량 달려가니 한적한 숲으로 둘러싸인 강변 마을이 나타났다. 평화로워 보였다. 월든의 오두막은 뒤로 미루고 콩코드 23가에 위치한 슬리피 할로 묘지부터 찾았다. 햇볕에 어른거리는 나무 그림자를 밟으며 조용한 묘역 안으로 들어섰다. 커다란 돌에 화살표가 그려져 있고 그 아래 낯익은 작가들의 이름이 보였다.

소로, 호손, 올콧, 에머슨.

이름이 적힌 순서대로 그들은 이곳에 들어와 묻혔다. 생전에 소로는 2년 동안 에머슨의 집에 기거했으며, 호손은 콩코드에 사는 구목사관인 에머슨의 집을 빌려 그가 쓰던 2층 책상에서 『올드 맨스의 이끼』라는 작품을 썼다. 살아서도 함께요, 죽어서도 함께인 이들의 우정이 부럽기만 했다.

조용한 오전, 향긋한 풀 내음과 솔바람 소리. 산책길로 안성맞춤인 숲길을 따라 걸어 들어가니 야트막한 언덕이 나온다. 둔덕을 오르자 오른편에 큼지막하게 잘 생긴 묘비가 걸음을 멈추게 한다. 묘비의 받침석에 새겨진 'THOREAU'라는 글자가 반가웠다. 여섯 사람의 이름과 생몰 연월일이 적힌 소로 일가의 가족 묘비다. 다섯째 줄에 헨리 D. 소로의 이름이 보였다. 무덤은 묘비를 중심으로 여섯 군데에 퍼져 있었다. 소로는 뒷줄 왼쪽 끝에 누워 있었다. 1862년 5월 6일 자택에서 편안히 숨을 거둔 소로가 이곳에 오던 날, 앨러리 채닝이 몇 줄의 시를 그에게 바쳤고 그를 사랑한 에머슨이 이 무덤 곁에서 조사를 읽었다.

> "이 나라는 아직도 얼마나 위대한 아들을 잃었는지 모르고 있다."

에머슨이 조사를 읽었다는 자리는 어디쯤일까? 좌우를 둘러본다. 열네 살 연상인 에머슨은 소로보다 20년 더 살다가 소로 곁에 와 묻혔다. 소로의 무덤에서 서성이다가 너대니얼 호손이 누운 건너편 무덤으로 발길을 옮겼다. 호손은 소로보다 2년 뒤 이곳에 묻혔다. 작은 통로를 사이에 두고 서로 마주보고 있다. 묘비는 반월형으로 너무나 작고 간단했다. 생몰 연월일도 적혀 있지 않고 단지 호손이라고만 쓰여 있었다. 호손HATHORNE은 묘비에 W자를 덧붙여 'HAWTHORNE'이라고 썼다. 조상의 성姓을 바꾸려는 의도였다.

세일럼의 판사를 지낸 증조부 윌리엄 호손은 마녀재판 때 19명을 교수형에 처했고 퀘이커 교도들을 박해하는 데 앞장섰기 때문이다. 영국에서 메이플라워 호를 타고 미국으로 건너온 청교도들이 이곳에다 새로운 에덴을 세워보려고 정착했으나 그들의 오만

한 우월의식과 만행에 대해 호손은 자기 조상의 죄, 나아가 전 미국인 조상들의 죄를 작품 속에서 폭로하고 또한 괴로워하였다. 『모비딕』의 작가 허먼 멜빌은 스스로 호손의 아들임을 자처하며 그에게 다음과 같이 찬사를 바쳤다.

"너대니얼 호손에 대한 중요한 진실은 그가 우레 속에서도 아닌 것은 아니라고 말한다는 점이다. 악마조차도 그를 그렇다고 말하게 할 수는 없다."

멜빌은 자신의 영혼보다 더 어두운 영혼을 가진 동시대의 선배작가 호손을 발견하고 그에게 매료되어 이렇게 한탄했다.

"그의 영혼은 어둠 속에 싸여 있으며 나보다 열 배나 더 어둡다. …… 나를 붙잡아 매료시키는 것은 바로 그 어둠이다."

나는 어둠의 작가 묘비 앞에서 진심어린 묵념을 바치고 왼쪽 모퉁이를 돌아 제일 마지막에 묻힌 에머슨 묘비에 참배했다. 거대한 묘비의 돌조각 형상이 마치 품이 넉넉한 포대 화상을 보는 듯했다.

콩코드 교회를 지나 20여 분 가량 자동차로 월든 거리를 달렸다. 숲에 둘러싸인 월든 호수가 나타났다. 생각보다 규모는 크지 않았다. 그러나 호수는 소로에게 사색의 무대였고 자신의 내면을 비추어 보게 하는 거울이었으며 야성의 자연으로 나가는 관문이었다. 소로는 맑고 푸른 호수를 보며 '신의 눈물방울'이요 '콩코드의 보석'이라고 표현했다.

소로는 하버드에서 문학을 전공했지만 잠시 교편을 잡은 것

외에 이렇다 할 직업이 없었다. 세속적인 성공에 회의를 느끼고 그 어떤 것에도 속박받지 않는 자유로운 삶을 원했기 때문이다. 1845년 3월, 월든 호수 근처에 방 한 칸짜리 오두막을 짓기 시작해서 7월 4일(미국의 독립기념일)에 입주하여 2년 2개월 동안 혼자 거기서 살았다. 이때의 생활을 소재로 쓴 것이 『월든 : 숲속의 생활walden : A life in the woods』(1854년)이라는 산문이다. 나중에 제목을 『월든』으로 바꾸었다. 도피문학으로 읽히지 않을까 하는 우려 때문이라고 한다.

그가 살아 있을 때 단행본으로 출판된 것은 불과 두 작품뿐이었다. 『콩코드와 메리맥 강에서의 일주일』(1849년)과 『월든 : 숲속의 생활』이 그것이다. 그마저도 독자들에게 외면을 당했었다. 그러나 이제 『월든』은 대학생들에게 졸업장 대신에 줄 책이라고 말할 정도로 귀중한 경전이 되었다. "세계의 보전은 야생성에 달려 있다"는 소로의 경구는 환경 위기를 겪고 있는 오늘날 더욱 각별한 울림으로 다가온다. 그는 자연 속에서의 은둔생활의 이유를 "여론과 정부와 종교와 교육과 사회로부터 떠나고 싶어서" 그리고 "나 자신과 대면하기 위해서"라고 밝혔다.

호수의 서쪽 기슭에 자리잡은 원래의 집터 자리엔 명판이 붙어 있고 소로가 말한 월든 생활의 목적이 다음과 같이 적혀 있었다.

"내가 숲으로 들어간 것은 삶을 의도적으로 살아보기 위해서, 다시 말해 삶의 본질적인 것들만 대면해 보고 싶었기 때문이다. 인생이 가르치는 것을 배울 수 있는지 알아보고 싶었고 그래서 내가 죽음을 맞이했을 때 헛되게 살았음을 확인하지 않기 위해서였다."

그는 헛되이 살지 않았다. "아무도 그처럼 훌륭한 미완성 인생을 살지는 못했다"고 그의 친구 윌리엄 채닝은 말했다. 아까운 나이 44세로 생을 마감하여 비록 그의 인생은 '미완성'이라 할지라도 어떤 의미에서는 그만큼 훌륭한 인생을 살았던 사람도 드물다. 단순하고 소박한 삶의 표상인 소로의 오두막, 그의 자발적 가난의 삶은 자연 속에서 참다운 삶을 찾기 위한 구도求道의 노력이었다. 그 기록인 『월든』은 생태주의적 예지로 빛나는 환경문학의 경전이자 산문문학의 최고봉으로 손꼽힌다. 비록 순문학의 범주에 들지 않는 산문 에세이에 불과하나 그는 『월든』이라는 이 한 권으로 너대니얼 호손, 허먼 멜빌, 월트 휘트먼, 에밀리 디킨슨 등 당대의 문인들과 어깨를 겨루며 19세기 미국문학을 대표하는 고전작가의 반열에 올랐다. 전쟁을 벌이고 노예제도를 유지하는 그릇된 정부에 세금을 낼 수 없다며 인두세 납부를 거부해 투옥된 체험을 쓴 『시민의 불복종Civil Disobedience』은 마하트마 간디와 마틴 루터 킹이 비폭력 저항운동을 일으킨 영감의 원천이 되었다.

간디는 자신의 운동을 "시민의 불복종"이라 칭하며 그는 가장 적게 다스리는 정부가 가장 최상의 정부라는 모토를 진심으로 받아들인다는 말로 이 운동을 시작했다. '나라는 작고 주민은 적은 것이 바람직하다. 갖가지 문명의 이기가 있어도 가능한 한 사용하지 말게 하고 주민이 생명을 소중히 여기고 멀리 이사하지 않도록 한다'는 간디의 주장은 노자 『도덕경』 제 80장에서도 만날 수 있다. 노자는 소국小國의 이상향에 대해 이렇게 언급했다. 거기에는 이웃 나라가 서로 바라보며 동네의 닭소리, 개소리가 들릴 정도지만 서로 왕래하지 않는다. 이것이야말로 이상적인 사회로서 무위無爲의 대도大道가 실현된 세상이라는 것이다. 무위라는 것은 인위적인 작위를 버리고 자연의 이법理法에 따른다는 의미이다. 인간의 지능이 아무리 뛰어난 것이라 할지라도 인간의 작위에는 반드시 결함이 따른다. 그러나 무위자연無爲自然의 도의 작용에는 결함이 없다. 무엇보다 나는 소로의 임종이 궁금했다. 그가 숲으로 들어가면서 '삶의 본질적인 것들만 대면해 보고 싶었고, 죽음을 맞게 되었을 때, 헛되지 않게 살았음을 확인하기 위해서'라고 한 것과 내 죽음의 모델인 스콧 니어링이 소로처럼 '죽고 싶다'고 한 말이 궁금증을 더하게 해서이다.

소로는 말년에 기침을 자주 했고 집안에 갇혀 지내는 시간이 많아졌다. 돌이킬 수 없는 폐결핵이었다. 심각한 상황임에도 소로는 날마다 몸이 허락하는 한도에서 글을 쓰며 평온하게 다가오는 죽음의 시간을 맞이했다. 에머슨은 소로가 세상을 떠나기 몇 주 전, 그를 만나고 돌아와 일기에 이렇게 썼다.

"소로의 넘치는 재능은 그의 부족한 부분을 채우고도 남는다."

소로는 자신의 시간이 얼마 남지 않은 것을 알았다. 수년간 준비해온 미국 원주민 역사를 마무리하진 못하겠지만 메인 주에 관한 에세이는 단행본으로 낼 수 있겠다고 생각했다. 그는 마지막 남은 힘을 다해 글을 썼다. 이것들은 사후에 『메인 주의 숲』이라는 제목으로 출간되었다. 인생의 마지막 장에서 소로는 야생 자연에 대한 공감뿐만 아니라 확고한 극기와 금욕적인 자제, 그리고 어떤 운명이 닥치든 순종한다는 점에서 그와 공통점이 있는 인디언들에게 사로잡혀 있었다. 투병 중에 친구 채닝이 고통스러운 변화에 대해 물었다. 소로는 작은 소리로 "어떤 것들은 끝마치는 것이 당연히 더 좋은 것"이라고 답했다. 그리고 올코트에게도 "후회 없이 이 세상을 떠나려 한다"고 말했다. 소로는 더 이상 걸을 수 없게 되자 침대를 거실 앞쪽으로 옮기게 하고 병을 앓고 있는 동안 극진한 친절과 애정을 베풀어 그를 감동시키고 기쁘게 해준 수많은 이웃과 마을 사람들을 맞이했다. 때때로 그는 사람들에게 "이렇게 많은 것을 받은 다음에도 내가 이 세상에 더 살아 머물러 있으면 부끄럽지 않겠느냐"고 농담을 던지기도 했다. 그를 방문했던 사람들 중 한 사람은 후에 이런 말을 남겼다.

"나는 이렇게 만족스럽고 평화롭게 죽음을 맞이하는 사람은 보지 못했다."

1862년 5월 6일 누이동생 소피아에게 『콩코드 강과 메리맥 강에서의 일주일』의 마지막 장을 읽어달라고 부탁했다.

"나슈아 어귀를 지나쳤고, 곧 새먼 부룩도 지나칠 즈음, 우리의 배를 가로막는 것은 바람밖에 없었다."

이때 그는 나직이 중얼거리듯 이야기했다.

"이제야 멋진 항해가 시작되는군."

그리고 잠시 뒤 숨을 거두었다. 어머니와 누이가 지켜보는 가운데 고통도 없이 요동도 없이 호흡을 접었다. 귀로 들을 수 있었던 그의 마지막 말은 오랫동안 소로를 사로잡았던 생각 '큰 사슴'

과 '인디언'이었다고 한다.

그의 영혼이 숨 쉬던 오두막 앞에 섰다. 메사추세스 주정부가 복원해 놓은 예닐곱 평 정도의 작은 통나무집, 나무로 된 간이침대와 의자 하나. 그리고 작은 탁자 하나. 방명록에 나도 이름을 적었다. 그리고 그 공간에서 그를 느껴본다. 최소한으로 규정한 이 오두막은 그의 삶과 사상 전체를 집약한 듯 느껴졌다. 그야말로 허욕을 버린 무無의 공간이었다.

그는 이곳에 머무는 동안 매일 아침 속진을 털어내는 정화의식으로 목욕을 하고 달 밝은 여름밤에는 호수에 배를 띄우고 플루트를 불며 우주와 깊은 교감을 나누었다.

그는 벽에 회칠도 되지 않은 호숫가의 오두막에서 문 앞을 스쳐가는 여신의 치맛자락 끄는 소리를 듣고, 산등성이를 휘어 넘는 바람 속에서 '천상의 음악'을 들을 수 있었으며, 아침엔 호숫가 안개의 잠옷을 벗고 드러내는 수면水面을 본다. 그는 먼동이 틀 때, 방 안을 날아다니는 보이지 않는 모기의 울음소리에서 호메로스의 진혼곡을 들을 수 있고, 이른 봄 얼음이 갈라지는 소리에서 우주 창조의 소리를 엿들었으며, 해빙解氷으로 흘러내리는 실오라기 같은 여울의 발단發端을 지켜보고서 생명의 시원始原을 엿본다. 그는 조미료를 치지 않은 거친 옥수수빵과 쇠비름풀을 삶아 먹는 소식小食으로 미각을 정화하여 '산기슭에서 따 먹은 몇 개의 산딸기'로 영혼을 살찌우는 하늘이 내려준 식량을 얻어낼 수 있었다고 적고 있다.

이처럼 순수한 자연을 포착해내고 그 배후의 존재와 영적인 교섭을 이룬다. 모든 감각을 통해서 그는 자연과 융합된다.

감미로운 저녁이다. 온몸이 하나의 감각기관이 되어 모든 땀구멍에서 기쁨을 빨아들인다. 나는 야릇한 해방감을 느끼며, 자연의 일부가 되어 그 안을 이리저리 배회한다.

사람들은 진리는 멀리 태양계 밖에, 멀고 먼 별 너머에, 아담 이전이나 최후의 심판 이후에 있는 것으로 생각한다. 영원에는 참되고 숭고한 것이 있다. 그러나 이 모든 시간과 공간과 계기가 지금 여기에 있다. 신神도 지금 가장 높은 위치에 있으며, 아무리 시대가 흘러도 더 신성하게 되지는 않을 것이다.

지금 여기서 그는 영원이란 것을 자기가 존재하는 시대와 장소에 있다고 생각하며, 살아 숨쉬는 현재에 무한의 가능성을 부여하는 동시에, 현재의 촌각에 놓인 삶의 중요성을 강조한다. 영원의 모든 계기를 현재에 두고 있다. 그는 삶이 아닌 모든 것을 떨쳐버리고 삶의 본질에만 직면하여 생의 골수를 마시기 위해 월든 생활을 시작하였고 그리고 2년 후 그는 다음과 같은 충고를 남기고 다시 구도의 길을 떠난다.

당신의 인생이 아무리 비천하더라도 마주 대하여 살라. 그것을 피하려 하거나 욕하지 말라. 당신이 처해 있는 것처럼 그렇게 나쁘지 않다. 가난하더라도 당신의 삶을 사랑하라. 일몰의 햇빛은 구빈원救貧院의 창문에서도 부잣집 저택에서와 같이 밝게 비치고, 이른 봄 구빈원의 문전에서도 눈은 녹는다.

자연은 무친無親하기 때문에 사사로움이 없다. 공평하므로 가난한 내 창가에도 햇빛과 달빛이 스며든다. 나는 삶이 고귀하다는 그의 실증적 체험이 가슴에 느껴진다. 공원 입구에 세워진 그의 동상을 넣고 사진을 한 장 찍었다. 월든 호숫가 그의 오두막이 있던 장소에는 그를 기리는 돌무덤 하나가 쌓여 있다. 그것만이 인간이 남길 수 있는 흔적 같았다. 나는 거기에서 시공을 가로질러 그의 육성을 듣고 있었다.

"나의 가장 뛰어난 재주는 욕심을 부리지 않는다는 것이다. 나는 기쁘게 땅을 껴안을 수 있었다. 그 안에 묻히더라도 역시 즐거울 것이다. 그곳에서 나는 그 동안 한 번도 표현하지는 않았지만 내가 사랑한다는 것을 알 만한 사람들에 대해 생각할 것이다."

이 세상에서 25년의 우정을 나눈 에머슨과 소로. 그러나 그들의 자연관은 일치하지 않았다. 소로가 자연세계와 하나됨을 추구했다면 에머슨은 자연에 대한 완벽한 지식을 추구하고자 했다.

"학문이라는 거대한 바다에서 몇 방울의 지혜를 건져 올릴 수 있는가! 설혹 그렇게 찾아낸 지식일지라도 우연히 얻었을 뿐이며, 엄청난 비밀은 자연 속에 그대로 잠들어 있다. 여기에 시를 읊고 이야기를 전하려는 이유가 있다."

에머슨은 「시인론」에서 위와 같이 말하며 자연 속에 잠들어 있는 엄청난 비밀을 알아내고자 욕심냈던 것이다.

그는 자연을 '낳는 자연'과 '낳아진 자연'으로 나누어 보았다. 후자가 전자에 의해서 '바람에 흩어지는 눈과 같다'라고 비유하고 있다. '낳는 자연'과 '낳아진 자연'은 어떻게 다른가? 노자는 그것을 '도道'와 '덕德'으로 설명한다.

노자는 『도덕경』에서 '도道의 원리'와 '덕德의 쓰임(작용)'에 대해 말한다.

"만물을 낳으면서도 그것을 자기 것으로 삼지 않고, 위대한 작용을 하면서도 공적으로 삼지 않고, 생성화육하면서도 지배하지 않는다." 이러한 도의 작용을 덕[玄德]이라고 노자는 제10장에서 말한다.

에머슨은 궁극적인 자연의 시원과 오묘한 자연의 작용을 그렇게 본 것이 아닐까 유추해볼 수 있다.

"소로는 내가 아는 어느 누구보다 자연의 원시 상태에 심오한 열정을 갖고 있는 반면에 에머슨에겐 자연과의 순수한 동반관계가 허용되지 않았다. 그가 상대한 것은 지성의 숲이었다"고 올코트는 지적한다.

둘 사이의 근본적인 차이는 인간과 자연의 관계를 어떻게 설정하는가에 있었다. "인간의 생활로 경험되지 않은 자연이란 존재하는가?"라고 소로는 물었다. 여기서 '인간의 생활'이란 바로 자신의 삶이었다. 자연세계를 다니며 관찰하고 거기에 반응을 보이는 주인공은 바로 소로 자신이었다. 그는 어떠한 위대한 이론이나 사상일지라도 직접적이고 적극적인 체험과 실천을 통해서만이 의미가 있음을 깨달은 것이다. 반면 에머슨은 그 나름의 특징적인 방식으로 문제에 접근한다. 모든 완성된 예술작품 속에서 자연은 "인간과 함께 되어야 한다"고 주장한 그는 자연을 대면해야 할 대상이 아니라 "대화해야 할 상대"로 본 것이다.

「소로 론論」을 쓴 도런은 그의 논문에서 "에머슨은 서서 생각하고 소로는 직접 가서 발견한다"고 썼다. 월터 하딩은 "에머슨은 우리에게 추상적인 개념을 주고, 소로는 체험한 것을 준다"고 말한다. 하딩은 나아가서 "이 두 사람의 본질적인 차이는 체험과 실천의 정도며, 소로는 여기에서 의의를 찾아 모든 방면에 실천의 생활을 확대해 나가고, 자기의 모든 삶을 자연에 몰입시켜 자연과 일체가 되려는 그 노력과 행동을 중요시했다고 할 수 있으나, 에머슨에게 있어 자연은 따로 존재하는 것으로 포착되어 있다"고 언급했다.

서로 대립되는 의견 차이를 극복하면서도 두 사람은 유종의 미를 거둘 수 있었다. 에머슨과 소로의 사상은 톨스토이와 간디에게 지대한 영향을 미쳤을 뿐만 아니라 존 듀이, 프리드리히 니체, 윌리엄 제임스 등의 철학에 영향을 끼친 것으로 평가된다. 미국문학과 미국정신의 르네상스를 이끈 숲속의 현인, 이 두 사람에게 경의를 표한다.

나는 자연의 일부일 뿐이다

— 아인슈타인

1955년 4월 13일 아인슈타인은 대동맥에 생긴 혹이 파열하여 프린스턴 병원에 입원했다. 동맥경화로 복부동맥이 비대해진 탓이다. 7년 전 수술을 받았는데 혹이 커져 위험하게 된 것이다. 심한 고통을 견디면서 아인슈타인은 비서인 듀커스에게 이렇게 말했다.

"나는 내가 원할 때에 여행길에 오르고 싶습니다. 생명을 인공적으로 연장하는 것은 바르지 못한 일입니다. 하고 싶은 것을 했으니 이제는 여행을 떠날 때입니다. 나는 우아하게 여행을 떠나고 싶습니다."

닷새 뒤(1955년 4월 18일 밤) 그의 심장이 멈췄다. 76세였다. 임종 전, 그의 유언은 다음과 같았다.

"죽은 후에도 8시간은 충분히 쉬고 싶으므로 그때까지 공표하지 말 것. 사체를 24시간 안에 화장하여 프린스턴에서 가까운 강으로 흘려보낼 것.”

유언에 따라 사체는 트렌턴 화장터에서 화장되어 델라웨어 강에 뿌려졌다.

“죽을 때 자신의 인생이 성공인지 실패인지는 무엇으로 판단합니까?”라는 질문에 그가 답한 말이 잊혀지지 않는다.

“죽음의 문턱에서도 나는 결코 그런 질문은 하지 않습니다. 자연은 기술자도 건축업자도 아니므로 실패도 성공도 없습니다. 나도 마찬가지입니다. 나는 자연의 일부이기 때문입니다.”

그는 우주 공간은 물질의 중력에 의해 휘어져 있으며 휘어진 공간을 따라 움직이는 모든 물체는 휘어진 모양대로 움직인다는 일반 상대성이론을 내놓았다. 우주의 비밀을 밝혀낸 놀라운 이 업적은 영국의 천문학자 에딩턴이 찍은 일식 사진으로 증명되었다. 그때도 그는 이런 말을 하였다.

“나는 평생 자연의 법칙을 잠깐이라도 제대로 보기 위해 노력했던 것뿐입니다. 진실한 마음으로 우주를 바라본다면 여러분도 우주의 아름다운 조화를 보게 될 것입니다.”

에너지(E)는 물질의 질량(m)에 빛의 속도(c)의 제곱을 곱한 것과 같다는 ‘$E = mc^2$’이라는, 세상을 바꾼 물리학 법칙을 발굴한 천재 과학자가 자신의 인생에 실패도 성공도 없이 그저 ‘자연의 일부일 뿐'이라는, 그 말을 받아 나는 기꺼이 노트에 적었다.

그의 말대로 자연에는 성공도 실패도 없다. 사사로운 친함마저도 없다. 나만 자연은 공평무사公平無私한 이법理法으로써 우리를 대하기 때문이다.

자신의 합일은 자연과의 합치된 삶에서 이루어진다

— 제논

제논은 다 아는 바와 같이 그리스의 철학자로 스토아학파의 창시자이다. 섭리가 우주를 지배한다고 주장했으며 엄숙하고 금욕적인 생활을 통하여 그는 아파테이아의 최고의 선을 실천한 현자였다.

스토아주의는 에피쿠로스처럼 삶의 의미를 쾌락과 향유에서 찾는 게 아니고 자기 자신과의 일치에서 찾는다.

어떻게 해야 인간이 자기 자신과의 합일에 도달하는가?

제논은 인간이 자연과 합치되어 살게 됨으로써 가능하다고 보았다. 그래서 자기 실현은 주관적 의지 상태에 있는 게 아니라 인간 내부에 자리잡고 있는 본성, 즉 법칙과의 결속에 있다. 이 본성(법칙)은 외부의 거대한 자연과 합일되어 있다. 자기 자신과 합일해 행동하고 그래서 자신 내부에서 그 본성을 실현하는 사람이 동시에 우주의 포괄적 법칙과도 합치되어 행동한다는 것이다.

스토아주의의 이상적 삶은 '격정에서 벗어남', '부동심不動心'이며 모든 것 중에도 의무감의 사상, 즉 '균형'이 으뜸이며 의무감을 충족시킨다는 의미는 내면의 신적 소리에 복종한다는 것이다.

마케도니아 왕조차도 아테네에 체류할 때마다 제논의 강의를 놓치지 않았다. 존경의 표시로 아테네인들은 그에게 황금관을 수여하고 입상과 기념비를 건립했다. 그는 강의를 계속하는 한편 저술에 정열을 기울였다.

강의를 끝내고 집으로 돌아오는 도중이었다. 그는 돌부리에 걸려 넘어지면서 손가락을 다쳤다. 그때 그는 땅을 치면서 이렇게 말했다.

"곧 갈 건데 왜 이렇게 야단이냐." 그의 나이 92세였다.

죽음의 시간을 알리는 신호라고 생각했던 것이다. 그는 그 자리에서 세상을 뜨고 말았다. 스스로 목을 맨 것이다. 제논의 학통은 세네카, 절름발이 노예 에픽테토스, 마르쿠스 아우렐리우스 등에게로 이어졌다.

제11장

주역周易의 일자一者에 대하여

주역周易 일자一者에 대하여

『주역周易』은 주나라(BC 1123~256년) 때 완성된 역이다. 역易이란 옆에서 본 카멜레온이라는 도마뱀의 모습(⊙ 머리와 눈, 勿 발과 꼬리)을 형상화한 글자다. 하루에 12번, 때에 맞추어 색깔이 변한다는 뜻을 취해 바뀔 역易을 썼으니 이는 변화를 의미한다. 또한 설문해자說文解字에 의하면 해日와 달月을 합성한 회의懷意 문자로 일월日月의 음과 양을 상징한다.

종합하자면 역易에 있어서의 변화는 음양의 변화이다. 해와 달, 밤과 낮, 추위와 더위의 자연현상과 길흉화복, 생로병사 등의 인생현상은 천변만화하여 잠시도 쉬지 않고 바뀌고 변화하니 '변역變易'이다. 그러나 이와 같이 변화하는 가운데도 변하지 않는 일정한 질서와 불변의 법칙이 있으니 이것이 '불역不易'이다. 만물을 변화하게 하는 그 이치는 변치 않는다는 것. 즉 춘하추동의 네 계절은 변하되 그 운행의 질서만은 어김이 없으니 변하되 변하지 않는 그 근거를 도道라고 하며 이理나 진리, 또는 태극이라고 한다.

역에 있어서의 변화는 음양의 소장消長과 그 교체가 기본이다. 그렇다면 음과 양은 어떻게 변화하는가. 이 '변화'에 대해 공자는 다음과 같이 설명한다.

> "변화란 진퇴지상進退之象이요,
> 강유剛柔란 주야지상晝夜之象이다."

변화란 나아가고 물러나는 진퇴의 모습으로, 음이 양으로 되는 과정이 변變이고 양이 음으로 되는 과정이 화化이다. 즉 음변양화陰變陽化이다.

그리고 강剛이 유柔를 밀치면 유가 밀려나는 것을 '변變'이라 하고 유가 강을 밀치면 강이 밀려나는 것을 '화化'라고 한다. 즉 밤이 낮이 되고 낮이 밤이 되는 현상이다. 밤이 낮으로 나아감[進]을 변이라 하고, 낮이 밤으로 물러감[退]을 화라고 한다. 동지冬至와 하지夏至의 운행도 이러한 변화에 따른다. 이와 같이 한 번 음이 되고 한 번 양이 되는 것을 도[一陰一陽之謂道]라고 한다. 주역의 핵심사상은 음양이원론이다. 도道란 한 번 음 되고 한 번 양 되는 그 음양의 근거(조건)가 도라는 것이다. 주야晝夜의 반복 교대交代, (이것을 생사生死로 보기도 한다.) 이 변화가 바로 천도天道의 운행방식이다.

이와 같은 천도의 운행방식을 알아낸 사람은 5,500년 전 중국의 황제 복희伏羲였다. 황하에서 나온 용마의 등에 찍힌 55개의 점무늬인 하도河圖를 보고 그는 만물의 이치를 고안해 8괘를 그렸다. 이로서 역易의 조종祖宗이 되었고 주나라 문왕이 '복희의 역'을 연구하여 64괘에 괘사를 붙이고 그의 아들인 주공이 각 괘의 효(384효)에 효사를 붙였다. 이것이 『주역경문周易經文』이며 공자의 해설 『10익十翼』이 보태져 『주역』은 유가의 최고 철학서로 자리매김하게 되었다.

하도河圖

용마의 등에 있는 아름다운 점박이 무늬를 살펴보니 1에서 10까지의 수가 점선으로 표시되어 있는데 5와 10은 중앙에, 3과 8은 좌측에, 4와 9는 우측에, 2와 7은 앞쪽에, 1과 6은 뒤쪽에 배열되어 있었다.

복희는 이 그림이 10진법의 수리임을 착안하고 이 수리체계를 바탕으로 만물의 크기와 길이, 무게, 맛, 색깔을 수로 셈하기 시작했다. 그는 도표를 정리하여 몇 가지 만물존재의 원칙을 알아내었다.

첫째, 우주만물은 하나에서 나와 하나로 돌아가는 유기적 변화의 구조라는 것. 둘째, 현상세계의 만물은 모두 상대적 음陰과 양陽의 관계로 존재한다는 것. 셋째, 현상만물의 존재와 변화는 네 가지 원칙적 형식으로 진행된다는 것을 알았다. 네 가지란 원, 형, 이, 정元亨利貞으로 이것을 일 년에 대입하면 춘·하·추·동이 되고 인생에 대입하면 생·로·병·사가 된다. 이와 같이 세계는 끊임없이 바뀌고 변화[變易]한다. 거기에는 일정한 법칙이 있는데 음과 양의 대립, 전화轉化라고 하는 간단명료한 형식으로 표현되어 우주의 삼라만상에 관통한다.

도의 특성은 끊임없는 운동과 변화의 순환성이다. 그 순환양식이란 정반대의 극적極的인 음양과의 역동적인 상호작용에 의한다. 그리고 모든 사물은 극처極處에 달하면 원점으로 되돌아간다는 '원시반종'을 복희는 알았던 것이다. 우주만물은 하나에서 나와 하나로 돌아가는 유기적 변화의 구조라는 사실이 그것을 입증한다.

주역의 수는 하나(1)인 태극(1)에서 음양(2)이 생기고, 음양(2)에서 사상(4)이 생기고 사상(4)에서 팔괘(8)가 생기며 다시 2분하면 16→32→64괘가 생기고 또 128→256→512……로 끝없이 분화하여 프랙탈 구조로 우주만물이 생겼다는 것이다.

공자는 『계사전』에서 이것을 정리했다.

"역에 태극이 있으니, 이것이 양의(음양)를 낳고 양의가 사상四象(태양, 소음, 소양, 태음)을 낳고 사상이 8괘(건, 태, 이, 진, 손, 감, 간, 곤)를 낳는다. 낳고 낳음을 역이라生生之請易고 한다." 그러니 만물은 그 하나인 태극에서 펼쳐진다는 요지다.

태극太極

태극은 최초로 천지 우주가 분화되기 이전의 상태를 뜻한다. 혼돈한chaos 가운데 이제 막 만물을 낳으려고 하는 에너지의 근원이다. 태太는 하나[一]에 둘[人]이 생기고 그 둘이 사귀는 가운데 또 하나[丶]를 낳는다는 뜻이니 태극으로 말미암아 하늘과 땅이 나뉘고 그 가운데 人[만물]이 생겨 나옴을 말한다. 우주의 탄생도 하나인 태극에서 출발한다고 보아야 한다.

북송의 유학자 주돈이周敦頤(1017~1073년)는 『태극도설』을 지어

'음양의 두 기운이 태극의 일원一元에서 생성했다'고 주장하며 태극은 음양 2기가 혼돈되어 아직 분화分化되지 않은 상태로, 극단적으로 대립하는 음과 양의 기운도 태초에 한 덩어리였으니 '무극無極이 곧 태극太極'이라고 언술하였다.

태극 원기元氣는 운동과 정지의 본성을 함유하고 있어 태극이 발동하면 양陽을 생하고 운동이 극에 이르면 곧바로 정靜해지기 시작하여 정靜해지면 음陰을 생하는데 정이 극에 이르면 발동하기 시작하는 것이라 하였다. 즉 태극이 동動하여 양을 생生하고 정靜하여 음을 생하며, 양이 변하여 음과 합하고 상호작용하여 수水 화火 목木 금金 토土 오행五行을 낳는다는 것이다. 그리고 이 오행이 이치를 좇아 분포되어 사시四時가 되며, 음양오행이 상교相交하여 만물과 인류를 낳게 된다는 것이었다.

그는 유가적 태극과 도가적 무극을 하나로 보아 '태극—음양(2기)—5행—만물'이라는 우주만물의 생성도식인 『태극도설』을 지어 새로운 이론을 제시했다. 249자밖에 안 되는 짧은 명문 『태극도설』에서 그는 서두를 이렇게 시작한다.

"무극이면서 태극이다無極而太極."

그는 무극 위에 태극을 두었는데 여기에서 무극은 허무실체虛無實體를 지칭한다. '무극'을 태극 원기의 근원으로 삼은 것은 허가 기를 생한다는 허생기설虛生氣說을 선양한 것이고, '유는 무에서 생한다'는 유생우무설有生于無說은 도교의 영향을 받은 것으로 보인다.

그의 『태극도설』은 『주역』 『계사전』의 '역에 태극이 있으니 이것이 양의를 낳는다易有太極 是生兩儀'는 구절에다 우주의 이론적 근거를 두고 그 내용을 발전시킨 것인데 핵심은 태극이 만물의 근원이 된다는 것이었다.

여기서 주목할 만한 것은 주돈이가 음양동정陰陽動靜으로 태극과 양의兩儀의 관계를 설명한 것인데 이는 하나의 독창적인 견해였다. 태극은 능히 동하고 정하는 원기元氣, 자신의 운동과 정지로부터 음양 2기가 나뉘어서 나오는 것으로 여겼을 뿐만 아니라, 이 분화의 과정 중에 운동과 정지가 상호 의존하면서 음양 2기는 서로 돌아가며 교대하고 상호 대대對待하는 것이라 생각하였다. 그의 이론은 송명宋明 역학易學의 태극관에 큰 영향을 미쳤다.

무극이태극無極而太極

> 무극이면서 태극이다……. 양이 변하고 음이 합하여, 수화목금토를 낳아 5기氣가 순하게 퍼지고 4시時가 행한다. 오행은 하나의 음양이요, 음양은 하나의 태극이니, 태극은 본디 무극이다.
>
> —『태극도설』 중에서

주돈이는 무극을 태극에 앞서 있는 실재라 하여 무극에서 태극이 나오고 태극에서 음양, 음양에서 오행, 오행에서 만물이 나온다는 것이다. '오행은 한 개의 음양이고, 음양은 한 개의 태극이며, 태극의 본원은 무극이다五行一陰陽也, 陰陽一太極也, 太極本無極也'라는 그의 규정을 주목한다.

이때 '태극본무극太極本無極'의 본本은 곧 본어本於의 뜻이므로 무극이 태극의 본원이 된다는 것이다. 원래 '무극'이라는 말은 『노자老子』에서 비롯된다. '다함이 없다無可窮盡'는 뜻의 형용사로 사용된 것인데 주돈이는 이와 같이 태극의 근원으로 보았던 것이다.

주자朱熹(1130~1200년)는 주돈이의 『태극도설』을 특별히 좋아하여 『태극도설해』를 지었는데 그 첫머리에서 '무극이태극'을 이렇게 설명한다.

> "하늘이 하는 일은 소리도 없고 냄새도 없으니, 실체 '조화의 밑둥'이요, 만물의 근원이다. 그러므로 무극이면서 태극이라 한 것이지, 태극 외에 다시 무극이 있는 것이 아니요, 즉 유무有無를 하나로 합한 것을 무극이 본래 태극, 최고의 실체는 본래 하나다."

주자는 '태극이무극'의 이而를 평행관계를 나타내는 연접사로 보았다. 따라서 무극이란 태극 외에 별도로 존재하는 것이 아니라 태극이라는 근원의 복잡하고 미묘한 양태를 형용하는 수식어라는 것이 주자의 견해였다.

주자는 태극을 이理로 보았기에 무극이 태극에 앞선다는 설에 동의하지 않고 무극은 다만 형적形跡이 없는 태극을 형용하는 말이라고 언급했던 것이다.

그러나 주자의 이러한 학문은 결코 독창적인 것이 아니었다. 그는 종합의 천재였다. 선배들의 이론을 분석, 통합하여 집대성함으로써 송학宋學의 완성이라고 일컫는 '주자학'을 탄생시킬 수 있었다. 그의 사상에는 반드시 전거典據가 있었다. 주돈이의 태극론, 정이천의 이理철학, 장횡거의 기氣철학을 기반으로 경서 연구를 추진하여 새로운 해석으로 신주新注를 성립시켰으니 이것이 주자학의 확립을 의미한다.

이른바 북송오자北宋五子, 주돈이, 소옹邵雍(1011~1077년, 호 康節), 장재張載(1020~1078년, 호 橫渠), 정호程顥(1032~1085년, 호 明道), 정이程頤(1033~1107년, 호 伊川)의 사상을 근간으로 이루어진 것이다. 요약하자면 북송의 주돈이는『역통서易通書』를 지어 무극과 태극을 배합하고 음양오행의 관계구조를 밝혀 만물생성의 실체를 규명했으며 유교의 과학적 우주론을 정립하였다. 그리고 주역 체계의 본체적 논리를 정립했다고 할 수 있다.

정이천은『역전易傳』을 지어 유교사상에 기초한 왕도정치 이념으로 주역의 의리사상을 완전히 규명했다. 소강절은『황극경세皇極經世』를 지어 음양과 사상四象으로 천지만물의 존재구조를 설명하였다. 장횡거는『정몽正蒙』을 지어 우주만물의 생성근원은 태허太虛의 기임을 제시하여 송대 성리학의 이기론理氣論 정립에 크게 기여한 바 있다.

『태극도설』에서 주돈이는 "오행은 하나의 음양이요, 음양은 하나의 태극이며 태극은 무극이다"에서 음양을 양의兩儀로 해석했다. 그리고 사상四象을 언급하지 않는 대신 그는 오행을 말했다. 그러나 소강절은 태양, 소음, 소양, 태음의 사상四象을 말했다. 소옹도 '음양은 양의'라 하고 음양강유陰陽剛柔를 사상이라고 했다. 즉 음양은 하늘의 사상四象이며 강유는 땅의 사상四象이라는 것이다.

주자는 위의 두 학설을 다음과 같이 통합했다.

음양을 양의兩儀라 하고 태양, 소음, 소양, 태음을 사상四象이라 하며 9, 8, 7, 6의 수를 거기에 배합하였다. 우주발생론적 입장에서의 해석이었다. 태극은 곧 우주의 본원本原이며, 양의는 하늘과 땅[天地], 사상四象은 춘하추동의 사계절, 8괘天, 澤, 火, 雷, 風, 水, 山, 地는 여덟 가지 자연현상을 가리킨다는 것. 그러니 태극에서 하늘과 땅이, 그리고 4계절, 여덟 가지[8괘]의 자연 현상이 나오므로 태극은 만물의 근원이라고 보았던 것이다.

동진東晋 이후 불교에서는 반야를 설명함에 도道의 본체를 이理로 보고 당대唐代의 화엄학에서는 이사무애理事無碍 또는 이법계理法界 등의 논리와 분석을 통해 진여眞如를 이理로 해석했다. 주자는 불교에서 이理와 체용体用의 개념을 도입했다. 불교는 또한 도교에서 무無, 현玄 등의 용어를 차입해 공空에 대입시켰다. 주자는 한때 대혜종고 선사 밑에서 선禪 수행을 한 적도 있었으며 그가 지은 『참동계고이參同契考異』는 도교의 관심을 증명한 책이었다. 그의 노장과 불교는 성리학의 바탕이 되었다. 최종적으로 도道는 '이理'로 번역되었다.

도道라는 것은 곧 이理. 우주의 근원이 태극에 있고 그것이 음과 양으로 양분되며 그 음양에서 오행이 구비되는 것인 바, 만물이 이 음양과 오행의 기氣를 받아서 생성되면, 태극의 이치[理]도 그 속에 구비되는 것이라고 주자는 생각했다. 주돈이의 『태극도설』은 이렇게 주자의 우주론 형성에 지대한 영향을 미쳤다. 주자는 무극無極으로서의 태극에서 만물이 파생된 것이라 보고 이 태극을 이理라고 하였다. 또 이理를 형이상의 도道, 기氣를 형이하의 기器라고 하였다. 이 둘의 관계는 논리적으로 보면 '이理가 기氣에 선재하는 실체'라고 보았다.

이와 기理氣論

주돈이는 태극, 음양 등 만물의 발생을 기氣의 생성론으로 이해했으며 장횡거는 한걸음 더 나아가 기氣의 취산을 일기一氣로 설명했던 것이다. 그는 우주가 기로 가득 차 있으며 만물의 생성과 소멸은 기가 모였다 흩어졌다 하는 것으로 이해했다. 장횡거는 『역전』의 내용을 바탕으로 기일원론氣一元論을 완성했다. "태허는 형체가 없으니 기氣의 본체다. 기가 모이고 흩어짐은 변화의 일시적인 모습일 뿐이다"라고 하며 우주의 본체론적 근거는 태허太虛이지 '기'가 아니다. '기'는 태허의 자기실현을 위한 도구〔客〕이지 주체〔眞〕가 아니다. 기는 천지만물에 내재하지만 '태허'는 천지를 초월한 존재라는 것이다. "태극은 음양을 낳고 이理는 기를 생한다"는 주자의 이생기理生氣론을 전도하여 기에서 이가 나온다는 '기생어리氣生於理를 주장한 사람은 장횡거의 후배 왕정상王廷相이었다. 그는 기생이관氣生理觀을 창안하여 "천지의 앞에는 원기元氣일 뿐이다. 원기의 위에는 아무 것도 없다"고 하였다. 태초에 혼돈이 있었으나 점차 로고스가 나타나게 된다는 세계관과도 일치한다. 이것은 율곡 이이와 화담 서경덕에게 영향을 미쳤다. 화담 서경덕은『이기설理氣說』을 지어 간명한 언어로 설명한다.

"일一이란 수數가 아니요 수의 본체本體인 것이다."

"이理의 일一은 텅 빈 것이고 기氣의 일一은 성근 것[粗]인데 이들을 합치면 오묘하고도 오묘해진다."

이理란 우주나 자연의 원리와 같은 것이고 기氣란 만물이 이룩되기 전부터 있었던 원소와 같은 기운을 뜻한다. '일기一氣란 천지만물의 근원이 된 혼연混然한 기운'으로 보았고 장자莊子는 이것을 태일太一로 표현했다.

일음, 일양의 일一은 무無와 같은 것으로 아직 오묘한 작용을 나타내지 않은 것과 같은 상태이다.

"무외왈태허無外曰太虛 바깥이 없는 것을 '태허'라 하고

무시자왈기無始者曰氣 시작이 없는 것을 '기氣'라 한다.

허즉기야虛則氣也 허공은 즉 기氣인 것이다.

'허공'은 본시 끝이 없으며 '기'도 역시 끝이 없다. '기'의 근원은 그 처음이 '일一'이다. 이미 '기'라 한다면 '일'은 곧 '이二'를 품고 있는 것이다. 이미 '이'가 되면 이제 열림과 닫힘이 없을 수가 없고, 움직임과 고요함이 없을 수가 없고, 생겨남과 극복함이 없을 수가 없게 되는 것이다. 그처럼 열리고 닫힐 수 있고 움직이고 고요할 수 있고 생겨나고 극복할 수 있는 근원을 따져 그것에 이름을 붙여 '태극'이라고 하였다.

'기'의 밖에는 '이理'가 없는데 '이'는 '기'의 지배자[宰]인 것이다氣外無理니 理者氣之宰也. 이른바 지배자라는 것은 밖으로부터 오는 것이 아니며, 지배자로서 그 '기'의 작용을 지시하여 바르게 저절로 그렇게 될 근거를 잃지 않기 때문에 그것을 지배자라 말하는 것이다. '이'는 '기'보다 앞선 것이 아닌데 '기'는 시작이 없으니 '이'는 본시부터 시작이 없는 것이다."

— 서화담의『이기설理氣說』에서

다시 말하면 '음양'은 두 '기'이며 '일음一陰'과 '일양一陽'이란 것은 '태일太一'이다. 둘이기 때문에 하나로 변하므로 오묘함은 변화 이외에 따로 있는 게 아니다. 이른바 오묘함이란 것은 두 '기'가 생겨나고 또 생겨나게 하고, 변화하고 또 변화하게 하면서 끊임이 없는 것을 뜻하니 곧 '태극'의 오묘함이라 하겠다.

"태허는 비었으면서도 비어 있지 아니하니太虛虛而不虛 허는 곧 기이기 때문이다虛則氣."

화담은『태허설太虛說』에서 이렇게 덧붙인다. '허虛'는 끝도 없고 가[外]도 없는데 '기'도 역시 끝도 없고 가[外]도 없다. 이미 '허'라고 말했는데 어찌 그것을 '기'라고 말할 수 있는가? 그것은 '비고 고요함[虛靜]'은 곧 '기'의 본체이고, '모이고 흩어짐聚散'은 그 작용이기 때문인 것이다. '허虛'가 비어 있는 것이 아님을 알았으니 그것을 '무無'라고 말할 수 없을 것이라고 하였다.

소강절은 음양의 소장消長으로 만물의 변화를 설명하며 이를 발전시켜 나갔다.

정이천은 『주역』 『계사전』의 일음일양지위도一陰一陽之謂道와 '형이상자위지도形而上者謂之道, 형이하자위지기形而下者謂之器'의 구절을 기초로 자신의 관점을 세웠다.

'한 번 음하고 한 번 양하는 것을 도道라고 한다'는 그 도는 음양이 아니라 한 번 음하고 한 번 양하는 까닭이 '도'인 것이다.

음양을 떠나면 다시 도가 없다. 음양의 까닭이 도요, 음양은 기氣다. 기는 형이하자요, 도道는 형이상자다. 형이상자는 은밀하다.

이렇게 정이천은 형이상과 형이하를 구분한 다음, 이것들을 각각 도와 기氣에 연결시켰다. 이렇게 해서 기일원론氣一元論에서 우주만물의 근원이었던 기氣는 단순한 재료 또는 원질에 해당하는 것으로 간주되고 우주만물의 생성과 소멸은 도道라는 형이상적 원리에 따라서, 형이하의 기氣인 음양에 의해 이루어지게 된다는 것이다.

주자는 이기론理氣論에서 이理를 중시하고 기氣를 경시한 정이천의 입장과 기를 강조하고 이理를 홀시한 장횡거의 입장을 종합하여 '이선기후理先氣後', '이재사선理在事先' 등의 개념을 제시하였다.

"천지간에는 이理가 있고 기氣가 있다. 이理라는 것은 형이상의 도道요, 만물을 낳는 근본이며, 기氣라는 것은 형이하의 기器로서 만물을 낳는 도구이다. 그러므로 사람과 사물이 생길 때는 반드시 이理를 타고난 연후에 성性을 지니게 되고 반드시 이 기를 타고난 연후에 형체를 지니게 된다"(『주희집』)는 요지의 이기론을 완성하게 된 것이다.

정이천에게서 유래된 것이 많았다 해서 정이천과 주자의 성을 따서 '정주학程朱學'이라고 하며 주자가 완성자라는 뜻에서 '주자학'이라고도 하며, 송나라에서 나온 학문이라고 '송학宋學'이라고도 한다.

이렇게 많은 이름을 가진 성리학의 철학적 기초는 그러니까 『주역』의 우주론적 이기론理氣論에 그 근원을 잇대고 있는 것이다. 주자는 태극의 이理를 천지만물의 근본이라고 여겼다. 사람은 저마다 하나의 태극이 있고 하나의 사물은 각자 하나의 태극을 갖추고 있다는 것이다. 이를테면 태극은 음양오행의 이理의 전체로서, 그것의 전개는 바로 음양오행과 만물이며 이理 또한 음양오행과 만물의 밖에 있는 것이 아니라 그 안에 깃들어 있다는 것이다. 즉 태극과 만물은 붙어 있지도 떨어져 있지도 않으며, 단지 일종의 본체와 현상의 관계를 이루고 있다는 것이다. 주자는 이렇게 주돈이의 우주발생론을 우주본체론으로 전환시켜 나갔다.

남송南宋의 도학자였던 주자의 아버지 주송朱松은 총명한 아들에게 하늘을 가리키며 말했다.

"보아라. 저것이 하늘이란다."

"하늘 위에는 무엇이 있습니까?" 라고 물었던 네 살짜리 꼬마는 "천지 사방의 바깥은 어떻게 되어 있을까?"라는 물음에 골똘히 잠긴다. 그의 첫 물음인 '우주'는 이렇게 해서 그의 평생 화두가 된 것이다. 우주의 중심을 찾고자 고심했던 주자는 주돈이의 『태극도설』에서 그 해답을 찾을 수 있었던 것이다.

훗날 주자는 악록서원에 초청되었는데 어느 서생에게 이런 질문을 받는다.

"천지는 어떻게 생성되었습니까?"

그는 자신의 어린 시절을 떠올렸을지도 모르겠다. 주자는 이렇게 답했다.

"천지 음양의 두 기가 태극처럼 엉겨 도는 것으로 시작되었다. 회전이 빠르다 보니 둘레의 모든 찌꺼기들을 모두 흡인하여 복판에다 굳힌 것이 땅이고 찌꺼기가 사라진 밖은 기가 일월성신이 되어 바깥 축에서 계속 돌고 있으니 그것이 하늘이란다."

그의 나이 38세 때의 일이었고, 10여 살 때는 고전을 읽다가 '우주'라는 글자의 주석에서 "사방상하四方上下를 '우宇'라 하며 왕고금래往古今來를 '주宙'라 한다"는 것을 보고 "이것이었나? 무한이었던 것이다. 사람과 천지만물은 이 무한 속에 있는 것이다"라고 어린 주자는 말했다고 한다.

우주는 어떻게 생겼을까

주자가 타계한 지 730여 년 뒤에 태어난 칼 세이건(1934~1996년)은 "우주는 대폭발에서 비롯되었다"고 공표했다. 빅뱅이론을 알 수 없던 시대에 주자의 상상력과 혜안은 다만 놀라울 따름이다. 칼 세이건은 『코스모스』에서 우주폭발에 대해 말한다.

우주에 있는 모든 물질과 에너지가 폭발의 순간에는 높은 밀도로 모여 있을 것이다. 그 상태는 부피를 전혀 갖지 않는 수학적 의미의 점이었다. 우주 전체, 물질과 에너지, 그리고 이 모든 것이

들어 있는 공간마저도 하나의 점에 우그러져 있었다. 그것은 사건이 발생할 여지가 전혀 없이 꽉 차 있는 그러한 점이었다고 한다. 아무 것도 없이 텅 비어 있던 우주에서 갑자기 특이점에서 물질이 생겨난 그것을 '빅뱅bigbang'이라고 한다.

우주 빅뱅이론이 발표된 것은 1948년 가모프George Gamow(1904~1968년)에 의해서였다. 빅뱅은 137억 년 전 눈에 보이지 않는 점보다 작은 상태에서 갑자기 폭발한 뒤, 엄청난 속도로 팽창해 지금의 우주가 되었다는 이론이다. 태초에는 아무 것도 없었다. 무극無極이다. 우주가 만들어진 대폭발(빅뱅) 당시 모든 입자는 질량이 없는 상태였다. 빅뱅 당시 용광로와 같아 ＋전기와 －전기를 띤 입자들이 대칭을 이루며 균일하게 있었다. 이때 입자들은 질량이 없었다. ＋양전기와 －음전기가 태극처럼 대칭을 이룬 용광로의 점 하나인 무극에서 작용(대폭발)이 일어난 것이다.

조선시대의 유학자 서화담은 이것을 '천지만물의 근원이 된 혼연한 기운, 일기一氣로 풀이했다'. 하나의 점은 폭발의 동인動因인 음양을 포함한 셈이다. 일찍이 5,500년 전, 복희가 밝힌 우주만물은 음양의 법칙 밑에서 끊임없이 새로운 것을 낳고 끊임없이 변화하며 발전한다고 한 변증법적인 우주 인식은 참으로 놀랍기만 하다.

잠깐 복희에 대해 주목하자. 복희의 뿌리를 찾아서 직접 중국을 탐사한 윤창렬 교수에 의하면 동이족의 수령인 복희는 백두산(발해에 동이족이 살았음)에서 출생하여 중국의 풍산을 거쳐 회양현에 도읍을 정하고 산동성 미산현에서 115년의 재위를 마치고 사망했다고 한다. 그는 더 이상 전설 속의 인물이 아니다. 『역대제왕록』(상해출판사)에도 "복희는 동이족(배달국)"이라고 적혀 있으며 『환단고기』에도 "산동성 미산현에 복희 묘가 있다"고 기록되어 있다. 그의 성은 풍씨風氏로 지금도 산동성에 그의 후손들이 남아 있다. 그가 그린 8괘는 한자의 기본이 되었고 따라서 갑골문에 사용된 한자는 자랑스러운 동이의 문화다. 주역을 완성시킨 공자 또한 동이족이다. 주역은 우리 동이족(배달국)의 문화임에 틀림없다.

『주역』은 우주만물의 근원을 탐구한 책이다. 주역은 음과 양(태극)이라는 두 개의 범주를 사용해 세계를 설명하고, 노자는 도道, 유有, 무無라는 세 개의 범주를 사용해 세계를 설명한다. 궁극적으로 노자의 도道와 주역의 태극太極은 같은 것이라 해도 틀리지 않는다.

노자는 도의 본체를 『도덕경』 제1장에서 다음과 같이 천명한다.

> 도道는 도라고 할 수 있으나 항상 도는 아니고, 이름[名]은 이름 지을 수 있으나 항상한 이름은 아니다. '없음[無]'은 천지의 처음을 일컫고 '있음[有]'은 만물의 어머니를 일컫는다. 그러므로 항상한 없음[無]으로 그 묘함(본체세계)을 보고자 하고, 항상한 있음[有]으로 그 경계(가장자리 ; 현상세계)를 보고자 하니, 이 두 가지는 같으나 나와서 이름이 달라진 것뿐이다. 같음〔有無〕을 현묘하다고 이르니 현묘하고 또 현묘해서 온갖 묘용의 문이다.

대자연의 본체를 굳이 표현하자면 도라고 하나 표현된 '도'나

'이름'은 이미 본체가 아니다. 형상도 이름도 없는 본체를 굳이 또 표현하자면 '무無'라 한다. 때문에 본체를 깨달으려면 항상한 무無로 대자연의 묘함을 보고자 해야 하고 현상을 깨달으려면 항상한 유有로 현상계에서 펼쳐지는 경계를 보고자 해야 한다. 이 무無의 본체와 유有의 현상을 같이 보아야 진정한 도를 알게 된다. 불교에서는 이를 진공묘유眞空妙有의 중도中道로 풀이한다.

『주역』은 만물의 근원인 본체를 태극으로 파악한다. 본체와 현상을 아우르는 64괘 384효의 근원은 태극에서 나온다. 태극은 만물의 어머니라 할 수 있고, 천지의 시작은 무극無極이 된다. 그렇다면 무에 해당하는 무극과 유에 해당하는 태극은 같은 근원에서 나와 그 명칭이 달라진 것이다. 유무상즉有無相卽이다. 있음이 곧 텅 빔卽有卽空이고 텅 빔이 곧 있음卽空卽有이다. 현상과 본체, 있음과 없음을 둘이 아닌 하나로 보아야 한다. 생과 사를 하나로 보는 것(生死不二)도 그 때문일 것이다. 아일랜드의 시인 예이츠도 시집 『탑』에서 "죽음과 삶은 본래 존재하지 않았다"고 쓰고 있다. 그는 생사불이生死不二와 유무불이有無不二를 알았던 것이다.

"유와 무는 서로를 생겨나게 한다有無相生."

노자는 "천하만물은 유에서 생겨나고, 유는 무에서 생겨났다天下萬物生於有 有生於無"고 했다.

유는 무에서 생겨났다. 텅 빈 것으로부터 왔으며, 이 텅 빔이 만유를 생겨나게 했다는 것이다. 그렇다면 이 텅 빔이란 무無와 어떻게 다른가?

철학자 아버지 장 프랑수아 르벨과 분자생물학자였다가 티베트 승려가 된 마티유 리카르가 만나 일주일간 나눈 대화록인 『승려와 철학자』에서 공空과 무無에 대해 아버지가 물었을 때 아들 리카르의 답이 여기에 겹쳐진다.

> "무無에는 아무 것도 없는 반면 공空은 그렇지 않다. 공은 보편적인 가능성, 우주 존재들, 운동, 의식 등을 의미한다. 공空이 아니라면 발현은 전혀 이루어질 수 없다. 공간이 없으면 가시적인 세계가 전개될 수 없는 것과 마찬가지다. 따라서 경전에서 '공空이 있으므로 곧 만물이 존재한다'고 하는 것이다."

그런가 하면 서화담은 "태허는 비었으면서도 비어 있지 않다太虛虛而不虛"며 허가 비어 있는 것이 아님을 알았으니 어찌 그것〔虛〕을 무無라 할 수 있겠느냐고 반문하였다.

노자는 무無를 '텅 빈 것'으로 이를 '곡신불사谷神不死'로 풀이했다.

> "골짜기의 신은 죽지 않으니, 이를 일러 오묘한 암컷이라 한다谷神不死 是謂元牝. 오묘한 암컷의 문은, 이를 일러 하늘과 땅의 근본이라 한다元牝之門 是謂天地根." —『도덕경』 제6장

골짜기의 가운데가 텅 비어 사물이 없기 때문에 곡신谷神은 영험한 작동으로 하늘과 땅을 만들어낸다는 것이다. 그래서 '곡신불사谷神不死'라는 것이다.

"곡신은 텅 비어 아무 것도 없는 가운데서 오묘한 생성의 작용이 일어나는 것이 마치 끊임없이 이어지는 존재 같지만 실질적인 것이라고는 하나도 없다. 마치 하나의 실체가 정말로 존재하지만 그 모든 존재가 끝내는 원시原始의 허무로 돌아가버리는 것과 같다"고 한 중국학자 남회근 선생의 말에서 나는 '정말로 존재하는 그 하나의 실체'를 주목하지 않을 수 없게 된다.

위진 시대의 사상을 정리한 왕필(226~249년)은 『도덕경』 제42장을 『노자주』에서 이렇게 설명한다.

"만물은 만 가지 형태를 갖지만, 그 중심(돌아갈 곳)은 하나이다. 무엇에 의해 하나가 되는가, 그것은 무無에 의해서이다萬物萬形, 其歸一也, 何由至一, 由於無也."

무無에 의한 그 하나其歸一也라는 것을 집어내어 천착하게 된다.

일자一者란 무엇인가
대도는 형상이 없으되大道無形 천지를 낳고 기르며
대도는 실정이 없으되大道無情 일월을 운행하며
대도는 명칭이 없으되大道無名 만물을 키우고 기르나니
내가 그 이름을 알지 못하여 어거지로 '도道'라 한다고 노자는 말했다.

"도는 하나를 낳고 하나는 둘을 낳고 둘은 셋을 낳고 셋은 만물을 낳으니, 만물은 음陰을 짊어지고 양陽을 안아서 빈 기운[沖氣]으로 조화를 이룬다(道生一하고 一生二하고 二生三하고 三生

萬物하나니 萬物은 負陰而抱陽하야 冲氣以爲和하니라)"고 하였다.

—『도덕경』 제42장

즉 절대적 실체인 도에서 하나인 기가 나오고 그 하나인 기가 다시 둘로 나뉘어 음과 양이 생기고 그 둘인 음과 양이 서로 조화됨으로써 세 번째 것인 화합체가 생기고 이 세 번째 것의 화합체에서 만물이 나오게 된다. 따라서 '만물은 자체 내에 음을 짊어지고 양을 안아서 빈 기운으로 화합체를 이루고 있다'는 것이다. 칼 세이건에 의하면 우주 대폭발 이전에 모든 것(음기, 양기, 충기)이 꽉 차게 들어 있는 한 개의 점일 것이다. 노자는 또한 "천하 만물은 유에서 생기고 유는 무에서 생긴다"고 한다. 따라서 무無는 곧 일一이라는 것이 분명해진다. 또 이 일一은 도道라고도 불리므로 무는 또 도이기도 하다. 하지만 제42장의 일一은 분명히 기를, 이二는 음기와 양기를, 삼三은 음·양·충기를 나타내고 있다.

이렇게 우주만물의 생성원리는 만물의 근원인 도가 하나를 낳는 데서 시작한다. 그 '하나'라는 것은 도에서 나온 원기를 말한다. 『주역』에서 보면 태극으로, 하나가 둘을 낳는 것은 태극이 음과 양을 낳는 것과 같다. 우주만물은 음양의 기운을 근원으로 하여 나온다. 만물은 태극의 씨앗을 받아 생명활동이 있게 되고 소멸되어서는 본래의 태극으로 돌아가나니 이것이 시작된 그 하나로 돌아가는 것이다.

음과 양은 둘이지만 사실은 하나의 기氣의 두 측면이므로 그 둘은 또한 하나이다. 둘이면서 하나二而一, 하나이면서 둘一而二, 이것이 일자一者이다. 대대對待하여 대립하면서 종합되고, 변역變易하면서 불역不易하는, 즉 음양의 근저에서 그것을 지탱하는 도道, 이것이 일자一者다.

일귀하처一歸何處

한때 나는 가부좌를 하고 '만법귀일 일귀하처'를 화두로 삼은 적도 있었다. 만법은 하나로 돌아가는데 그 하나는 어디로 돌아가는가?

그 '하나[一者]' 란 무엇인가? 오랜 동안 숙제였다.

그 하나는 어디로 돌아가는가? 그것도 숙제였다. 여기서 복희씨의 조언을 빌려온다. 하나에서 나와 하나로 돌아가는 유기적 구조 속에서 출발된 시점이 바로 그곳이 아니겠는가. 모든 생명의 기원인 초신성 폭발, 칼 세이건의 말대로 "우리들은 별의 자녀"이며 오래 전에 죽은 별들이 먼지를 제공해주어 우리는 거기에서 왔으므로 그곳으로 가야 한다는 사실이다. 자연 회귀다.

> "무無에서 유(현상계)로 나오는 것이 생生이요 유有에서 무無로 돌아가는 것이 사死다."
>
> —『도덕경』 제50장

만물은 유에서 나왔고 유는 천지의 비롯함인 무에서 나왔으므로 우리는 결국 도의 근원인 무無로 돌아가는 것이다. 인류의 기원이 시작된 그곳, 우주의 별로 돌아가는 것이니 하나의 둥근 순환인 셈이다. 그러고 보면 개체의 입장에서는 생사生死가 있지만 전체의 입장에서 보면 순환일 따름이다. 지구도 어느 날인가는 원형이정의 법칙에 따라 분명 없어졌다가 다시 생긴다는 '성주괴공'의 질서에서 자유롭지 못할 것이다. 이미 천체물리학자들은 우주의 붕괴를 예고한 바 있다. 그 또한 역易의 운행運行 방식이다. 역은 공자의 설명(『계사전』)대로 "천지의 법칙을 담고 있기 때문에易與天地準" 무엇 하나 여기에서 예외일 수 없다.

우리의 생과 사도 음양의 변화 중 한 양상에 지나지 않는다. 종국에는 시간적으로나 공간적으로나 시종始終이 없는 무극無極에 복귀하는 것이다. 주돈이가 『태극도설』에서 언급한 '원시반종原始反終'이다.

하늘과 땅의 순환은 "끝나면 다시 시작된다(終則有始也 恒괘단전)" "끝나고 다시 시작하는 것이 하늘의 운행이다(蠱괘단전)" "그 도를 반복해서 7일 만에 다시 돌아오는 것이 하늘의 운행이다(復괘단전)" 라는 『주역』 단전의 말씀처럼 모든 사물은 극極에 달하면 곧 반전한다. 이러한 물극반物極反의 논리가 역易의 핵심사상인 것이다.

하나로 시작해도 시작한 그 하나가 없고, 하나를 마쳐도 마친 그 하나가 없는 "일시무시일一始無始一 일종무종일一終無終一", 『천부경天符經』의 그 하나, 태극을 생각하기에 이른다. 우리의 생사라는 것도 또한 종시終始가 없는 일물一物의 가고 오는 현상이 아닐까.

> "간다간다 하지만 본래 그 자리요,
> 이르렀다 이르렀다 하지만 떠난 그 자리라네行行本處 至至發

處."

의상 스님은 종시終始 없는 '본래 면목' 그 자리를 이와 같이 설파하였다.

"한평생을 돌고 돌아 한 발자국도 옮기지 않았네.
본래 그 자리, 그것은 천지天地 이전以前에 있었네."

불국사의 선원장이신 월산 스님의 임종게도 여기에서 다르지 않다. 천지 이전에 있었던 한 물건, 그 일자一者란 태극[天易]이며, 성품性品이며 이理며 도道가 아닌가 한다.

봄을 찾아 헤매 돌던 나그네가 제 집 매화나무에서 봄을 본다고 하듯, 나 또한 생사 문제를 놓고 여러 나라를 돌며 작가의 묘지를 찾아다니다가 고희를 훌쩍 넘긴 이즈음에서야 내 몸 가운데의 태극을 본다. 생사生死란 음양의 순환이요, 자연의 변화인 것을 겨우 짐작이나마 해본다. 아득한 하늘을 우러러 나, 진晋나라의 시인 도연명처럼 '인생은 환幻, 끝내는 공空과 무無로 돌아가리'라던 그와 마음을 합한다.

만물이 본원으로 돌아가는 것은 제 스스로의 힘으로 가능할까? 그렇지 않다. 그것은 도의 작용에 의해서 이루어진다. 만물이 그 본원으로 돌아간다는 것은 도의 본원인 활동을 뜻한다.

"되돌아간다는 것은 도의 움직임이요反者 道之動"를 가슴에 새긴다. '나 하늘로 돌아가리라'던 「귀천歸天」의 시인 천상병도 그곳에 계실까?

천하의 물건은 유에서 생기고天下萬物 生於有 유는 무에서 생긴다有生於無는 천하만물의 근본인 무無를 노자에게서 다시 읽는다.

LES ESSAIS·오래된 나의 노트
본래 그자리

지은이_ 맹난자
펴낸이_ 조현석
펴낸곳_ 북인
디자인_ 푸른영토

1판 1쇄_ 2015년 11월 23일
1판 2쇄_ 2016년 01월 07일

출판등록번호_ 313 - 2004 - 000111
주소_ 121 - 842 서울 마포구 서교동 467 - 4, 301호
전화_ 02 - 323 - 7767
팩스_ 02 - 323 - 7845

ISBN 978 - 89 - 97150 - 60 - 1 03810